BVJ

BIOLOGIE VOOR JOU

Biologie voor de bovenbouw

4 HAVO

deel A

EINDREDACTIE

Claud Biemans

Marianne Gommers

AUTEURS

Carin van Haren

Arthur Jansen

Sjon van de Sant

Elke de Schrevel

MAX RELEASE 7.0

Malmberg 's-Hertogenbosch

www.biologievoorjou.nl

Deel A

Thema 1

INLEIDING IN DE BIOLOGIE

ORIËNTATIE

Verslag van een excursie op Texel 8
Voorkennistoets
Voorkennisfilmpje

BASISSTOF

1 Biologie is overal 10
2 Organen, weefsels en cellen 16
3 Plantaardige en dierlijke cellen 23
4 Organellen 29
5 Transport door membranen 38
6 Natuurwetenschappelijk onderzoek 51

SAMENHANG

De grote schoonmaak van de oceanen 60

EXTRA STOF

Wandzoekgedrag
Leven in zout water

ONDERZOEK

Vaardigheden 62
Practica 69

AFSLUITING

Samenvatting 76
Examenopgaven 82

Thema 2

VOORTPLANTING EN SEKSUALITEIT

ORIËNTATIE

Waarom hebben we seks? 90
Voorkennistoets
Voorkennisfilmpje

BASISSTOF

1 Ongeslachtelijke voortplanting (SE) 92
2 Geslachtelijke voortplanting (SE) 101
3 Hormonen 114
4 Zwanger 122
5 Seksualiteit (SE) 131
6 Soa's en geboorteregeling (SE) 138

SAMENHANG

Anabolen voor je uiterlijk 148

EXTRA STOF

Borstvoeding
Blind date

ONDERZOEK

Practica 150

AFSLUITING

Samenvatting 153
Examenopgaven 158

Thema 3

GENETICA

ORIËNTATIE

Designerdogs 166
Voorkennistoets
Voorkennisfilmpje

BASISSTOF

1 Fenotype en genotype 168
2 Genenparen 175
3 Monohybride kruisingen 184
4 Geslachtschromosomen 194
5 Speciale manieren van overerven 201
6 Opvoeding of aanleg (SE) 208

SAMENHANG

Twin strangers 214

EXTRA STOF

Erfelijkheid in je familie

ONDERZOEK

Practica 216

AFSLUITING

Samenvatting 220
Examenopgaven 224

Thema 4

EVOLUTIE

ORIËNTATIE

Het succes van de vliegende rat 232
Voorkennistoets
Voorkennisfilmpje

BASISSTOF

1 Indeling van de levende natuur 234
2 Bacteriën, virussen en schimmels 242
3 De evolutietheorie 249
4 Evolutie in populaties 259
5 Onderzoek naar evolutie 264

SAMENHANG

Alleen mutanten smullen van softijs 272

EXTRA STOF

Leren en werken

ONDERZOEK

Practica 274

AFSLUITING

Samenvatting 281
Examenopgaven 284

Register 290
Colofon 292

Deel B

Thema 5

REGELING

ORIËNTATIE

'You can do it', ook met diabetes 8
Voorkennistoets
Voorkennisfilmpje

BASISSTOF

1 Homeostase en regelkringen 10
2 Het hormoonstelsel 15
3 Het zenuwstelsel 26
4 Reflexen en het autonome zenuwstelsel 39
5 Impulsgeleiding 44
6 Spieren en beweging (SE) 51

SAMENHANG

Pijn is fijn?! 62

EXTRA STOF

Verliefdheid is chemie
De effecten van drugs

ONDERZOEK

Practica 64

AFSLUITING

Samenvatting 69
Examenopgaven 74

Thema 6

WAARNEMING EN GEDRAG (SE)

ORIËNTATIE

'Zien' als een vleermuis 82
Voorkennistoets
Voorkennisfilmpje

BASISSTOF

1 Zintuigen 84
2 Het oog 92
3 Gedrag 106
4 Beïnvloeden van gedrag 112
5 Sociaal gedrag bij dieren 122
6 Gedrag bij mensen 130

SAMENHANG

Een hondenbaan 138

EXTRA STOF

Gedrag van pissebedden

ONDERZOEK

Vaardigheden 140
Practica 142

AFSLUITING

Samenvatting 146
Examenopgaven 150

Thema 7

ECOLOGIE EN MILIEU

ORIËNTATIE

Droomboerderij 158
Voorkennistoets
Voorkennisfilmpje

BASISSTOF

1 Organismen 160
2 Populaties 169
3 Ecosystemen 178
4 Veranderende ecosystemen 187
5 Kringlopen 196
6 Duurzaamheid en natuurbescherming 204
7 Voedselproductie 214
8 Energie 224

SAMENHANG

Hop-overs voor de gewone grootoorvleermuis 232

EXTRA STOF

Leven in een stad
Modelleren met Coach

ONDERZOEK

Practica 234

AFSLUITING

Samenvatting 238
Examenopgaven 244

EXAMENTRAINER

AAN DE SLAG MET BIOLOGIE VOOR JOU

Biologie is overal om je heen. Met *Biologie voor jou* heb je alles binnen handbereik om dit te ervaren, te beleven en te ontdekken! Je leert waar het vak om draait en welke rol biologie speelt in het dagelijkse leven.

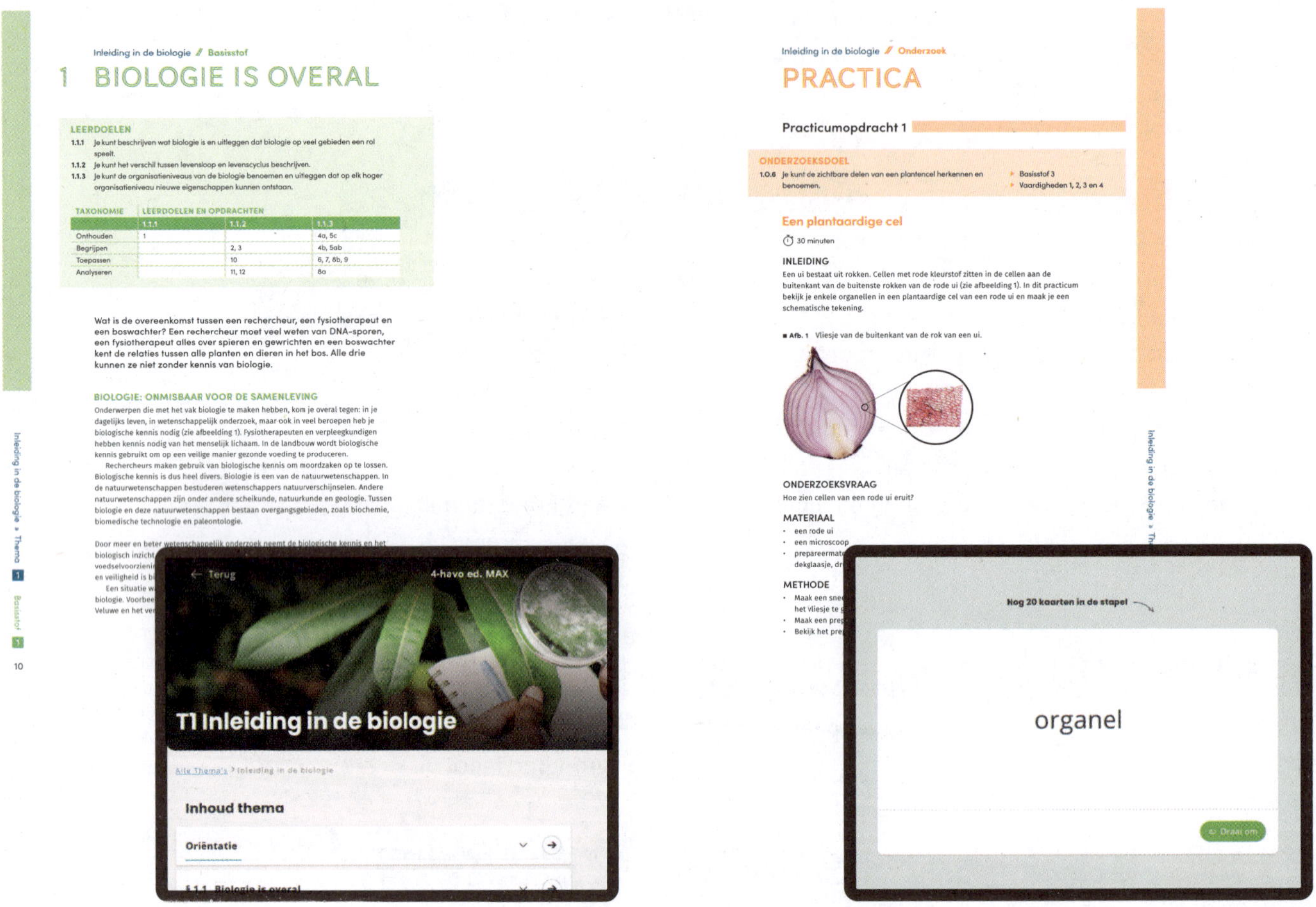

WERK IN JE BOEK ÉN ONLINE!

Er zijn twee boeken per leerjaar en er is een online leeromgeving. Je docent kiest wat je online doet (met laptop, tablet of telefoon) en wat in je boek. Elk thema start met de Oriëntatie (inclusief *Voorkennistoets* en *Voorkennisfilmpjes*), gevolgd door de *Basisstof*, *Samenhang*, *Extra stof*, *Onderzoek* en *Afsluiting*. Aan het begin van elke basisstof staat met leerdoelen aangegeven wat je gaat leren en op welk taxonomieniveau je het geleerde oefent bij de opdrachten. In het onderdeel *Onderzoek* vind je de vaardigheden en ga je met practica aan de slag. In de *Afsluiting* vind je de samenvatting en examenopgaven ter voorbereiding op het examen.

VOORDELEN VAN ONLINE

- Je ziet snel wat je goed of fout doet.
- Je leert de begrippen met de *Flitskaarten*.
- Je meet of je de stof beheerst met de *Test jezelf*, *Oefentoets* en *Examenopgaven*.
- Je kunt op een hoger of lager niveau en leerjaar werken.
- Je docent volgt hoe het met je gaat.

SAMENHANG

Aan het einde van elk thema is er een onderdeel *Samenhang*. Met de *Samenhang* ontdek je hoe de leerstof van belang is in de wereld om je heen. Ook leer je verbanden te zien tussen de verschillende basisstoffen van het thema en is er aandacht voor de interactie tussen de verschillende organisatieniveaus. Een goede oefening voor het examen!

GOEDE VOORBEREIDING OP DE TOETS EN HET EXAMEN!

Een thema eindigt met een Afsluiting (*Samenvatting* en *Examenopgaven*). In de online leeromgeving vind je ook *Flitskaarten*, *Test jezelf* en de *Examentrainer*.

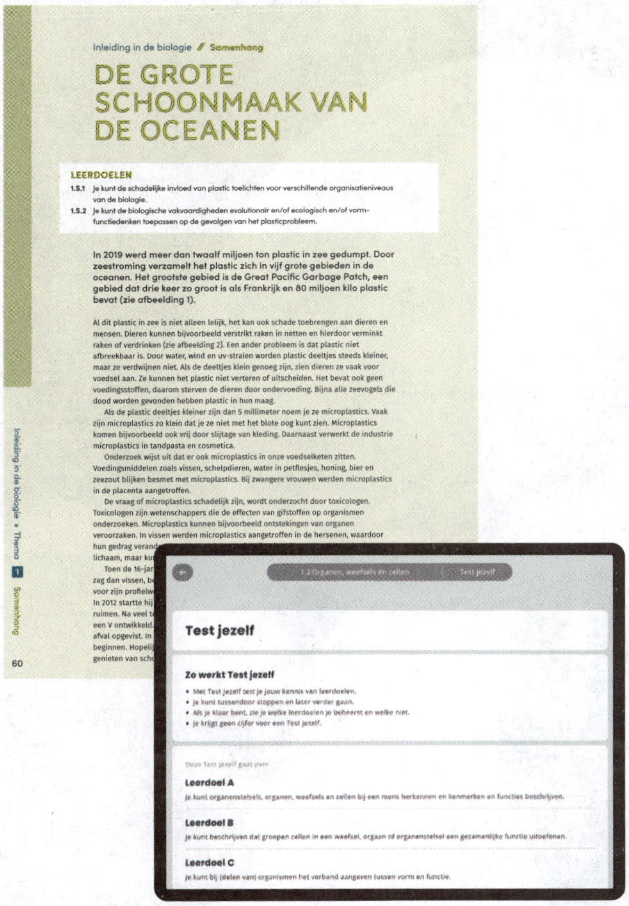

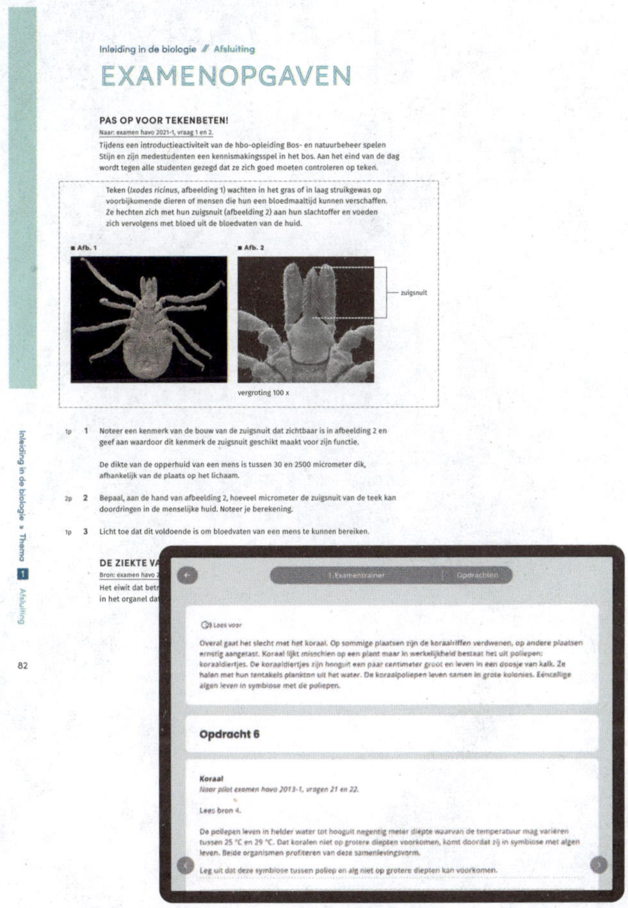

VOORDELEN VAN HET BOEK

- Je hebt snel overzicht in wat je gaat leren.
- Je leest lange teksten op papier.
- Je markeert in de tekst en maakt aantekeningen.

BETEKENIS SYMBOLEN

- Deze opdracht maak je het best in je boek.
- Ga naar de online leeromgeving voor handige extra's.
- Een uitdagende opdracht uit de biologie-olympiade.
- Met dit practicum ben je zó lang bezig.

Thema 1

INLEIDING IN DE BIOLOGIE

In dit eerste thema maak je kennis met het vak biologie en de rol die biologie speelt in het dagelijks leven. In de biologie bestudeer je organismen op verschillende niveaus. De cellen waaruit organismen bestaan bekijk je met een microscoop en je tekent ze. Je leert hoe cellen zijn opgebouwd en wat de functie is van de verschillende delen. Je bestudeert hoe cellen met hun omgeving stoffen kunnen uitwisselen. Ook leer je hoe je een natuurwetenschappelijk onderzoek uitvoert.

Inhoud

ORIËNTATIE

Verslag van een excursie op Texel 8
Voorkennistoets
Voorkennisfilmpje

BASISSTOF

1 Biologie is overal 10
2 Organen, weefsels en cellen 16
3 Plantaardige en dierlijke cellen 23
4 Organellen 29
5 Transport door membranen 38
6 Natuurwetenschappelijk onderzoek 51

SAMENHANG

De grote schoonmaak van de oceanen 60

EXTRA STOF

Wandzoekgedrag
Leven in zout water

ONDERZOEK

Vaardigheden 62
Practica 69

AFSLUITING

Samenvatting 76
Examenopgaven 82

VERSLAG VAN EEN EXCURSIE OP TEXEL

Op vrijdag 10 oktober vaart klas havo 4A met de veerboot naar Texel. Tijdens de overtocht vliegen er zwermen zilvermeeuwen[1] en kokmeeuwen[2] achter de boot. Ze komen af op het voedsel dat passagiers ze toewerpen. De kokmeeuwen herken je aan hun chocoladebruine kop. In de winter krijgen ze een witte kop met een 'koptelefoontje': twee bruine vlekjes aan de zijkant.

■ **Afb. 1** Organismen die leven in het Waddengebied.

Het is helder weer en daardoor zie je in de verte zandplaat de 'Razende bol', een rustplaats voor grijze zeehonden[3] en gewone zeehonden[4]. Zeehonden hebben door hun ronde vormen iets aandoenlijks, maar het is verstandig om bij ze uit de buurt te blijven. Het zijn roofdieren die jagen op vis. Ze kunnen bijten als een pitbull.

Bij aankomst in haven 't Horntje stapt iedereen op een huurfiets om in de richting van de Slufter te fietsen, een natuurgebied op het eiland. Onderweg komen ze langs de Geulplas. Daar zijn lepelaars[5], bezig met 'opvetten', voordat ze naar het verre zuiden trekken om te overwinteren. Nee schuddend en langzaam lopend door het water zoeken ze naar voedsel. Wanneer ze iets eetbaars voelen, klappen de brede uiteinden van hun snavel dicht.

Verderop in het water staan vogels op een paal met hun vleugels gespreid: aalscholvers[6]. Ze drogen hun vleugels. Na elke vissenjacht is hun verenkleed nat. Het is niet waterafstotend omdat aalscholvers geen vetklieren hebben. In de duinen rondom de Geulplas grazen Schotse hooglanders[7] en exmoorpony's[8]. Ze houden snelgroeiende planten kort, zodat ook de langzame groeiers een kans krijgen en de begroeiing gevarieerd blijft.

Het is een behoorlijk eind fietsen naar de Slufter. Daar aangekomen klim je eerst via een trap over een dijk. Naast de trap groeien duindoornstruiken[9] met grijsgroene bladeren, doornen en oranje besjes. De besjes zijn eetbaar en zitten vol met vitamine C, maar zijn wel zuur. Ze worden op Texel gebruikt voor het maken van sap en jam. De wortels van de duindoorn hebben knolletjes waarin bacteriën leven die stikstof in de bodem brengen. Stikstof is een belangrijke voedingsstof voor planten. Ook planten die in de buurt van duindoorn leven, zoals braam[10] en vlier[11], profiteren van de stikstof.

Boven aangekomen heb je vanaf de dijk een mooi uitzicht over de kwelder: een gebied dat een open verbinding heeft met de zee en alleen bij extreem hoog water nog helemaal onderloopt met zout zeewater. Geulen met zeewater stromen dwars door het gebied. Er groeien alleen planten die zout water kunnen verdragen, zoals lamsoor[12], Engels gras[13] en zeekraal[14]. Het grootste deel van de Slufter is afgesloten om eidereenden[15], sneeuwgorzen[16] en veldleeuweriken[17] te beschermen. De klas wandelt door het open gedeelte naar het strand, waar alle duinen zijn begroeid met helmgras[18]. Dit is een van de weinige planten die in het voedselarme zand van de duinen kan groeien en de extreme omstandigheden zoals hitte, harde wind en droogte kan doorstaan. Met zijn lange wortels houdt helmgras bovendien het duinzand bij elkaar. Zo kunnen er duinen ontstaan die het achterliggende land beschermen tegen de zee. En achter een duin, uit de wind, is het ideaal om je lunchpakketje op te eten en zo weer energie te krijgen voor de lange fietstocht terug naar de haven.

Opdrachten

1 In afbeelding 1 zie je dieren en planten die in de tekst voorkomen. In de tekst hebben ze allemaal een nummer. Zoek met behulp van de tekst en van internet de juiste foto van een organisme bij een nummer. Noteer de letter die bij de foto staat bij het juiste nummer in het schema.
Wat lees je als je alles hebt ingevuld?

1	2	3	4	5	6	7	8	9

10	11	12	13	14	15	16	17	18

2 Veel lepelaars vliegen niet meer naar Afrika. Ze overwinteren nu in het zuiden van Spanje en Portugal.
Leg uit waarom lepelaars niet meer naar Afrika vliegen.

3 Vanaf 1963 mag er niet meer worden gejaagd op zeehonden. Het aantal gewone zeehonden nam daardoor sterk toe. Gewone zeehonden zijn gevoelig voor virusinfecties. Twee keer halveerde de populatie door een virusepidemie. Waarschijnlijk doen de zeehonden daarom aan 'social distancing'. Ze liggen bijvoorbeeld op een zandplaat altijd wat verder uit elkaar.
Wat is het belang van afstand houden voor de zeehonden?

4 Ties weet zeker dat Engels gras niet alleen in de Slufter groeit, maar ook langs de snelweg.
Leg uit waarom Engels gras inderdaad ook langs de snelweg groeit.

Ga naar de *Voorkennistoets* en het *Voorkennisfilmpje*.

1 BIOLOGIE IS OVERAL

LEERDOELEN

1.1.1 Je kunt beschrijven wat biologie is en uitleggen dat biologie op veel gebieden een rol speelt.

1.1.2 Je kunt het verschil tussen levensloop en levenscyclus beschrijven.

1.1.3 Je kunt de organisatieniveaus van de biologie benoemen en uitleggen dat op elk hoger organisatieniveau nieuwe eigenschappen kunnen ontstaan.

TAXONOMIE	LEERDOELEN EN OPDRACHTEN		
	1.1.1	1.1.2	1.1.3
Onthouden	1		4a, 5c
Begrijpen		2, 3	4b, 5ab
Toepassen		10	6, 7, 8b, 9
Analyseren		11, 12	8a

Wat is de overeenkomst tussen een rechercheur, een fysiotherapeut en een boswachter? Een rechercheur moet veel weten van DNA-sporen, een fysiotherapeut alles over spieren en gewrichten en een boswachter kent de relaties tussen alle planten en dieren in het bos. Alle drie kunnen ze niet zonder kennis van biologie.

BIOLOGIE: ONMISBAAR VOOR DE SAMENLEVING

Onderwerpen die met het vak biologie te maken hebben, kom je overal tegen: in je dagelijks leven, in wetenschappelijk onderzoek, maar ook in veel beroepen heb je biologische kennis nodig (zie afbeelding 1). Fysiotherapeuten en verpleegkundigen hebben kennis nodig van het menselijk lichaam. In de landbouw wordt biologische kennis gebruikt om op een veilige manier gezonde voeding te produceren.

Rechercheurs maken gebruik van biologische kennis om moordzaken op te lossen. Biologische kennis is dus heel divers. Biologie is een van de natuurwetenschappen. In de natuurwetenschappen bestuderen wetenschappers natuurverschijnselen. Andere natuurwetenschappen zijn onder andere scheikunde, natuurkunde en geologie. Tussen biologie en deze natuurwetenschappen bestaan overgangsgebieden, zoals biochemie, biomedische technologie en paleontologie.

Door meer en beter wetenschappelijk onderzoek neemt de biologische kennis en het biologisch inzicht elke dag toe. Bij belangrijke vraagstukken over de toekomst van voedselvoorziening en voedselzekerheid, gezondheid, duurzame ontwikkeling, energie en veiligheid is biologie steeds relevanter.

Een situatie waarin biologie een rol speelt, noem je een context voor het vak biologie. Voorbeelden van contexten zijn onder ander de vestiging van wolven op de Veluwe en het verdwijnen van soorten door houtkap in het Amazoneregenwoud.

■ **Afb. 1** Beroepen waarvoor biologische kennis nodig is.

1 Biochemisch laboranten ontwikkelen een vaccin.

2 Stadsecoloog neemt watermonsters.

3 Biomedisch technologen maken een uitwendig skelet.

4 Paleontoloog maakt oud bot vrij van aarde.

ORGANISMEN

In de biologie bestudeer je **organismen**. Organismen zijn levende wezens, zoals planten, dieren, schimmels en bacteriën. Alle levende organismen vertonen levensverschijnselen, zoals voortplanting, groei, ontwikkeling en **stofwisseling**. Met stofwisseling worden alle chemische (scheikundige) reacties in een organisme bedoeld. In de biologie kun je bestuderen wat er inwendig in een organisme gebeurt. Je kunt ook onderzoeken welke relaties er zijn met andere organismen en met de omgeving.

Als een organisme geen levensverschijnselen meer vertoont, noem je het dood. Dingen in de natuur die nooit hebben geleefd, noem je levenloos, bijvoorbeeld water, zuurstof, koolstofdioxide en gesteenten.

DE LEVENSCYCLUS VAN ORGANISMEN (SE)

Elk individueel organisme of individu heeft een unieke levensloop. De levensloop begint direct na het ontstaan van het organisme. Dan begint een organisme met groeien en ontwikkelen. Tijdens de ontwikkeling treden er veranderingen op in de bouw en het functioneren van het organisme of van bepaalde delen ervan. Je kunt een levensloop daardoor verdelen in verschillende fasen of stadia. De levensloop eindigt met de dood van het individu.

Hoewel de individuen van een soort sterven, blijft de soort voortbestaan. Individuen behoren tot dezelfde **soort** als zij zich onderling kunnen voortplanten en daarbij vruchtbare nakomelingen kunnen voortbrengen. Alle individuen van een soort doorlopen tijdens hun levensloop dezelfde stadia. Dit noem je de **levenscyclus** van een soort (zie afbeelding 2). De levenscyclus eindigt alleen als de soort uitsterft.

■ **Afb. 2** De fasen van de levenscyclus van de soort koolwitje.

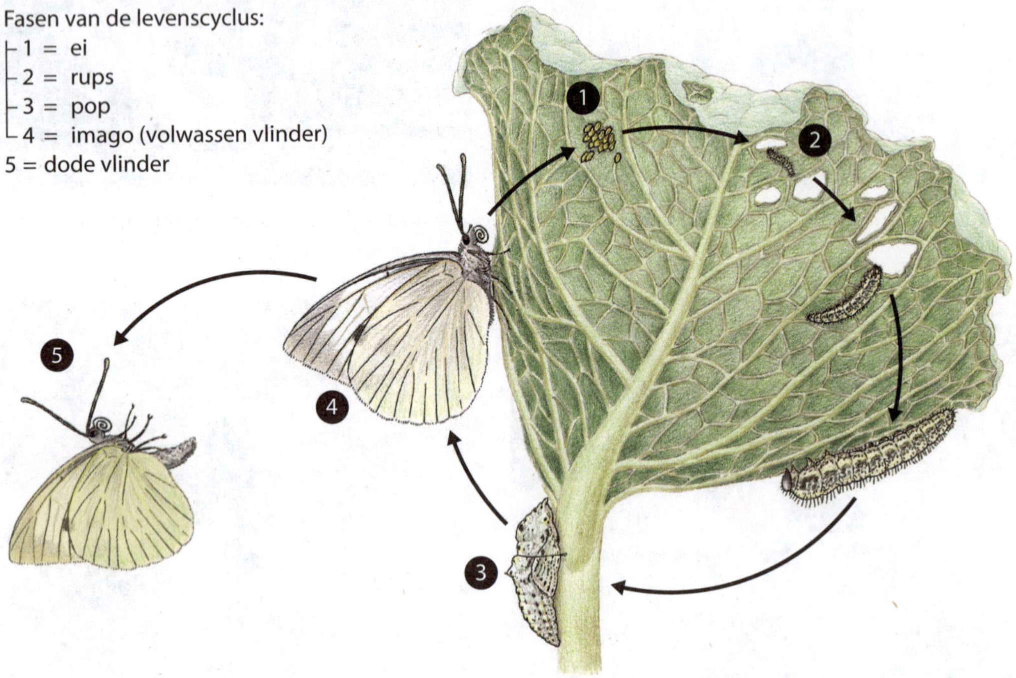

Opdrachten KENNIS

1 De hbo-opleidingen Bio-informatica en Biologie en Medisch Laboratoriumonderzoek combineren de kennis van biologie en een andere wetenschap.
- **a** Met welke wetenschappen wordt biologie gecombineerd bij deze opleidingen? Gebruik bij het beantwoorden van de vraag informatie van internet.
- **b** Wat leer je bij deze hbo-opleidingen? Gebruik bij het beantwoorden van de vraag informatie van internet.

2 In een gezin wordt een baby geboren.
- **a** Begint de baby aan een levensloop of aan een levenscyclus? Leg je antwoord uit.
- **b** Is er voor de mens als soort sprake van een levensloop of van een levenscyclus doordat de baby wordt geboren? Leg je antwoord uit.

3 In afbeelding 2 zie je de levenscyclus van de soort koolwitje.
- **a** Tijdens welke fase van de levensloop van een koolwitje neemt het lichaamsgewicht het meest toe?
- **b** Is er in fase 2 in afbeelding 2 sprake van groei of ontwikkeling? Leg je antwoord uit.
- **c** Is er in fase 3 van de levensloop van een koolwitje sprake van groei of ontwikkeling? Leg je antwoord uit.

ORGANISATIENIVEAUS IN DE BIOLOGIE

Organismen zijn georganiseerd in biologische eenheden (zie afbeelding 3). De kleinste biologische eenheid is een molecuul. Moleculen zijn de bouwstenen van stoffen. Een belangrijk molecuul in organismen is **DNA**. Dit bevat de erfelijke informatie van een organisme.

Afb. 3 Organisatieniveaus van de biologie.

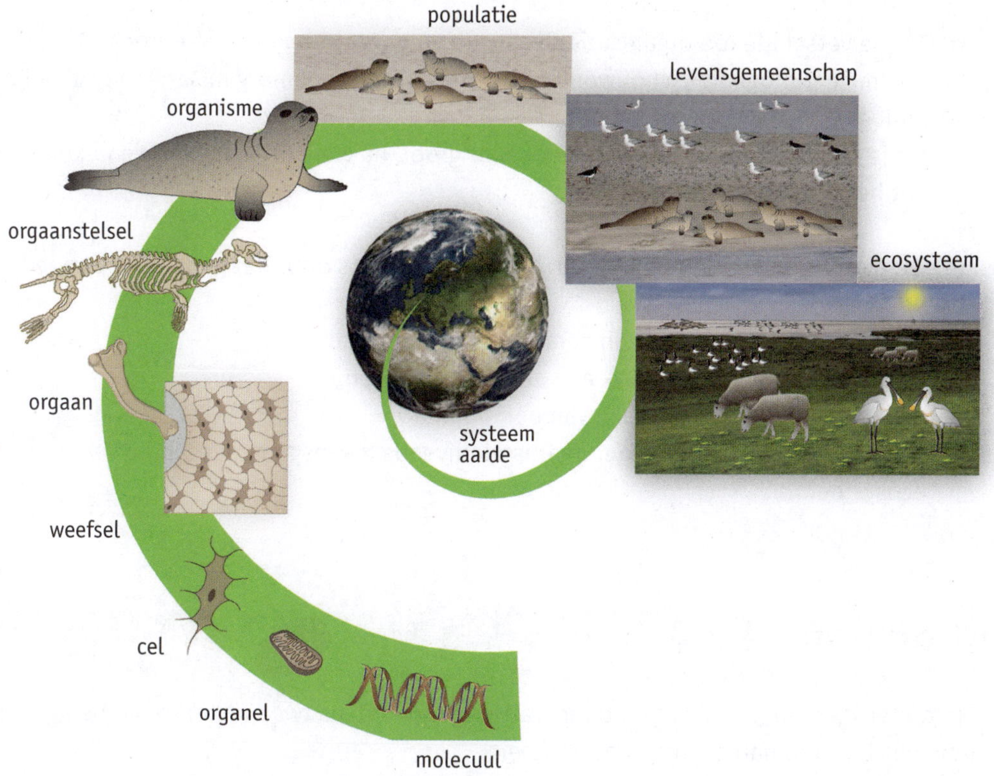

Een **cel** is een grotere biologische eenheid en een hoger organisatieniveau dan een molecuul. In een cel tref je onderdelen aan met een bepaalde functie: de **organellen**. Een celkern is een voorbeeld van een organel. Een groep cellen met dezelfde vorm en functie noem je een **weefsel**. Verschillende weefsels bij elkaar vormen samen een **orgaan**. Een orgaan is een deel van een organisme met een specifieke bouw en functie. Je hart, je oog en je hersenen zijn organen. Organen die samen een bepaalde functie uitoefenen vormen een **orgaanstelsel**. Voorbeelden van orgaanstelsels zijn het verteringsstelsel en het ademhalingsstelsel. De longen en de luchtpijp horen bij het ademhalingsstelsel.

Nog complexer is een organisme. Een organisme zoals de zeehond is meercellig. Eenvoudige organismen zoals bacteriën bestaan uit slechts één cel. Organismen behoren tot een **populatie**. Zo noem je een groep individuen van dezelfde soort die in een bepaald gebied leeft en zich onderling voortplant. Populaties leven nooit alleen, maar altijd samen met andere populaties. Dit kunnen populaties van dezelfde soort zijn, maar ook van andere soorten. Alle verschillende populaties die in een gebied samenleven noem je een **levensgemeenschap**. Een **ecosysteem** is een min of meer begrensd gebied waarvan een levensgemeenschap en de niet-levende natuur deel uitmaken. Tot de niet-levende natuur in een ecosysteem behoren bijvoorbeeld de temperatuur en de hoeveelheid zonlicht. Voorbeelden van ecosystemen zijn een weidegebied, een bos, een sloot of een koraalrif. Het geheel aan ecosystemen op aarde vormt het systeem aarde.

Op een hoger organisatieniveau kunnen eigenschappen ontstaan die er op een lager organisatieniveau niet zijn. Een cel bestaat bijvoorbeeld uit veel moleculen. Eén enkel molecuul van een cel leeft niet. Maar interactie tussen alle moleculen levert wel een levende cel op. Interactie betekent op elkaar reageren. De moleculen van een cel reageren ook op invloeden uit de omgeving. Door interactie van organen zoals spieren, zenuwen, ogen, beenderen, hersenen en bloedvaten verschijnt de nieuwe eigenschap 'lopen' op het hogere organisatieniveau organisme. De genoemde organen kunnen niet zelfstandig lopen. Daarvoor is samenwerking nodig tussen de biologische eenheden van de verschillende organisatieniveaus.

Opdrachten KENNIS

4 **a** Zet de verschillende organisatieniveaus in volgorde van klein naar groot.
b Sommige biologen beschouwen het begrip 'soort' als een organisatieniveau van de biologie.
Als je een volgorde maakt van klein naar groot, na welk organisatieniveau kun je dan het begrip 'soort' plaatsen?

5 In een natuurgebied leeft een groep veldmuizen. Dwars door dat gebied loopt een brede rivier.
a Is er bij de groep veldmuizen sprake van één populatie?
b In datzelfde gebied leeft ook een aantal koolmezen.
Is er bij de koolmezen sprake van één populatie?
c Wat is het verschil tussen de organisatieniveaus levensgemeenschap en ecosysteem?

Opdrachten INZICHT

6 In de tekst worden zonlicht en temperatuur genoemd als twee factoren die behoren tot de niet-levende natuur in een ecosysteem.
Noteer drie andere factoren die voorkomen in de niet-levende natuur van een ecosysteem.

7 **a** Op welk organisatieniveau in afbeelding 3 ontstaat de eigenschap 'kunnen vliegen'? Leg je antwoord uit.
b Op welk organisatieniveau ontstaat het levensverschijnsel 'voortplanten' als eigenschap? Leg je antwoord uit.

8 **a** Geef drie organisatieniveaus waarover een boswachter veel kennis heeft. Leg je antwoord uit.
b Bij geweldsmisdrijven, zoals een moord, worden forensisch rechercheurs ingezet om op de plaats delict te zoeken naar biologische sporen. Deze sporen kunnen leiden tot aanhouding en veroordeling van de dader.
Sporen waarnaar onderzoek kan worden gedaan zijn onder andere:
- DNA uit bijvoorbeeld bloedcellen van een haarzakje of sperma. Het DNA-profiel is uniek voor elk individu.
- De bloedgroep. Het bepalen van de bloedgroep is alleen ter ondersteuning, want er zijn meer mensen met dezelfde bloedgroep.

Bij welk organisatieniveau horen deze sporen?

9 De uitstoot van gassen door auto's is een van de oorzaken van het versterkte broeikaseffect.
Op welk organisatieniveau speelt dit milieuprobleem zich af? Leg je antwoord uit.

Ga naar de *Flitskaarten* en *Test jezelf.*

Context Leefwereld

OORKWALLEN LEGGEN KERNREACTOR STIL

Een Zweedse kernreactor aan de Baltische Zee is tijdelijk stilgelegd vanwege een school oorkwallen (*Aurelia aurita*) die de toevoer van koelwater blokkeert. Een aantal jaar geleden kampte de kernreactor al eens met hetzelfde probleem. Er kan geen koud water naar de reactor worden gepompt dat nodig is om de reactor en turbines af te koelen.

Ook voor vissers is deze kwallenbloei een probleem. Wanneer er veel kwallen in de visnetten terechtkomen, kunnen de netten scheuren. Bovendien eten de kwallen hetzelfde voedsel als sommige vissoorten en eten ze de viseitjes en vislarven.

Door in te grijpen in de levenscyclus van de oorkwal (zie afbeelding 4) kan kwallenbloei worden bestreden. De levenscyclus van de oorkwal begint als uit zaadcellen en eicellen van volwassen oorkwallen een bevruchte eicel ontstaat. Hieruit groeit een vrij zwemmende larve. De larve zoekt een geschikte plek uit op de bodem in niet al te diep water en zet zichzelf vast als een poliep. De poliep groeit en kopieert zichzelf steeds totdat na enige tijd de kopieën als schijfvormige afsnoeringen (ephyra) loslaten. Hieruit groeien volwassen vrij zwemmende kwallen. Dit proces start in de winter. De oorkwallen maken bepaalde eiwitten aan die er in het voorjaar voor zorgen dat de ephyra loslaten en uitgroeien tot kwalletjes.

■ **Afb. 4** De levenscyclus van een oorkwal.

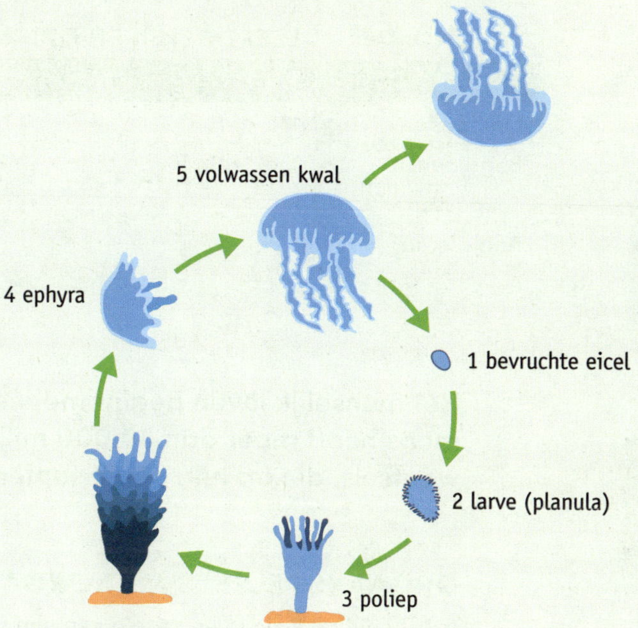

Opdrachten

10 **a** Tijdens welke fase van de levensloop van een oorkwal vindt de meeste groei plaats?
b Een oorkwal verandert tijdens zijn leven van een larve in een poliep.
Hoe verandert het functioneren van een oorkwal tijdens dit deel van zijn levensloop?

11 Kwallen eten hetzelfde voedsel als sommige vissoorten.
Welke gevolgen heeft dit voor deze vissoorten?

12 **a** De overlevingskansen van oorkwallen nemen toe als ze in het voorjaar van poliepen in kwallen veranderen.
Hoe kun je dit verklaren?
b Eiwitten zorgen ervoor dat poliepen in kwallen veranderen. Onderzoekers kunnen die eiwitten in een laboratorium namaken en gebruiken om kwallenbloei te voorkomen.
Op welk moment van het jaar kunnen de onderzoekers deze eiwitten het best gebruiken?

2 ORGANEN, WEEFSELS EN CELLEN

LEERDOELEN

1.2.1 Je kunt orgaanstelsels, organen, weefsels en cellen van een mens herkennen en hun kenmerken en functies beschrijven.

1.2.2 Je kunt beschrijven dat groepen cellen in een weefsel, orgaan of orgaanstelsel een gezamenlijke functie uitoefenen.

1.2.3 Je kunt bij (delen van) organismen het verband aangeven tussen vorm en functie.

TAXONOMIE	LEERDOELEN EN OPDRACHTEN		
	1.2.1	1.2.2	1.2.3
Onthouden	13b		15b
Begrijpen	13a, 14ab, 16	13c, 14c	15ac
Toepassen			18, 19, 20ab 21abd
Analyseren			17, 20c, 21c

Het menselijk leven begint met één bevruchte eicel. Een volwassen mens heeft meer dan 30 000 miljard cellen. Ze zijn gegroepeerd in weefsels, die op hun beurt samen organen vormen.

ORGAANSTELSELS MET ORGANEN

In afbeelding 5 zie je een torso van een vrouw waarbij de ribben zijn weggenomen. Je ziet verschillende organen die deel uitmaken van verschillende orgaanstelsels. Het middenrif scheidt de romp in de borstholte en de buikholte.

■ **Afb. 5** Torso van een vrouw.

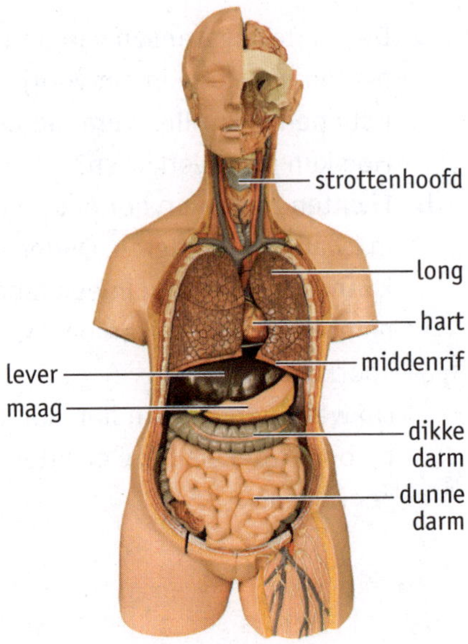

Opdrachten KENNIS

13 Kijk naar afbeelding 5.
a Welke organen in de afbeelding horen bij het verteringsstelsel?
b Bij welk orgaanstelsel hoort het hart?
c Wat is de functie van het hart?

14 In afbeelding 6 zijn twee dwarsdoorsneden van de romp van de mens schematisch getekend.
a Geef de namen van de genummerde organen.
b Tot welk orgaanstelsel behoren de nummers 1 en 2?
c Geef minimaal twee functies van de nummers 1 en 2.

■ **Afb. 6** Dwarsdoorsneden van de romp van een mens (schematisch).

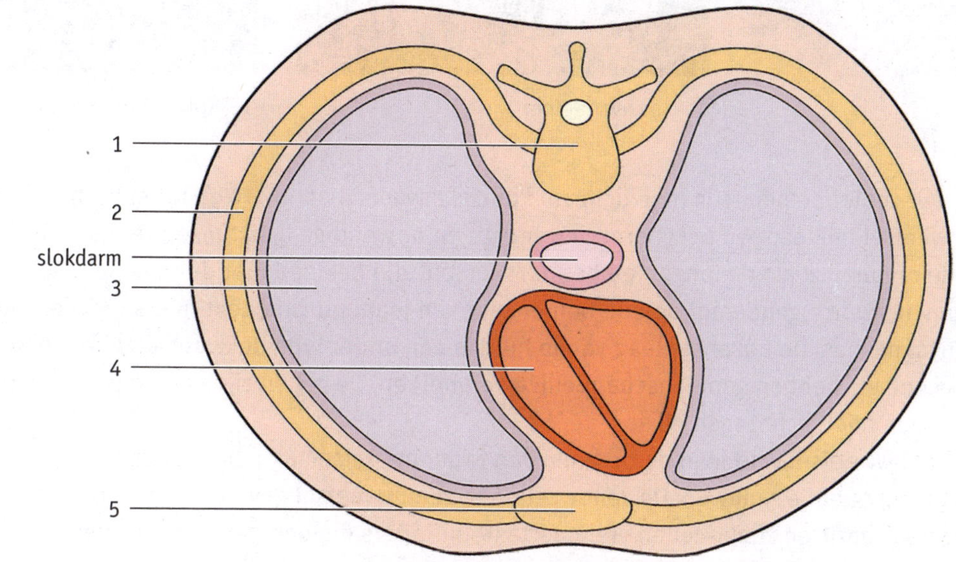

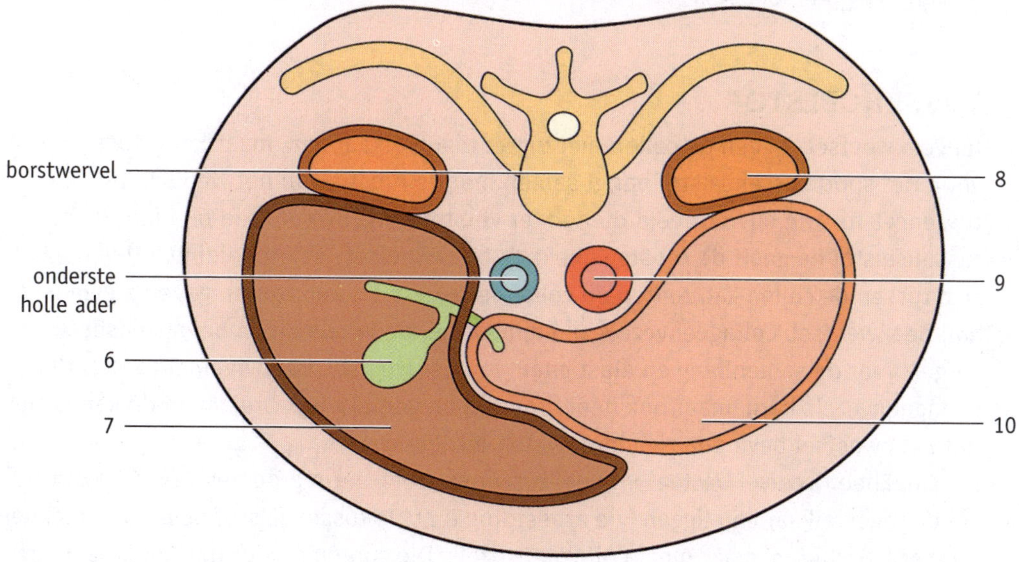

WEEFSELS

Bij meercellige organismen zijn de organen opgebouwd uit weefsels. In je lichaam komen verschillende soorten weefsels voor. De vorm van de cellen in een weefsel hangt nauw samen met de functie. In afbeelding 7 zie je voorbeelden van verschillende soorten weefsels. Van elk soort weefsel bestaan weer verschillende typen.

■ **Afb. 7** Drie soorten weefsels.

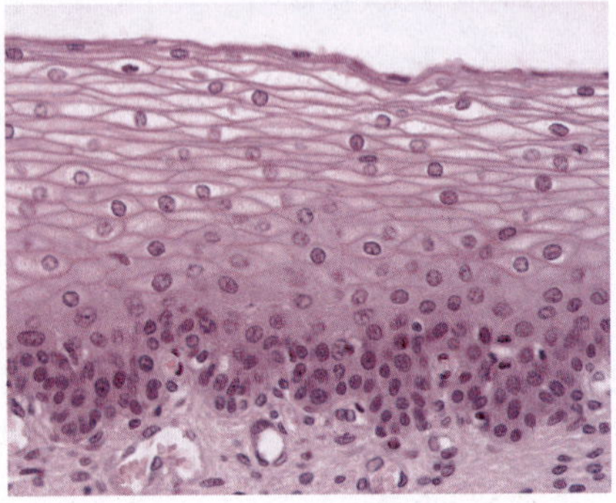

1 dekweefsel

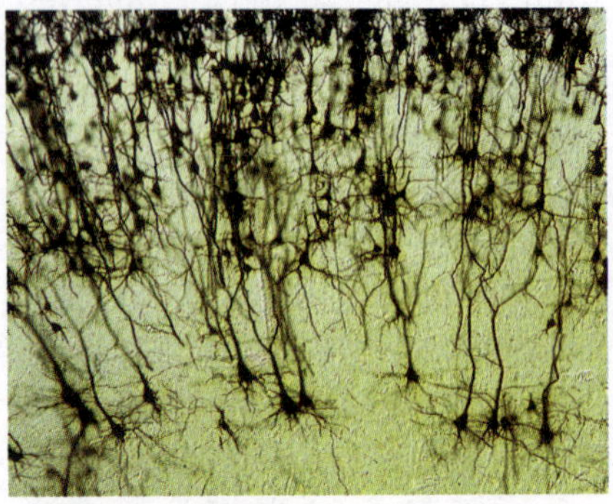

2 zenuwweefsel

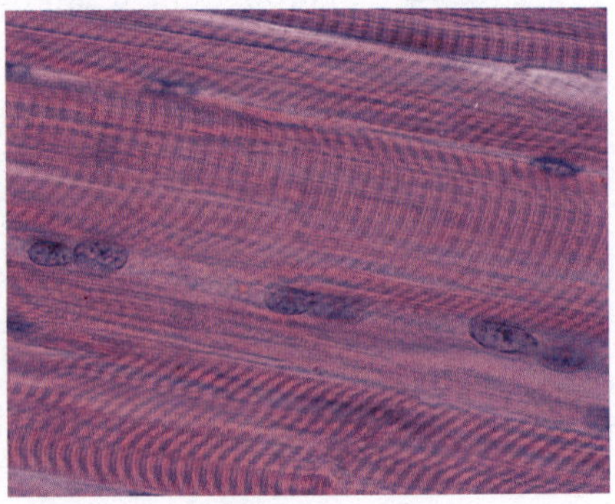

3 spierweefsel

Op verschillende plaatsen in je lichaam komt dekweefsel voor (*BiNaS* tabel 80B). Dit weefsel bekleedt en beschermt inwendige en uitwendige lichaamsoppervlakken. Holle organen zoals de longen en het darmkanaal zijn bekleed met dekweefsel dat slijmvlies wordt genoemd. Ook de binnenkant van je mond is bedekt met slijmvlies, het wangslijmvlies. De bovenste laag van je huid is een ander type dekweefsel. Alle typen dekweefsels hebben gemeenschappelijke kenmerken. De cellen zijn vaak rechthoekig en liggen heel dicht tegen elkaar.

Zenuwweefsel vind je in de organen van je zenuwstelsel: in je hersenen, je ruggenmerg en je zenuwen. De zenuwcellen in zenuwweefsel geven informatie door. Daarvoor bezitten zenuwcellen sterk vertakte uitlopers die een netwerk vormen. Spierweefsel bestaat uit cellen die kunnen samentrekken en zo beweging mogelijk maken (*BiNaS* tabel 80E).

TUSSENCELSTOF

Bij veel weefsels liggen de cellen niet direct tegen elkaar aan, maar komt **tussencelstof** voor. Het soort tussencelstof hangt samen met de functie van het weefsel. De tussencelstof kan bijvoorbeeld dienen ter versteviging. De celwand bij planten is tussencelstof en geeft de cel stevigheid. In beenweefsel (zie afbeelding 8.1) bevinden zich tussen de cellen kalkzouten en collageenvezels. De kalkzouten geven stevigheid aan beenweefsel. Collageenvezels zijn lijmvormende vezels die in beenweefsel zorgen voor de samenhang en elasticiteit van het weefsel. Beenweefsel zou zonder collageenvezels hard, maar ook heel bros zijn en gemakkelijk breken. In de kanaaltjes in het beenweefsel bevinden zich bloedvaten en zenuwen.

Kraakbeenweefsel bestaat uit veel tussencelstof waarin groepjes van twee of drie cellen tegen elkaar aan liggen (zie afbeelding 8.2). De tussencelstof bevat bij kraakbeen minder kalkzouten, maar meer collageenvezels. Die zorgen ervoor dat het kraakbeen elastisch en buigzaam is. Hierdoor kan het weefsel enigszins vervormen. Kraakbeen zit bijvoorbeeld in je oren en neus.

■ **Afb. 8** Tussencelstof in beenweefsel en kraakbeenweefsel.

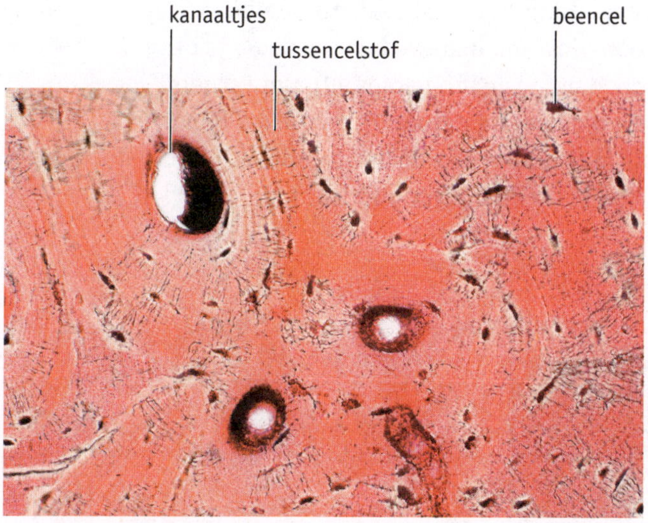

1 beenweefsel

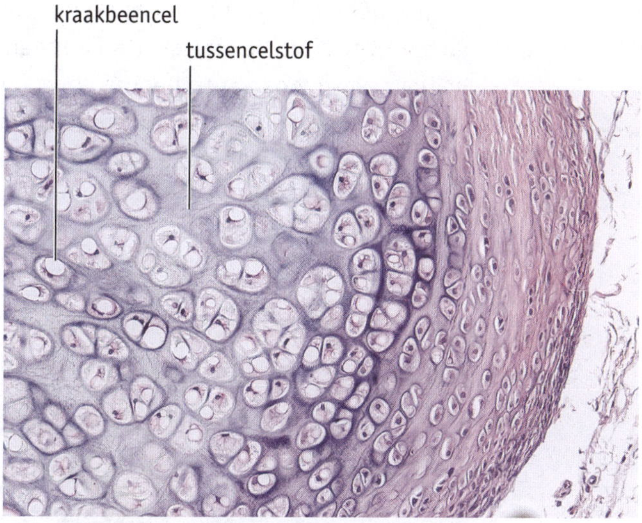

2 kraakbeenweefsel

VORM EN FUNCTIE

Organismen zijn opgebouwd uit biologische eenheden, zoals cellen en weefsels. Tussen de vorm en de functie van biologische eenheden kun je verbanden zien. Kijk bijvoorbeeld naar het beenderstelsel. Een dijbeen is een langwerpig hol been (zie afbeelding 9.1). In de kop van een dijbeen bestaat het beenweefsel uit beenbalkjes met daartussen beenmerg. De beenbalkjes lopen in de richtingen waarin de grootste krachten op het bot worden uitgeoefend. Hierdoor zijn dijbeenderen zo licht mogelijk zonder dat dit ten koste gaat van de stevigheid. Je benen kunnen je lichaamsgewicht dragen zonder dat het je te veel energie kost om ze te verzetten. De beenderen in de voeten hebben samen een gewelfde vorm (zie afbeelding 9.2). Door deze vorm zijn de voeten goed in staat het gewicht van je lichaam te dragen en schokken op te vangen.

■ **Afb. 9** Vorm en functie gaan samen.

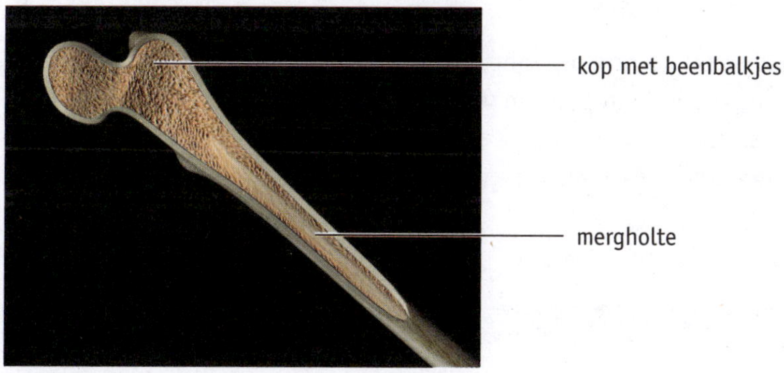

1 een dijbeen van de mens (lengtedoorsnede)

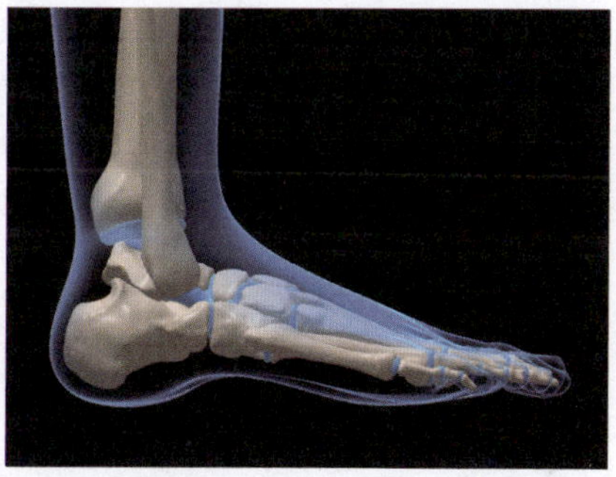

2 de gewelfde vorm van een voet

Diersoorten die in het water leven hebben in het algemeen een lichaamsvorm die weinig weerstand van het water ondervindt. Kop, romp en staart gaan geleidelijk in elkaar over. Deze lichaamsvorm heet een stroomlijnvorm. Behalve bij vissen kun je deze lichaamsvorm ook aantreffen bij vogels en zoogdieren (zie afbeelding 10). Ontwerpers kijken voor het maken van een product soms goed naar de natuur. Ze gebruiken dan de vorm en functie van biologische eenheden als model voor een technisch ontwerp. Een duikboot heeft bijvoorbeeld een gestroomlijnde vorm en ondervindt daardoor weinig weerstand van het water.

■ **Afb. 10** Gestroomlijnde lichaamsvorm van een gierzwaluw.

Opdrachten KENNIS

15 **a** De tussencelstof van beenweefsel is hard.
Leg uit dat dit te maken heeft met de functie van het beenweefsel.
b Is de tussencelstof van kraakbeenweefsel hard of zacht?
Leg je antwoord uit.
c In je oren en neus komt kraakbeen voor.
Geef nog twee plaatsen in je lichaam waar kraakbeen voorkomt.

16 Planten zijn ook opgebouwd uit verschillende organen.
a Geef drie voorbeelden van organen die in planten voorkomen.
b Heeft een plant ook weefsels?
Gebruik je *BiNaS* voor het beantwoorden van deze vraag.

Opdrachten INZICHT

17 Kraakbeen is weefsel dat moeilijk herstelt als het is beschadigd.
Leg uit hoe dat komt.

18 In afbeelding 10 zie je een foto van een gierzwaluw. Deze vogel is gestroomlijnd.
a Leg aan de hand van de levenswijze van de gierzwaluw uit waarom de gestroomlijnde vorm zo belangrijk is. Gebruik bij het beantwoorden van de vraag informatie van internet.
b Waarom is het voor een struisvogel niet nodig om een gestroomlijnd lichaam te hebben?

19 In afbeelding 11 zie je bladeren van de venusvliegenvanger.
Wat is de functie van deze bladeren? Leg je antwoord uit.

■ **Afb. 11** Bladeren van de venusvliegenvanger.

20 Gorilla's kunnen rechtop staan en lopen. Gewoonlijk gebruiken ze hiervoor alle ledematen. Ook bij het klimmen in bomen gebruiken ze alle ledematen.
In afbeelding 12 zijn het bekken en de wervelkolom van een gorilla en van een mens getekend.

a Wat is het verschil tussen het heiligbeen van een gorilla en dat van een mens?
b Welk verschil is er tussen de vorm van de wervelkolom van een gorilla en die van een mens?
c Leg uit dat de verschillen in bouw van het heiligbeen en de wervelkolom te maken hebben met de levenswijze van de gorilla en de mens.

■ **Afb. 12** Skelet en bekkengordel van een mens en een gorilla.

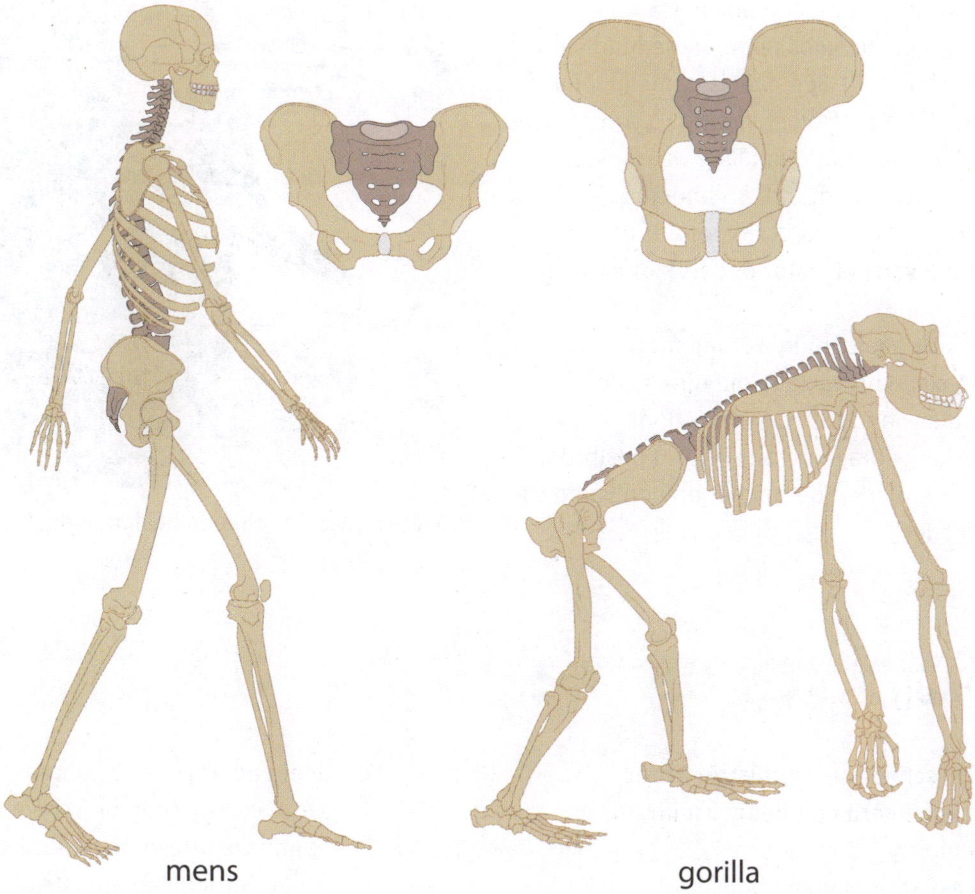

Ga naar de *Flitskaarten* en *Test jezelf*.

Context Beroep

INSPIRATIE UIT DE NATUUR

Biomimicry is de wetenschap die voorbeelden uit de natuur bestudeert en de kennis gebruikt om producten te ontwerpen of problemen op te lossen. De term biomimicry is afgeleid van de Griekse woorden *bios* 'leven' en *mimesis* 'imiteren', dus letterlijk 'het leven imiteren'. Industrieel ontwerpers laten zich voor een nieuw product vaak inspireren door de relatie tussen een vorm uit de levende natuur en de functie ervan. Een industrieel ontwerper heeft een hbo-opleiding gevolgd in de richting van Design and Innovation, Industrieel Ontwerpen of een meer artistieke opleiding aan bijvoorbeeld een Design Academy. Als student leer je niet alleen nieuwe producten te ontwerpen, maar ook bestaande producten te verbeteren door nieuwe materialen, vormen of technieken toe te passen. Je moet hierbij rekening houden met de wensen en mogelijkheden van de gebruikers en de fabrikant.

Een mooi voorbeeld van biomimicry is het ontwikkelen van *fastskin* gebaseerd op de huid van haaien (zie afbeelding 13). Een haai is namelijk niet bedekt met schubben zoals veel andere vissoorten. De huid van een haai bestaat uit een laag waarin kleine tandjes zitten, ook wel huidtandjes genoemd. Het profiel van de huidtandjes zorgt ervoor dat een haai minder weerstand van het water ondervindt en dus sneller kan zwemmen.

Op basis van de haaienhuid werden met fastskin zwempakken ontwikkeld die tijdens de Olympische Spelen van 2000 in Sydney door veel zwemmers werden gedragen. Maar in 2010 besloot de internationale zwemfederatie om het dragen van deze pakken te verbieden.

■ **Afb. 13** Ontwerp gebaseerd op de huid van een haai.

1 een detailfoto van de huid van een haai met huidtanden

2 een zwemmer in een haaienhuidpak

Opdrachten

21 Ook in de scheepvaartindustrie wordt geëxperimenteerd met het gebruik van haaienhuid.

- **a** Op welk deel van een boot zou je haaienhuid kunnen toepassen? Leg je antwoord uit.
- **b** Waarom zou het voor de scheepvaartindustrie interessant zijn om dit principe verder te onderzoeken?
- **c** Geef een argument waarom je het gebruik van haaienhuid in de scheepvaart als een duurzaam alternatief kunt beschouwen.
- **d** Is het beroep van industrieel ontwerper iets voor jou? Licht je antwoord toe.

3 PLANTAARDIGE EN DIERLIJKE CELLEN

LEERDOELEN

1.3.1 Je kunt delen van dierlijke cellen en van plantaardige cellen benoemen en de functies ervan beschrijven.

1.3.2 Je kunt een microscoop gebruiken en daarmee (delen van) organismen bestuderen.

▶ Vaardigheden 1, 2, 3 en 4
▶ Practica 1, 2 en 3

TAXONOMIE	LEERDOELEN EN OPDRACHTEN	
	1.3.1	**1.3.2**
Onthouden	30	25
Begrijpen	22, 23, 24, 26a	
Toepassen	26b, 27a, 28b, 31, 32b	28a
Analyseren	27b, 29, 32ac	

Een cel is de kleinste biologische eenheid die kan leven. Cellen kunnen enorm verschillen, maar ze vertonen ook overeenkomsten. Met behulp van een microscoop kun je zien dat cellen allesbehalve simpel zijn.

CELLEN BEKIJKEN

In 1665 bekeek Robert Hooke een stukje kurk met een zelfgebouwde microscoop die 30× kon vergroten. Hij ontdekte dat kurk uit kleine hokjes bestaat. Die noemde hij cellen. Hij introduceerde daarmee het begrip 'cel' in de biologie. Zijn tijdgenoot Antoni van Leeuwenhoek ontwikkelde een aantal jaar later een microscoop die 266× kon vergroten. Met deze microscoop kon hij als eerste mens levende bacteriën waarnemen. Hij bestudeerde, beschreef en tekende heel kleine organismen, cellen en weefsels die hij met zijn eenvoudige microscoop waarnam (zie afbeelding 14).

■ **Afb. 14** Een microscoop van Antoni van Leeuwenhoek.

Microscopen spelen een belangrijke rol bij allerlei onderzoeken. Als je de waterkwaliteit wilt bepalen, kun je met een microscoop bekijken welke soorten organismen in het water leven. Een medisch analist onderzoekt menselijke cellen en weefsels met behulp van microscopen in een laboratorium van een ziekenhuis. Op school gebruik je een microscoop waarbij licht door het preparaat valt. Dit noem je een lichtmicroscoop. Met een lichtmicroscoop kun je bijvoorbeeld verschillen tussen plantaardige en dierlijke cellen bestuderen.

CELLEN VAN PLANTEN EN DIEREN

Als je kijkt naar cellen van plantaardige en dierlijke organismen zie je overeenkomsten en verschillen. In afbeelding 15 zie je een plantaardige cel en een dierlijke cel met verschillende delen. De aangegeven delen komen niet in alle cellen van alle organismen voor. Elk deel van een cel met een eigen functie noem je een organel (*BiNaS* tabel 79B, 79C en 79D).

De buitenste laag van een cel is het **celmembraan**. Het celmembraan bestaat voor het grootste deel uit vetmoleculen. Hierdoor wordt het inwendige van de cel, het **cytoplasma** (**celplasma**), gescheiden van het milieu buiten de cel. Cytoplasma bestaat uit water met daarin allerlei organellen en opgeloste stoffen. Ook de **celkern** ligt in het cytoplasma. Het kernmembraan vormt de buitenste laag van de celkern.

■ **Afb. 15** Een plantaardige cel en een dierlijke cel.

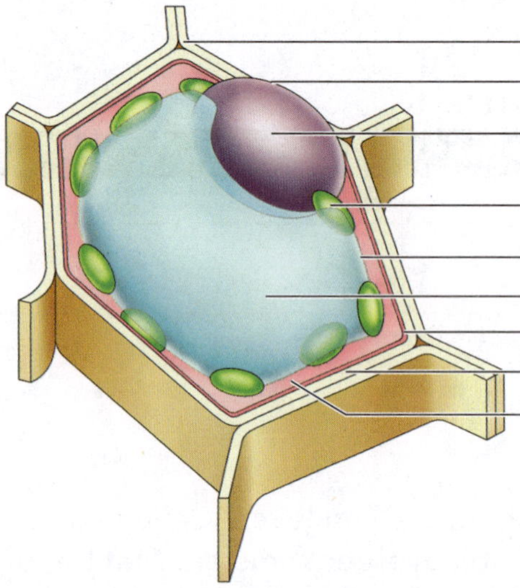

1 een plantaardige cel (schematisch)

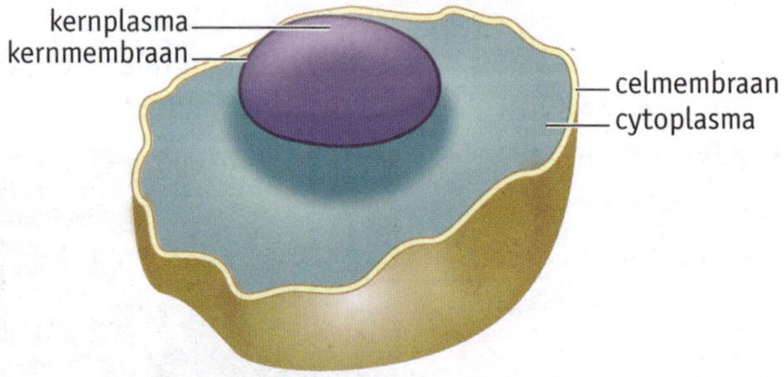

2 een dierlijke cel (schematisch)

In veel plantaardige cellen zit een grote centrale **vacuole**. Deze is gevuld met vacuolevocht en wordt omgeven door het vacuolemembraan. Het cytoplasma zit tussen het vacuolemembraan en het celmembraan. De vacuole speelt een belangrijke rol bij de stevigheid van plantaardige cellen. Ook kan de vacuole van een plantaardige cel kleurstoffen bevatten. De kleurstoffen geven kleur aan bijvoorbeeld bloemen en vruchten.

Bij planten kunnen in het cytoplasma van de cellen ook **plastiden** voorkomen. Van deze organellen bestaan verschillende typen: **bladgroenkorrels** (chloroplasten), chromoplasten (kleurstofkorrels) en leukoplasten. Bladgroenkorrels bevatten groene kleurstoffen (**bladgroen**). In chromoplasten komen gele, oranje en rode kleurstoffen voor. Leukoplasten dienen om stoffen zoals vet, zetmeel en eiwit in op te slaan.

Zetmeelkorrels zijn bijvoorbeeld leukoplasten waarin zetmeel is opgeslagen. Sommige plastiden kunnen overgaan in andere. Zo gaan bladgroenkorrels tijdens het rijpen van vruchten over in chromoplasten. Dit gebeurt bijvoorbeeld tijdens het rijpen van een tomaat.

Bij plantaardige cellen zit een **celwand** als een omhulsel om het celmembraan heen. De celwand ligt buiten de cel en is dus geen organel. De celwand bestaat uit cellulose en geeft de plantencel stevigheid.

Op plaatsen waar plantaardige cellen niet helemaal op elkaar aansluiten ontstaan intercellulaire ruimten. Deze ruimten zijn gevuld met lucht of vocht.

ELEKTRONENMICROSCOPEN

In cellen komen delen voor die met een lichtmicroscoop niet zichtbaar zijn. Om deze delen te bekijken, gebruik je een elektronenmicroscoop (zie afbeelding 16). Elektronenmicroscopen kunnen tot zes miljoen keer vergroten. Ze zijn aangesloten op computers. Een computer bewerkt de beelden en toont ze op een beeldscherm. Vaak worden de beelden ingekleurd waardoor bepaalde structuren beter zichtbaar zijn (zie afbeelding 17).

■ **Afb. 16** Een elektronenmicroscoop.

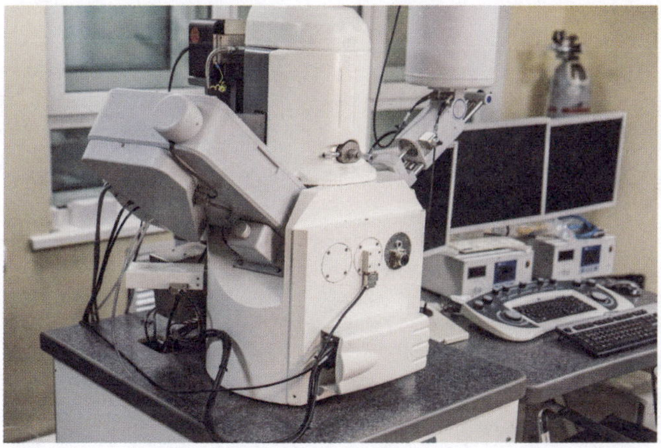

■ **Afb. 17** Elektronenmicroscopische foto's.

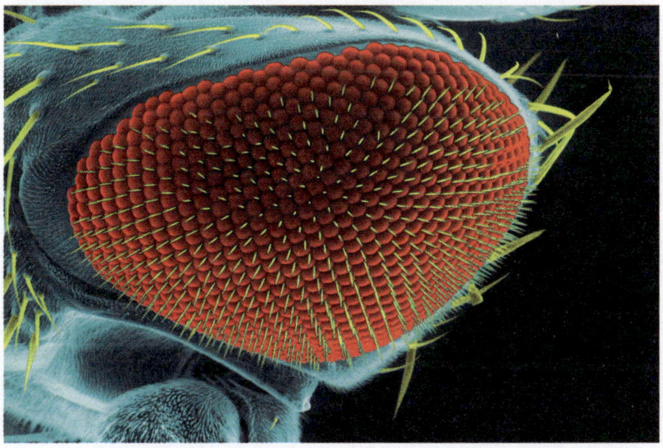

1 detailfoto van een oog van een fruitvliegje, gekleurd

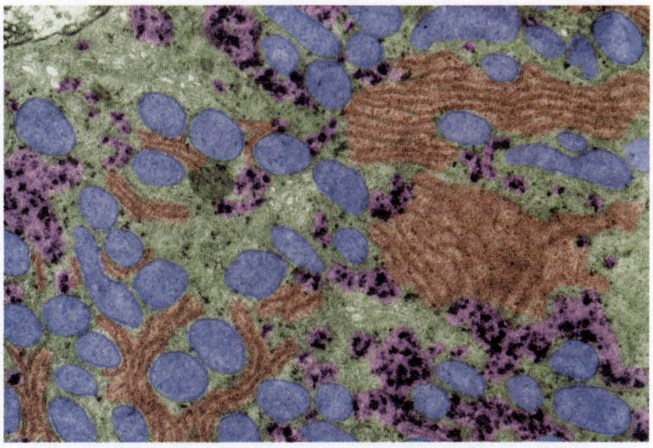

2 detailfoto van een levercel met organellen (2200×), gekleurd

Opdrachten KENNIS

22 Cellen van een mens zijn dierlijke cellen. Tussen dierlijke en plantaardige cellen bestaan verschillen.
Geef in de tabel aan welke delen in dierlijke cellen aanwezig zijn en welke delen in plantaardige cellen aanwezig zijn of kunnen zijn. Noteer ook de functie van dat deel van de cel.

Deel van de cel	**Is aanwezig bij dierlijke cellen**	**Is aanwezig of kan aanwezig zijn bij plantaardige cellen**	**Functie**
Celmembraan			
Celwand			
Cytoplasma			
Grote centrale vacuole			
Celkern			
Kernmembraan			
Bladgroenkorrels			
Chromoplasten			
Leukoplasten			

23 In sommige delen van een cel tref je vaak bepaalde stoffen aan. Hieronder staan vier stoffen genoemd.
Geef voor elke stof aan in welk deel van de cel deze veel voorkomt.

1 cellulose
2 oranje kleurstof
3 zetmeel
4 bladgroen

24 **a** Als winterwortelen boven de grond uit komen verandert de kleur van oranje naar groen. Welke verandering heeft dan plaatsgevonden?
b Ook aardappelen verkleuren boven de grond naar groen. Welke verandering heeft dan plaatsgevonden?

25 Door gebruik te maken van een elektronenmicroscoop kregen onderzoekers veel beter inzicht in de structuren van een cel.
a Wat is het grote voordeel van een elektronenmicroscoop?
b De kleuren op elektronenmicroscopische foto's komen niet overeen met de werkelijkheid.
Waarom zijn elektronenmicroscopische foto's vaak ingekleurd?

Opdrachten INZICHT

26 Tijdens de biologieles bekijkt Ibrahim cellen van bladeren van een plant met een microscoop. Het valt hem op dat aan de bovenkant van het blad veel meer bladgroenkorrels in de cellen zitten dan aan de onderkant van het blad.
a Wat is de functie van bladgroenkorrels?
b Wat is het voordeel voor een plant om aan de bovenkant van het blad de meeste bladgroenkorrels te hebben?

27 Vruchten van planten zijn eerst meestal groen. Bij het rijpen van deze vruchten verandert de kleur naar bijvoorbeeld rood of geel.
a Waarom zijn de vruchten eerst nog groen?
b Wat is de functie van de kleurverandering bij vruchten?

28 Karin bekijkt een preparaat onder de microscoop. Ze meet de lengte van de cellen. De lengte die ze ziet is 2 cm. De vergroting is 250×.
a Hoe groot is de werkelijke lengte van een cel?
b Kan Karin op basis van deze gegevens bepalen of het een plantaardige of dierlijke cel is? Gebruik voor het beantwoorden van deze vraag *BiNaS* tabel 78.

29 Het was lange tijd onduidelijk of je de eencellige *Euglena* (oogdiertje) tot de planten of dieren moest rekenen. Het organisme heeft bladgroen als het in het licht leeft, maar dat wordt afgebroken als het donker is. Verder heeft het een celwand en kan het zwemmen met een zweephaar.
Geef een argument waarom je *Euglena* zou kunnen indelen bij de planten.

Ga naar de *Flitskaarten* en *Test jezelf*.

Context Leefwereld

KLEURRIJKE DIEREN

Niet alleen planten, maar ook dieren kunnen bijzonder kleurrijk zijn. Eiwitten in veren, haren en huid zorgen voor dit gevarieerde kleurenpalet. De kleuren van dieren hebben verschillende functies: camouflage, waarschuwen, communicatie en pronken. Veel insecten hebben kleuren waarmee ze vijanden afschrikken, zoals rood, blauw of geel. Denk maar aan lieveheersbeestjes, wespen en sommige rupsen. Hiermee geven ze aan dat ze onaangenaam smaken of zelfs giftig zijn. Veel vlinders hebben oogachtige vlekken die pas tevoorschijn komen als de vlinder wegvliegt. Hierdoor kan een roofdier de indruk krijgen dat hij wordt aangevallen door een veel groter dier.

Ook vogels hebben vaak opvallende kleuren, denk bijvoorbeeld aan een pauw. Vrouwtjes kiezen mannetjes met de mooist gekleurde veren om mee te paren.

Bij zoogdieren spelen kleuren een belangrijke rol bij de non-verbale communicatie. Bij bavianen bijvoorbeeld, geeft het rode achterwerk van een vrouwtje aan dat ze vruchtbaar is en bereid om te paren. Daarnaast helpt een juiste vachtkleur voor een goede camouflage. Wanneer dieren in grote kudden leven is het een voordeel als ze allemaal dezelfde kleur hebben. Op deze manier is het voor een roofdier moeilijker om één doelwit te onderscheiden en aan te vallen. Alle prooien lijken immers op elkaar, een roofdier kan dan moeilijk een slachtoffer kiezen. De kameleon en de octopus zijn bijzonder, want zij kunnen van kleur veranderen. Door deze eigenschap kunnen ze zich met hun huid camoufleren, waarschuwen en pronken zonder zich te hoeven verkleden.

■ **Afb. 18** Een kameleon.

Opdrachten

30 Hoe ontstaan bij planten de kleuren in de plant en in bloemen?

31 Veel insecten zijn zwart-geel. Dit geeft aan dat ze onsmakelijk of zelfs giftig zijn. Toch zijn er ook veel insecten die zwart-geel zijn, maar die geen gifstoffen hebben. Deze insecten bootsen giftige insecten na.
Waarom zou een niet-giftig insect willen lijken op een giftig insect?

32 In de tekst staat dat vrouwtjes mannetjes met de mooist gekleurde veren kiezen om mee te paren.
- **a** Waarom zou een vrouwtje het mannetje met de mooiste veren uitkiezen?
- **b** Waarom zijn vrouwtjes vaak minder uitbundig gekleurd?
- **c** Toch zijn er vogelsoorten waarbij ook het vrouwtje fel gekleurd is, zoals bijvoorbeeld bij de koolmees. Waarom is het voor deze vrouwtjes geen nadeel om kleuren te hebben?

4 ORGANELLEN

LEERDOELEN

1.4.1 Je kunt een cel beschrijven als een zelfstandig functionerende biologische eenheid.

1.4.2 Je kunt beschrijven hoe transport van stoffen via (cel)membranen plaatsvindt.

TAXONOMIE	LEERDOELEN EN OPDRACHTEN	
	1.4.1	1.4.2
Onthouden	33ab, 42bc	
Begrijpen	33c, 34, 35, 37b, 42a	36, 37a
Toepassen	38, 41a, 42d	
Analyseren	39, 40, 41b, 42e	

Dat het in een cel een levendige boel is, kun je op afbeeldingen niet zien. In tegenstelling tot de organen in je lichaam, liggen de organellen in een cel niet op een vaste plaats. Ze bewegen continu en er is interactie met andere organellen.

CELKERN

Relatief grote organellen die je met een lichtmicroscoop meestal goed kunt zien zijn de celkern, vacuole en plastiden. Wanneer je ze met een elektronenmicroscoop bekijkt, zie je meer eigenschappen van deze organellen.
De celkern bestaat uit kernplasma dat is omgeven door het kernmembraan (zie afbeelding 19). Hierin bevinden zich openingen waardoor transport van stoffen in en uit het kernplasma mogelijk is. In het kernplasma liggen **chromosomen**. Deze bestaan uit lange moleculen DNA. Het DNA bevat informatie voor de **erfelijke eigenschappen** van een organisme. Die informatie bepaalt bijvoorbeeld de bouw en functie van een cel.

■ **Afb. 19** De celkern (schematische tekening).

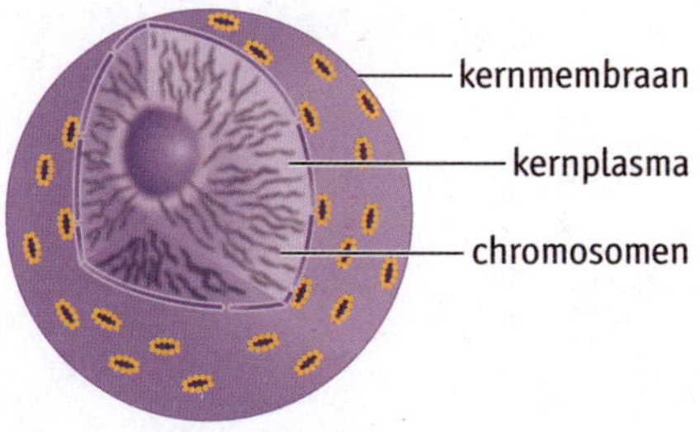

ENDOPLASMATISCH RETICULUM EN GOLGISYSTEEM

In het cytoplasma bevindt zich een uitgebreid netwerk van membranen die afgeplatte holten en kanaaltjes vormen (zie afbeelding 20). Dit heet het **endoplasmatisch reticulum** (ER). De membranen van het ER zijn verbonden met het kernmembraan. De ruimten tussen de membranen staan met elkaar in verbinding. Er zijn twee typen endoplasmatisch reticulum: ruw en glad.

- Op de membranen van **ruw endoplasmatisch reticulum** (RER) bevinden zich **ribosomen**. Dat zijn kleine bolvormige organellen die eiwitten produceren (eiwitsynthese). Ribosomen komen ook vrij in het cytoplasma voor. Ribosomen op het ruw endoplasmatisch reticulum geven hun eiwitten af in de holten tussen de membranen. De eiwitten worden dan bewerkt en verpakt in blaasjes, die afsnoeren van het membraan van het RER. De blaasjes worden verder getransporteerd voor bewerking.
- Glad endoplasmatisch reticulum (GER) heeft geen ribosomen. GER speelt een rol bij de stofwisseling in de cel, zoals bij de productie van vetten of het afbreken van gifstoffen.

■ **Afb. 20** Endoplasmatisch reticulum met ribosomen.

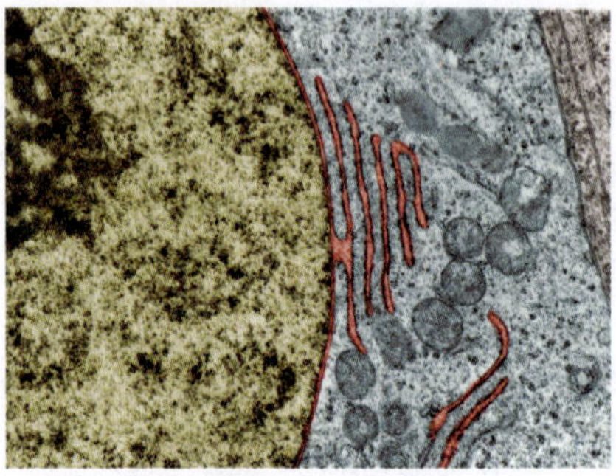

1 elektronenmicroscopische foto (11 000×)

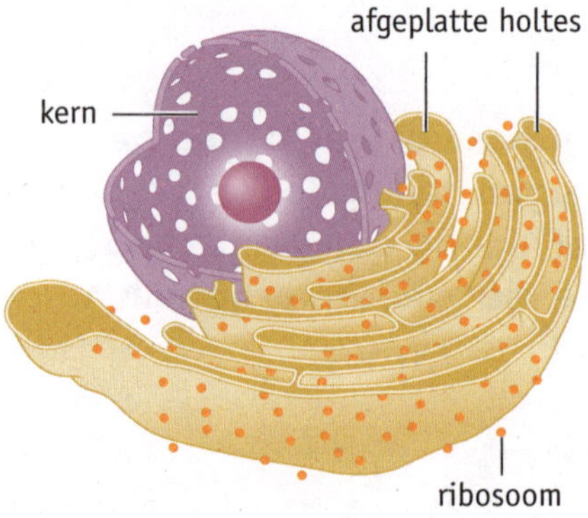

2 schematische tekening

De eiwitmoleculen in de blaasjes die het ruw endoplasmatisch reticulum afsnoert, hebben nog niet de uiteindelijke vorm. Het **golgisysteem** neemt deze blaasjes op. Het golgisysteem bestaat uit opeengestapelde platte membranen in het cytoplasma van de cel (zie afbeelding 21). Het golgisysteem bewerkt de eiwitmoleculen totdat ze hun definitieve vorm hebben. Dan snoert het golgisysteem de eiwitten in nieuwe blaasjes af.

■ **Afb. 21** Een stapel membranen van het golgisysteem (3D-illustratie).

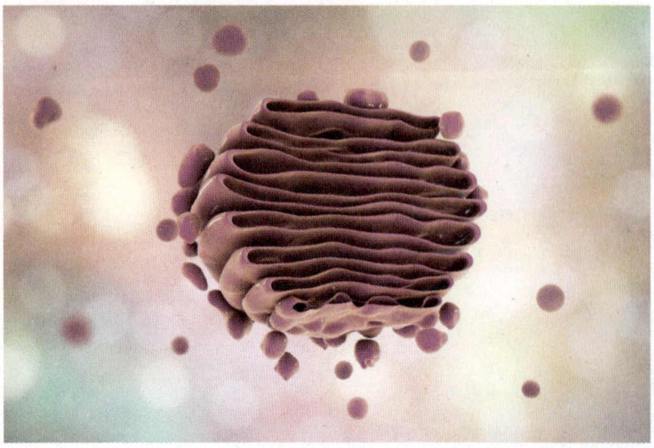

Sommige blaasjes versmelten vervolgens met het celmembraan en geven de eiwitten af, zodat ze buiten de cel terechtkomen. Het afsnoeren van blaasjes door het celmembraan om stoffen naar buiten de cel te transporteren, noem je **exocytose** (zie afbeelding 27). Het afgeven van stoffen door cellen noem je secretie. In cellen van klieren (bijvoorbeeld een speekselklier) en in cellen van slijmvlies vindt veel secretie plaats.

Er zijn ook blaasjes die van het golgisysteem afsnoeren en in de cel blijven, zoals **lysosomen**. De eiwitten in lysosomen zijn **enzymen**. Enzymen kunnen stoffen afbreken. Lysosomen kunnen samensmelten met blaasjes die zijn gevuld met voedingsstoffen of afvalstoffen. Vervolgens zetten de enzymen deze stoffen om in andere producten, die in de cel worden gebruikt of worden uitgescheiden. In afbeelding 22 zie je de processen van eiwitsynthese tot secretie schematisch weergegeven.

■ **Afb. 22** Van eiwitsynthese tot secretie.

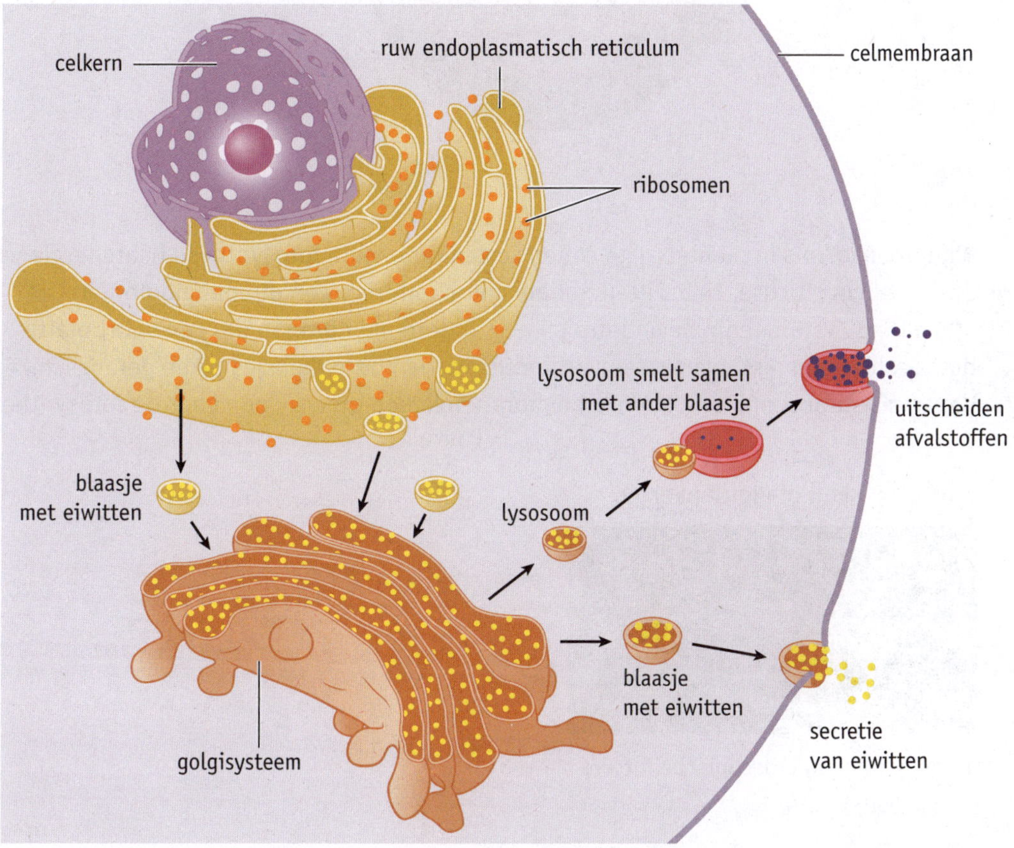

MITOCHONDRIËN EN BLADGROENKORRELS

Mitochondriën (enkelvoud: mitochondrium) zijn organellen met een ovale vorm. Ze hebben dubbele membranen, waarvan het binnenmembraan sterk is geplooid (zie afbeelding 23). In cellen vindt verbranding van **glucose** plaats. Met de energie die hierbij vrijkomt vormen mitochondriën energierijke moleculen van de stof **ATP** (adenosinetrifosfaat). De enzymen die nodig zijn voor de productie van ATP liggen in het binnenmembraan van een mitochondrium. ATP-moleculen kunnen vanuit het mitochondrium naar het cytoplasma gaan. Als ergens in de cel energie nodig is, wordt die vrijgemaakt uit ATP-moleculen. Het aantal mitochondriën in een cel kan variëren en is afhankelijk van de activiteit van de cel.

■ **Afb. 23** Een schematische tekening van een mitochondrium.

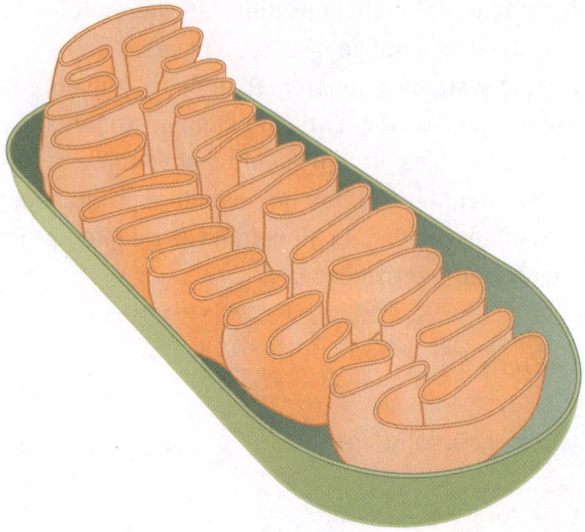

Bladgroenkorrels in plantaardige cellen zetten tijdens de fotosynthese lichtenergie van de zon om in glucose. Ze bezitten net als mitochondriën een dubbel membraan (zie afbeelding 24). Binnenin bevinden zich nog andere membranen die een soort platte blaasjes vormen met daartussen verbindingen. De platte blaasjes lijken gerangschikt te liggen als stapels munten. In deze membranen liggen de enzymen voor de fotosynthese.

■ **Afb. 24** Een bladgroenkorrel.

1 elektronenmicroscopische foto (16 000×)

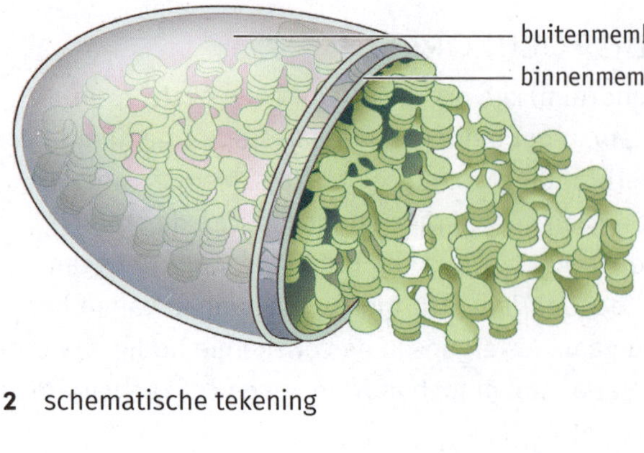

2 schematische tekening

Opdrachten KENNIS

33 In afbeelding 25 zie je een schematische tekening van een plantaardige cel.
- **a** Geef de namen van de genummerde delen.
- **b** Geef de functies van de genummerde delen 1 tot en met 7, 9, 11 en 12.
- **c** Aan welke drie delen kun je zien dat afbeelding 25 een plantaardige cel voorstelt?

■ **Afb. 25** Een plantaardige cel.

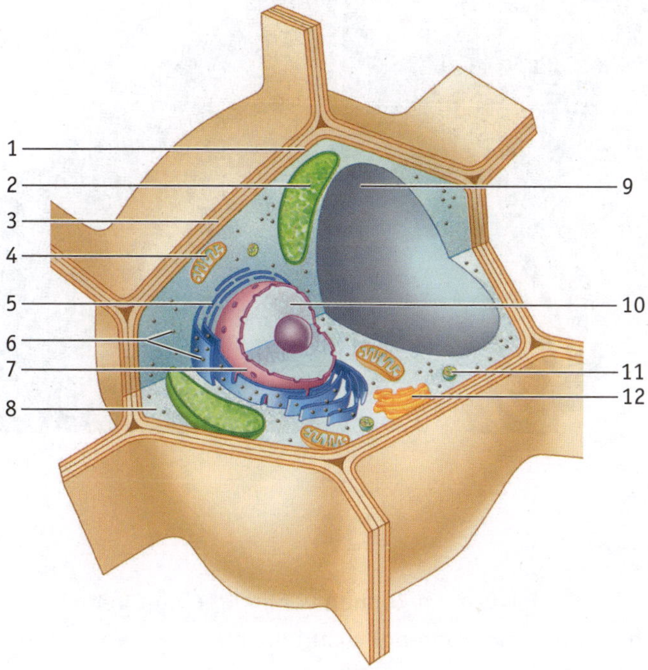

34 Leg uit waarom zaadcellen en spiercellen meer mitochondriën hebben dan andere lichaamscellen.

MEMBRANEN

Cellen nemen stoffen uit hun omgeving op en geven stoffen aan hun omgeving af. Deze stoffen moeten dan het celmembraan passeren. Celmembranen bestaan uit een dubbele laag van **fosfolipiden** (vetachtige stoffen, *BiNaS* tabel 67G3) met daartussen eiwitmoleculen (zie afbeelding 26). Veel van deze **membraaneiwitten** spelen een rol bij het transport van stoffen in en uit een cel. De fosfolipiden in het membraan zijn voortdurend in beweging, waardoor een membraan geen vaste of harde wand is, maar een dun vloeibaar vliesje. Membranen kunnen hierdoor allerlei vormen aannemen. Sommige cellen hebben **trilharen** aan de buitenkant van het membraan. Deze kunnen een functie hebben bij de voortbeweging van de cel of bij de verplaatsing van stoffen langs de cel. Een lange zweephaar aan een cel (bijvoorbeeld aan een spermacel) maakt voortbeweging mogelijk.

Aan sommige membraaneiwitten en aan sommige fosfolipiden zitten koolhydraatketens. Die koolhydraatketens spelen een rol bij de herkenning van de cel door andere cellen.

■ **Afb. 26** De bouw van een membraan.

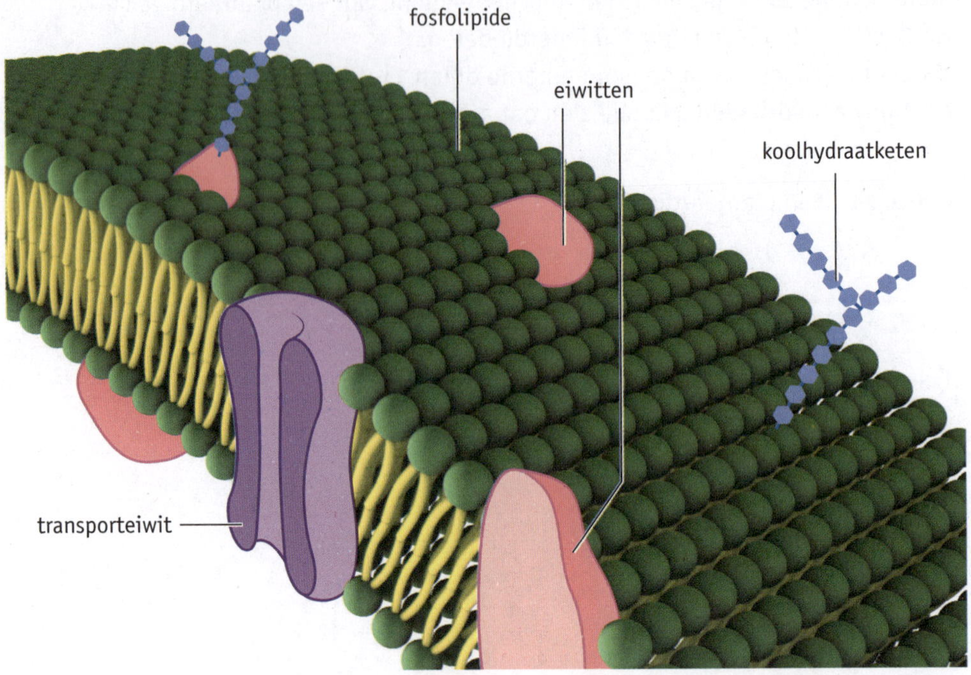

TRANSPORT VIA BLAASJES

Blaasjes die zijn afgesnoerd van het golgisysteem kunnen versmelten met het celmembraan. Veel cellen kunnen hun membraan ook instulpingen naar binnen toe laten maken en zo stoffen uit de omgeving opnemen. Het afsnoeren van blaasjes door het celmembraan om stoffen in de cel op te nemen, noem je **endocytose** (zie afbeelding 27). Het blaasje dat zich afsnoert van het celmembraan noem je een **endosoom**. In de cel versmelt het endosoom met een lysosoom, waarna enzymen uit het lysosoom de stoffen in het endosoom afbreken. Via transporteiwitten komen de afbraakproducten in het cytoplasma.

■ **Afb. 27** Exocytose en endocytose.

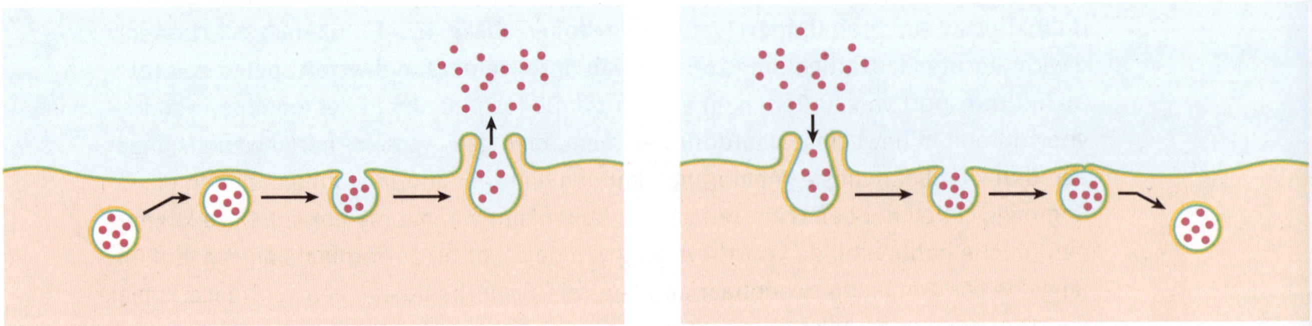

exocytose

endocytose

Opdrachten KENNIS

35 Voedingsmiddelen bevatten voedingsstoffen. Zes groepen voedingsstoffen zijn: eiwitten, koolhydraten, mineralen, vetten, vitaminen en water.
Van welke van deze groepen voedingsstoffen kun je met zekerheid zeggen dat ze bouwstenen voor membranen leveren?

36 Een endosoom kan samensmelten met een lysosoom (zie afbeelding 28). De inhoud van beide blaasjes vermengt zich dan.
Welk gevolg heeft dit voor de stoffen in het endosoom?

■ **Afb. 28** Een endosoom versmelt met een lysosoom.

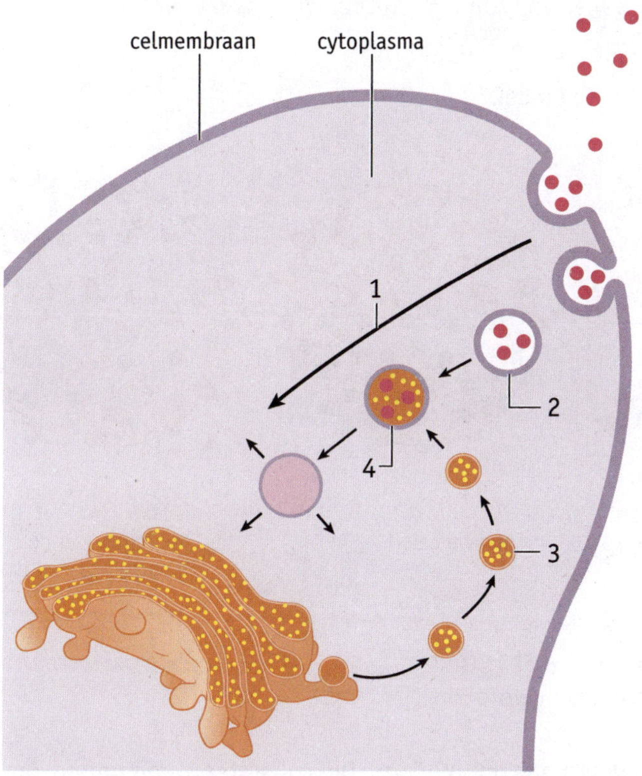

37 Wanneer een cel via endosomen vaste deeltjes opneemt, heet dat fagocytose. Wanneer de ingesloten vaste deeltjes voedseldeeltjes zijn, noem je het blaasje een voedingsvacuole. Bij eencelligen, zoals pantoffeldiertjes en amoeben, vindt de voedselopname door fagocytose plaats. Door schijnvoetjes kan een amoebe een voedseldeeltje omgeven en in zich opnemen (zie afbeelding 29).

a Is de vorming van een voedingsvacuole een voorbeeld van endocytose of exocytose? Leg je antwoord uit.

b Op welke wijze komen de voedingsstoffen die zich in de voedingsvacuole bevinden in het cytoplasma terecht?

■ **Afb. 29** Fagocytose bij een amoebe.

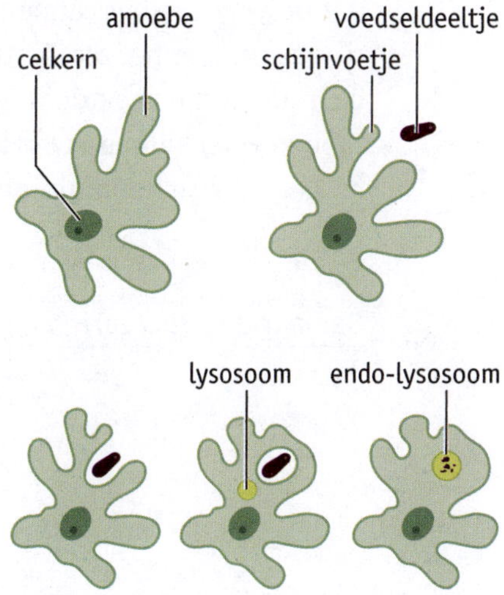

Opdrachten INZICHT

38 Amylase is een enzym dat zetmeel afbreekt. Cellen in de speekselklieren produceren amylase en geven dit enzym via een afvoerbuisje af. Verschillende delen van een cel spelen een rol bij de productie van amylase.

a Welke delen van een cel hebben een functie bij de productie en afgifte van amylase?

b Geef van elk deel aan welke functie het heeft.

39 Een onderzoeker heeft de membraaneiwitten van een cel van een muis gemerkt met een rode kleurstof. De membraaneiwitten van een cel van een mens zijn gemerkt met een blauwe kleurstof. Hij laat beide cellen met elkaar fuseren tot een nieuwe cel. Na een uur bekijkt hij het resultaat (zie afbeelding 30).
Welke conclusie kan de onderzoeker op grond van dit resultaat trekken?

■ **Afb. 30** Twee cellen fuseren tot één cel.

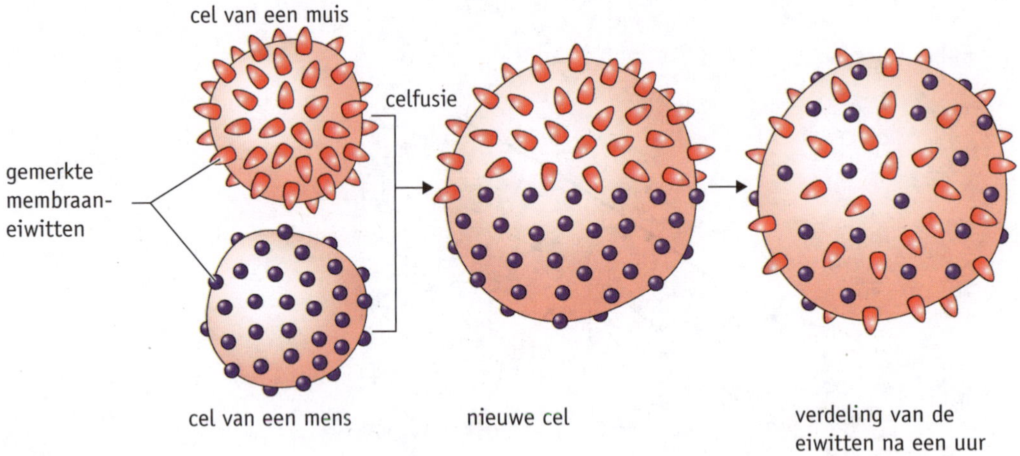

40 Als je spinazie kookt, wordt het kookvocht groen.
Hoe komt het dat het kookvocht groen wordt?

41 Peter heeft last van oorpijn en gaat naar zijn huisarts. Die constateert een ontsteking van het middenoor door infectie met een bacterie. Een bacterie is een eencellig organisme met een celwand en celmembraan, maar geen celkern. De huisarts schrijft Peter een kuur voor met het antibioticum polymyxine. Thuis vindt Peter op het internet dat polymyxine het celmembraan van de bacterie aantast.

a Leg uit hoe het antibioticum polymyxine de bacterie doodt.

b Tijdens zijn zoektocht op internet ziet Peter dat er verschillende antibiotica zijn met een verschillende werking. Zo remt het antibioticum tetracycline de eiwitsynthese. Leg uit hoe het antibioticum tetracycline de bacterie doodt.

Ga naar de *Flitskaarten* en *Test jezelf*.

Context Leefwereld

MOTOREIWITTEN ALS PAKKETBEZORGER

Op dit moment zijn er in je lichaam bijzonder veel pakketbezorgers aan het werk. Deze pakketbezorgers in je cellen zijn de motoreiwitten. Motoreiwitten zijn opgebouwd uit twee in elkaar gedraaide eiwitten waardoor ze er als het ware uitzien als een lichaam met twee kleine voetjes (zie afbeelding 31). De voetjes kunnen ook echt bewegen. De motorfunctie van het eiwit zorgt ervoor dat de voetjes zich om de beurt een stapje verplaatsen. Hierdoor kunnen motoreiwitten lopen over een structuur van draden in dierlijke cellen (het cytoskelet).

Het cytoskelet geeft stevigheid aan dierlijke cellen. Het bestaat uit dunne eiwitdraden die een netwerk in een cel vormen. Deze eiwitdraden worden continu afgebroken en weer opgebouwd. Daarom kan een dierlijke cel steeds andere vormen aannemen. Naast het geven van vorm en stevigheid aan de cel vormt het cytoskelet ook een 'wegennet' voor de motoreiwitten. Aan het motoreiwit kan zich een blaasje binden, bijvoorbeeld een lysosoom. Daarin kunnen verschillende stoffen zitten. De motoreiwitten vervoeren de blaasjes met inhoud snel naar de plaats in de cel waar de stoffen nodig zijn.

■ **Afb. 31** Motoreiwit met endosoom beweegt zich over cytoskelet.

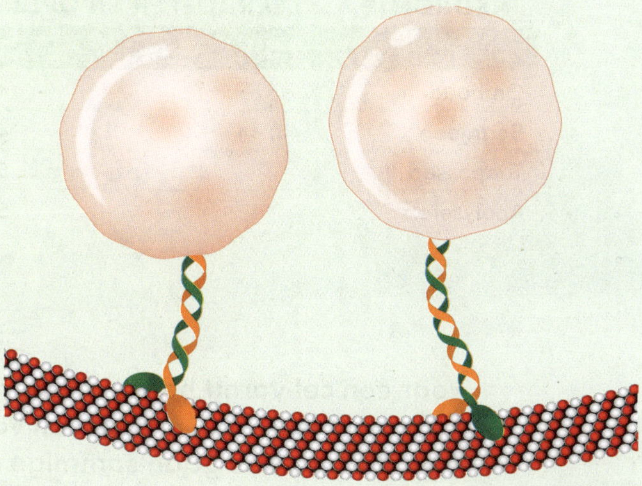

Opdrachten

42 **a** In welk organel bevindt zich het molecuul met de instructie voor het maken van een motoreiwit?

b Welk organel produceert eiwitten?

c Noteer drie functies van het cytoskelet.

d Cellen die veel stoffen vervoeren met behulp van motoreiwitten hebben vaak ook veel mitochondriën. Leg dit uit.

e Plantaardige cellen hebben een celwand die stevigheid en vorm aan de cel geeft. Hebben plantaardige cellen wel of geen cytoskelet? Leg je antwoord uit.

5 TRANSPORT DOOR MEMBRANEN

LEERDOELEN

1.5.1 Je kunt de concentratie van een oplossing berekenen. ▶ Vaardigheid 5

1.5.2 Je kunt uitleggen wat diffusie en osmose is en toelichten welke rol osmose speelt bij de stevigheid van planten. ▶ Practicum 4

1.5.3 Je kunt beschrijven hoe transport van stoffen via (cel)membranen plaatsvindt.

TAXONOMIE	LEERDOELEN EN OPDRACHTEN		
	1.5.1	1.5.2	1.5.3
Onthouden		45	48, 50a
Begrijpen	43, 44	46, 47, 52a, 56acd	49, 50b, 53
Toepassen		51, 52bde, 56be	
Analyseren		52c, 54, 55, 56f	

Voor een cel vormt het celmembraan de afscheiding met de omgeving. Het membraan van organellen vormt de afscheiding met het cytoplasma. Hoe gaan sommige stoffen bij een cel of bij organellen naar binnen en andere stoffen naar buiten?

CONCENTRATIE

Voor een goed verloop van processen in en om een cel is het nodig om stoffen een cel in en een cel uit te transporteren. Membranen zijn voor veel stoffen ondoordringbaar. Alleen sommige vetten en enkele kleine moleculen zoals zuurstof, stikstof en koolstofdioxide kunnen membranen ongehinderd passeren. Watermoleculen zijn ook klein en kunnen membranen wel passeren, maar heel traag. In het membraan zitten speciale eiwitten die ervoor zorgen dat ook andere stoffen de cel in en uit kunnen. Het verschil in de concentratie van de stoffen aan beide zijden van een membraan is daarbij belangrijk.

Stoffen in organismen kunnen in water zijn opgelost. Water is een oplosmiddel. Een oplossing bestaat uit een oplosmiddel en één of meer opgeloste stoffen. De concentratie geeft de hoeveelheid opgeloste stof in een bepaalde hoeveelheid oplosmiddel aan. De hoeveelheid opgeloste stof kun je aangeven met gram per liter (g/L of $g{\cdot}L^{-1}$), of in gram per (kilo)gram en dan kun je de concentratie ook uitdrukken in procenten. Een erg lage concentratie van een stof kun je uitdrukken in ppm (parts per million). 1 ppm komt overeen met een concentratie van 0,0001%. De concentratie kun je ook aangeven in mol per liter (mol/L of $mol{\cdot}L^{-1}$). Een mol is de eenheid voor het aantal deeltjes (moleculen, atomen, ionen).

Een voorbeeld: voor een infuus wordt vaak een fysiologische zoutoplossing gebruikt die in de bloedbaan van een patiënt komt. Dit is een oplossing van 0,9% keukenzout. De concentratie in procenten bereken je door het gewicht van de stof te delen door het totale gewicht van de oplossing. Om het percentage te bepalen, vermenigvuldig je dit getal met 100%. Een fysiologische zoutoplossing kun je dus maken door 9 g keukenzout op te lossen in 991 g water. De totale oplossing weegt dan 1000 g. Dus: 9 g / 1000 g × 100% = 0,9%.

DIFFUSIE

Als je in de hoek van het lokaal een gaskraan even openzet, ruik je een tijdje later overal in de klas gas. De gasmoleculen vermengen zich met de lucht en verspreiden zich over de hele ruimte. Als je in een glas water een geconcentreerde oplossing van een kleurstof druppelt en deze enige tijd laat staan, dan vermengt de kleurstof zich met het water (zie afbeelding 32). Na een tijdje is het hele glas water gekleurd. Dit verschijnsel heet **diffusie**. Diffusie is de verplaatsing van een stof van een plaats met een hoge concentratie naar een plaats met een lage concentratie van die stof. De afgifte van zuurstof door plantaardige cellen en de opname van zuurstof door dierlijke cellen vindt bijvoorbeeld plaats door diffusie.

■ **Afb. 32** Diffusie van een kleurstof in water.

Diffusie vindt plaats in een gasvormig of vloeibaar medium doordat de moleculen van gassen en vloeistoffen bewegen. Het medium kan bijvoorbeeld lucht of water zijn. De bewegingen van de moleculen zijn ongericht. Elk molecuul beweegt in een rechte lijn tot het tegen een ander molecuul botst. Door de botsing verandert de richting van de beweging. Hierdoor bewegen moleculen naar alle kanten door de ruimte die de vloeistof of het gas inneemt (zie afbeelding 33). Door diffusie verdelen moleculen zich gelijkmatig (homogeen) over de beschikbare ruimte. De concentratie is daardoor uiteindelijk overal gelijk. Er is dan een nettoverplaatsing opgetreden van moleculen (zowel van het oplosmiddel als de opgeloste stof) van plaatsen met de hoogste concentratie naar plaatsen met de laagste concentratie. In een ruimte met een gas of oplossing waarbij de concentratie overal gelijk is, bewegen de moleculen nog steeds, maar blijft de concentratie overal gelijk.

■ **Afb. 33** De afgelegde weg van een gasmolecuul in water en lucht.

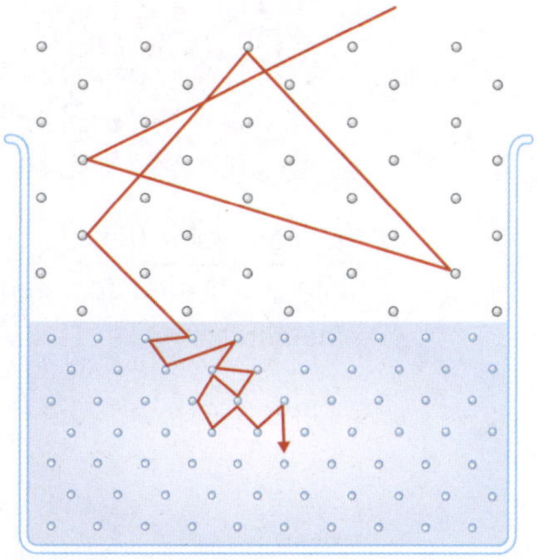

OSMOSE

Vloeistoffen of gassen kunnen zijn gescheiden door een membraan met poriën (zie afbeelding 34). Als de moleculen kleiner zijn dan de poriën in het membraan, kunnen ze passeren en kan diffusie optreden. Zo'n membraan noem je doorlatend, of permeabel.

■ **Afb. 34** Diffusie door een permeabel membraan.

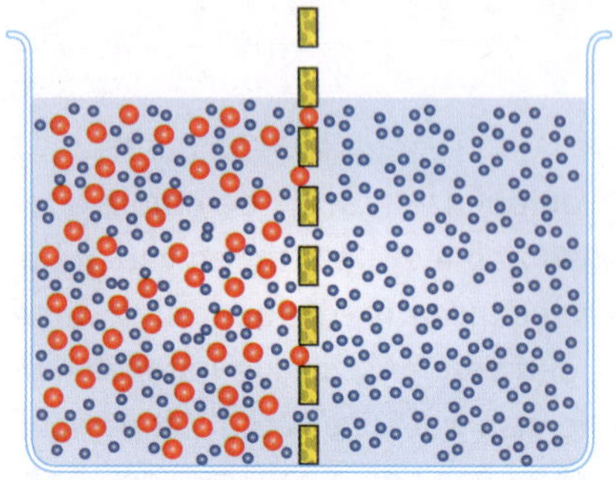

1 Een oplossing (links) en water (rechts) zijn gescheiden door een permeabel membraan.

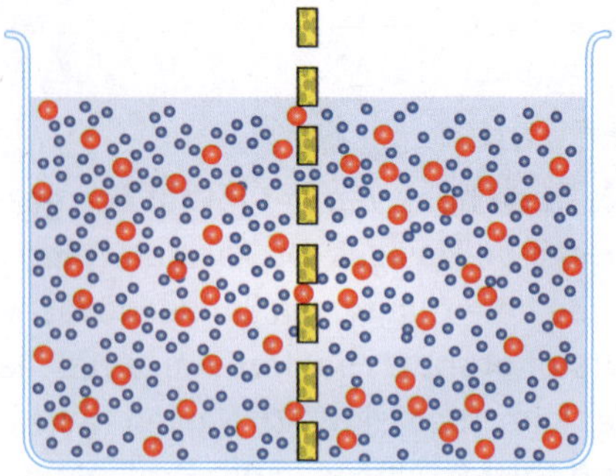

2 Na enige tijd is er een homogene verdeling van de moleculen; de concentratie is aan beide kanten van het membraan gelijk.

Vloeistoffen of gassen kunnen ook zijn gescheiden door een membraan met poriën waar kleine moleculen wel doorheen kunnen, maar grote moleculen niet. Zo'n membraan noem je **semipermeabel** of **selectief permeabel**. In afbeelding 35 bevindt zich links van het membraan een oplossing en rechts alleen water. Het membraan is semipermeabel: watermoleculen kunnen er wel doorheen, maar de moleculen van de opgeloste stof niet. Watermoleculen gaan dan door diffusie van de plaats met de meeste watermoleculen (het water rechts) naar de plaats met de minste watermoleculen (de oplossing links). Het vloeistofniveau van de oplossing links stijgt hierdoor en de concentratie van de opgeloste stoffen in deze oplossing neemt af. Het waterniveau rechts daalt. Dit proces van diffusie van water door een semipermeabel membraan heet **osmose**.

■ **Afb. 35** Diffusie van water door een semipermeabel membraan (osmose).

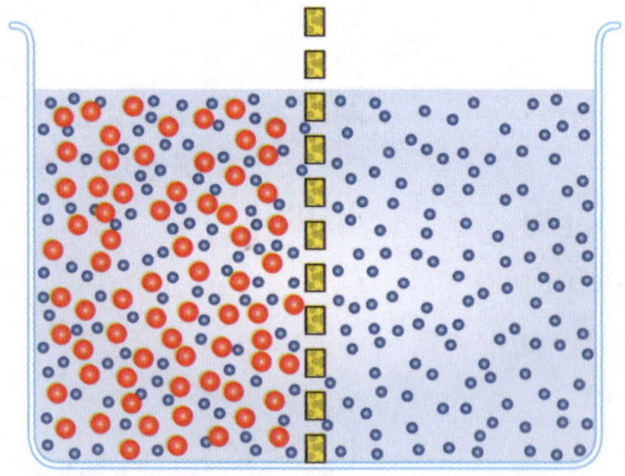

1 Een oplossing (links) en water (rechts) zijn gescheiden door een semipermeabel membraan.

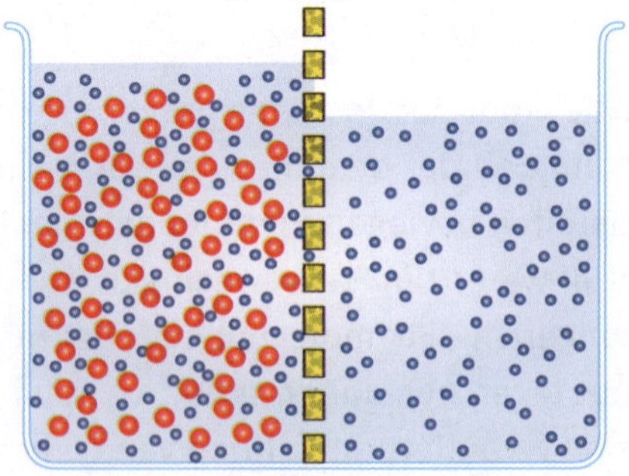

2 Na enige tijd is er diffusie van watermoleculen van rechts naar links opgetreden waardoor het vloeistofniveau in de linkerhelft is gestegen en het vloeistofniveau in de rechterhelft is gedaald.

OSMOTISCHE WAARDE

Door de concentratie aan opgeloste stoffen heeft een oplossing een bepaalde **osmotische waarde**. De osmotische waarde wordt bepaald door het aantal opgeloste deeltjes per volume-eenheid. Hoe meer deeltjes zich in de oplossing bevinden, hoe hoger de osmotische waarde is. Het maakt hierbij niet uit welke stof is opgelost, alleen het aantal deeltjes per volume-eenheid telt. Sommige stoffen vallen in water uiteen in ionen. Bijvoorbeeld wanneer je keukenzout (NaCl) oplost in water, dan valt dat uiteen in natriumionen (Na^+-ionen) en chloride-ionen (Cl^--ionen). Als je glucose oplost, valt deze stof niet uit elkaar. Een oplossing met een bepaald aantal moleculen NaCl heeft daardoor een hogere osmotische waarde dan een oplossing met hetzelfde aantal moleculen glucose.

Wanneer twee oplossingen met een verschillende osmotische waarde zijn gescheiden door een semipermeabel membraan, gaat er water van de oplossing met de laagste osmotische waarde naar de oplossing met de hoogste osmotische waarde. Doordat de concentratie van water bij een hoge osmotische waarde lager is, ontstaat er een 'aanzuigkracht' die water uit de andere oplossing aantrekt. Door het semipermeabele membraan kunnen de opgeloste deeltjes zich niet verplaatsen naar de andere oplossing. De sterkte van de 'aanzuigkracht' wordt bepaald door de concentratie van opgeloste deeltjes in een oplossing. Hoe groter de osmotische waarde, hoe groter de aanzuigende kracht.

Door osmose kunnen oplossingen van verschillende concentraties aan beide zijden van een semipermeabel membraan een gelijke concentratie krijgen. Maar in de bak van afbeelding 4 neemt de oplossing in het linkerdeel steeds meer toe en wordt dus zwaarder. Dan veroorzaakt de zwaartekracht een tegenwerkende kracht waardoor het waterniveau in het linkerdeel niet blijft stijgen. De concentraties aan beide zijden van het semipermeabele membraan worden dan niet gelijk.

Opdrachten KENNIS

43 **a** Je maakt 250 g fysiologische zoutoplossing.
Hoeveel gram keukenzout moet je dan oplossen?
b Je maakt 20 g keukenzoutoplossing van 5%.
Hoeveel gram zout en hoeveel gram water heb je dan nodig?
c Kristel lost 3 g keukenzout en 2 g suiker op in 20 g water.
Hoe groot is de zoutconcentratie in de oplossing die ze krijgt? En hoe groot is de suikerconcentratie?

44 In 2015 was de gemiddelde concentratie koolstofdioxide in de lucht 0,04%.
Hoeveel ppm is dit?

45 Osmose is een vorm van diffusie.
Welke stof gaat bij osmose van een hoge naar een lage concentratie?

46 In afbeelding 36 zie je een bak die door een permeabel membraan in twee helften is verdeeld. Links bevindt zich een suikeroplossing van 4%. Rechts een suikeroplossing van 8%.

a In welk deel van de bak bevinden zich de meeste suikermoleculen direct na het vullen van de bak? Leg je antwoord uit.

b Wat wordt de suikerconcentratie in de hele bak als de suikermoleculen zich gelijk over beide oplossingen verdelen?

47 In afbeelding 37 zie je een bak die door een semipermeabel membraan in twee helften is verdeeld. Links bevindt zich een suikeroplossing van 4%, rechts een suikeroplossing van 8%.

a Is de concentratie suikermoleculen en watermoleculen laag of hoog ten opzichte van de andere oplossing? Vul het schema in.

Suikeroplossing van 4%		**Suikeroplossing van 8%**	
Concentratie suikermoleculen		Concentratie suikermoleculen	
Concentratie watermoleculen		Concentratie watermoleculen	

b Treedt er diffusie van suiker op? Zo ja, in welke richting? Leg je antwoord uit.

c Treedt er diffusie van water op? Zo ja, in welke richting? Leg je antwoord uit.

d In welke bak is de osmotische waarde het grootst? Leg uit hoe dat komt.

e Hoe veranderen de vloeistofniveaus in beide helften?

f Hoe verandert de concentratie suiker in de linkerhelft van de bak? En in de rechterhelft?

■ **Afb. 36** Suikeroplossingen met verschillende concentraties gescheiden door een permeabel membraan.

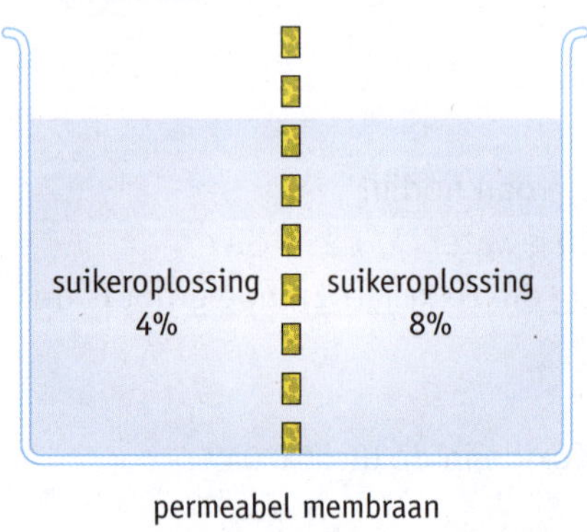

■ **Afb. 37** Suikeroplossingen met verschillende concentraties gescheiden door een semipermeabel membraan.

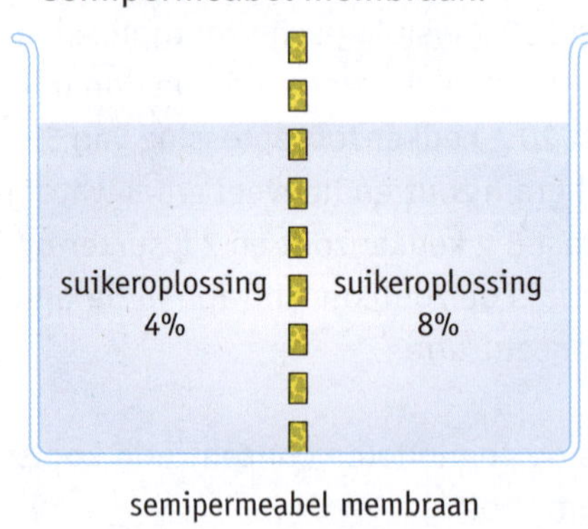

MEMBRANEN ZIJN SEMIPERMEABEL

Celmembranen en membranen van organellen zijn semipermeabel. Deze membranen scheiden oplossingen met een verschillende concentratie. Diffusie en osmose spelen daardoor een belangrijke rol bij het transport van stoffen in cellen van organismen. Via diffusie kunnen zuurstof en koolstofdioxide membranen ongehinderd passeren en de cel in of uit worden getransporteerd. Watermoleculen kunnen membranen maar heel langzaam passeren. Daarom hebben cellen membranen met speciale eiwitten voor een snel transport van watermoleculen. Die speciale eiwitten heten aquaporines (*aqua* = water, *porine* = porie) (zie afbeelding 38). Hoe meer aquaporines een membraan bevat, hoe groter de doorlaatbaarheid voor water is, zoals bij membranen van de cellen van een nier.

■ **Afb. 38** Aquaporine.

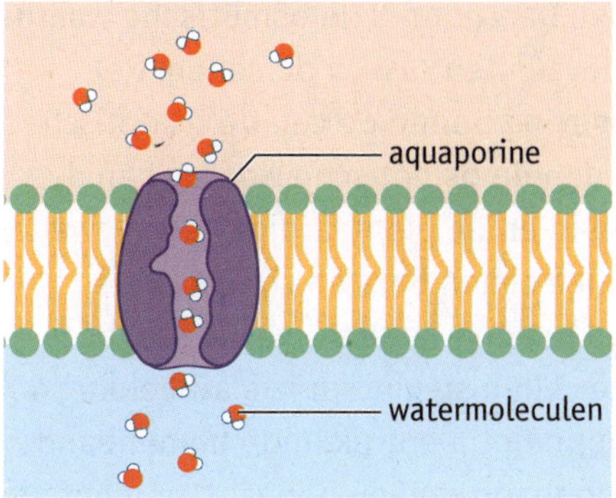

OSMOSE BIJ DIERLIJKE CELLEN

Dierlijke en plantaardige cellen reageren op veranderingen van de osmotische waarde van het vocht in hun directe omgeving. Een rode bloedcel is een dierlijke cel. Wanneer je een rode bloedcel in een oplossing legt waarvan de osmotische waarde gelijk is (**isotoon**) aan de osmotische waarde van het cytoplasma in de rode bloedcel, dan blijft het volume van de cel gelijk. Er gaan evenveel watermoleculen door het celmembraan de cel in als de cel uit (zie afbeelding 39.2). Leg je een rode bloedcel in een oplossing waarvan de osmotische waarde lager is (**hypotoon**) dan die van het cytoplasma in de rode bloedcel, dan zal water door osmose de cel in gaan (zie afbeelding 39.1). Het volume van de rode bloedcel neemt daardoor toe. Uiteindelijk kan de cel knappen. In een oplossing waarvan de osmotische waarde hoger is (**hypertoon**) dan die van het cytoplasma in de rode bloedcel, gaat water de cel uit. Daardoor neemt het volume van de cel af en krimpt de cel (zie afbeelding 39.3). Langdurig waterverlies kan leiden tot sterfte van de cel.

■ **Afb. 39** De gevolgen van de verandering van de osmotische waarde in de omgeving van dierlijke cellen (schematisch).

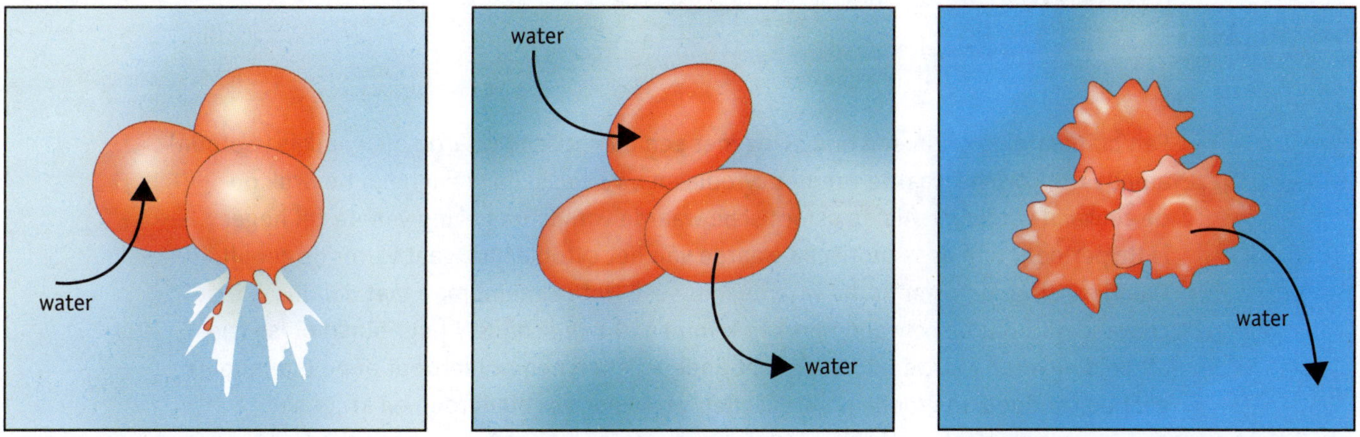

1 De omgeving heeft een lagere osmotische waarde (hypotoon).

2 De osmotische waarden zijn gelijk (isotoon).

3 De omgeving heeft een hogere osmotische waarde (hypertoon).

Doordat celmembranen semipermeabel zijn, hebben dieren die leven in een hypertoon of hypotoon milieu aanpassingen om het verlies van water, of het teveel aan opname van water te voorkomen.

STEVIGHEID DOOR OSMOSE

De celwanden van planten zijn volledig permeabel. Daardoor is de osmotische waarde in de celwanden gelijk aan die van het water in de ruimten tussen de cellen. Het celmembraan scheidt het cytoplasma van de omgeving buiten de cel. De osmotische waarde van het cytoplasma in de cellen is hoger dan de osmotische waarde van de omgeving. Water stroomt dan door osmose de cel in en de plantaardige cellen zwellen op. Vanwege de stevige celwand om de plantaardige cellen barsten zij niet zoals dierlijke cellen. Wel neemt de druk op de celwand in een plantaardige cel toe. Deze druk heet **turgor** en zorgt ervoor dat plantaardige cellen stevig zijn (zie afbeelding 40). Je kunt dit vergelijken met een fietsband die je oppompt. De druk in de binnenband neemt toe, maar door de buitenband kan de binnenband op een bepaald moment niet verder uitzetten. De band is dan stevig.

Onder normale omstandigheden hebben plantaardige cellen een omgeving met voldoende water. Dan hebben plantaardige cellen turgor. Door turgor zijn de weefsels van planten stevig.

■ **Afb. 40** Plantaardige cel onder normale omstandigheden.

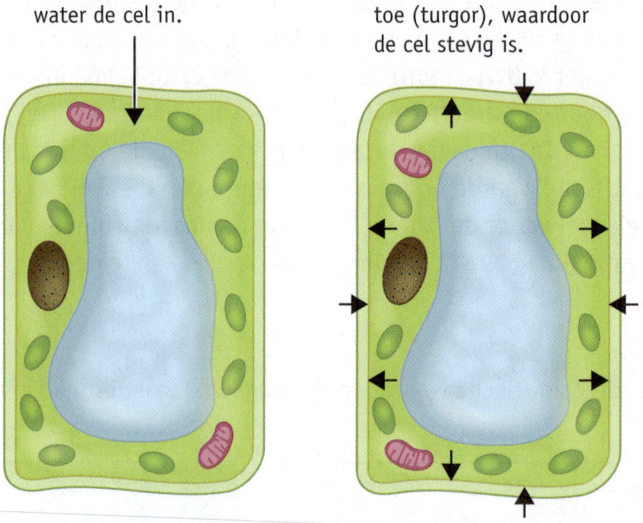

Een plantaardige cel in een omgeving met een osmotische waarde die gelijk is (isotoon) aan de osmotische waarde van het cytoplasma, verliest zijn stevigheid. De druk op de celwand verdwijnt. Als de osmotische waarde van de omgeving van de cel hoger is (hypertoon) dan de osmotische waarde van het cytoplasma, gaat water de cel uit. Daardoor stijgt de osmotische waarde in de cel. Het celmembraan laat dan los van de celwand doordat de celwand niet kan krimpen. Dit verschijnsel heet **plasmolyse** (zie afbeelding 41 en 42). De interactie met andere cellen neemt hierdoor af en uiteindelijk gaat de cel dood. In groene plantencellen verdwijnt het bladgroen en krijgt het afgestorven weefsel een bruine kleur.

■ **Afb. 41** Plasmolyse in cellen van een rode ui.

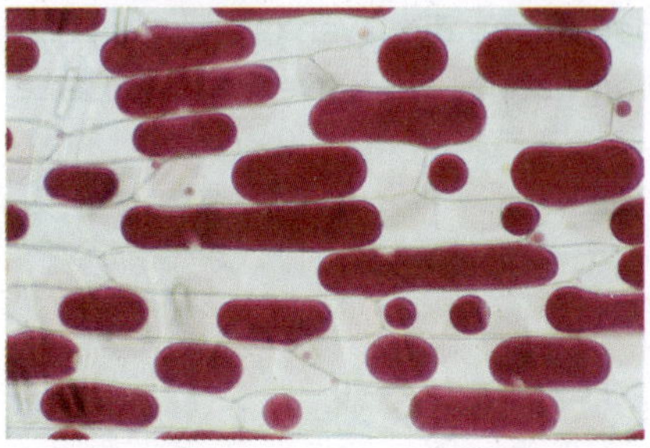

■ **Afb. 42** De gevolgen van de verandering van de osmotische waarde in de omgeving van drie plantaardige cellen die afkomstig zijn uit hetzelfde weefsel van een plant.

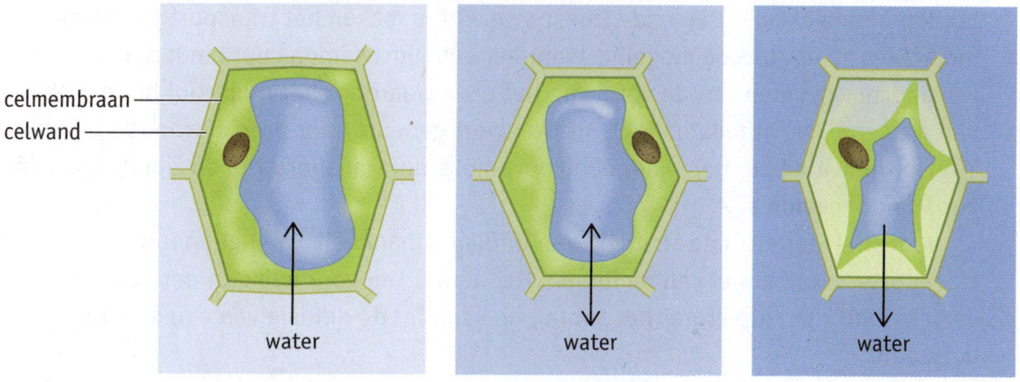

1 Een cel met turgor. De omgeving heeft een lagere osmotische waarde (hypotoon).

2 De osmotische waarden zijn gelijk (isotoon).

3 Een cel in plasmolyse. De omgeving heeft een hogere osmotische waarde (hypertoon).

TRANSPORTEIWITTEN

Een cel kan op een aantal manieren stoffen door het celmembraan heen transporteren. Stoffen kunnen zich verplaatsen van een hoge naar een lage concentratie van die stof. Het transport vindt dan plaats met het concentratieverval mee. Voor deze vorm van transport is geen energie nodig. Dit noem je daarom **passief transport**. Diffusie en osmose zijn voorbeelden van passief transport.

Het transport van stoffen via de fosfolipiden in een membraan gaat altijd van een hoge naar een lage concentratie. Dat geldt ook voor het transport via transportkanaaltjes zoals aquaporines. Transportkanaaltjes zijn membraaneiwitten met een transportfunctie. Voor andere stoffen zoals bepaalde ionen (Na^+, K^+ en Ca^+) bestaan ook transportkanaaltjes. Sommige typen transportkanaaltjes staan altijd open. Bij andere typen transportkanaaltjes kan de opname van een stof in de cel worden gereguleerd door een kanaaltje te sluiten of juist te openen. Dat kan bijvoorbeeld doordat een bepaalde stof aan het kanaaltje bindt. Hierdoor verandert de vorm van het kanaaltje en wordt het membraaneiwit ondoorlaatbaar of juist doorlaatbaar voor een bepaalde soort moleculen (zie afbeelding 43).

■ **Afb. 43** In een cel kan de doorlaatbaarheid van een transportkanaaltje worden geregeld.

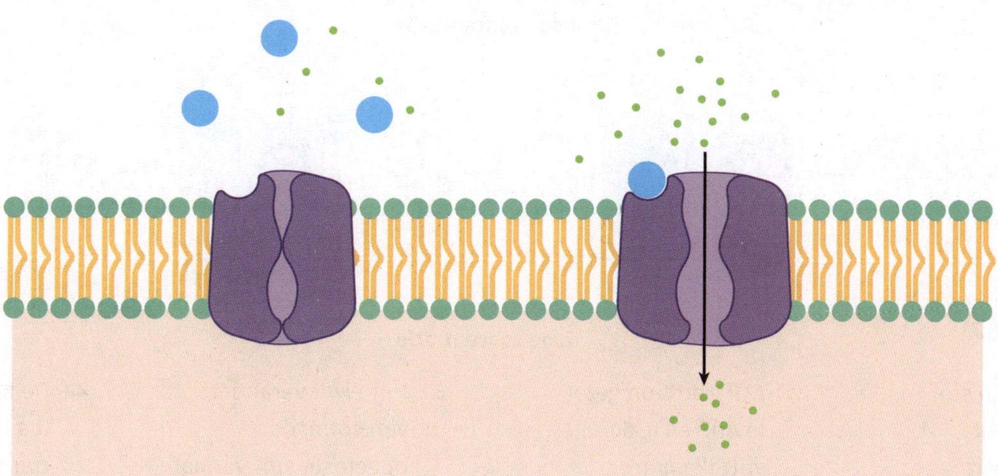

1 kanaaltje gesloten **2** kanaaltje geopend

In het celmembraan komen ook andere **transporteiwitten** voor. Zij hebben geen kanaaltje, maar binden specifieke moleculen en transporteren ze van buiten naar binnen of omgekeerd. Bepaalde transporteiwitten maken het transport van grote moleculen zoals glucose mogelijk. Wanneer een glucosemolecuul bindt aan het transporteiwit, verandert de vorm van het eiwit waardoor het molecuul het membraan kan passeren (zie afbeelding 44). Dit transport gebeurt door passief transport. Transporteiwitten kunnen maar één soort molecuul transporteren en zijn dus specifiek voor een bepaalde stof.

Voor veel stoffen is de snelheid van diffusie afhankelijk van het aantal transporteiwitten in het celmembraan. Het aantal kan voor een stof per celtype verschillend zijn. Hoe groter het aantal, hoe sneller de diffusie van een stof kan verlopen.

■ **Afb. 44** De werking van een transporteiwit.

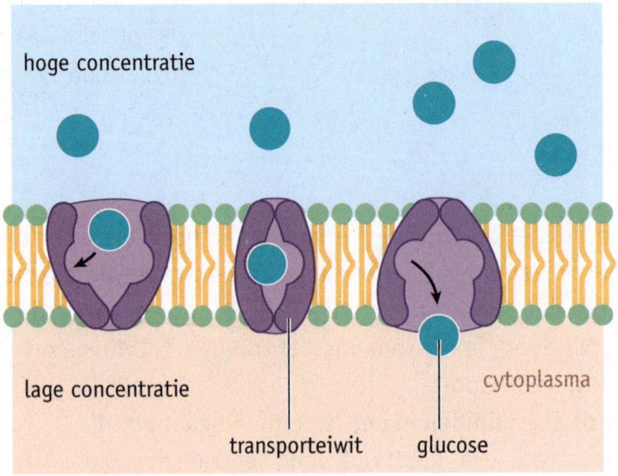

ACTIEF TRANSPORT

In een cel kan ook transport plaatsvinden tegen het concentratieverval in. Stoffen gaan dan via transporteiwitten in het membraan van een lage naar een hoge concentratie. Voor deze vorm van transport is energie nodig. Dit heet **actief transport**. ATP-moleculen (zie afbeelding 45) leveren meestal de energie.

■ **Afb. 45** Actief transport.

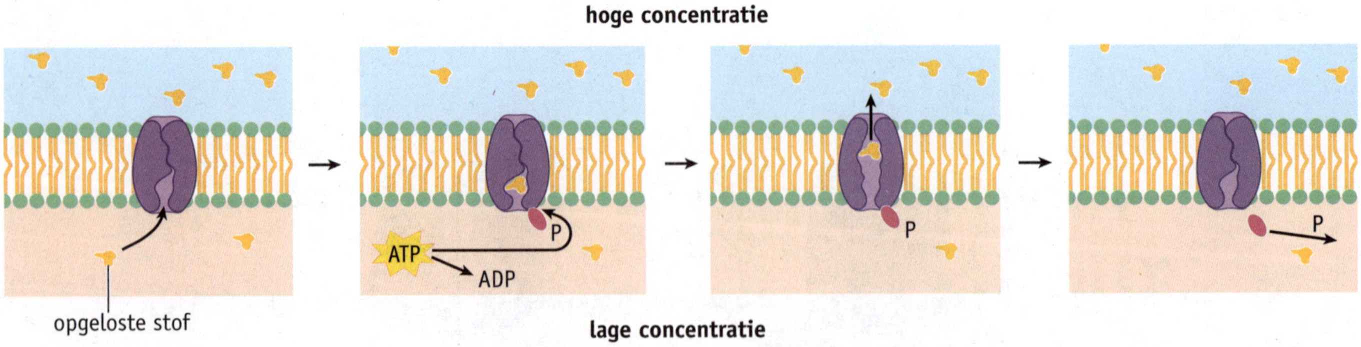

1 De opgeloste stof bindt met het transporteiwit.

2 ATP wordt omgezet in ADP en P, de vrijgekomen fosfaatgroep bindt met het transporteiwit.

3 Het eiwit verandert van vorm, de opgeloste stof verlaat aan de andere kant van het membraan het transporteiwit.

4 De fosfaatgroep laat los van het transporteiwit.

Opdrachten KENNIS

48 Mensen met slecht functionerende nieren zijn vaak afhankelijk van een nierdialyse. Een nierdialyseapparaat haalt de afvalstoffen uit hun bloed. In afbeelding 46 zie je de werking van een nierdialyse schematisch weergegeven.
Het membraan tussen de dialysevloeistof en het bloed laat bepaalde stoffen wel door en andere niet.
Hoe heet zo'n membraan?

■ **Afb. 46** Nierdialyse (schematisch).

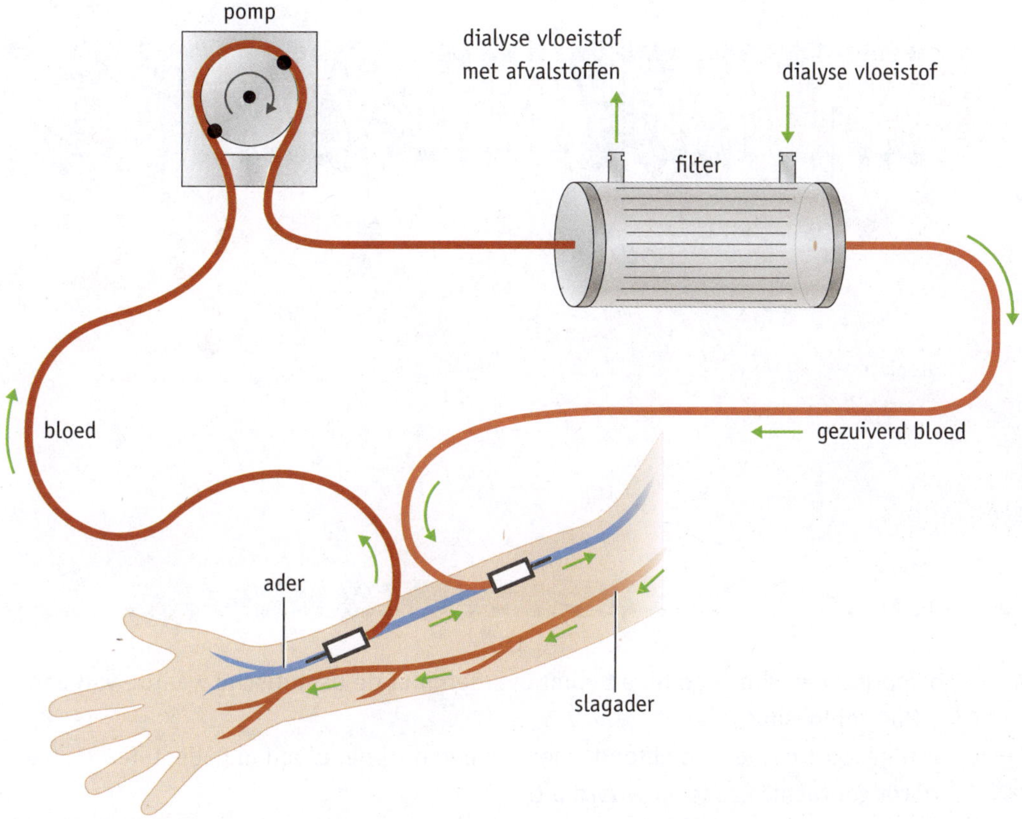

49 **a** Longen nemen zuurstof op en geven koolstofdioxide af. Via welk proces vindt deze opname en afgifte plaats?
b Gaat het transport van zuurstof en koolstofdioxide met het concentratieverval mee, of vindt dit transport juist plaats tegen het concentratieverval in?
c Kost het transport van zuurstof en koolstofdioxide door een celmembraan heen energie?

50 In afbeelding 47 zijn vier transportsystemen schematisch getekend.

a Geef per transportsysteem aan om welk transport het gaat.

b Op welke twee manieren kan water een cel binnenkomen?

■ **Afb. 47** Transport via een membraan.

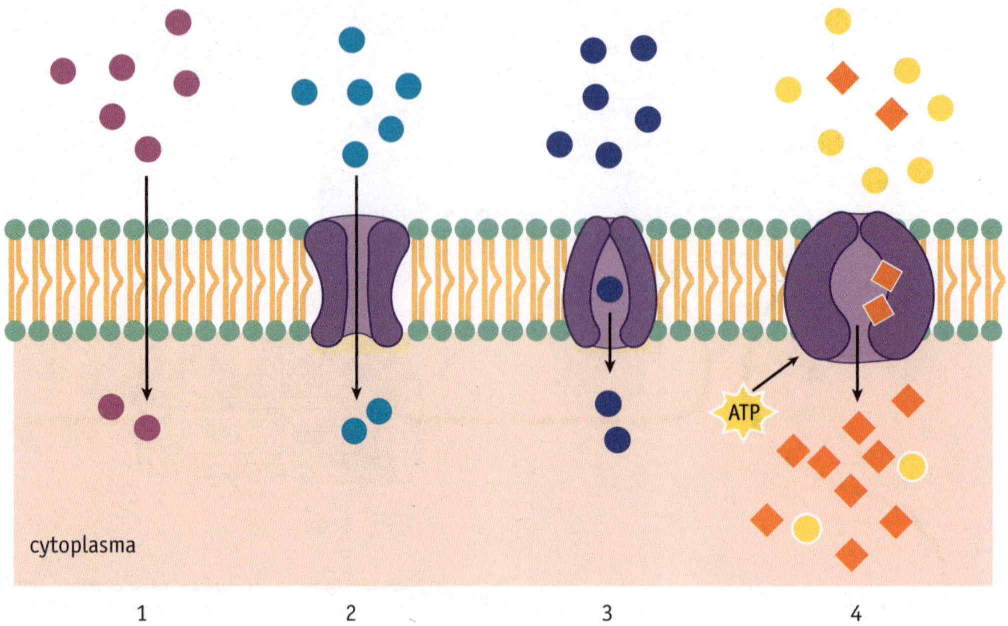

Opdrachten INZICHT

51 De osmotische waarde van bloed komt overeen met de osmotische waarde van een 0,9% NaCl-oplossing.

a Wat gebeurt er met rode bloedcellen als een druppel bloed in gedestilleerd water wordt gebracht? Leg je antwoord uit.

b Een fysiologische zoutoplossing is geschikt om vocht toe te dienen via een infuus in een bloedvat. Gedestilleerd water is niet geschikt. Leg dit uit.

52 Een plantencel wordt in een zoutoplossing gebracht en er treedt plasmolyse op (zie afbeelding 48).

a Is in situatie 1 de osmotische waarde van de zoutoplossing hoger dan, gelijk aan of lager dan de osmotische waarde in de cel? Leg je antwoord uit.

b In welke van de drie getekende situaties is de osmotische waarde van de vacuole het hoogst? Leg uit waarom dit zo is.

c Wat bevindt zich bij X in situatie 3? Leg je antwoord uit.

d Op een bepaald moment krimpt de vacuole van de plantencel niet verder en wordt ook niet groter.
Wat is dan de osmotische waarde van het vacuolevocht, vergeleken met die van de zoutoplossing?

e Wat gebeurt er met de cel van situatie 3 als deze in gedestilleerd water wordt gebracht? Ga ervan uit dat de cel nog leeft.

■ Afb. 48 Plantencel in sterke zoutoplossing.

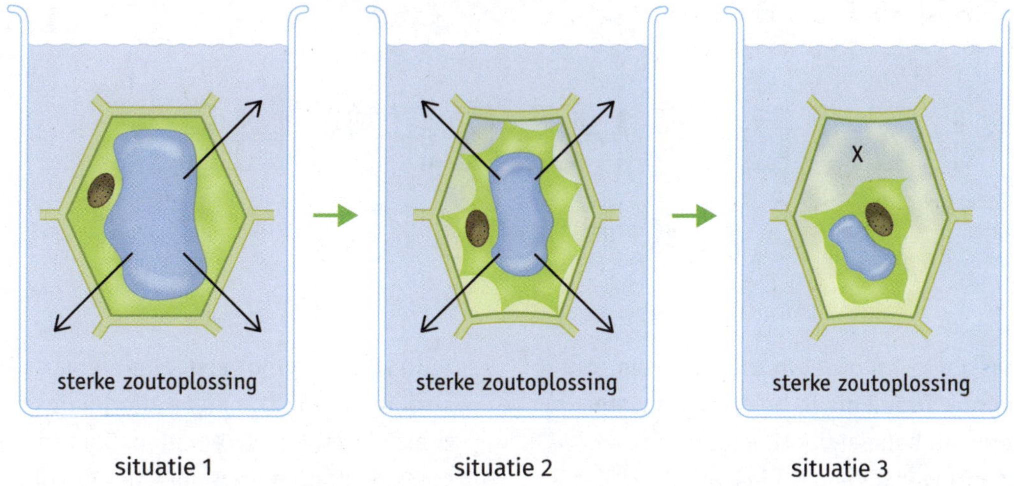

53 Na een koolhydraatrijke maaltijd bevat de voedselbrij in de dunne darm veel glucose. Kost het transport van glucose door celmembranen dan energie? Leg je antwoord uit.

54 Bij een eencellig zoetwaterorganisme, zoals het pantoffeldiertje (zie afbeelding 49), heeft het cytoplasma een hogere osmotische waarde dan het slootwater waarin het leeft. Hierdoor neemt het pantoffeldiertje door osmose voortdurend water op. Dit water wordt verzameld in een vacuole die zich regelmatig samentrekt: de kloppende vacuole. Door een porie perst de vacuole het teveel aan water weer naar buiten.
Een pantoffeldiertje wordt overgebracht van slootwater naar een bak met gedestilleerd water.

- **a** Welk effect zal dit hebben op de frequentie waarmee een kloppende vacuole samentrekt? Leg je antwoord uit. Gebruik hierbij de termen osmotische waarde en hypertoon.
- **b** Wat kan er met het pantoffeldiertje gebeuren als de kloppende vacuole niet werkt?
- **c** Een ander pantoffeldiertje wordt overgebracht naar een bak met zeewater.
  Welk effect zal dit hebben op de snelheid waarmee een kloppende vacuole samentrekt?

■ Afb. 49 Pantoffeldiertje.

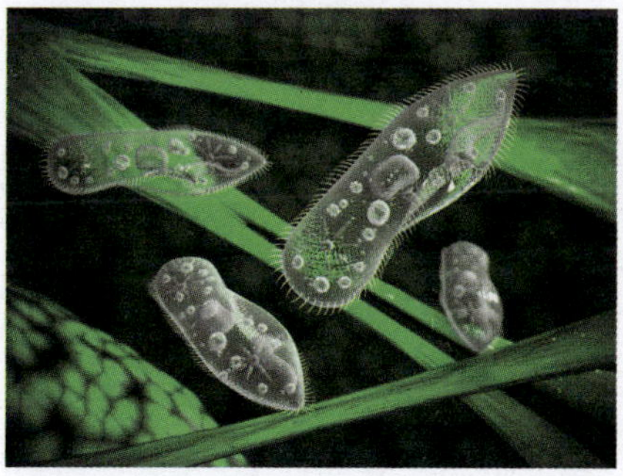

55 Wanneer je een salade maakt, is het beter om de slasaus vlak voordat je de salade opdient bij de sla te doen.
Leg uit wat er met de sla gebeurt als je er slasaus bij doet.

Ga naar de *Flitskaarten* en *Test jezelf*.

Context Leefwereld

EEN ZALM HEEFT HET NIET MAKKELIJK

De meeste vissen leven ofwel in zoet, ofwel in zout water. Er zijn ook vissen die in beide typen water kunnen leven. Een bekend voorbeeld is de zalm.

Deze vissoort wordt geboren in zoet water. Een volwassen vrouwtje zet haar eitjes af in de bedding van kleine rivieren. Twee tot zes maanden na de bevruchting kruipen de jonge zalmen uit hun eitjes. Ze leven dan nog ongeveer drie jaar in de rivier. Daarna zetten ze een tocht in op weg naar zee. Door de overgang van zoet naar zout water verandert de osmotische waarde van de omgeving. Als de zalm zich niet kan aanpassen aan deze verandering, kan dat dodelijk zijn. In zoet water stroomt via de kieuwen en huid veel water de zalm in. Om het teveel aan water kwijt te raken produceert de zalm heel veel sterk verdunde urine. In zout water verliest de zalm via de kieuwen en huid veel water. Om dit te compenseren drinken zalmen veel zout water. Hierdoor krijgen ze wel te veel zout binnen, maar via actief transport kunnen ze dit zout via de kieuwen uitscheiden.

Zalmen blijven vier tot vijf jaar in zee om volwassen te worden. Vervolgens keren ze terug naar hun geboortegebied.

Deze migratie is niet zonder gevaar. Tijdens de tocht van zee naar rivier zwemmen de zalmen wel 1400 km. Een groot gedeelte hiervan is tegen de stroom in. Ook komen ze allerlei obstakels tegen, zoals sluizen en watervallen. Daardoor moeten ze soms een hoogteverschil van 2100 meter overwinnen (zie afbeelding 50). Daarnaast staat de zalm op het menu van onder andere beren, zeearenden en mensen. Als de zalmen al deze hindernissen overleven, dan is hun lot alsnog tragisch. Na het leggen of bevruchten van de eitjes sterven de volwassen vissen.

■ **Afb. 50** Zalmen springen tegen de stroom in.

Opdrachten

56 **a** Waarom produceert een zalm de eerste drie jaar van zijn leven heel veel sterk verdunde urine?

b Is het cytoplasma in de cellen van een jonge zalm hypertoon, hypotoon of isotoon ten opzichte van zijn leefomgeving? Leg je antwoord uit en gebruik daarbij de term osmotische waarde.

c Welke aanpassingen maken het voor een jonge zalm mogelijk om in zoet water te overleven?

d Waarom verliest een zes jaar oude zalm veel water via kieuwen en huid?

e Is het cytoplasma in de cellen van een zes jaar oude zalm hypertoon, hypotoon of isotoon ten opzichte van zijn leefomgeving? Leg je antwoord uit en gebruik daarbij de term osmotische waarde.

f Welke aanpassingen heeft een zes jaar oude zalm om in het zoute water te kunnen overleven?

6 NATUURWETENSCHAPPELIJK ONDERZOEK

LEERDOELEN

1.6.1 Je kunt verschillende typen en methoden van natuurwetenschappelijk onderzoek beschrijven.
1.6.2 Je kunt de verschillende fasen van een hypothesetoetsend onderzoek beschrijven, resultaten van een onderzoek analyseren en daaruit conclusies trekken.
1.6.3 Je kunt een technisch ontwerp voorbereiden, uitvoeren, testen en evalueren.

▶ Vaardigheden 6 en 7
▶ Practica 5 en 6

TAXONOMIE	LEERDOELEN EN OPDRACHTEN			
	1.6.1	**1.6.2**	**1.6.3**	**1.2.1***
Onthouden		60c		
Begrijpen	57, 58, 67a	59, 60abd	66	
Toepassen		62, 64, 65	67b	68
Analyseren		61, 63		

* Dit leerdoel vind je in een andere basisstof.

Door natuurwetenschappelijk onderzoek proberen biologen antwoord te krijgen op vragen als: Waarom zijn Nederlanders zo lang? Heeft ginseng een medicinale werking en verlengt ginseng de levensduur van mensen? Wat was de invloed van wolharige mammoeten op het Nederlandse landschap?

ONDERZOEKEN

Alle biologische kennis is afkomstig van onderzoek. Door nieuwe onderzoeken naar de levende natuur groeit de biologische kennis. Als je een bioloog bent die zich bezighoudt met wetenschappelijk onderzoek stel je vragen over verschijnselen die je waarneemt in de levende natuur. Je kunt hierover een onderzoeksvraag formuleren. Om een antwoord te krijgen kun je vervolgens een natuurwetenschappelijk onderzoek uitvoeren.

Onderzoeksvragen kunnen heel verschillend zijn. Daarom zijn ook de typen onderzoek en de onderzoeksmethoden om op die vragen een antwoord te vinden heel verschillend.

Literatuuronderzoek

Er bestaat een kans dat een natuurwetenschappelijke vraag al eerder is gesteld en mogelijk al is beantwoord. Daarom is het belangrijk om eerst een literatuuronderzoek uit te voeren. Literatuuronderzoek is een methode om bestaande kennis over een onderwerp te verzamelen. Deze kennis is te vinden in verschillende bronnen, zoals wetenschappelijke artikelen, boeken, scripties en archiefmateriaal. Goed literatuuronderzoek doe je door verschillende betrouwbare bronnen te gebruiken en de informatie die je leest kritisch te beoordelen.

Beschrijvend onderzoek
Als onderzoeker let je op bepaalde eigenschappen van het verschijnsel dat je bestudeert. Soms is het verzamelen van observaties (waarnemingen) de enige onderzoeksmethode om antwoord te krijgen op een vraag, bijvoorbeeld wanneer je het gedrag van organismen bestudeert. Observeren is een activiteit die je nauwkeurig moet uitvoeren met van tevoren vastgestelde regels. Om antwoord te krijgen op een vraag kun je ook metingen uitvoeren en gegevens verzamelen. De verzamelde gegevens noem je data. Vervolgens geef je de waarnemingen duidelijk weer met woorden, tekeningen, schema's en/of foto's.

Zo kun je bijvoorbeeld weefsels van verschillende organismen met een microscoop observeren en waarnemen dat alle organismen uit cellen bestaan. Je kunt ook gegevens over het DNA van een organisme verzamelen. Of in kaart brengen welke plantensoorten er in een weiland groeien (zie afbeelding 51). Deze onderzoeken zijn voorbeelden van een beschrijvend onderzoek. Bij een beschrijvend onderzoek probeer je een algemene regel af te leiden (een conclusie) uit veel specifieke gevallen (de data of observaties). Beschrijvend onderzoek kan ook leiden tot het opstellen van hypothesen.

■ **Afb. 51** Leerlingen brengen in kaart welke planten er in het grasland voorkomen.

Hypothesetoetsend onderzoek
Een hypothese is een mogelijke verklaring voor een waarneming van een verschijnsel, of een mogelijk verband tussen verschijnselen. Bij een hypothesetoetsend onderzoek bedenkt een onderzoeker een methode om een hypothese te toetsen. Dat kan bijvoorbeeld met een experiment. Hierbij stel je een experimenteergroep bloot aan een factor die je wilt onderzoeken. Daarnaast is er een zogenoemde controlegroep, die je niet blootstelt aan de te onderzoeken factor, dit noem je de blancoproef. Experimenten kun je uitvoeren in een laboratorium of in een veldsituatie.

Etholoog (gedragsbioloog) Frans de Waal vroeg zich af of kapucijnaapjes onrechtvaardigheid afkeuren. Uit eigen observaties en die van anderen heeft De Waal geleerd dat niet alleen mensen, maar ook dieren, zoals mensapen, olifanten en dolfijnen, een gevoel voor eerlijkheid kennen. Hij verwacht daarom dat kapucijnaapjes onrechtvaardigheid afkeuren. Hij voerde een experiment uit in het laboratorium om deze hypothese te toetsen. Daarvoor liet hij twee kapucijnaapjes in een kooi een taak uitvoeren. De aapjes gaven hem een steen en kregen daarvoor een beloning. Dat kon een stuk komkommer zijn, of een druif, waar kapucijnaapjes dol op zijn. Het eerste aapje at het stuk komkommer meteen op nadat hij het als beloning had gekregen. Hij was er blijkbaar tevreden mee. Hij zag daarna dat het tweede aapje een druif als beloning kreeg. Toen het eerste aapje vervolgens weer een stuk komkommer kreeg, smeet hij het weg. Uit het experiment blijkt dat een kapucijnaap negatief reageert op ongelijke beloning voor dezelfde inspanning.

■ **Afb. 52** Een kapucijnaapje.

Je kunt ook met andere onderzoeksmethoden gegevens verzamelen om een hypothese te toetsen. Bijvoorbeeld door een interview of een online-enquête te houden: een aantal personen beantwoordt mondeling of schriftelijk vragen. Dit gebeurt meestal in de vorm van een steekproef. Je selecteert dan (min of meer) willekeurig een deel van de te onderzoeken groep, omdat het niet mogelijk is alle personen mee te laten doen. Het is belangrijk dat de steekproef representatief is. Een representatieve steekproef is een goede afspiegeling van de te onderzoeken groep.

Wetenschappers werken ook met modellen. Een model is een vereenvoudigde weergave van de werkelijkheid. Met een model kun je op de computer een onderzoeksvraag beantwoorden. Je kunt dan bijvoorbeeld een virtueel experiment doen, wanneer een echt experiment niet kan of heel moeilijk is. Het gebruik van modellen voor onderzoek noem je modelleren.

Ontwerpend onderzoek

Een andere methode van onderzoek is het ontwerpen van een product als antwoord op een onderzoeksvraag. Bij dit ontwerpend onderzoek ontwikkelt een onderzoeker materialen, instrumenten, modellen of systemen (zie afbeelding 53). De onderzoeker bedenkt hoe het product eruit moet zien en aan welke eisen het moet voldoen. Eerst wordt een testversie van het product gebouwd, het prototype. Na de testfase worden de resultaten geëvalueerd en de eisen bijgesteld. Ten slotte wordt de definitieve versie van het product gebouwd. Deze manier van onderzoek heeft onder andere geleid tot de ontwikkeling van apparaten waarmee cellen en weefsels veel beter kunnen worden onderzocht, zoals elektronenmicroscopen. En het onderzoek naar DNA is veel gemakkelijker geworden sinds een PCR-apparaat DNA heel snel kan vermenigvuldigen.

■ **Afb. 53** De verschillende fasen van het ontwerpend onderzoek.

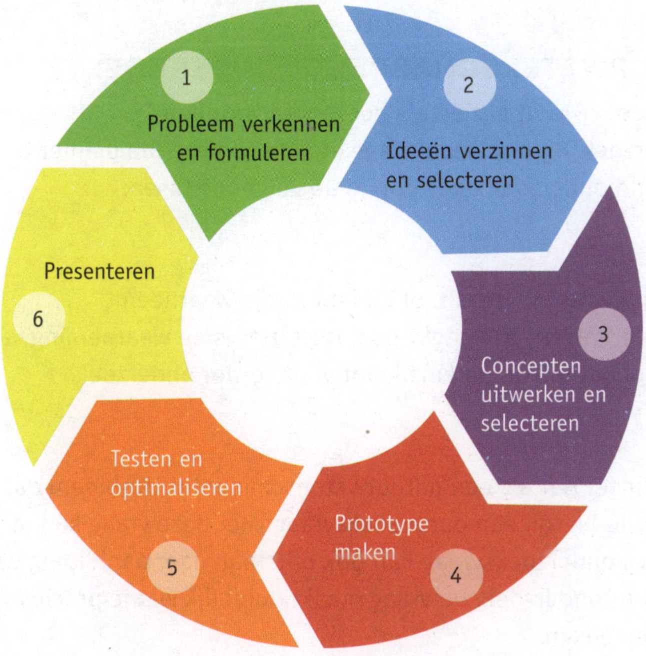

VALIDITEIT EN BETROUWBAARHEID

De belangrijkste grondbeginselen van wetenschappelijk onderzoek zijn validiteit en betrouwbaarheid. Met validiteit wordt bedoeld dat de resultaten die tijdens het onderzoek worden verkregen ook echt antwoord geven op de onderzoeksvraag. Je moet hiervoor met je methode of onderzoeksmodel hebben gemeten wat je wilde meten. Betrouwbaarheid betekent dat de resultaten op een eerlijke manier zijn verkregen en dat herhaling van het onderzoek mogelijk is. Andere onderzoekers moeten bij herhaling van het onderzoek dezelfde resultaten krijgen.

Opdrachten KENNIS

57 **a** In afbeelding 14 van basisstof 3 is een microscoop van Antoni van Leeuwenhoek te zien.
Is de microscoop tot stand gekomen door beschrijvend, hypothesetoetsend of ontwerpend onderzoek?

b Johan Ham, een jonge kennis van Antoni van Leeuwenhoek, ontdekte met zijn microscoop dat er zaadcellen in sperma rondzwemmen.
Is dit een voorbeeld van literatuuronderzoek, beschrijvend onderzoek, hypothesetoetsend onderzoek of ontwerpend onderzoek? Leg je antwoord uit.

58 **a** Twee leerlingen maken een profielwerkstuk over slaap. Ze hebben gelezen dat het blauwe licht van telefoons een negatieve invloed heeft op het slaappatroon. Om te kijken of deze veronderstelling klopt voeren ze een onderzoek uit waarbij ze twee groepen vergelijken. Ze verzamelen gegevens van jongeren die voordat ze gaan slapen nog een uur op hun telefoon kijken en van jongeren die dan een boek lezen. Ze vermoeden dat jongeren die voordat ze gaan slapen een boek lezen beter zullen slapen. De conclusie is dat jongeren die een boek lezen inderdaad beter en langer slapen.
Hoe noem je de fase waarin je informatie zoekt over een bepaald onderwerp?

b Is de conclusie tot stand gekomen door literatuuronderzoek, beschrijvend onderzoek, hypothesetoetsend onderzoek of ontwerpend onderzoek? Leg je antwoord uit.

59 Gedragsbioloog Frans de Waal onderzocht of kapucijnaapjes onrechtvaardigheid afkeuren.
Wat is de controlegroep in het experiment van Frans de Waal? Leg je antwoord uit.

FASEN VAN EEN NATUURWETENSCHAPPELIJK ONDERZOEK

Het hypothesetoetsend onderzoek wordt gezien als hét model voor een natuurwetenschappelijk onderzoek. Bij onderzoek ga je steeds op dezelfde manier te werk. Bij het hypothesetoetsend onderzoek doorloop je de volgende fasen:

Waarneming

Een onderzoek begint vaak bij iets wat je opvalt, of bij iets wat je waarneemt (observatie) en waarvan je je vervolgens afvraagt hoe dat zit. Het is de waarneming van een bepaald natuurverschijnsel dat in aanmerking komt voor verder onderzoek.

Onderzoeksvraag

Wanneer je een natuurverschijnsel ziet als een natuurwetenschappelijk probleem dat je wilt onderzoeken, formuleer je hierbij een onderzoeksvraag. Met deze vraag kun je op zoek naar het antwoord. Een onderzoeksvraag kan ook ontstaan naar aanleiding van eerder onderzoek of na literatuuronderzoek. De vraag maakt duidelijk wat je precies wilt weten en wat je gaat onderzoeken.

Hypothesevorming

In deze fase probeer je een mogelijke verklaring voor het probleem te geven. Je stelt hiervoor een hypothese op, meestal op basis van wat al bekend is. Op grond van de hypothese kun je een verwachting uitspreken over de uitkomst van het onderzoek. Je geeft aan welke metingen of observaties je waarschijnlijk doet als de hypothese juist is.

Experimentele fase

In deze fase vindt de echte uitvoering van het onderzoek plaats. Bij hypothesetoetsend onderzoek doe je dat meestal met een experiment waarmee je toetst of de opgestelde hypothese juist is of onjuist. In de experimenteergroep stel je organismen bloot aan een bepaalde factor. In de controlegroep voer je hetzelfde experiment uit, maar nu is deze factor afwezig (blancoproef). Per experiment kun je maar één factor tegelijk onderzoeken. Alle andere omstandigheden moeten bij de experimenteergroep en bij de controlegroep gelijk zijn. Om betrouwbare gegevens te krijgen, moeten beide groepen uit grote aantallen bestaan. De experimentele fase kan ook bestaan uit het vergelijken van twee of meer groepen zonder dat er een experiment wordt uitgevoerd.

Resultaten

In deze fase verzamel je (meet)gegevens of observaties. De resultaten geef je zo overzichtelijk mogelijk weer. Dat kan in de vorm van tabellen, grafieken of diagrammen.

Conclusie

Met de resultaten en alle informatie die je in de literatuur hebt opgezocht, geef je antwoord op de onderzoeksvraag. Dit antwoord noem je de conclusie. Komt de conclusie overeen met de geformuleerde hypothese, dan is de hypothese juist of bevestigd. Wanneer de hypothese onjuist blijkt te zijn, wordt ze verworpen. Je kunt dan een nieuwe hypothese opstellen en deze met een nieuw experiment toetsen (zie afbeelding 54).

■ **Afb. 54** Fasen van een natuurwetenschappelijk onderzoek.

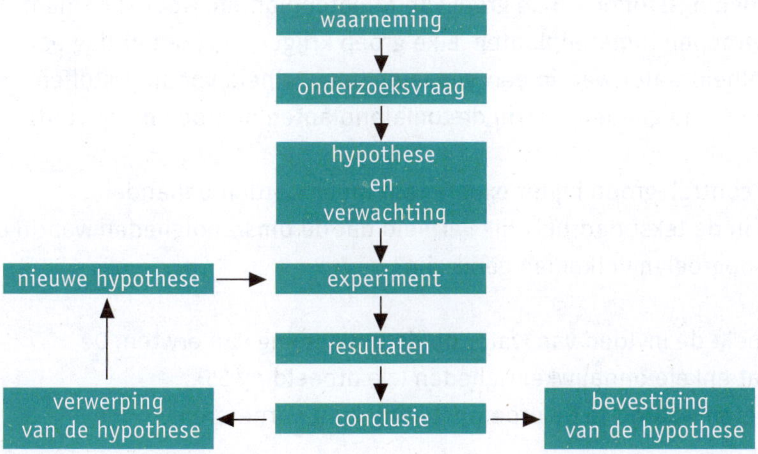

Bij andere typen onderzoek doorloop je niet alle fasen van een natuurwetenschappelijk onderzoek. Bij beschrijvend onderzoek stel je bijvoorbeeld geen hypothese op en voer je geen experiment uit, maar verzamel je metingen of observaties. Bij ontwerpend onderzoek stel je ook geen hypothese op.

Opdrachten KENNIS

60 Merthan is een leerling uit 1H3. Bij biologie heeft de klas een proefje gedaan over de kieming van tuinkerszaden. Daar moest Merthan een verslag over schrijven volgens de regels die daarvoor gelden (zie vaardigheid 7). Hij heeft dit op losse blaadjes gedaan. Zijn moeder heeft zijn kamer opgeruimd. Nu liggen alle blaadjes door elkaar heen en sommige blaadjes zijn kwijt.
De informatie die hij kan terugvinden is de volgende:

- In het bakje waar geen water aan de watten is toegevoegd is 0% van de zaden gekiemd.
- In het bakje waar wel water aan de watten is toegevoegd is 90% van de zaden gekiemd.
- Waarom kiemen tuinkerszaden niet als ze in een zakje zitten?
- Tuinkerszaden hebben water nodig om te kiemen.
- Tuinkerszaden in een zakje kiemen niet omdat de zaden water nodig hebben om te kiemen.

a Zet de teruggevonden blaadjes met informatie in de juiste volgorde.
b Welke titels (over de fasen van het onderzoek) zouden boven de verschillende blaadjes met informatie moeten staan?
c Merthan hoefde geen discussie en literatuurlijst bij dit verslag te schrijven. Toch ontbreken er nog enkele onderdelen van het verslag. Welke onderdelen ontbreken?
d Wat is de blancoproef in dit experiment?

Opdrachten INZICHT

61 Waarom wordt in een experiment een blancoproef opgenomen?

62 **a** Op de Hogere Agrarische School (HAS) doen twee studenten een onderzoek naar de invloed van voedingsstoffen op de groei van tomatenplanten. Het experiment bestaat uit acht groepen tomatenplanten. Elke groep krijgt één keer per dag een bepaalde hoeveelheid water waarin een bepaalde hoeveelheid voedingsstoffen is opgelost. De omstandigheden waarin de tomatenplanten opgroeien zijn verder volkomen gelijk.
Beschrijf hoe de controlegroep bij dit experiment moet worden behandeld.
b Waarom staat er in de tekst nadrukkelijk vermeld dat de omstandigheden waarin de tomatenplanten opgroeien volkomen gelijk zijn?

63 Een leerling onderzoekt de invloed van water op de ontkieming van erwten. De proefopstelling bevat enkele onnauwkeurigheden (zie afbeelding 55).
Beschrijf twee manieren waarop je de proefopstelling kunt verbeteren.

■ **Afb. 55**

1 schaal met natte watten
2 schaal met droge watten

64 Je onderzoekt de ontkieming van zaden. Je legt in vier schalen droge zaden (zie afbeelding 56).

a Welke van deze schalen moet je met elkaar vergelijken om de invloed van de temperatuur op de kieming van zaden te onderzoeken?

b Welke van deze schalen moet je met elkaar vergelijken om de invloed van de bodem op de kieming van zaden te onderzoeken?

■ **Afb. 56**

1 natte aarde: temperatuur 20 °C **2** natte watten: temperatuur 6 °C **3** natte watten: temperatuur 20 °C **4** natte aarde: temperatuur 6 °C

65 In afbeelding 57 zie je de fasen van een natuurwetenschappelijk onderzoek van Francesco Redi (1668).
De tegenstanders van Redi waren niet overtuigd van zijn conclusie. Zij beweerden dat er geen leven in de afgesloten potten kon ontstaan doordat er geen verse lucht in kan doordringen. Zij waren ervan overtuigd dat lucht levenskracht bezit.
Beschrijf een proefopstelling waarmee Redi zijn tegenstanders gemakkelijk had kunnen overtuigen.

Afb. 57

HET ONTSTAAN VAN MADEN IN ROTTEND VLEES	
Inleiding	In rottend vlees zijn al snel maden te zien. In de tijd van Redi dachten mensen dat maden spontaan in rottend vlees ontstonden. Redi betwijfelde dat. Hij dacht dat de maden misschien ontstaan uit eieren van vliegen.
Onderzoeksvraag	Ontstaan maden in rottend vlees uit de eieren van vliegen?
Hypothese	Maden in rottend vlees ontstaan uit de eieren van vliegen.
Experiment	 1 experimenteergroep 2 controlegroep
Resultaat	na afloop van het experiment: 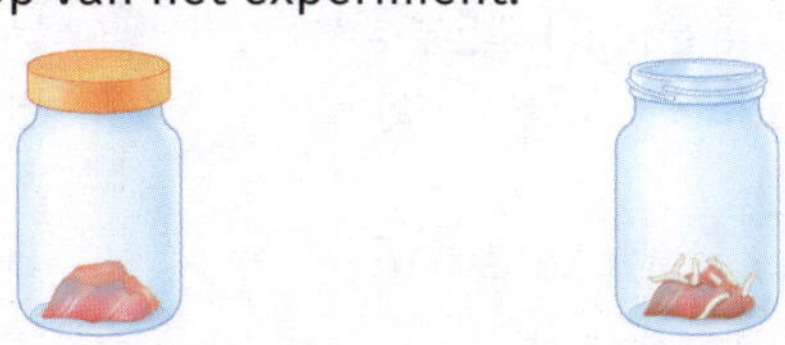 1 experimenteergroep 2 controlegroep
Conclusie	Maden in rottend vlees ontstaan uit de eieren van vliegen. De hypothese is juist (aangenomen).

Ga naar de *Flitskaarten* en *Test jezelf.*

Context Leefwereld

EEN MACHINE DIE KLOPT

In november 2021 is in het UMC Utrecht bij een patiënt voor de eerste keer in Nederland een kunsthart geïmplanteerd. Het kunsthart neemt de functie over van een hart dat niet meer functioneert. De implantatie van het kunsthart vond plaats bij een 54-jarige man met ernstig hartfalen. Het nieuwe kunsthart zorgt bij de patiënt voor een verbeterde pompfunctie en bloedtoevoer waardoor hij minder klachten ervaart.

Elk jaar worden in Nederland ongeveer 32 000 mensen met hartproblemen in het ziekenhuis opgenomen. De problemen variëren van het onregelmatig samentrekken van het hart (hartritmestoornissen), verstopte kransslagaders (hartinfarct) tot het compleet stoppen van de werking van het hart (hartstilstand). Door medische ingrepen zoals dotteren of het vervangen van hartkleppen worden veel hartproblemen verholpen. Maar bij een deel van de patiënten werkt het hart zo slecht dat ze eigenlijk een nieuw hart nodig hebben. In Nederland is er een groot tekort aan donorharten. Meestal staan er rond de 120 hartpatiënten op de wachtlijst. Het kunsthart biedt uitkomst voor patiënten die vanwege hun kritieke situatie niet kunnen wachten op een harttransplantatie.

De implantatie van het kunsthart bij de patiënt is succesvol verlopen, zegt Faiz Ramjankhan, hartchirurg van het UMC Utrecht. Hij had de leiding bij de uitvoering van de operatie. 'Het was een spannende operatie die veel voorbereidingen vergde. Met ons team zijn we sinds 2017 bezig om de implantatie van een kunsthart mogelijk te maken. Als deze behandeling voldoende duurzaam blijkt te zijn, kunnen we hierdoor veel meer patiënten behandelen die nu geen behandelopties hebben.'

Het nieuwe kunsthart wordt gevolgd door medisch wetenschappelijk onderzoek om de veiligheid, werkzaamheid en duurzaamheid bij patiënten met ernstig hartfalen te optimaliseren.

Naar: *www.umcutrecht.nl/nieuws/eerste-kunsthart-in-nederland*

■ Afb. 58 Een mechanisch hart.

Opdrachten

66 Welke belangrijke functie moet het kunsthart overnemen van het hart?

67 Bij het ontwikkelen van het kunsthart moesten de ontwerpers veel technische en biologische problemen oplossen voordat het kunsthart kon worden gebruikt.
- **a** Door welk type onderzoek is het kunsthart tot stand gekomen?
- **b** Geef drie voorwaarden waaraan het kunsthart moet voldoen om veilig gebruikt te kunnen worden.

68 Er is in Nederland een groot tekort aan donoren. Daarom is in de zomer van 2020 een nieuwe donorwet aangenomen. Als je het donorformulier niet invult, ben je automatisch donor. In de oude situatie moest je juist aangeven dat je donor wilde zijn.
Behalve organen kunnen ook weefsels worden gedoneerd.
- **a** Zoek op internet welke weefsels geschikt zijn voor transplantaties.
- **b** In 2021 is er 481 keer een orgaan gedoneerd door een levende persoon. Het ging 29 keer om de donatie van een deel van de lever en 452 keer om de donatie van een nier. Zou jij nu een van je nieren af willen staan? Licht je antwoord toe.
- **c** Vergelijk je antwoord met het antwoord van de leerling naast je. Vergelijk en bespreek jullie toelichting.

NOTITIES

DE GROTE SCHOONMAAK VAN DE OCEANEN

LEERDOELEN

1.S.1 Je kunt de schadelijke invloed van plastic toelichten voor verschillende organisatieniveaus van de biologie.

1.S.2 Je kunt de biologische vakvaardigheden evolutionair en/of ecologisch en/of vorm-functiedenken toepassen op de gevolgen van het plasticprobleem.

In 2019 werd meer dan twaalf miljoen ton plastic in zee gedumpt. Door zeestroming verzamelt het plastic zich in vijf grote gebieden in de oceanen. Het grootste gebied is de Great Pacific Garbage Patch, een gebied dat drie keer zo groot is als Frankrijk en 80 miljoen kilo plastic bevat (zie afbeelding 1).

Al dit plastic in zee is niet alleen lelijk, het kan ook schade toebrengen aan dieren en mensen. Dieren kunnen bijvoorbeeld verstrikt raken in netten en hierdoor verminkt raken of verdrinken (zie afbeelding 2). Een ander probleem is dat plastic niet afbreekbaar is. Door water, wind en uv-stralen worden plastic deeltjes steeds kleiner, maar ze verdwijnen niet. Als de deeltjes klein genoeg zijn, zien dieren ze vaak voor voedsel aan. Ze kunnen het plastic niet verteren of uitscheiden. Het bevat ook geen voedingsstoffen, daarom sterven de dieren door ondervoeding. Bijna alle zeevogels die dood worden gevonden hebben plastic in hun maag.

Als de plastic deeltjes kleiner zijn dan 5 millimeter noem je ze microplastics. Vaak zijn microplastics zo klein dat je ze niet met het blote oog kunt zien. Microplastics komen bijvoorbeeld ook vrij door slijtage van kleding. Daarnaast verwerkt de industrie microplastics in tandpasta en cosmetica.

Onderzoek wijst uit dat er ook microplastics in onze voedselketen zitten. Voedingsmiddelen zoals vissen, schelpdieren, water in petflesjes, honing, bier en zeezout blijken besmet met microplastics. Bij zwangere vrouwen werden microplastics in de placenta aangetroffen.

De vraag of microplastics schadelijk zijn, wordt onderzocht door toxicologen. Toxicologen zijn wetenschappers die de effecten van gifstoffen op organismen onderzoeken. Microplastics kunnen bijvoorbeeld ontstekingen van organen veroorzaken. In vissen werden microplastics aangetroffen in de hersenen, waardoor hun gedrag veranderde. Kortom: microplastics zijn niet alleen maar korreltjes in een lichaam, maar kunnen serieuze problemen veroorzaken.

Toen de 16-jarige scholier Boyan Slat in 2010 tijdens een duikvakantie meer plastic zag dan vissen, bedacht hij een oplossing voor dit milieuprobleem. Als onderwerp voor zijn profielwerkstuk ontwikkelde hij een apparaat om plastic uit zee te filteren. In 2012 startte hij het project The Ocean Cleanup om het plastic in oceanen op te ruimen. Na veel testen werd een installatie van lange drijvende armen in de vorm van een V ontwikkeld. Tijdens negen verschillende tests werd in totaal al 28 650 kg plastic afval opgevist. In oktober 2021 werd bekendgemaakt dat The Ocean Cleanup echt kan beginnen. Hopelijk helpt dit om het plasticprobleem op te lossen en kunnen we weer genieten van schone zeeën en stranden.

■ **Afb. 1** De vijf gebieden in de oceanen waar het plastic zich verzamelt.

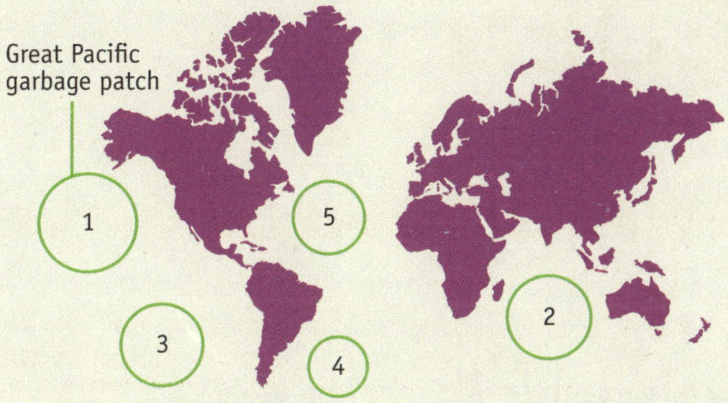

■ **Afb. 2** Vogel gestorven door plastic afval.

Opdrachten

1 Vul in de tabel de volgende begrippen in bij het juiste organisatieniveau.
Kies uit: *Boyan Slat – maag – oceanen – oog – placenta – plasticprobleem – voedingsstoffen – zeevogels.*

Organisatieniveau	Begrip
Systeem aarde	
Ecosysteem	
Populatie	
Organisme	
Orgaan	
Cel	
Molecuul	

2 In de placenta van zwangere vrouwen worden ook microplastics aangetroffen. De placenta zorgt voor uitwisseling van stoffen tussen moeder en ongeboren baby. Microplastics zijn te groot om via de placenta van moeder aan de baby door te geven. Maar de gifstoffen die ze bevatten kunnen mogelijk wel aan de baby worden afgegeven. Via welk transportproces kunnen de gifstoffen via de placenta in de ongeboren baby terechtkomen?

3 Toxicologen onderzoeken het effect van giftige stoffen op organismen. Toxicologen werken op het overgangsgebied van twee natuurwetenschappen. Een van die vakgebieden is biologie.
Wat is het andere vakgebied waar toxicologen veel kennis van hebben? Leg je antwoord uit.

4 Boyan Slat is al sinds zijn middelbareschooltijd bezig met het ontwikkelen van een systeem om plastic uit het water te halen.
- **a** Formuleer een onderzoeksvraag voor het onderzoek van Boyan Slat.
- **b** Welk type onderzoek is het best van toepassing op het onderzoek van Boyan Slat, ontwerpend onderzoek of hypothesetoetsend onderzoek? Leg je antwoord uit.
- **c** In de tekst wordt gesproken over het oorspronkelijke model.
  Wat is een andere benaming hiervoor?

VAARDIGHEDEN

Vaardigheid 1

ONDERZOEKSDOEL

1.O.1 Je kunt een microscoop gebruiken en daarmee (delen van) organismen bestuderen.

▶ Basisstof 3
▶ Practica 1, 2 en 3

Werken met een microscoop

De meeste cellen en weefsels zijn zo klein dat je alleen met een microscoop de details kunt bekijken. Microscopen vergroten het beeld dat je ziet. De meeste microscopen op school kunnen 400× tot 600× vergroten (zie afbeelding 1). De vergroting van een microscoop reken je uit door de vergroting van het oculair te vermenigvuldigen met de vergroting van het objectief. Als het oculair 10× vergroot en het objectief 40×, dan is de totale vergroting 400×.

DOEL

Je bekijkt een kant-en-klaar preparaat met een microscoop.

WERKWIJZE

Stel eerst in op de kleinste vergroting.

- Draai de tubus helemaal omhoog (of de tafel helemaal omlaag).
- Draai het objectief 4× voor.
- Leg het preparaat onder de klemmen, midden boven de opening in de tafel.
- Kijk van opzij en draai de tubus helemaal omlaag (of de tafel helemaal omhoog).
- Doe de lamp aan.
- Kijk door het oculair en draai met de grote schroef langzaam de tubus omhoog (of de tafel omlaag), tot het beeld scherp wordt.
  Stel met de kleine schroef nauwkeurig scherp.
- Verander het diafragma en kijk welke grootte van het diafragma het beste beeld geeft.
  Instellen op een grotere vergroting.
- Je hebt al scherpgesteld bij een kleinere vergroting.
- Schuif het gedeelte van het preparaat dat je sterker wilt vergroten in het midden van het beeld.
- Draai het objectief dat één maat groter is voor (draai niet aan de grote schroef).
- Stel met de kleine schroef nauwkeurig scherp.

■ **Afb. 1** Een lichtmicroscoop.

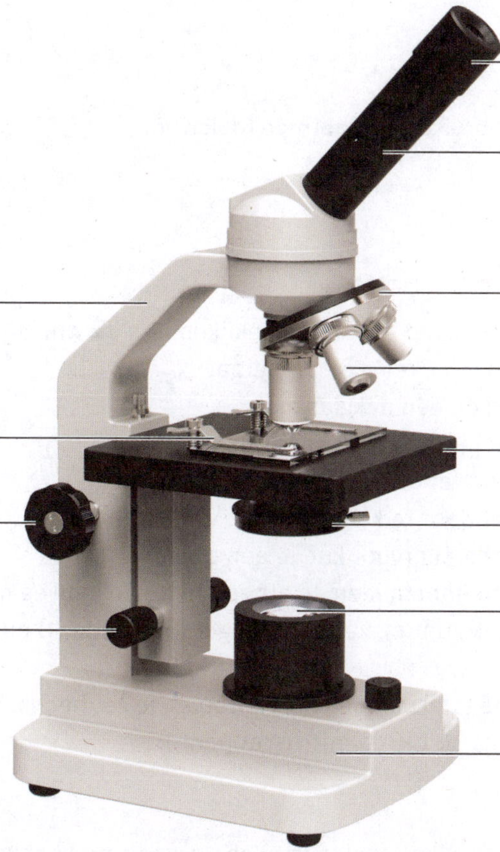

Vaardigheid 2

ONDERZOEKSDOEL

1.O.1 Je kunt een microscoop gebruiken en daarmee (delen van) organismen bestuderen.

▶ Basisstof 3
▶ Practica 1, 2 en 3

Een preparaat bekijken

DOEL

Je bekijkt een klaargemaakt preparaat met een microscoop en maakt een schematische tekening.

WERKWIJZE

Teken enkele cellen uit de verschillende preparaten.

Vaardigheid 3

ONDERZOEKSDOEL

1.O.1 Je kunt een microscoop gebruiken en daarmee (delen van) organismen bestuderen.

▶ Basisstof 3
▶ Practica 1, 2 en 3

Een preparaat maken

■ Afb. 2 Een preparaat.

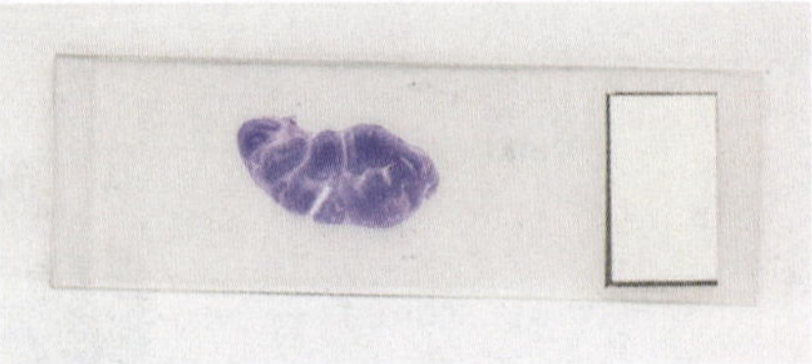

Om cellen onder een microscoop te kunnen bekijken moet je eerst een preparaat maken. Een preparaat bestaat uit een objectglas en een dekglas met daartussen het object dat je onder een microscoop wilt bekijken (zie afbeelding 2). Het object in een preparaat moet erg dun zijn om licht door te kunnen laten. Vaak maak je dan een doorsnede. Hiervoor kun je een object op verschillende manieren doorsnijden. In afbeelding 3 zie je twee manieren waarop je een doorsnede van een tak kunt maken: een lengtedoorsnede (1) en een dwarsdoorsnede (2 en 3).
Een preparaat leg je op de tafel van de microscoop en je zet het vast met de preparaatklemmen. Daarna stel je de microscoop in.

DOEL

Met een microscoop kun je alleen (delen van) een organisme bekijken die heel erg dun zijn en licht doorlaten. Je maakt hiervan een preparaat.

WERKWIJZE

- Breng een druppel water op een schoon voorwerpglas. Pak de glaasjes daarna alleen nog vast bij de randen.
- Leg het (deel van het) organisme voorzichtig in de druppel water. Let erop dat het niet oprolt of dubbel komt te liggen.
- Doe er voorzichtig een dekglaasje op. Voorkom dat er luchtbellen ontstaan. Haal overtollig water met een filtreerpapiertje weg (zie afbeelding 4).

■ Afb. 3 Lengtedoorsnede en dwarsdoorsnede van een tak.

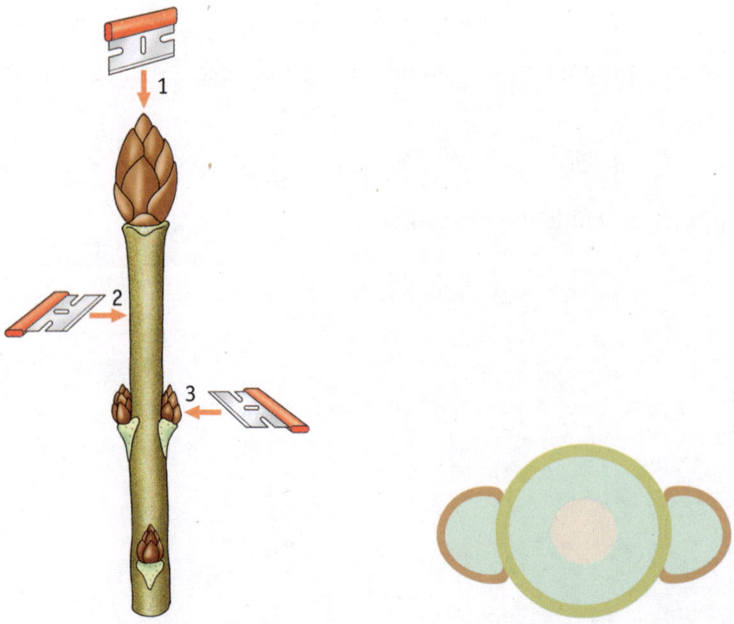

1 lengtedoorsnede (1)

2 dwarsdoorsnede van plaats 3

■ **Afb. 4** Een preparaat maken.

Vaardigheid 4

ONDERZOEKSDOEL

1.O.2 Je kunt een tekening van (een deel van) een organisme maken en de delen aangeven.

▶ Basisstof 3
▶ Practica 1, 2 en 3

Tekeningen maken

Wanneer je een tekening maakt van wat je ziet, leer je nauwkeurig observeren. Noteer bij je tekening welke vergroting je hebt gebruikt. Dit is dan niet de exacte vergroting van je tekening. Als je groot tekent, zal de vergroting groter zijn dan wanneer je klein tekent.

DOEL

Als je een (deel van een) organisme tekent, bekijk je het heel nauwkeurig. In je tekening teken je alleen de belangrijkste kenmerken.

WERKWIJZE

- Verdeel een bladzijde (A4) in tweeën.
- Teken groot.
- Gebruik een potlood.
- Teken eerst de omtrek.
- Teken wat je ziet.
- Maak niet te ingewikkelde tekeningen.
- Noteer boven in het tekenvak:
  - de naam van (het deel van) het organisme
  - de vergroting
  - het type doorsnede
  - eventueel de kleurstof die is gebruikt
- Zet de namen bij de delen die je kent (met horizontale verbindingsstreepjes).

Vaardigheid 5

ONDERZOEKSDOEL

1.O.3 Je kunt de concentratie van een oplossing berekenen.

▶ Basisstof 5
▶ Practicum 5

Een verdunningsreeks maken

DOEL

Om tijdens een onderzoek de invloed van de concentratie van een opgeloste stof te bepalen, maak je een verdunningsreeks. Als je één keer een oplossing maakt en met grote hoeveelheden werkt is de kans op meetfouten klein.

WERKWIJZE

- Maak in een bekerglas een dubbele hoeveelheid van de oplossing met de hoogste concentratie.
- Doe precies de helft van deze oplossing in een schone reageerbuis. Je kunt hiervoor een spuitje (zie afbeelding 5), maatcilinder of pipet gebruiken.
- Vul de overgebleven helft in het bekerglas aan met een even grote hoeveelheid water.
- De concentratie in het bekerglas is nu gehalveerd.
- Herhaal de tweede en derde stap tot de laagste concentratie is bereikt. Maak het materiaal tussentijds steeds goed schoon (zie afbeelding 5).

■ **Afb. 5** Een verdunningsreeks maken.

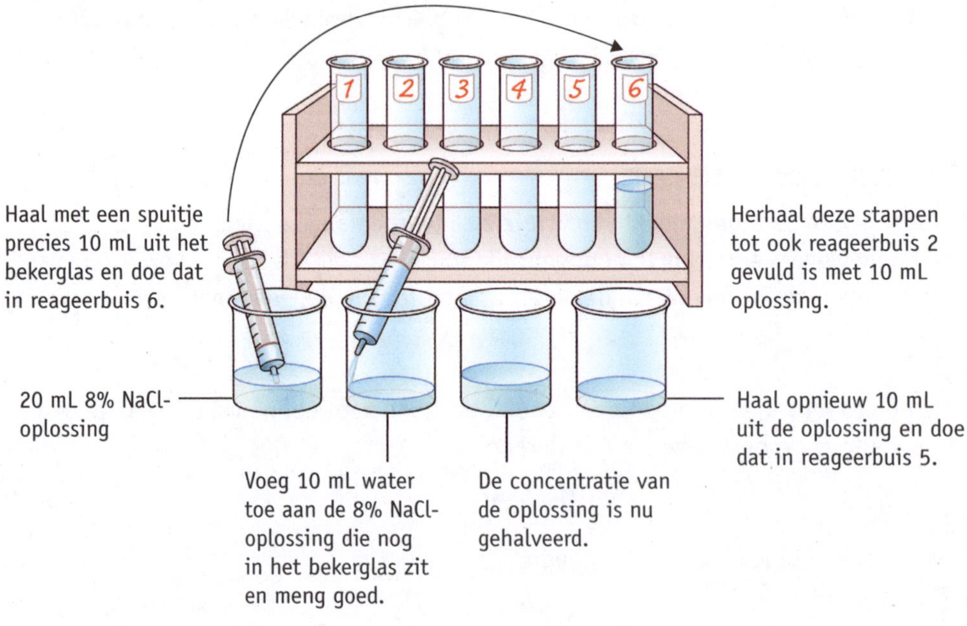

Vaardigheid 6

ONDERZOEKSDOEL

1.O.4 Je kunt een werkplan schrijven voor het uitvoeren van een natuurwetenschappelijk onderzoek.

▶ Basisstof 6
▶ Practicum 6

Een werkplan maken

In de biologie is het experiment een veelgebruikte onderzoeksmethode. Bij onderzoek maak je van tevoren een werkplan.

DOEL

In een werkplan beschrijf je welk experiment of welke experimenten je bij een onderzoek wilt uitvoeren, welke materialen je daarvoor nodig hebt en hoe je de resultaten wilt verwerken. Proefopstellingen bij experimenten moet je beschrijven of tekenen. Ook beschrijf je welke handelingen je op welke tijdstippen verricht en hoe je je resultaten verzamelt en verwerkt.

WERKWIJZE

Hier volgt een aantal vragen die je kunt stellen bij het maken van een werkplan.

Methode

- Welke factor onderzoek je?
- Met welk organisme voer je het experiment uit? Waarom met dit organisme? Hoeveel organismen neem je om betrouwbare gegevens te verkrijgen?
- Onder welke omstandigheden voer je het experiment (en de blancoproef) uit? Hoe zorg je ervoor dat andere factoren niet van invloed zijn?

Materialen

- Wat heb je nodig om het onderzoek te kunnen uitvoeren?

Resultaten

- Op welke manier voer je de metingen uit om aan je resultaten te komen?
- Op welke manier geef je de resultaten weer?

Vaardigheid 7

ONDERZOEKSDOEL

1.O.5 Je beschrijft de fasen en resultaten van je onderzoek in een verslag volgens het werkplan dat je hebt opgesteld.

▶ Basisstof 6
▶ Practica 4 en 5

Een verslag schrijven

Elk onderzoek wordt afgesloten met een verslag. Hierin beschrijf je nauwkeurig de verschillende fasen van het natuurwetenschappelijk onderzoek.

DOEL

In een verslag geef je weer wat je hebt gedaan om te laten zien dat de resultaten van je natuurwetenschappelijk onderzoek betrouwbaar zijn.

WERKWIJZE

Je beschrijft nauwkeurig de verschillende fasen van het natuurwetenschappelijk onderzoek. Een verslag bestaat uit de volgende onderdelen:

1 Titel

2 Inleiding
In de inleiding geef je achtergrondinformatie over je onderwerp. Je geeft een beschrijving van het natuurwetenschappelijke probleem dat je wilt onderzoeken. Je formuleert een onderzoeksvraag en stelt eventueel een hypothese op. Op grond van je hypothese spreek je een verwachting uit over de uitkomst van je onderzoek.

3 Werkplan: materiaal en methode
Hierin beschrijf je welke onderzoeksmethode je toepast. In dit deel van het verslag maak je ook een lijst van de benodigde materialen. De beschrijvingen van de onderzoeksmethode en de materialen moeten zo nauwkeurig zijn dat iemand anders in staat is het onderzoek te herhalen.

4 Resultaten
Hierin beschrijf je het verloop van het onderzoek, bijvoorbeeld het verloop en de uitkomsten van het experiment. Noteer je observaties in woorden en vat je meetresultaten samen in tabellen. In de biologie worden deze tabellen vaak omgezet naar grafieken en/of diagrammen.

5 Conclusie
Hierin beschrijf je de interpretatie van je resultaten. Je geeft ook aan of je de resultaten van je hypothese kunt bevestigen of verwerpen.

6 Discussie
In een discussie kijk je kritisch naar de proefopstelling en de uitvoering van het onderzoek. Alles draait om de vraag: 'Hoe zeker ben ik van het gevonden antwoord op de onderzoeksvraag?' Is alles volgens plan verlopen? Je geeft ook een verklaring van de resultaten die je hebt gevonden. Als de resultaten de hypothese niet bevestigen, probeer dan zo mogelijk redenen te geven waarom dat zo is. Stel eventueel een nieuwe hypothese op en geef aan hoe je deze hypothese kunt onderzoeken.

7 Literatuur
Hierin vermeld je de bronnen die je bij dit onderzoek hebt geraadpleegd.

PRACTICA

Practicumopdracht 1

ONDERZOEKSDOEL

1.O.6 Je kunt de zichtbare delen van een plantencel herkennen en benoemen.

- Basisstof 3
- Vaardigheden 1, 2, 3 en 4

Een plantaardige cel

30 minuten

INLEIDING

Een ui bestaat uit rokken. Cellen met rode kleurstof zitten in de cellen aan de buitenkant van de buitenste rokken van de rode ui (zie afbeelding 1). In dit practicum bekijk je enkele organellen in een plantaardige cel van een rode ui en maak je een schematische tekening.

■ **Afb. 1** Vliesje van de buitenkant van de rok van een ui.

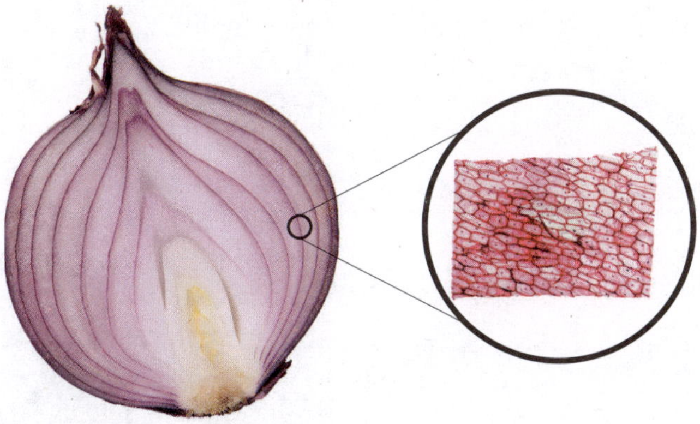

ONDERZOEKSVRAAG

Hoe zien cellen van een rode ui eruit?

MATERIAAL

- een rode ui
- een microscoop
- prepareermateriaal (pincet, prepareernaald, mesje, schaartje, voorwerpglas, dekglaasje, druppelflesje met water en filtreerpapier)

METHODE

- Maak een sneetje in het buitenste vliesje en trek een stukje van het vliesje los. Als het vliesje te groot is, snijd dan een stukje van ongeveer 1 cm^2 uit.
- Maak een preparaat van het vliesje.
- Bekijk het preparaat bij een vergroting van 40×, daarna bij een vergroting van 100×.

Misschien zie je in het preparaat grote zwarte cirkels. Dat zijn luchtbellen. Zoek voor het bekijken van de cellen een stukje zonder luchtbellen op. Het kan ook zijn dat het vliesje is dubbelgeklapt. Je ziet dan twee cellagen op elkaar. Zoek een deel op waar de cellen niet over elkaar liggen.

RESULTATEN

- Teken één plantaardige cel van een rode ui helemaal en geef het begin van de omliggende cellen aan.
- Teken volgens de tekenregels.
- Benoem de delen van de cel die je ziet: celwand, cytoplasma, vacuole en celkern.

Practicumopdracht 2

ONDERZOEKSDOEL

1.0.7 Je kunt de zichtbare delen van een dierlijke cel herkennen en benoemen.

▶ Basisstof 3
▶ Vaardigheden 1, 2, 3 en 4

Een dierlijke cel

30 minuten

INLEIDING

Cellen van je wangslijmvlies zijn dierlijke cellen. Omdat een cel van het wangslijmvlies kleurloos is, kleur je de cel met eosine. In dit practicum oefen je met het maken en kleuren van een preparaat en bekijk je enkele organellen in een dierlijke cel.

ONDERZOEKSVRAAG

Hoe zien cellen van wangslijmvlies eruit?

MATERIAAL

- een plastic roerstaafje
- een microscoop
- prepareermateriaal
- eosine of jodiumoplossing
- een druppelpipet

METHODE

- Doe een druppel eosine op een voorwerpglas.
- Schraap met het plastic roerstaafje langs de binnenkant van je wang (zie afbeelding 2).
- Doe het schraapsel in de druppel eosine op het voorwerpglas en maak het preparaat verder af.
- Bekijk het preparaat. Begin bij een vergroting van 40×. Zoek met een sterkere vergroting losliggende cellen op. Soms liggen cellen over elkaar of zitten ze aan elkaar vast.

Afb. 2 Schraap met een plastic roerstaafje langs de binnenkant van je wang.

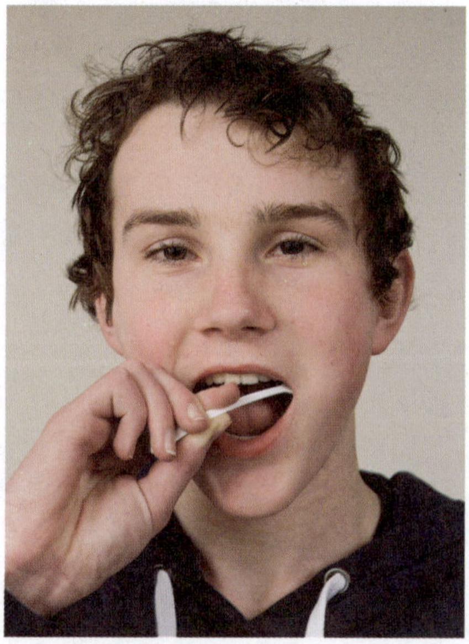

RESULTATEN

- Teken enkele wangslijmvliescellen volgens de tekenregels.
- Benoem de delen van de cel die je herkent.

Practicumopdracht 3

ONDERZOEKSDOEL

1.O.6 Je kunt de zichtbare delen van een plantencel herkennen en benoemen.

▶ Basisstof 3
▶ Vaardigheden 1, 2, 3 en 4

Bladgroenkorrels

30 minuten

INLEIDING

Waterpestplanten zijn te koop als 'zuurstofplantjes' voor aquaria. Het blad van waterpest is twee cellagen dik en daardoor kun je er gemakkelijk een preparaat van maken. In dit practicum bekijk je bladgroenkorrels van waterpest.

MATERIAAL

- een stengel met bladeren van waterpest
- een microscoop
- prepareermateriaal

ONDERZOEKSVRAAG

Hoe zien cellen van waterpest eruit?

METHODE

- Trek met het pincet een blaadje van waterpest af en maak daarvan een preparaat.
- Bekijk het preparaat bij een vergroting van 100×. Stel scherp op een van beide cellagen.
- Zet het diafragma op de grootste opening. Bekijk het preparaat bij een vergroting van 400×. Stel zo scherp dat je bij een cel de bladgroenkorrels in een laagje langs de celwand ziet liggen.
  Als je de bladgroenkorrels in het midden van een cel ziet liggen, heb je scherpgesteld op de bovenkant of op de onderkant van de cel. Misschien zie je de bladgroenkorrels met het cytoplasma rondstromen. De celkern is bij waterpest kleurloos, die kun je niet zien.

■ **Afb. 3** Waterpest onder de microscoop.

RESULTATEN

- Teken één cel met de celwand uit een blaadje van waterpest.
- Teken volgens de tekenregels.
- Benoem de delen van de cel die je herkent.

Practicumopdracht 4

ONDERZOEKSDOEL

1.O.8 Je kunt het effect van een hypertone en hypotone oplossing op een plantencel beschrijven.

- ▶ Basisstof 5
- ▶ Vaardigheden 1, 2, 3 en 4

Plasmolyse

30 minuten

INLEIDING

Bij plasmolyse wordt de inhoud van een plantaardige cel kleiner door waterverlies en laat het celmembraan los van de celwand. In dit practicum bekijk je plasmolyse bij cellen van een rode ui.

ONDERZOEKSVRAAG

Wat gebeurt er met cellen van een rode ui in een hypertone zoutoplossing?

MATERIAAL

- een rode ui
- een microscoop
- prepareermateriaal
- kaliumnitraatoplossing (KNO_3) van 10% in een flesje met een druppelpipet
- gedestilleerd water

METHODE

- Maak een preparaat van het buitenste rode vliesje van een rok van de ui.
- Bekijk het preparaat bij een vergroting van 100×. Zoek cellen waarvan de vacuolen rood zijn gekleurd.
- Breng aan de rand van het dekglas een druppel KNO_3-oplossing aan. Bekijk het preparaat bij een vergroting van 100×, terwijl je met filtreerpapier de KNO_3-oplossing onder het dekglas door zuigt. Wacht tot de cellen plasmolyse vertonen. Zuig eventueel een tweede druppel KNO_3-oplossing onder het dekglas door.
- Teken drie aan elkaar grenzende cellen met de celwanden.
- Zuig nu op dezelfde manier met filtreerpapier gedestilleerd water onder het dekglas door. Kijk wat er met de cellen gebeurt.
- Teken opnieuw drie aan elkaar grenzende cellen met de celwanden.

RESULTATEN

- Teken drie aan elkaar grenzende, in plasmolyse verkerende cellen met de celwanden.
- Teken drie aan elkaar grenzende cellen in gedestilleerd water.
- Gebruik de tekenregels.

Practicumopdracht 5

ONDERZOEKSDOEL

1.O.8 Je kunt het effect van een hypertone of hypotone oplossing op een plantencel beschrijven.

▶ Basisstof 6
▶ Vaardigheden 5 en 7

Osmose bij verschillende concentraties

40 minuten

INLEIDING

De schil van aardappels gaat verdamping tegen. Toch drogen aardappels na een tijdje uit en worden ze slapper en kleiner. Wanneer een cel zo veel water verliest dat er plasmolyse optreedt, verandert de grootte niet meer. In dit practicum onderzoek je of je de osmotische waarde van aardappelstaafjes kunt bepalen door ze in verschillende oplossingen te leggen.

ONDERZOEKSVRAAG

Kun je de osmotische waarde van aardappelcellen bepalen aan de hand van de lengte en stevigheid van aardappelstaafjes, die in oplossingen met oplopende osmotische waarde hebben gelegen?

HYPOTHESE

Wanneer de lengte en stevigheid van de aardappelstaafjes bij een bepaalde concentratie niet meer verandert, komt de osmotische waarde van de oplossing overeen met de osmotische waarde van de aardappelcellen.

MATERIAAL

- 6 reageerbuizen (∅ 18 mm) en een reageerbuisrek
- etiketten of watervaste stift
- een bekerglas met gedestilleerd water
- een bekerglas van 50 mL met precies 20 mL keukenzoutoplossing (NaCl-oplossing) van 8%
- een spuitje, maatcilinder of pipet van 10 mL
- een grote aardappel
- een scheermes of aardappelschilmesje
- een liniaal

METHODE

- Nummer de reageerbuizen van 1 tot en met 6.
- Doe 10 mL gedestilleerd water in reageerbuis 1. De concentratie keukenzout in buis 1 is dan 0%.
- De verschillende concentraties in buis 2 tot en met 6 krijg je door een verdunningsreeks te maken van 8% tot 0,5% keukenzoutoplossing. Begin met 20 mL van een keukenzoutoplossing van 8%. Gebruik voor het afmeten van de hoeveelheden het spuitje van 10 mL en maak dat na ieder gebruik goed schoon met gedestilleerd water.
- Snijd uit de aardappel staafjes van precies 50 mm lang en ongeveer 7 mm breed en dik.
- Doe in iedere reageerbuis een staafje. Zorg ervoor dat in alle buizen het staafje aardappel helemaal in de vloeistof zit.
- Laat de buizen een dag staan en haal dan de staafjes uit de buizen.
- Meet de lengte van elk staafje in millimeter nauwkeurig.

RESULTATEN

- Geef de resultaten weer in een tabel. Noteer de lengte aan het begin, de lengte aan het einde en de lengteverandering. Noteer ook bij ieder staafje of het stevig aanvoelt of niet, ten opzichte van een vers staafje aardappel.
- Maak van de gegevens over de lengteverandering een grafiek.

CONCLUSIE

1 In welk traject van de grafiek bezitten de aardappelcellen turgor?
2 In welk traject van de grafiek is er sprake van plasmolyse?
3 Met welke NaCl-concentratie komt de osmotische waarde van een aardappelcel overeen? Leid je antwoord af uit de grafiek.
4 Welke conclusie kun je trekken?

DISCUSSIE

5 Zijn er veranderingen in lengte of stevigheid van de staafjes opgetreden die je niet had verwacht? Welke verklaring heb je hiervoor?

Practicumopdracht 6

ONDERZOEKSDOEL

1.0.9 Je kunt een proefopstelling ontwerpen met dialysemembraan waarmee je osmose zichtbaar kunt maken.

▸ Basisstof 6
▸ Vaardigheden 6 en 7

Osmose zichtbaar maken

50 minuten

INLEIDING

Een dialysemembraan is een semipermeabel membraan dat wordt gebruikt in kunstnieren. In dit ontwerpend onderzoek toon je osmose aan met behulp van een dialysemembraan, een pipet, suikeroplossing van 10% en water. Je ontwerpt met deze materialen zelf een proefopstelling.

ONDERZOEKSVRAAG

Hoe kun je osmose aantonen met een proefopstelling waarbij je een dialysemembraan, een pipet, suikeroplossing van 10% en water gebruikt?

MATERIAAL

- dialyseslang ± 15 cm
- elastiekjes
- 10 mL-pipet
- suikeroplossing van 10% met (blauwe) kleurstof
- leidingwater
- bekerglas 1000 mL
- bekerglas 100 mL
- touwtje
- standaard voor pipet

METHODE

- Bedenk wat er gebeurt als je water en een suikeroplossing van 10% scheidt door een semipermeabel membraan.
- Bekijk de materialen. Ontwerp hiermee een proefopstelling om osmose aan te tonen. Gebruik hierbij afbeelding 4. Maak een tekening van je proefopstelling waarin je met een pijl aangeeft in welke richting water zich door osmose gaat verplaatsen.
- Als je je ontwerp klaar hebt, vraag je docent dan om deze te controleren.
- Wanneer je ontwerp in orde is, kun je het gaan uitvoeren. Zorg ervoor dat je het vloeistofniveau in de pipet goed kunt aflezen.

Tip: maak het stukje dialyseslang flink nat en wrijf het zo tussen duim en wijsvinger dat de tegen elkaar geplakte kanten losraken. Zorg ervoor dat je het dialysemembraan onder en boven goed dichtbindt zodat het niet kan lekken.

■ **Afb. 4** Een dialysemembraan met pipet.

RESULTATEN

- Noteer het vloeistofniveau (in mL) in je pipet aan het begin.
- Noteer het vloeistofniveau (in mL) in je pipet na een half uur.
- Bepaal het volume (in mL) waarmee het vloeistofniveau is gestegen of gedaald.

CONCLUSIE

1 Welke conclusie kun je trekken?

DISCUSSIE

2 Wat ging er goed?
3 Wat kon beter?
4 Als de resultaten niet overeenkomen met je verwachting, wat zijn dan mogelijke redenen?

SAMENVATTING

1.1.1 BASISSTOF 1

Je kunt beschrijven wat biologie is en uitleggen dat biologie op veel gebieden een rol speelt.

- Biologie is een natuurwetenschap en bestudeert organismen (levende wezens).
  - Alle organismen vertonen levensverschijnselen zoals voortplanting, groei, ontwikkeling en stofwisseling.
  - Stofwisseling: alle chemische reacties in een organisme.
  - Een organisme dat geen levensverschijnselen meer vertoont, is dood. Dingen in de natuur die nooit hebben geleefd zijn levenloos.
- Kennis van en inzicht in biologische processen en systemen is relevant bij belangrijke vraagstukken over de toekomst op het gebied van bijvoorbeeld voeding, gezondheid en duurzame ontwikkeling.
- Een situatie waarin biologie een rol speelt is een context voor het vak biologie.
- Biologie speelt een rol in natuurwetenschappelijk onderzoek, beroepen en de dagelijkse praktijk.

1.1.2

Je kunt het verschil tussen levensloop en levenscyclus beschrijven.

- Elk organisme (individu) heeft een levensloop. De levensloop begint direct na het ontstaan van het organisme en eindigt met de dood van het organisme.
- Elke soort heeft een levenscyclus doordat alle individuen van een soort tijdens hun levensloop dezelfde fasen of stadia van ontwikkeling doorlopen. Hoewel individuen van een soort sterven, blijft de soort voortbestaan.
  - Ontwikkelen: optreden van veranderingen in de bouw en het functioneren van het organisme of van bepaalde delen ervan.
- Soort: organismen die zich onderling kunnen voortplanten en daarbij vruchtbare nakomelingen voortbrengen.

1.1.3

Je kunt de organisatieniveaus van de biologie benoemen en uitleggen dat op elk hoger organisatieniveau nieuwe eigenschappen kunnen ontstaan.

- Organismen zijn georganiseerd in biologische eenheden (van klein naar groot en van eenvoudig naar complex).
- Molecuul: bouwstenen van stoffen (bijvoorbeeld DNA) en van cellen.
  - DNA bevat de erfelijke informatie voor een organisme.
- Organel: onderdelen in de cel met een bepaalde functie (bijv. de celkern).
- Cel: organismen bestaan uit één of meer cellen.
- Weefsel: een groep cellen met dezelfde vorm en functie.
- Orgaan: deel van een organisme met een specifieke bouw en functie.
- Organisme: eencellig of meercellig levend wezen (individu).
- Orgaanstelsel: bestaat uit een aantal organen. Deze organen oefenen samen een bepaalde functie uit.
  - Bijv. verteringsstelsel en beenderstelsel.
- Populatie: groep individuen van dezelfde soort die in een bepaald gebied leven en die zich onderling voortplanten.
- Levensgemeenschap: alle verschillende populaties die in een gebied samenleven.
- Ecosysteem: een min of meer begrensd gebied met bepaalde eigenschappen, zowel de levende als de niet-levende natuur.
- Systeem aarde: het geheel aan ecosystemen op aarde.
- Op een hoger organisatieniveau kunnen eigenschappen ontstaan die er op een lager organisatieniveau niet zijn.
- Interactie: biologische eenheden reageren op elkaar en op de invloeden uit hun omgeving.

1.2.1 BASISSTOF 2

Je kunt orgaanstelsels, organen, weefsels en cellen van een mens herkennen en hun kenmerken en functies beschrijven.

- Organen in de romp van een mens zijn: lever, maag, strottenhoofd, long, hart, middenrif, dikke darm, dunne darm, wervel, rib, borstbeen, galblaas, lever, nier en aorta.
- Het middenrif scheidt de romp in de borstholte en de buikholte.
- Weefsel: een groep cellen met dezelfde vorm en functie.

1.2.2

Je kunt beschrijven dat groepen cellen in een weefsel, orgaan of orgaanstelsel een gezamenlijke functie uitoefenen.

- De vorm van cellen hangt samen met de functie.
- Organen zijn opgebouwd uit weefsels.
- Soorten weefsels: dekweefsel (zie *BiNaS* tabel 80B), zenuwweefsel en spierweefsel (80E).
- Bij veel weefsels liggen de cellen niet direct tegen elkaar aan, maar komt tussencelstof voor. Het soort tussencelstof hangt samen met de functie van het weefsel.
  - Bijv. versteviging bij celwanden en beenweefsel.

1.2.3

Je kunt bij (delen van) organismen het verband aangeven tussen vorm en functie.

- Bij organismen is er een verband tussen de vorm en de functie van de biologische eenheden waaruit ze zijn opgebouwd.
  - Langwerpige, holle botten bij de mens: zijn licht en stevig.
  - Beenbalkjes in de kop van een dijbeen: maken het been licht en geven stevigheid.
  - Gewelfde vorm van de botten in de voeten: gewicht dragen en schokken opvangen.
  - Gestroomlijnde lichaamsvorm bij diersoorten: weinig weerstand.

1.3.1 BASISSTOF 3

Je kunt delen van dierlijke cellen en van plantaardige cellen benoemen en de functies ervan beschrijven.

- *BiNaS* tabel 79B Plantaardige cel, 79C Dierlijke cel.
- Organel: elk deel van een cel met een eigen functie.
- Celmembraan: scheidt het inwendige van de cel, het cytoplasma (celplasma), van het milieu buiten de cel.
- Cytoplasma bestaat uit water met organellen en opgeloste stoffen.
- De kern is omgeven door het kernmembraan en bevat kernplasma.
- Vacuole: blaasje in het cytoplasma omgeven door een vacuolemembraan en gevuld met vacuolevocht.
  - Speelt een belangrijke rol bij de stevigheid van de cel en kan kleurstoffen bevatten.
- Plastiden:
  - Bladgroenkorrels (chloroplasten) bevatten bladgroen.
  - Chromoplasten (bevatten kleurstoffen).
  - Leukoplasten dienen om stoffen zoals vet, zetmeel en eiwit op te slaan.
- Sommige plastiden kunnen overgaan in andere plastiden.
- Celwand: een stevig laagje om de cel heen.
  - Een celwand behoort niet tot de cel, maar is tussencelstof.
  - Intercellulaire ruimten: holten tussen celwanden, gevuld met lucht of vocht.
- Dierlijke cellen bevatten geen grote centrale vacuole en geen plastiden en om dierlijke cellen ligt geen celwand.

1.3.2

Je kunt een microscoop gebruiken en daarmee (delen van) organismen bestuderen.

- Een lichtmicroscoop kan tot ongeveer 1000× vergroten. Aan de hand van de zichtbare organellen is het mogelijk onderscheid te maken tussen plantaardige en dierlijke cellen.
- Een elektronenmicroscoop kan meer dan 100 000× vergroten. Het beeld verschijnt op een computerscherm. De beelden worden vaak ingekleurd.

1.4.1 BASISSTOF 4

Je kunt een cel beschrijven als een zelfstandig functionerende biologische eenheid.

- De cel is de kleinste eenheid van leven.
  - In een cel werken de verschillende organellen nauw samen om de cel goed te laten functioneren (zie *BiNaS* tabel 79D).
  - Afhankelijk van de functie van de cel zijn bepaalde organellen meer of minder aanwezig.
- In het kernplasma liggen chromosomen.
  - Chromosomen bestaan uit moleculen DNA.
  - DNA bevat de informatie voor de erfelijke eigenschappen van een organisme.
  - Openingen in het kernmembraan maken het transport van stoffen in en uit het kernplasma mogelijk.
- Endoplasmatisch reticulum (ER): netwerk van dubbele membranen dat is aangesloten op het kernmembraan.
  - Ruw endoplasmatisch reticulum (RER) heeft ribosomen. Functie: transport van eiwitten en het afsnoeren van blaasjes mogelijk maken.
  - Glad endoplasmatisch reticulum (GER) heeft geen ribosomen.
- Ribosomen: bolvormige organellen, op het endoplasmatisch reticulum of vrij in het cytoplasma.
  - Functie: eiwitsynthese.
- Golgisysteem: opgestapelde platte membranen in het cytoplasma.
  - Functie: eiwitten bewerken tot hun uiteindelijke vorm en secretie van eiwitten buiten de cel (door exocytose) en productie van lysosomen.
- Lysosomen: blaasjes die enzymen bevatten.
  - Enzymen zijn eiwitten die de chemische reacties van stofwisselingsprocessen versnellen.
  - Functie: de enzymen breken de voedingsstoffen of afvalstoffen af.
- Mitochondriën: organellen met de vorm van een bruine boon en dubbele membranen, waarvan het binnenmembraan sterk is geplooid.
  - Functie: De energie die vrijkomt bij verbranding in de cel opslaan in ATP-moleculen.
- Bladgroenkorrels (chloroplasten): hebben net als mitochondriën een dubbel membraan.
  - In bladgroenkorrels komen veel gestapelde platte blaasjes voor met daartussen verbindingen. In deze membranen liggen de enzymen voor fotosynthese.
  - Functie: fotosynthese laten plaatsvinden.
- Celmembraan: een dubbele laag fosfolipiden (zie *BiNaS* tabel 67G3) met daarin eiwitmoleculen.
  - Sommige cellen hebben trilharen aan de buitenkant: hebben een functie bij de voortbeweging van de cel of bij de verplaatsing van stoffen langs de cel.
  - Sommige fosfolipiden en eiwitten bezitten koolhydraatketens voor herkenning van de cel door andere cellen.

1.4.2

Je kunt beschrijven hoe transport van stoffen via (cel) membranen plaatsvindt.

- Transport via blaasjes.
  - Exocytose: het afsnoeren van blaasjes door het celmembraan om stoffen naar buiten de cel te transporteren (secretie).
  - Endocytose: het afsnoeren van (endosoom) blaasjes door het celmembraan om stoffen in de cel op te nemen.
  - Endosoom: blaasje dat zich afsnoert van het celmembraan om stoffen uit de omgeving op te nemen.

1.5.1 BASISSTOF 5

Je kunt de concentratie van een oplossing berekenen.

- Concentratie geeft de hoeveelheid opgeloste stof in een bepaalde hoeveelheid oplosmiddel aan.
  - De hoeveelheid opgeloste stof kun je aangeven in gram per volume (g/L of g/L^{-1}), in mol per liter (mol/L of mol/L^{-1}), in procenten (%) of bij lage concentraties in ppm.

1.5.2

Je kunt uitleggen wat diffusie en osmose is en toelichten welke rol osmose speelt bij de stevigheid van planten.

- Diffusie: verplaatsing van een stof van een plaats met een hoge concentratie naar een plaats met een lage concentratie van die stof (zowel in vloeistoffen als in gassen).
  - Diffusie wordt veroorzaakt door (ongerichte) beweging van moleculen.

- Osmose: diffusie van water door een semipermeabel membraan (selectief permeabel).
  - Een semipermeabel membraan laat bij osmose wel water door, maar niet de opgeloste stof.
  - Bij osmose treedt waterverplaatsing op van een plaats met een lage osmotische waarde naar een plaats met een hoge osmotische waarde.
  - De osmotische waarde van een oplossing wordt bepaald door het aantal opgeloste deeltjes per volume-eenheid.
- Dierlijke en plantaardige cellen reageren verschillend op veranderingen van de osmotische waarde van het vocht in hun omgeving.
- Een dierlijke cel in een oplossing:
  - met een gelijke osmotische waarde als die van het cytoplasma (isotoon) behoudt zijn vorm;
  - met een lagere osmotische waarde dan die van het cytoplasma (hypotoon) neemt water op en kan barsten;
  - met een hogere osmotische waarde dan die van het cytoplasma (hypertoon) geeft water af en krimpt.
- Celwanden van plantaardige cellen zijn permeabel.
  - De concentratie van stoffen in een celwand is gelijk aan de concentratie van deze stoffen in de vloeistof buiten de cel.
- Onder normale omstandigheden is de osmotische waarde van het cytoplasma hoger dan die van het vocht in de celwanden.
  - Turgor: de druk van de cel op de celwand. Door het verschil in osmotische waarde is de druk in de cel groter dan de druk buiten de cel, waardoor de cel stevig is.
- Als het vocht in de celwanden een hogere osmotische waarde heeft dan het cytoplasma, treedt plasmolyse op.
  - Door osmose stroomt water de cel uit. De turgor daalt en de osmotische waarde van het vacuolevocht stijgt.
  - Plasmolyse: de cel krimpt zover dat het celmembraan loslaat van de celwand.

1.5.3

Je kunt beschrijven hoe transport van stoffen via (cel) membranen plaatsvindt.

- Het celmembraan vormt de scheiding tussen de celinhoud en zijn milieu.
  - Celmembranen en membranen van organellen zijn semipermeabel.
  - De opname en afgifte van veel stoffen wordt gereguleerd door eiwitten in het membraan.
- Transport van zuurstof, koolstofdioxide en in vet oplosbare stoffen vindt plaats door diffusie door de fosfolipidenlagen heen.
  - Het transport van deze stoffen is afhankelijk van het concentratieverschil.
- Passief transport: transport van stoffen door een membraan waarbij geen energie nodig is.
  - Verloopt met het concentratieverval mee.
  - Vormen van passief transport: diffusie, osmose, transport via transportkanaaltjes en andere transporteiwitten.
  - Transportkanaaltjes zorgen voor transport van bijvoorbeeld Na^+, K^+, Ca^+ en transport van water (aquaporines).
  - Sommige typen transporteiwitten binden specifieke moleculen en transporteren ze een cel in of uit.
- Transport van water vindt plaats door osmose.
  - Watermoleculen kunnen membranen maar heel langzaam passeren.
  - Aquaporines in celmembranen vergroten de snelheid van osmose.
- Actief transport: transport van stoffen door transporteiwitten waarvoor energie nodig is.
  - Actief transport verloopt tegen het concentratieverval in.

1.6.1 BASISSTOF 6

Je kunt verschillende typen en methoden van natuurwetenschappelijk onderzoek beschrijven.

- Beschrijvend onderzoek: de onderzoeker verzamelt observaties en/of metingen (data) die tot een conclusie kunnen leiden.
- Literatuuronderzoek: de onderzoeker zoekt gericht naar geschikte informatie van voldoende niveau.
- Hypothesetoetsend onderzoek: een onderzoeker bedenkt een methode om een hypothese te toetsen.
  - Een hypothese is een mogelijke verklaring voor een waarneming van een verschijnsel of een mogelijk verband tussen verschijnselen en is gebaseerd op biologische kennis en ervaring.
  - Steekproef: onderzoekers selecteren een representatief deel van de te onderzoeken groep.
- Ontwerpend onderzoek: een onderzoeker ontwikkelt materialen, instrumenten, modellen of systemen als antwoord op een onderzoeksvraag.
  - Model: vereenvoudigde weergave van de werkelijkheid zoals een virtueel experiment op de computer.

1.6.2

Je kunt de verschillende fasen van een hypothesetoetsend onderzoek beschrijven, resultaten van een onderzoek analyseren en daaruit conclusies trekken.

- Het hypothesetoetsend onderzoek wordt gezien als hét model voor een natuurwetenschappelijk onderzoek. Een onderzoeker doorloopt de volgende fasen bij dit onderzoek.
  - Waarneming: het waarnemen van een bepaald natuurverschijnsel dat in aanmerking komt voor verder onderzoek.
  - Onderzoeksvraag: beschrijft een natuurwetenschappelijk probleem waarop een antwoord wordt gezocht.
  - Hypothese: geeft een mogelijke verklaring voor het probleem.
  - Verwachting: op grond van de hypothese geef je aan welke waarnemingen je waarschijnlijk doet als de hypothese juist is.
  - Experiment: de fase van de uitvoering van het onderzoek waarin je toetst of de opgestelde hypothese juist is of onjuist.
  - Bij een experiment wordt vaak gewerkt met een experimenteergroep en een controlegroep (de blancoproef).
  - Per experiment mag maar één factor tegelijk worden onderzocht, alle andere omstandigheden zijn gelijk.
  - Om betrouwbare gegevens te krijgen, bestaan alle groepen uit grote aantallen.
  - Resultaten: verzamelde observaties of (meet) gegevens geef je overzichtelijk weer in de vorm van tabellen, grafieken of diagrammen.
  - Conclusie: met de resultaten en alle informatie die is opgezocht, kun je een antwoord op de onderzoeksvraag geven.
  - Discussie: je probeert de resultaten van je onderzoek te verklaren en je gaat in op de beperkingen van je onderzoek.
- Je bent in staat zelf een natuurwetenschappelijk onderzoek uit te voeren.
- Het verzamelen, bewerken en overzichtelijk weergeven van data waardoor je in staat bent een antwoord te geven op de onderzoeksvraag.
  - Het antwoord dat je met behulp van de data geeft is de conclusie van het onderzoek.
  - Validiteit: de resultaten van je onderzoek geven antwoord op je onderzoeksvraag.
  - Betrouwbaarheid: de resultaten zijn op een eerlijke manier verkregen en herhaling van het onderzoek is mogelijk en levert dan dezelfde resultaten op.

1.6.3

Je kunt een technisch ontwerp voorbereiden, uitvoeren, testen en evalueren.

- Bij een technisch ontwerp worden een aantal fasen doorlopen volgens een cyclisch proces.
  - Een ontwerpprobleem verkennen en specificeren.
  - Ideeën verzinnen en selecteren.
  - Concepten uitvoeren en selecteren.
  - Prototype bouwen.
  - Prototype testen en optimaliseren.
  - Presenteren.

SAMENHANG

1.S.1 **Je kunt de schadelijke invloed van plastic toelichten voor verschillende organisatieniveaus van de biologie.**

1.S.2 **Je kunt de biologische vakvaardigheden evolutionair en/of ecologisch en/of vorm-functiedenken toepassen op de gevolgen van het plasticprobleem.**

ONDERZOEK – VAARDIGHEDEN

1.O.1 **Je kunt een microscoop gebruiken en daarmee (delen van) organismen bestuderen.**

1.O.2 **Je kunt een tekening van (een deel van) een organisme maken en de delen aangeven.**

1.O.3 **Je kunt de concentratie van een oplossing berekenen.**

1.O.4 **Je kunt een werkplan schrijven voor het uitvoeren van een natuurwetenschappelijk onderzoek.**

1.O.5 **Je beschrijft de fasen en resultaten van je onderzoek in een verslag volgens het werkplan dat je hebt opgesteld.**

ONDERZOEK - PRACTICA

1.O.6 **Je kunt de zichtbare delen van een plantencel herkennen en benoemen.**

1.O.7 **Je kunt de zichtbare delen van een dierlijke cel herkennen en benoemen.**

1.O.8 **Je kunt het effect van een hypertone of hypotone oplossing op een plantencel beschrijven.**

1.O.9 **Je kunt een proefopstelling ontwerpen met dialysemembraan waarmee je osmose zichtbaar kunt maken.**

Ga naar de *Flitskaarten* en *de Oefentoets.*

NOTITIES

EXAMENOPGAVEN

PAS OP VOOR TEKENBETEN!

Naar: examen havo 2021-1, vraag 1 en 2.

Tijdens een introductieactiviteit van de hbo-opleiding Bos- en natuurbeheer spelen Stijn en zijn medestudenten een kennismakingsspel in het bos. Aan het eind van de dag wordt tegen alle studenten gezegd dat ze zich goed moeten controleren op teken.

Teken (*Ixodes ricinus*, afbeelding 1) wachten in het gras of in laag struikgewas op voorbijkomende dieren of mensen die hun een bloedmaaltijd kunnen verschaffen. Ze hechten zich met hun zuigsnuit (afbeelding 2) aan hun slachtoffer en voeden zich vervolgens met bloed uit de bloedvaten van de huid.

■ Afb. 1

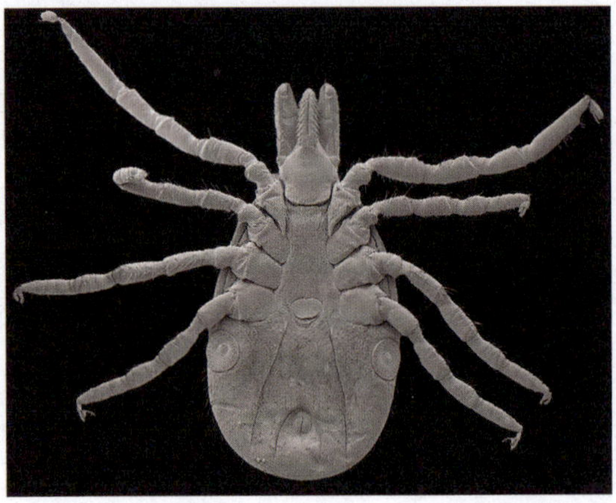

■ Afb. 2

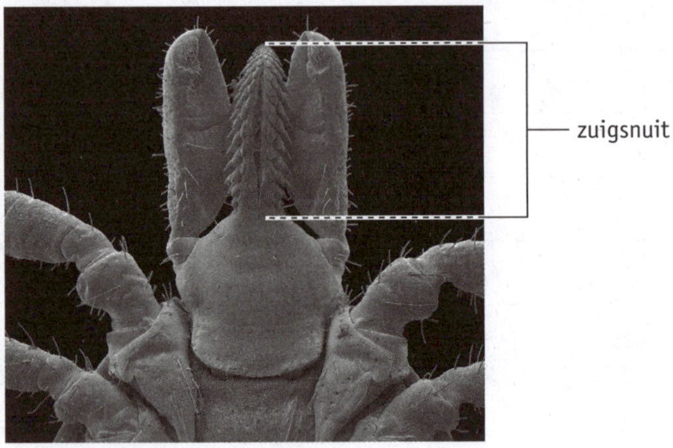

vergroting 100 x

1p **1** Noteer een kenmerk van de bouw van de zuigsnuit dat zichtbaar is in afbeelding 2 en geef aan waardoor dit kenmerk de zuigsnuit geschikt maakt voor zijn functie.

De dikte van de opperhuid van een mens is tussen 30 en 2500 micrometer dik, afhankelijk van de plaats op het lichaam.

2p **2** Bepaal, aan de hand van afbeelding 2, hoeveel micrometer de zuigsnuit van de teek kan doordringen in de menselijke huid. Noteer je berekening.

1p **3** Licht toe dat dit voldoende is om bloedvaten van een mens te kunnen bereiken.

DE ZIEKTE VAN WILSON

Bron: examen havo 2019-II, vraag 3.

Het eiwit dat betrokken is bij de koperuitscheiding bevindt zich bij gezonde personen in het organel dat in afbeelding 3 met letter P is aangegeven.

■ **Afb. 3**

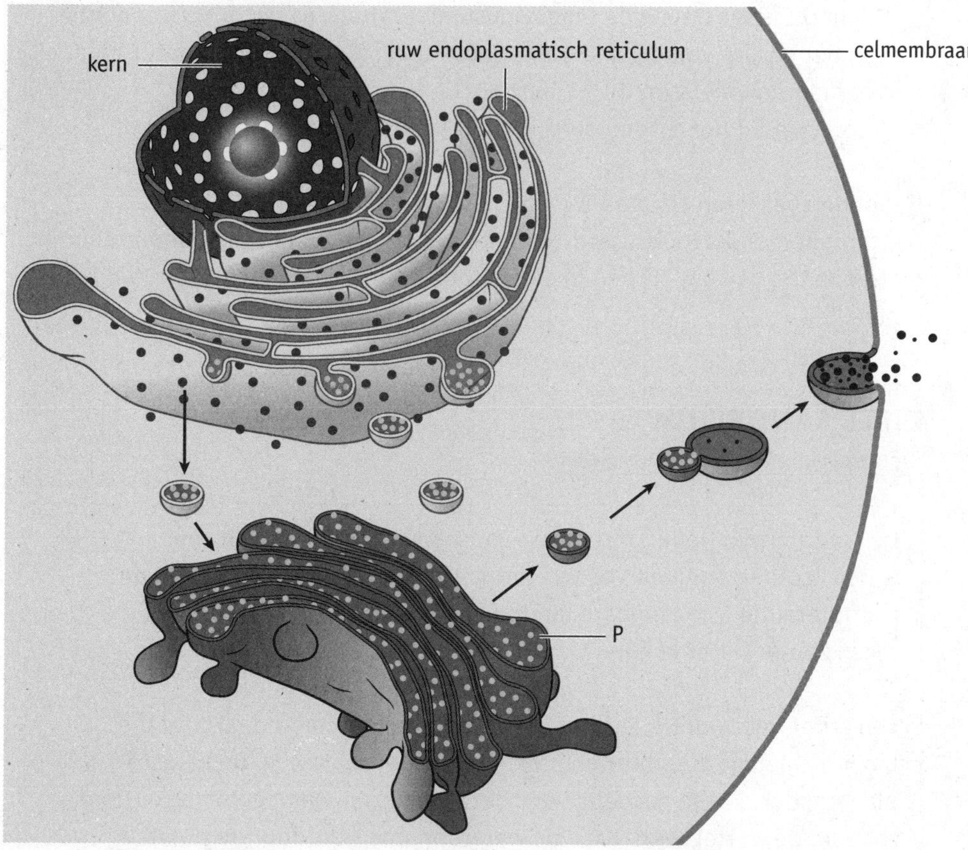

1p **4** Noteer de naam van het organel dat is aangegeven met de letter P.

INSECTENTHERMOMETER

Naar: examen havo 2010-I, vraag 33 en 34.

Insecten zijn voor hun activiteit sterk afhankelijk van de omgevingstemperatuur. In 1950 stond in het blad *Natura* een artikel over dit onderwerp. Het betreft hier het onderzoek van de Amerikaan Steve Hallenbeck.

'Hallenbeck is voornamelijk bij krekels nagegaan of er een nauw verband bestaat tussen de temperatuur en de frequentie van het sjirpen. Gedurende vele nachten heeft hij met een stopwatch de frequentie van het gesjirp opgenomen. Met een thermograaf werd gedurende de nacht het verloop van de temperatuur geregistreerd op een strook papier.'

Het verschijnsel van het sjirpen dat Hallenbeck beschreef, gaat ook op voor de veldkrekel die in Nederland voorkomt. Het werkt als volgt: de mannetjes van de veldkrekel 'zingen' door hun vleugels tegen elkaar te bewegen. Vier snelle vleugelbewegingen achter elkaar veroorzaken samen een geluid dat klinkt als 'kri'. Zo'n kri-element wordt ook wel echeme genoemd. Onderdelen van de vleugels trillen mee en versterken het geluid. Het kenmerkende 'kri-kri-kri' ontstaat doordat de krekel een hele reeks echemes achter elkaar produceert. Het tempo waarin dit gebeurt is afhankelijk van de temperatuur. In het veld geldt als regel: tel het aantal kri-elementen dat je in vijf seconden hoort, tel hier 7 bij op: de uitkomst is de omgevingstemperatuur in °C. Als de buitentemperatuur boven de 40 °C uitkomt, sjirpen de krekels niet. Dit betekent dat er een bovengrens is aan dit sjirpen. Je kunt het aantal kri's dus ook gebruiken als insectenthermometer.

3p **5** Teken een grafiek met een *x*-as en een *y*-as.

- Zet in dit assenstelsel de omgevingstemperatuur uit tegen de frequentie van het gesjirp van de veldkrekel zodat zo'n insectenthermometer ontstaat voor metingen tussen de 9 °C en 38 °C.
- Noteer onder het assenstelsel de berekening van twee meetpunten.

2p **6** Het onderzoek heeft Hallenbeck vele nachten gekost.
Beschrijf een onderzoek waarin je de relatie tussen omgevingstemperatuur en de frequentie van het sjirpen in een laboratoriumsituatie in kortere tijd kunt vaststellen.

ZILTE LANDBOUW

Bron: examen havo 2021-II, vraag 7 en 9.

De landbouw in Nederland maakt voornamelijk gebruik van zoet water. Ecoloog Arjen de Vos van het Zilt Proefbedrijf op Texel test de zouttolerantie van gangbare landbouwgewassen. Zijn er gewassen die tegen zouter water kunnen?

Een groot deel van Nederland ligt aan de kust en heeft daardoor met binnensijpelend zeewater en brak grondwater te maken. De meeste plantensoorten zijn gevoelig voor deze verzilting. De opgeloste zoutionen rondom de wortels verstoren de wateropname waardoor de planten uitdrogen.

2p **7** Bij gewassen die op zilte plaatsen groeien, bevat het bodemvocht rondom een wortelcel meer opgeloste deeltjes dan het vocht in de cel zelf. Als gevolg hiervan verandert de osmotische waarde van de wortelcellen.
Is het bodemvocht dan hypertoon of hypotoon? En wordt tijdens het uitdrogen de osmotische waarde van de wortelcellen hoger of lager?

	bodemvocht is	osmotische waarde wortelcellen wordt tijdens uitdrogen
A	hypertoon	hoger
B	hypertoon	lager
C	hypotoon	hoger
D	hypotoon	lager

Een teveel aan zoutionen verstoort de activiteit van enzymen in plantencellen. Veel zouttolerante planten slaan opgenomen ionen op in een bepaald deel van de cel. Hierdoor worden celprocessen niet verstoord.

1p **8** In welk deel van de cel worden de zoutionen opgeslagen?

A in de chloroplasten
B in de mitochondriën
C in de vacuole
D in het endoplasmatisch reticulum

VEILIGER IN EEN LINKSDRAAIEND HUISJE

Bron: examen havo 2016-II, vraag 41.

Japanse slakken worden gegeten door *Pareas iwasakii*, een slakkenetende slang met een asymmetrische kaak: de ene kant heeft veel meer tanden dan de andere kant. Door deze verdeling van tanden kan de slang een slak makkelijker uit een rechtsdraaiend huisje trekken dan uit een linksdraaiend huisje.

De onderzoekers formuleerden de volgende hypothese:
Predatie door de slang *Pareas iwasakii* leidt tot positieve selectie van slakken met linksdraaiende huisjes.
Om hun hypothese te testen lieten de onderzoekers slakken met linksdraaiende huisjes en slakken met rechtsdraaiende huisjes los in glazen bakken met de slakken-etende slangen. De resultaten van dit onderzoek bevestigden de hypothese.

1p **9** Welk resultaat vonden de onderzoekers?

HERSENSCAN

Naar: examen havo 2018-1, vraag 18.

Bij een aantal gezonde proefpersonen, van uiteenlopende leeftijden, met evenveel mannen als vrouwen, werd tijdens het oplossen van een rekenprobleem een hersenscan gemaakt. In de resultaten werd vermeld dat bij 75% van de proefpersonen een verhoogde activiteit werd gemeten in een bepaald hersengebied, waaruit de conclusie werd getrokken dat dit hersengebied een rol speelde bij het oplossen van het rekenprobleem.
De kwaliteit van dit onderzoek is niet vast te stellen, omdat de gegevens voor het bepalen van de betrouwbaarheid en de validiteit onvolledig zijn.
Met een hoge betrouwbaarheid wordt bedoeld dat de invloed van toeval op de uitkomst beperkt is. Een onderzoek is valide wanneer geen systematische fouten worden gemaakt; dat wil dus zeggen dat wordt gemeten wat men wil weten.
Twee tekortkomingen in de beschrijving van het onderzoek zijn:

1 Het aantal proefpersonen is niet vermeld.
2 De controleproef is niet beschreven.

■ **Afb. 6**

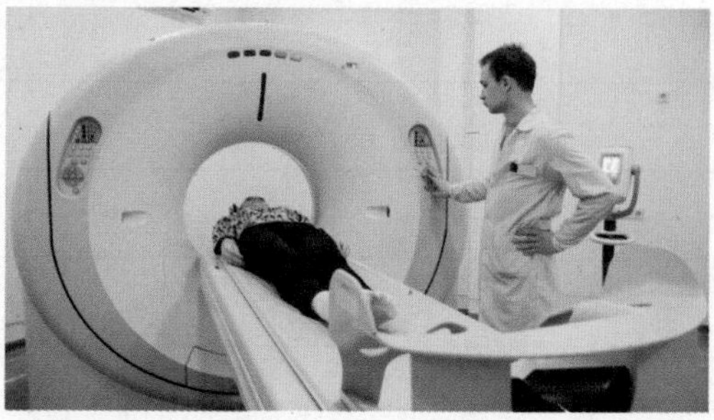

2p **10** Heeft tekortkoming 1 te maken met het bepalen van de betrouwbaarheid of van de validiteit van het onderzoek? En tekortkoming 2?

A 1 betrouwbaarheid; 2 betrouwbaarheid
B 1 betrouwbaarheid; 2 validiteit
C 1 validiteit; 2 betrouwbaarheid
D 1 validiteit; 2 validiteit

Ga naar de *Examentrainer.*

NOTITIES

Thema 2

VOORTPLANTING EN SEKSUALITEIT

In dit thema maak je kennis met de voortplanting van verschillende soorten organismen. Je leert over voortplanting op allerlei niveaus: het verschil tussen geslachtelijke en ongeslachtelijke voortplanting, de rol die hormonen spelen, hoe een bevruchte eicel zich ontwikkelt en hoe je zwangerschap kunt voorkomen. Belangrijk daarbij is hoe je zelf denkt, voelt en handelt als het over seks gaat.

Inhoud

ORIËNTATIE

Waarom hebben we seks? 90
Voorkennistoets
Voorkennisfilmpje

BASISSTOF

1 Ongeslachtelijke voortplanting (SE) 92
2 Geslachtelijke voortplanting (SE) 101
3 Hormonen 114
4 Zwanger 122
5 Seksualiteit (SE) 131
6 Soa's en geboorteregeling (SE) 138

SAMENHANG

Anabolen voor je uiterlijk 148

EXTRA STOF

Borstvoeding

ONDERZOEK

Practica 150

AFSLUITING

Samenvatting 153
Examenopgaven 158

WAAROM HEBBEN WE SEKS?

We vinden het zo vanzelfsprekend dat je je voortplant door middel van seks dat we er nauwelijks over nadenken. Maar waarom doen we het eigenlijk zo? Er zijn immers ook soorten die zich zonder seks kunnen voortplanten. Bijvoorbeeld door zichzelf te delen. Er is dan maar één individu nodig om een nakomeling te krijgen. Bij voortplanting door seks zijn er twee individuen nodig en de nakomelingen ontstaan alleen in het lichaam van de vrouwelijke individuen. Hierdoor worden er minder nakomelingen geboren.

Een belangrijk voordeel van seks is dat de erfelijke eigenschappen van twee individuen worden gecombineerd. De nakomeling heeft daardoor niet dezelfde eigenschappen als de ouders. Door seks ontstaat er variatie in een populatie en zijn de individuen allemaal anders. Dat vergroot de overlevingskans van de populatie. Wanneer de omstandigheden veranderen, zullen individuen met de juiste (gunstige) eigenschappen de nieuwe situatie overleven. Zij kunnen zich blijven voortplanten en hun gunstige eigenschappen aan nakomelingen doorgeven. Zo kan bijvoorbeeld in een populatie weerstand tegen ziekten ontstaan. De populatie past zich hierdoor gemakkelijk aan als de milieuomstandigheden anders worden.

Bij voortplanting zonder seks hebben de nakomelingen precies dezelfde eigenschappen als de ouder. Alle andere individuen in een populatie hebben die eigenschappen ook. Wanneer de omstandigheden veranderen en de organismen niet de eigenschappen hebben om die te overleven, kan de hele populatie uitsterven.

Seks heeft niet alleen voordelen, het kan ook problemen opleveren. Het kan bijvoorbeeld lastig zijn om een geschikte partner te vinden. Zowel vrouwen als mannen zijn kieskeurig bij het uitzoeken van een partner omdat het wel een tijdje duurt voordat je samen je nakomeling(en) hebt grootgebracht. Bovendien wil je graag nakomelingen met gunstige eigenschappen. Je onderzoekt dus eerst of een potentiële partner wel een geschikte partij is door te flirten, te daten en veel gesprekken te voeren.

Al voordat je seks hebt komen er onder invloed van prikkels, geur en aanrakingen stoffen (hormonen) vrij in de hersenen die zorgen voor een opgewonden gevoel. Hierdoor krijg je zin in seks. Naarmate de opwinding toeneemt, maken je hersenen steeds meer hormonen aan die zorgen voor een lekker gevoel met als hoogtepunt het orgasme. Een van de hormonen zorgt ervoor dat je je verbonden voelt met je partner en een relatie opbouwt. De effecten van de hormonen die voor, tijdens en na de seks vrijkomen zijn voor mensen een belangrijke reden om seks te hebben. We doen meestal niet aan seks om een nakomeling te krijgen.

Een nadeel van seks is ook dat je er ziek van kunt worden, want je kunt een infectie met een geslachtsziekte oplopen. Dat kun je voorkomen door veilig te vrijen.

■ **Afb. 1** Waarom hebben we seks?

Opdrachten

1 **a** Welke drie voordelen van seks worden in de tekst genoemd?
b Welke drie nadelen van seks worden in de tekst genoemd?

2 Ebola is een zeldzame, ernstige infectieziekte die tot nu toe alleen in Afrika voorkomt. Ebola wordt veroorzaakt door een virus en is alleen besmettelijk via direct lichamelijk contact met een patiënt, of door het slachten en opeten van een besmet dier. De ziekte leidt vaak tot bloedingen in het lichaam, waardoor meer dan de helft van de patiënten overlijdt. Er is nog geen goede behandeling tegen ebola.
Beschrijf hoe seks ervoor kan zorgen dat er een populatie mensen ontstaat die weerstand heeft tegen ebola.

3 **a** Op welk organisatieniveau vindt seks bij mensen plaats? Leg je antwoord uit.
b Op welke organisatieniveaus kan seks bij mensen invloed hebben? Geef er drie en leg je keuzen uit.

4 Dolfijnen blijken het hele jaar door seks met elkaar te hebben, hoewel de vrouwtjes alleen in bepaalde perioden vruchtbaar zijn.
Welke conclusie kun je hieruit trekken?

Ga naar de *Voorkennistoets* en het *Voorkennisfilmpje*.

1 ONGESLACHTELIJKE VOORTPLANTING (SE)

LEERDOELEN

2.1.1 Je kunt beschrijven op welke manieren er door ongeslachtelijke voortplanting nakomelingen ontstaan die genetisch identiek zijn aan de ouder.

2.1.2 Je kunt het verloop van de celcyclus beschrijven en de verschillende fasen benoemen.

▸ Vaardigheden 1, 2 en 4
▸ Practica 1 en 2

TAXONOMIE	LEERDOELEN EN OPDRACHTEN	
	2.1.1	2.1.2
Onthouden	1a	5
Begrijpen	1b, 2, 3, 6, 12a	4, 7
Toepassen	8, 10, 12bc	
Analyseren	11	9

Zonder voortplanting sterven soorten snel uit en komt er een einde aan het leven op aarde. Misschien denk je bij voortplanting meteen aan seks. Maar er zijn ook organismen die zich ongeslachtelijk kunnen voortplanten, ofwel in hun eentje.

NATUURLIJKE ONGESLACHTELIJKE VOORTPLANTING

Cellen kunnen zich voortplanten door celdeling. Bij celdeling ontstaan uit een moedercel twee gelijke dochtercellen. De dochtercellen bevatten dezelfde erfelijke (genetische) eigenschappen als de moedercel. Tijdens de deling gaat de moedercel op in de dochtercellen.

Bij **ongeslachtelijke voortplanting** ontstaan door celdeling nakomelingen die genetisch hetzelfde zijn als de ouder. Bacteriën en andere eencelligen planten zich ongeslachtelijk voort door celdeling. Een **eencellige** deelt zich, waarna beide cellen uitgroeien tot volledige organismen.

Ook sommige **meercellige** organismen zoals schimmels, planten en sommige dieren kunnen zich ongeslachtelijk voortplanten. Een deel van het organisme groeit dan uit tot een nieuw organisme. Bij bladluizen kunnen onbevruchte vrouwtjes vele nakomelingen produceren (zie afbeelding 1.1).

Ongeslachtelijke voortplanting bij zaadplanten kan op verschillende manieren gebeuren. Aardbeien vormen uitlopers waaraan nieuwe aardbeiplanten ontstaan (zie afbeelding 1.2). Aardappelplanten vormen knollen met knoppen (zie afbeelding 2). Als een knop uitloopt, ontstaat aan het uiteinde van een uitloper een nieuwe knol. Uit elke knol kan één nieuwe aardappelplant ontstaan. De nieuwe aardappelplanten vormen op hun beurt weer nieuwe knollen.

Bolgewassen planten zich ongeslachtelijk voort door bollen. Tussen de lagen (rokken) van de bol bevinden zich knoppen (zie afbeelding 3). Als in het voorjaar een tulpenbol uitloopt vanuit een knop, wordt een deel van het reservevoedsel uit de rokken verbruikt. De rokken verschrompelen en de overgebleven knoppen ontwikkelen zich tot nieuwe tulpenbollen. Dit zijn natuurlijke manieren van ongeslachtelijke voortplanting.

■ **Afb. 1** Ongeslachtelijke voortplanting is mogelijk bij een bladluis en een aardbeienplant.

1 een bladluis

2 uitlopers van een aardbeienplant

■ **Afb. 2** Ongeslachtelijke voortplanting door knollen bij een aardappel.

■ **Afb. 3** Ongeslachtelijke voortplanting door bollen bij een tulp.

KUNSTMATIGE ONGESLACHTELIJKE VOORTPLANTING

Ongeslachtelijke voortplanting kan ook op kunstmatige wijze plaatsvinden. De bekendste methode is stekken. Bij stekken snijd je een stuk van een stengel of een blad af. Op het snijvlak ontwikkelen zich wortels. Uit een stek kan zich een nieuwe plant ontwikkelen.

Een speciale manier van stekken is weefselkweek (zie afbeelding 4). Stukjes weefsel van een gezonde, goed groeiende plant worden in een laboratorium op een voedingsbodem met groeistoffen gebracht. De cellen delen zich en na enkele weken is er een hoeveelheid weefsel gevormd waaruit vele nieuwe plantjes kunnen groeien. Op deze manier ontstaan er plantjes met dezelfde erfelijke eigenschappen als de moederplant.

■ **Afb. 4** Weefselkweek in verschillende stadia.

KLONEN

Een organisme dat door ongeslachtelijke voortplanting uit één organisme ontstaat, noem je een kloon. Het creëren van deze individuen heet klonen. Klonen met de weefselkweektechniek wordt op grote schaal toegepast bij de teelt van sierbloemen en in de voedingsindustrie. Bij planten wordt klonen vaak gebruikt om gunstige erfelijke eigenschappen te behouden. Op kleinere schaal worden ook dieren gekloond, zoals varkens en schapen. Dat gebeurt in Europa bijvoorbeeld om menselijke ziekten te onderzoeken of medicijnen te testen.

Niet iedereen is enthousiast over het klonen van dieren. Tegenstanders vinden bijvoorbeeld dat de mens niet mag ingrijpen in de natuur, of dat dieren niet mogen worden gebruikt voor onderzoek. Dit zijn **ethische argumenten**. Anderen hebben bezwaren tegen klonen, omdat de nakomelingen soms afwijkingen hebben of jong overlijden. Dit zijn **biologische argumenten**.

Opdrachten KENNIS

1 a Welke organismen planten zich ongeslachtelijk voort via celdeling?
b Geef twee voorbeelden van dieren die zich op natuurlijke wijze ongeslachtelijk kunnen voortplanten door celdeling.

2 a Bij sierbloemen wordt de weefselkweekmethode toegepast.
Waar zal een kweker op letten als hij bloemen uitkiest bij de weefselkweekmethode?
b Wat kun je zeggen over de erfelijke eigenschappen van tulpenbollen die ontstaan uit de knoppen van één tulpenbol?

3 Sommige mensen hebben bezwaren tegen klonen. Ze kunnen daarvoor ethische en/of biologische argumenten hebben. Hieronder staan drie van zulke bezwaren. Geef aan of het om een biologisch of ethisch argument gaat. Leg uit waarom.

1 Bij klonen van dieren is het risico op een miskraam groot.
2 Je mag dieren niet als een product behandelen.
3 Veel gekloonde dieren hebben gezondheidsproblemen.

CELCYCLUS

Celdeling speelt een belangrijke rol bij ongeslachtelijke voortplanting en bij de groei van organismen. Ook kunnen cellen dankzij celdeling worden vervangen. Denk bijvoorbeeld aan cellen die oud zijn, of die bij een verwonding zijn beschadigd. Bij celdeling ontstaan uit een moedercel twee dochtercellen met dezelfde erfelijke eigenschappen. De erfelijke eigenschappen van een organisme liggen in de **chromosomen**. Deze bestaan voor het grootste deel uit DNA. Voordat een cel deelt, wordt het DNA van de chromosomen gekopieerd (zie afbeelding 5). De twee dochtercellen ontvangen bij de deling ieder een gelijke set chromosomen.

Bij planten, dieren en schimmels begint een celdeling met de deling van de celkern. De kerndeling heet **mitose**. Na de mitose snoert de cel tussen de kernen in en ontstaan er twee nieuwe cellen. De cellen vormen na de deling nieuw cytoplasma waardoor ze groeien. Ook neemt dan het aantal organellen in de dochtercellen toe (zie afbeelding 6).

■ **Afb. 5** Een chromosoom (hier na verdubbeling) bestaat onder andere uit een lang DNA-molecuul (schematisch).

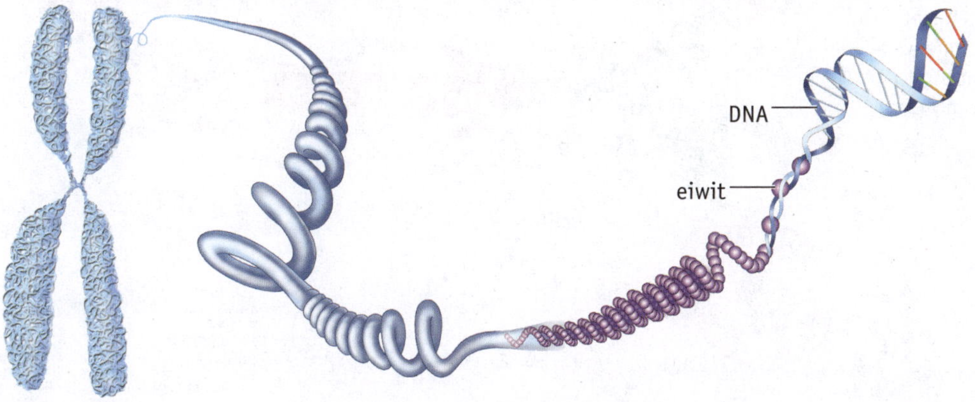

■ **Afb. 6** De vorming van nieuwe cellen (schematisch).

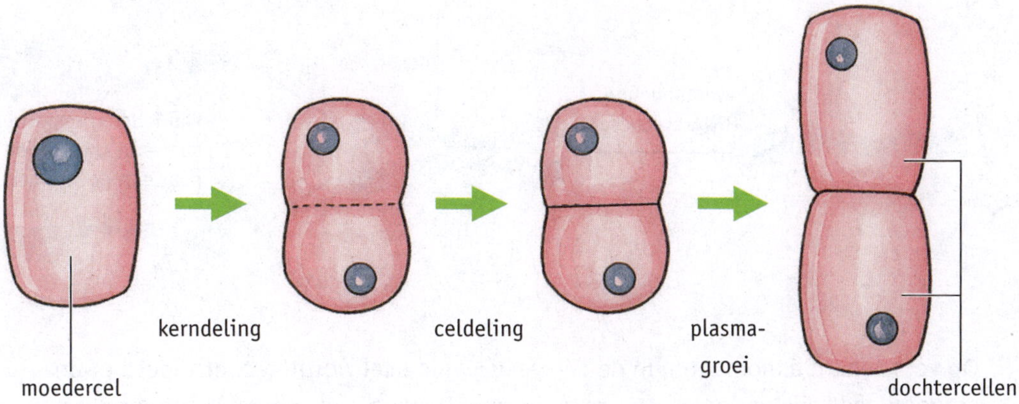

Afbeelding 7 geeft schematisch een celcyclus (levenscyclus van een cel) weer.

- De M-fase (mitosefase) is de periode waarin de kerndeling en celdeling plaatsvinden.
- De periode tussen twee celdelingen noem je de interfase.
- Ongeveer halverwege de interfase wordt van elk DNA-molecuul een kopie gemaakt: de DNA-replicatie of DNA-synthese. De fase waarin dat gebeurt, heet de S-fase (synthesefase). De kopie blijft tijdelijk vastzitten aan het DNA waarvan de kopie is gemaakt. Zolang de DNA-moleculen nog aan elkaar vastzitten, worden ze chromatiden genoemd. Na de S-fase bestaat een chromosoom dus uit twee chromatiden. Vervolgens rollen de chromosomen zich op (spiraliseren). Hierdoor worden ze korter en zijn ze zichtbaar met een microscoop.

■ **Afb. 7** De celcyclus (schematisch).

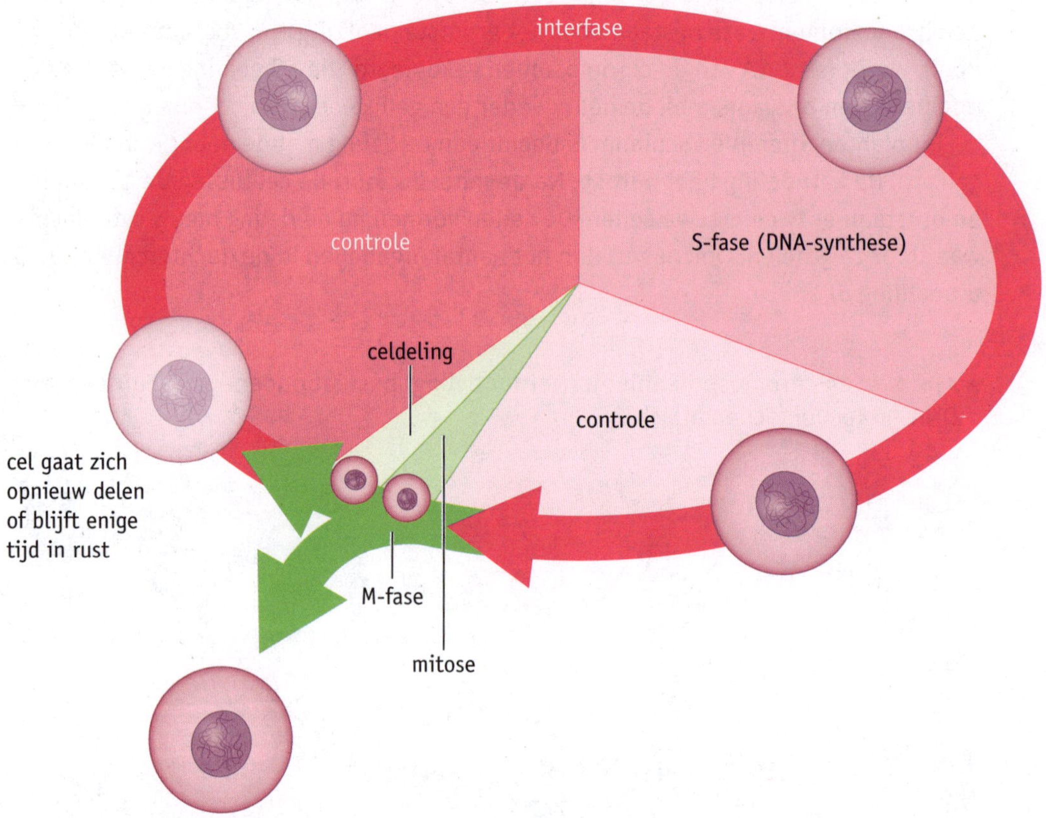

■ **Afb. 8** Verdeling van de chromatiden tijdens de mitose (schematisch).

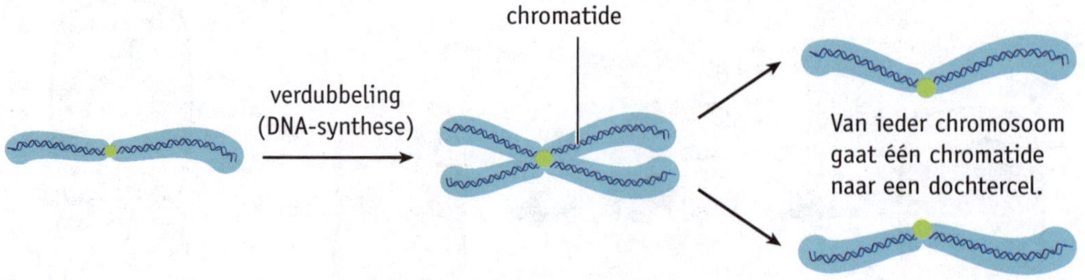

Op verschillende momenten in de celcyclus van de cel wordt gecontroleerd of de stappen goed zijn verlopen. Als dat zo is, gaat de celcyclus verder. Wanneer dat niet zo is, gaat de celcyclus niet verder en sterft de cel af. Cellen kunnen ook in rust zijn; er treden dan geen delingen op (zie *BiNaS* tabel 76A).

MITOSE

Ook de mitose vindt plaats in fasen. In afbeelding 9 is het verloop van de mitose en de celdeling van een dierlijke cel schematisch weergegeven. Aan het begin van de mitose verdwijnt het kernmembraan. Vanuit twee kanten van de cel ontstaan draden, die een soort koepel vormen om de chromosomen. Deze draden hechten aan de plaats waar de twee chromatiden aan elkaar vastzitten. Vervolgens worden de draden korter, waardoor de chromatiden van elkaar af bewegen naar tegenovergestelde plaatsen in de cel. Nu worden beide moleculen chromosomen genoemd.

■ **Afb. 9** Mitose (schematisch).

interfase

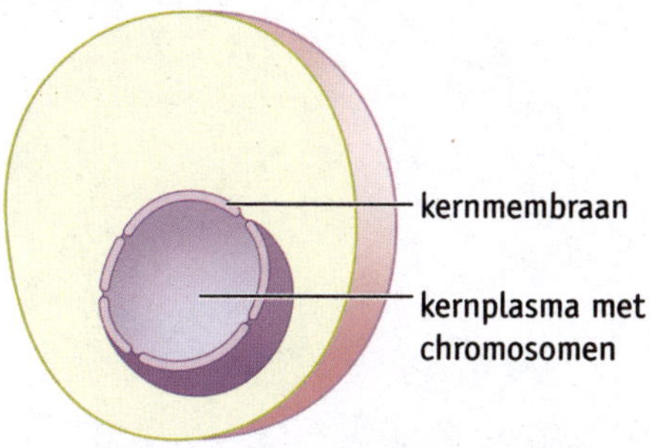

Tijdens de interfase vindt verdubbeling van de chromosomen plaats. De chromosomen zijn in deze fase niet zichtbaar.

mitose fase 1

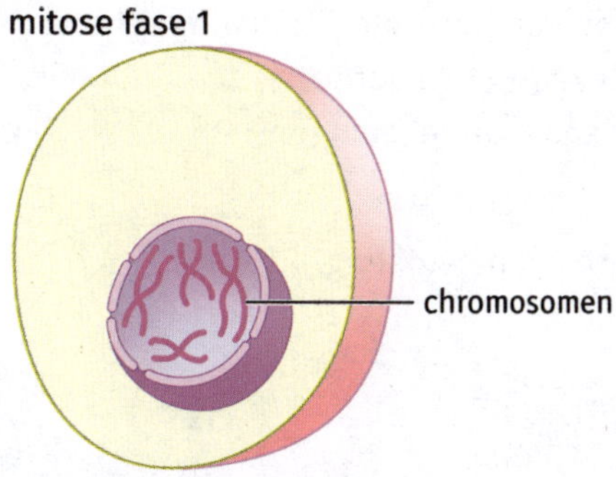

De chromosomen zijn gekopieerd en zijn nu zichtbaar met een microscoop. Elk chromosoom bestaat uit twee chromatiden.

mitose fase 2

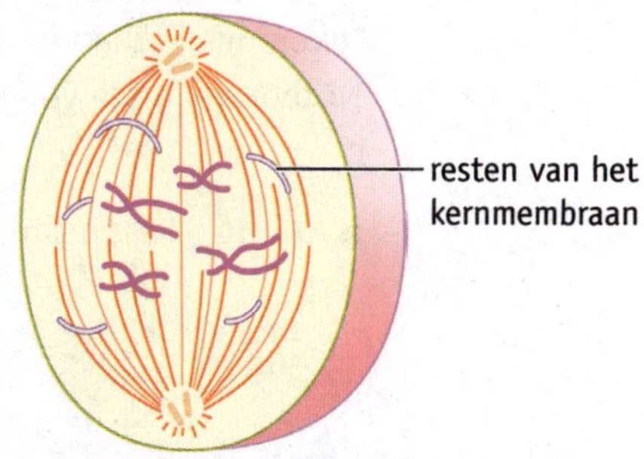

Vanuit twee kanten van de cel ontstaan draden, die een soort koepel vormen om de chromosomen. Het kernmembraan verdwijnt.

mitose fase 3

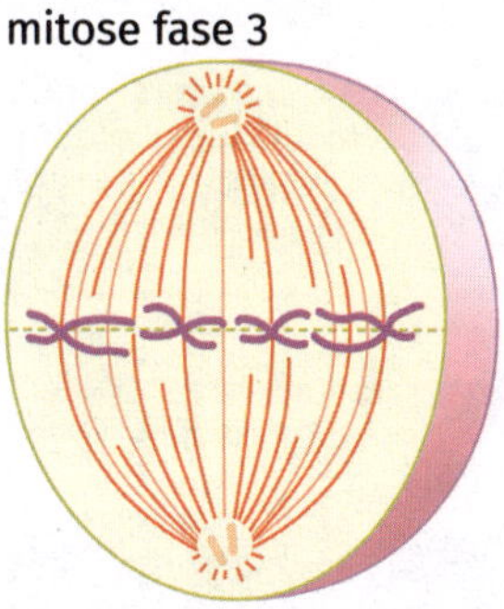

De draden hechten aan de plaats waar de chromatiden aan elkaar vastzitten.

mitose fase 4

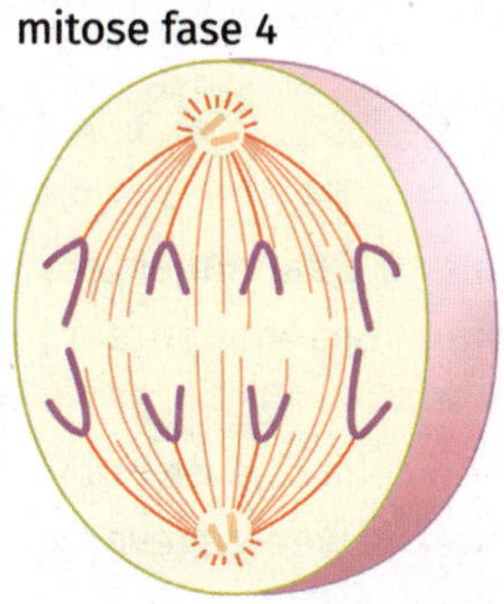

De chromatiden worden uit elkaar getrokken. Van elk chromosoom wordt één chromatide naar één kant van de cel getrokken.

mitose fase 5

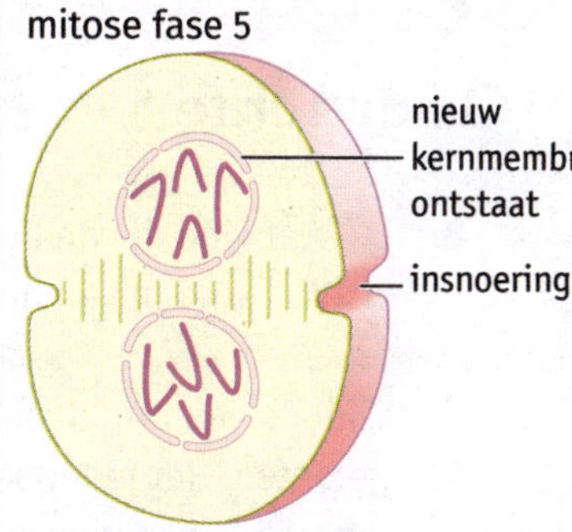

Om de chromosomen ontstaat een nieuw kernmembraan. De cel snoert zich tussen beide kernen in.

Tijdens de laatste fase vormt zich een nieuw kernmembraan en ontstaan er twee kernen. Doordat de chromosomen waren verdubbeld en ze zich daarna weer splitsten, bevat elke kern hetzelfde aantal chromosomen als de moedercel. Tot slot snoert de cel tussen beide kernen in en ontstaan er twee cellen (zie *BiNaS* tabel 76B).

Opdrachten KENNIS

4 Een lichaamscel van een mens bevat 23 chromosomenparen.
Hoeveel chromatiden bevat een menselijke cel aan het einde van de S-fase, vlak voor de mitose?

5 Noteer vier processen waarvoor celdeling van belang kan zijn tijdens het leven van eencellige en meercellige organismen.

6 Wat is een nadeel van ongeslachtelijke voortplanting?

7 In afbeelding 10 zijn fasen van mitose en celdeling schematisch getekend. De tekeningen staan in willekeurige volgorde.
Noteer de juiste volgorde van de tekeningen.

■ **Afb. 10** Fasen van mitose en celdeling.

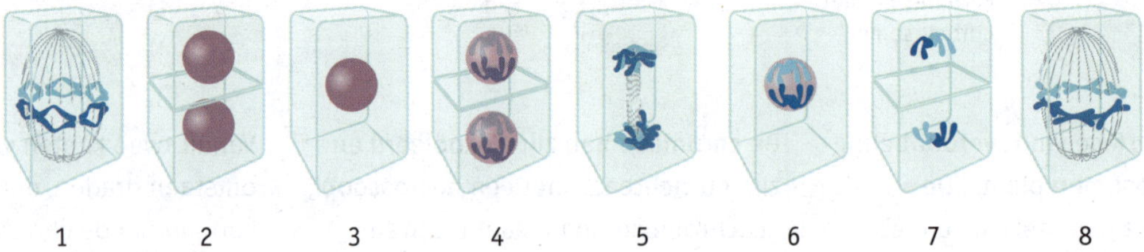

Opdrachten INZICHT

8 **a** Wat vind jij van het klonen van planten? Beargumenteer je antwoord.
b Wat vind jij van het klonen van dieren? Beargumenteer je antwoord.

9 Tijdens een onderzoek is gedurende een celcyclus de hoeveelheid DNA in een cel gemeten. Het resultaat van dit onderzoek is weergegeven in afbeelding 11. In het diagram staan vier perioden.
a Welke periode hoort bij de M-fase? Leg je antwoord uit.
b Welke periode hoort bij de S-fase? Leg je antwoord uit.

■ **Afb. 11** Hoeveelheid DNA.

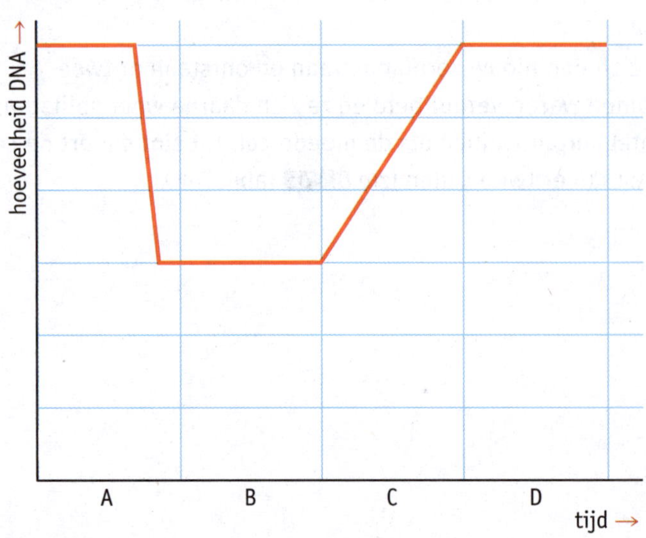

10 Bij een bacterie duurt de celcyclus onder gunstige omstandigheden soms maar een half uur.

a Bereken hoeveel bacteriën er uit één bacterie kunnen ontstaan in zes uur tijd. Vul daarvoor de tabel in.

Tijd	Aantal bacteriën
$t = 0$	
t = 30 minuten	
t = 60 minuten	
t = 90 minuten	
t = 120 minuten	
t = 150 minuten	
t = 180 minuten	
t = 210 minuten	
t = 240 minuten	
t = 270 minuten	
t = 300 minuten	
t = 330 minuten	
t = 360 minuten	

b Verwerk de gegevens uit je tabel in een grafiek. Zet de tijd uit op de horizontale as tot t = 360 minuten (zes uur). Zet het aantal bacteriën uit op de verticale as tot 4000. Teken de berekende punten in je grafiek en verbind ze met een lijn.

Ga naar de *Flitskaarten* en *Test jezelf.*

Context Leefwereld

DE LAATSTE DER BANANEN

Het is moeilijk om je voor te stellen dat ze in een supermarkt geen bananen verkopen. Toch zou dat in de nabije toekomst zomaar kunnen, want de wereldwijde productie van bananen staat onder zware druk omdat schimmels bananenplanten aantasten. Een van de grootste boosdoeners is de panamaziekte. Dat is een infectieziekte die wordt veroorzaakt door de schimmel *Fusarium*. De banaan is het meest gegeten fruit ter wereld en staat in Nederland op nummer twee in de fruit-top 10. Als er geen bananen meer zijn, is dat dus een groot gemis.

Wilde bananenrassen hebben mannelijke en vrouwelijke bloemen. Uit de vrouwelijke bloemen ontstaan de vruchten, de bananen. Daarin worden zaden gevormd, waaruit nieuwe planten kunnen groeien (zie afbeelding 12). Daarnaast kunnen bananenplanten ondergrondse uitlopers vormen waaruit zich nieuwe bananenplanten ontwikkelen.

De Cavendish-banaan is wereldwijd het belangrijkste ras voor consumptie (zie afbeelding 13). Alle Cavendish-bananen zijn ontstaan uit uitlopers en zijn klonen van elkaar. Er is nauwelijks variatie in erfelijke eigenschappen. Hierdoor kan de schimmel zich gemakkelijk verspreiden. De schimmel infecteert de wortels, tast de vaten aan en doodt uiteindelijk de plant. Is een plantage er eenmaal mee besmet, dan is verdere teelt van bananen op die plek onmogelijk.

Australische onderzoekers hebben samen met onderzoekers van de Universiteit Wageningen Cavendish-bananen ontwikkeld die de panamaziekte wél overleven. Daarvoor gebruikten ze DNA dat afkomstig is van een wilde bananensoort. Dankzij de 'nieuwe banaan' kunnen mensen over de hele wereld waarschijnlijk van bananen blijven genieten.

■ **Afb. 12** Wilde banaan met zaden.

■ **Afb. 13** Cavendish-banaan (consumptiebanaan).

Opdrachten

11 Een groot deel van de consumptiebananen is afkomstig van planten die klonen van elkaar zijn.
Waarom staat de wereldwijde productie van bananen hierdoor onder zware druk?

12 In de tekst staat hoe een bananenplant zich kan voortplanten.

- **a** Leg uit hoe wilde bananen zich kunnen voortplanten door ongeslachtelijke voortplanting.
- **b** Is ongeslachtelijke voortplanting bij bananen een vorm van natuurlijke of kunstmatige ongeslachtelijke voortplanting? Leg je antwoord uit.
- **c** Bananen zijn de vruchten van een bananenplant.
Leg uit waarom een Cavendish-banaan zich alleen ongeslachtelijk kan voortplanten.

2 GESLACHTELIJKE VOORTPLANTING (SE)

LEERDOELEN

2.2.1 Je kunt uitleggen hoe door meiose geslachtscellen worden gevormd en hoe de bevruchting verloopt.
2.2.2 Je kunt uitleggen hoe de geslachtelijke voortplanting bij planten met bloemen verloopt.
2.2.3 Je kunt de bouw, werking en functie van de voortplantingsorganen van de mens beschrijven.

TAXONOMIE	LEERDOELEN EN OPDRACHTEN		
	2.2.1	**2.2.2**	**2.2.3**
Onthouden		14a	16
Begrijpen	13, 15, 18	14bc	17
Toepassen			19, 20b, 23a, 24, 25a
Analyseren	21		20a, 22, 23b, 25b

Een vrouw en een man die samen een baby krijgen, hebben daar allebei één geslachtscel aan bijgedragen. Ze hebben zich geslachtelijk voortgeplant met behulp van hun speciale voortplantingscellen: een eicel en een spermacel (zaadcel).

CELFUSIE

Een kenmerk van **geslachtelijke voortplanting** is de versmelting van twee cellen. Dat noem je celfusie. Dit is het begin van de levensloop van een organisme, de stadia die een individu doorloopt vanaf bevruchting tot volwassenheid. Door celfusie komt de inhoud van twee cellen samen, dus ook de beide kernen met daarin de chromosomen.

Het aantal chromosomen in de lichaamscellen van een organisme moet constant blijven en mag niet veranderen door geslachtelijke voortplanting. Mensen en veel andere meercellige organismen produceren daarom **geslachtscellen** met daarin een gereduceerd (verminderd) aantal chromosomen. Het aantal chromosomen in een geslachtscel is de helft van het aantal chromosomen in een lichaamscel van een organisme.

MEIOSE

Geslachtscellen zijn **haploïde** cellen: elke geslachtscel bevat één volledige set chromosomen. Bij de mens zijn dit er 23. Elk chromosoom komt één keer voor. **Lichaamscellen** zijn **diploïde** cellen: elke lichaamscel bevat twee volledige sets chromosomen. Elk chromosoom komt twee keer voor. Een lichaamscel van een mens bevat dus $2 \times 23 = 46$ chromosomen (zie afbeelding 14).

Het aantal chromosomen in een haploïde cel geef je weer met de letter n. De letter n staat voor een onbepaald getal. Bij de mens geldt $n = 23$. Omdat het aantal chromosomen in een diploïde cel twee keer voorkomt, geef je dit weer als $2n$. Bij de mens geldt: $2n = 46$.

Tijdens de **bevruchting** fuseren twee geslachtscellen. Hieruit ontstaat een bevruchte eicel ofwel **zygote** ($n + n$) die twee volledige sets chromosomen bevat. Een zygote is dus een diploïde cel ($2n$).

■ **Afb. 14** Bevruchting (schematisch) bij de mens.

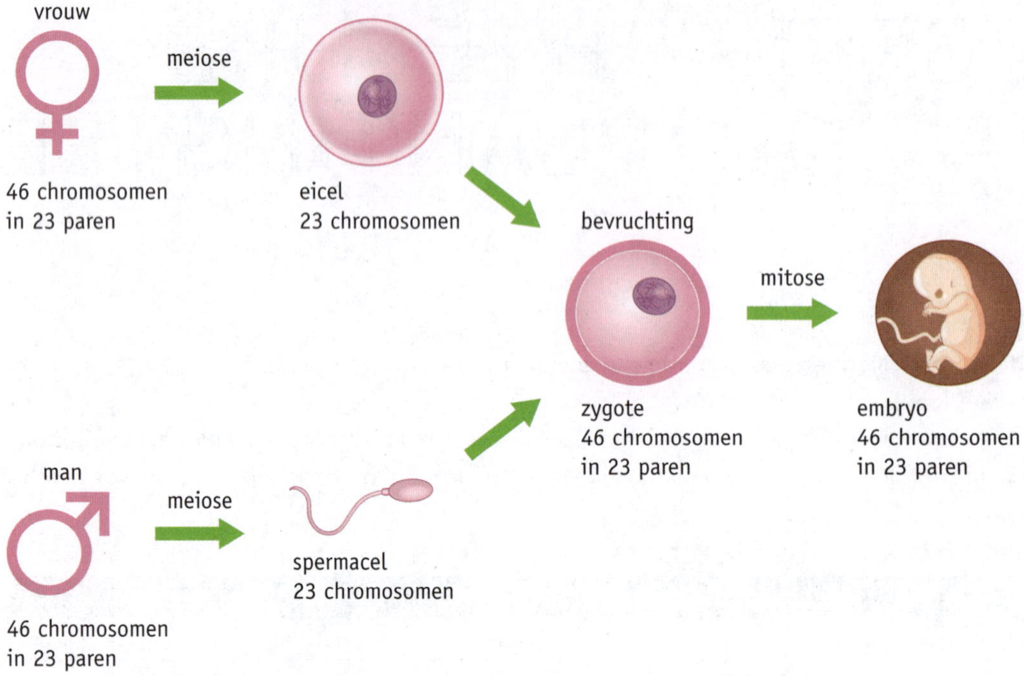

Het proces waarbij het aantal chromosomen van een cel wordt gereduceerd heet **reductiedeling** of **meiose**. Door meiose ontstaan haploïde geslachtscellen (*n*).

Voorafgaand aan de meiose vindt DNA-synthese plaats. Van ieder DNA-molecuul wordt een kopie gemaakt, waarna ieder chromosoom tijdelijk bestaat uit twee chromatiden die nog aan elkaar vastzitten. Hierna begint de meiose.

De meiose bestaat uit twee opeenvolgende delingen: meiose I en meiose II.

- Tijdens **meiose I** deelt één diploïde cel zich in twee haploïde dochtercellen. Ieder chromosoom bestaat dan nog uit twee chromatiden.
- Door **meiose II** ontstaan uit deze twee haploïde cellen vier haploïde dochtercellen doordat de chromatiden uit elkaar gaan (zie afbeelding 15). Deze cellen kunnen zich ontwikkelen tot geslachtscellen.

■ **Afb. 15** Meiose (schematisch, $2n = 4$).

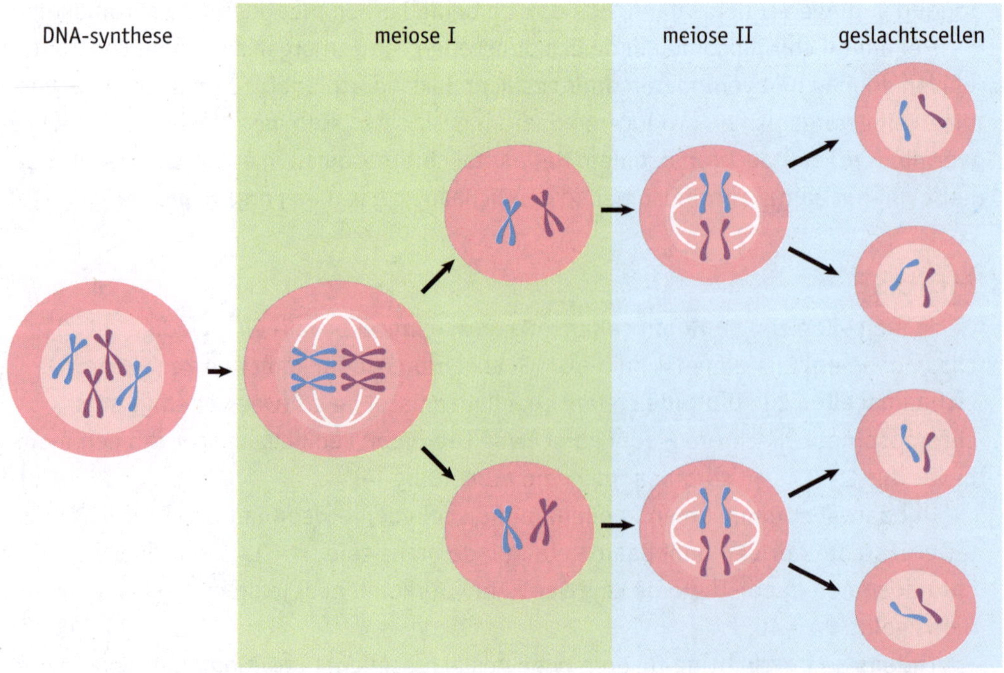

GESLACHTELIJKE VOORTPLANTING BIJ PLANTEN

Bij geslachtelijke voortplanting van zaadplanten hebben bloemen een belangrijke functie. De levenscyclus van zaadplanten door geslachtelijke voortplanting zie je in afbeelding 16.

■ **Afb. 16** Levenscyclus van een zaadplant.

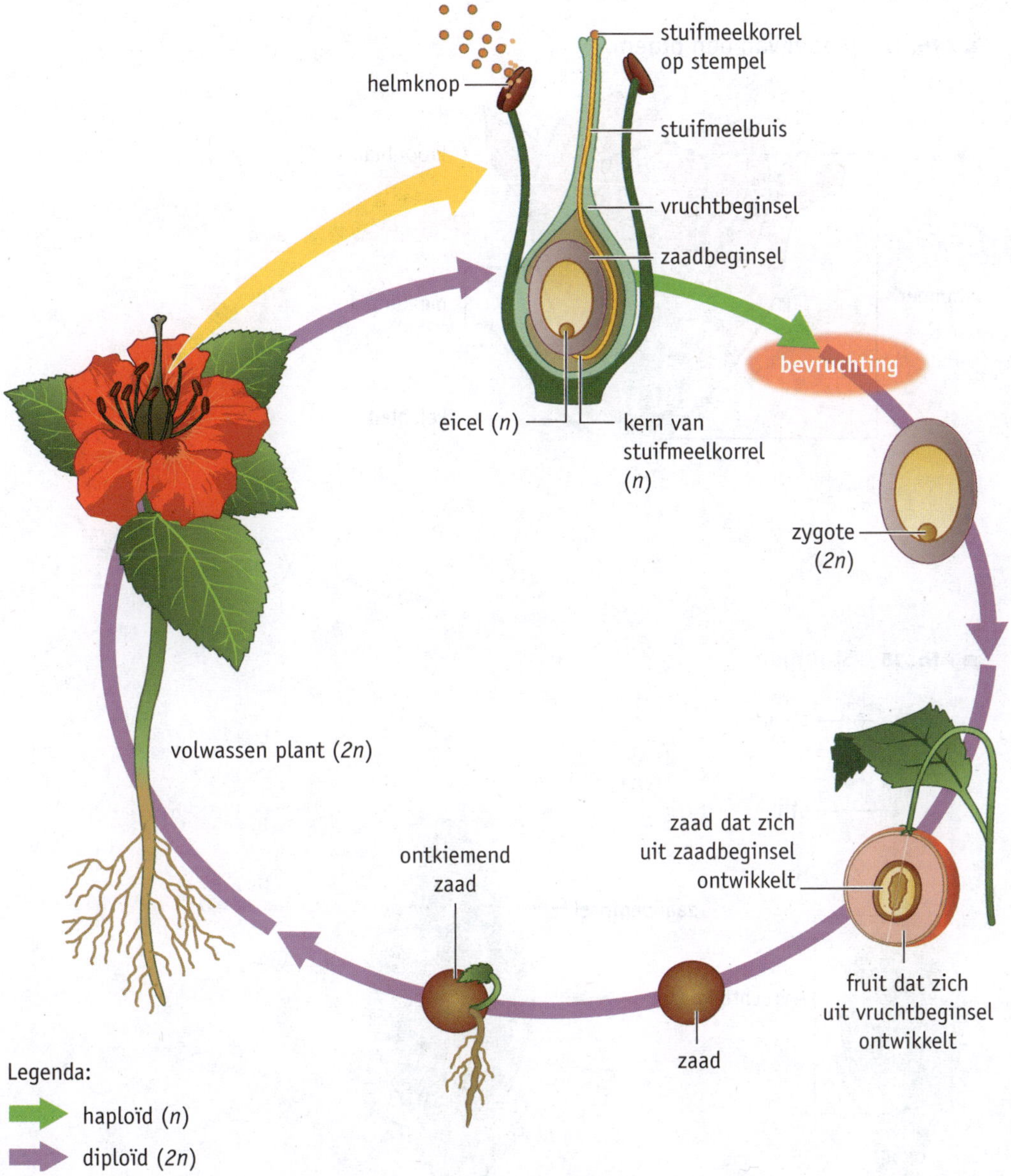

De **meeldraden** en **stamper(s)** zijn respectievelijk de mannelijke en vrouwelijke **voortplantingsorganen** (zie afbeelding 17). In de helmknoppen van de meeldraden vindt meiose plaats. De haploïde cellen die hierbij ontstaan ontwikkelen zich tot stuifmeelkorrels. In het vruchtbeginsel van een stamper bevinden zich één of meer zaadbeginsels. In elk zaadbeginsel ontstaat één haploïde eicel na meiose (zie afbeelding 18).

■ **Afb. 17** Model van een bloem.

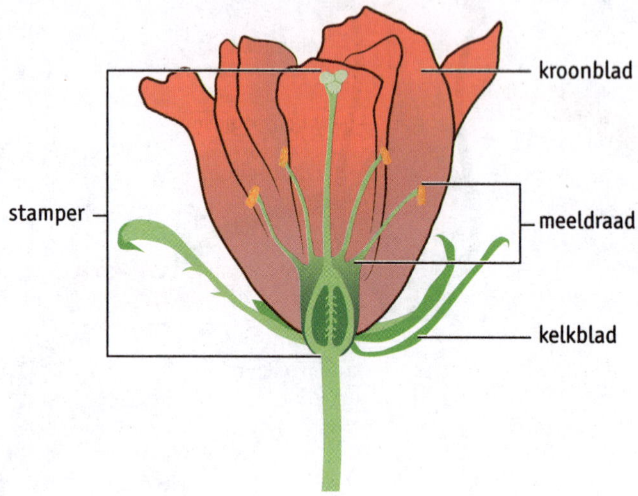

■ **Afb. 18** Stamper.

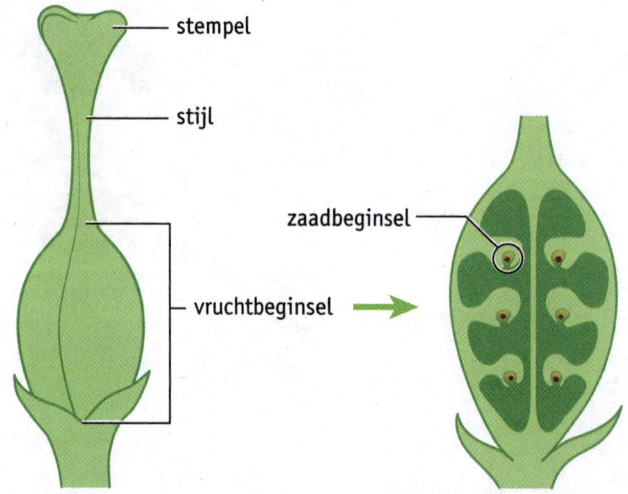

Bij de bestuiving komen stuifmeelkorrels op de stempel terecht. Daarna groeit uit de stuifmeelkorrel een stuifmeelbuis door de stijl naar een zaadbeginsel (zie afbeelding 19). Bij de bevruchting versmelt de kern van de stuifmeelkorrel met de kern van de eicel: uit twee haploïde cellen ontstaat een diploïde cel. Na de bevruchting ontwikkelen zich zaden uit de zaadbeginsels en een vrucht uit het vruchtbeginsel. Een vrucht kan dus meerdere zaden bevatten. Het zaad bestaat uit een kiem en een voorraad voedsel. De kiem is het embryo van het nieuwe plantje. Als het zaad op een geschikte plek in de bodem terechtkomt, kan het ontkiemen en uitgroeien tot een plant.

■ **Afb. 19** Stamper met stuifmeelbuizen (schematisch).

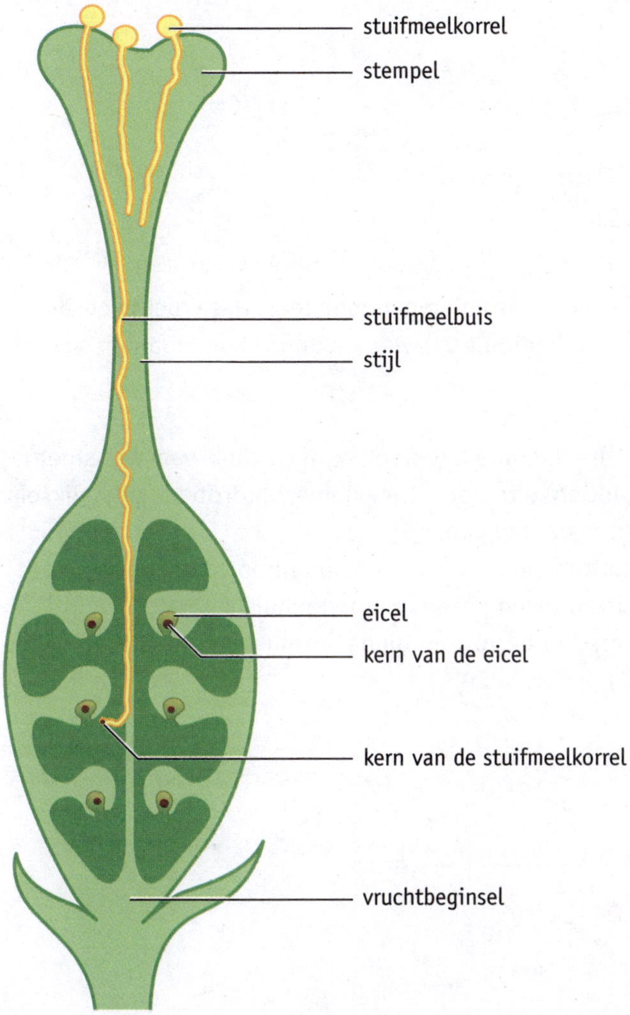

PLANTENVEREDELING

Door kunstmatig gewassen met de beste kwaliteit of de meest gunstige eigenschap te kruisen, hebben kwekers door de eeuwen heen fruit geteeld dat veel groter is dan het 'wilde' fruit dat in de natuur aanwezig was. Op dezelfde manier proberen kwekers planten en bloemen met bijvoorbeeld een mooi uiterlijk of een lange levensduur te telen. Een veredelaar selecteert planten met de gewenste eigenschappen en kruist deze met elkaar. Vervolgens worden nakomelingen geselecteerd die aan de eisen voldoen en wordt daarmee verder gekruist. Op die manier ontstaan planten die zo veel mogelijk aan de wensen van de mens voldoen. Dit heet **plantenveredeling**. Druiven zonder pit, minder bittere witlof en aardappels die minder vatbaar zijn voor schimmelziekten zijn op deze manier ontstaan.

Opdrachten KENNIS

13 Tijdens de mitose ontstaan uit één lichaamscel twee lichaamscellen. In afbeelding 20 is dit schematisch weergegeven. In elke cel is het aantal chromosomen aangegeven met 2*n*. Teken op dezelfde manier de meiose schematisch.

■ **Afb. 20** Mitose (schematisch).

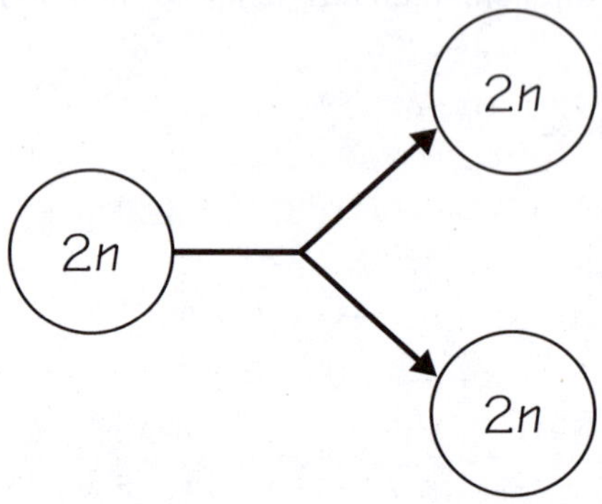

14 Appels bestaan uit een klokhuis met daaromheen vruchtvlees. Het vruchtvlees is ontstaan uit de bloembodem (zie afbeelding 21). Het klokhuis is ontstaan uit het vruchtbeginsel.

- **a** Waar zijn de pitjes (zaden) uit ontstaan?
- **b** Bij een klokhuis zit aan het ene uiteinde het steeltje, of de plek waar het steeltje heeft vastgezeten. Aan het andere uiteinde zitten kleine, verdroogde uitsteeksels. Waar zijn die uitsteeksels de restanten van?
- **c** In het klokhuis zitten appelpitten, de zaden van de appelboom. Een appel wordt doormidden gesneden. Er zitten zeven pitten in het klokhuis.
  Hoeveel stuifmeelkorrels waren er betrokken bij de vorming van de pitten? Leg je antwoord uit.

■ **Afb. 21** Appelbloem.

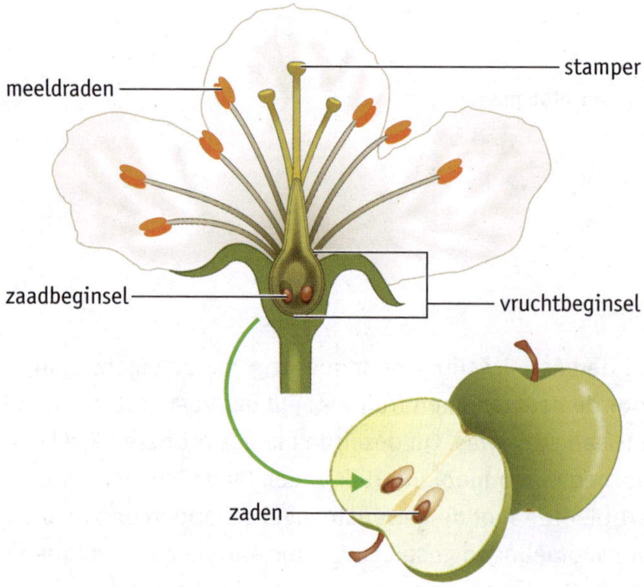

15 Een bepaalde cel van een huiskat bevat 19 chromosomen.
Is deze cel een lichaamscel of een geslachtscel? Leg je antwoord uit.

EICELLEN

Organismen die zich geslachtelijk voortplanten hebben speciale organen die voortplantingscellen maken. Bij mensen produceren de **eierstokken** bij vrouwen eicellen en de **teelballen** bij mannen produceren spermacellen. Een **eicel** is veel groter dan een spermacel. Bij de geboorte heeft een meisje in de eierstokken enkele miljoenen cellen waaruit al haar eicellen zich ontwikkelen. Deze voorlopers van eicellen bevinden zich in het beginstadium van de meiose en zijn op dat moment nog diploïd.

Elke eicel is omgeven door een blaasje. Het blaasje met de eicel heet **follikel**. Vanaf de puberteit ontwikkelen ongeveer elke vier weken enkele follikels zich verder. De follikel neemt vocht op en groeit (zie afbeelding 22). Uiteindelijk komt er meestal maar één follikel tot volledige rijping. De eicel in dit follikel gaat verder met de meiose. Ook is de eicel ondertussen al flink gegroeid en in twee ongelijke haploïde cellen gedeeld: een kleine cel met vrijwel geen cytoplasma (het poollichaampje) en een grote eicel. De follikel is nu groot en puilt uit de eierstok. Onder invloed van hormonen barst de follikel open en verlaat de eicel de eierstok. Dit heet ovulatie (eisprong). De eicel komt in het trechtervormige uiteinde van de eileider. Bewegingen van trilharen en spierbewegingen van de eileider vervoeren de eicel in de richting van de baarmoeder. De eicel bevindt zich nu halverwege meiose II.

Na de ovulatie blijven eicellen 12 tot 24 uur in leven. Als in deze periode geen bevruchting plaatsvindt, sterft de eicel af en wordt afgebroken. De resten worden opgenomen door het lichaam. Als er wel een spermacel binnendringt, wordt meiose II afgerond. Hierbij ontstaat opnieuw een poollichaampje. De poollichaampjes sterven af.

■ **Afb. 22** Het voortplantingsstelsel van de vrouw.

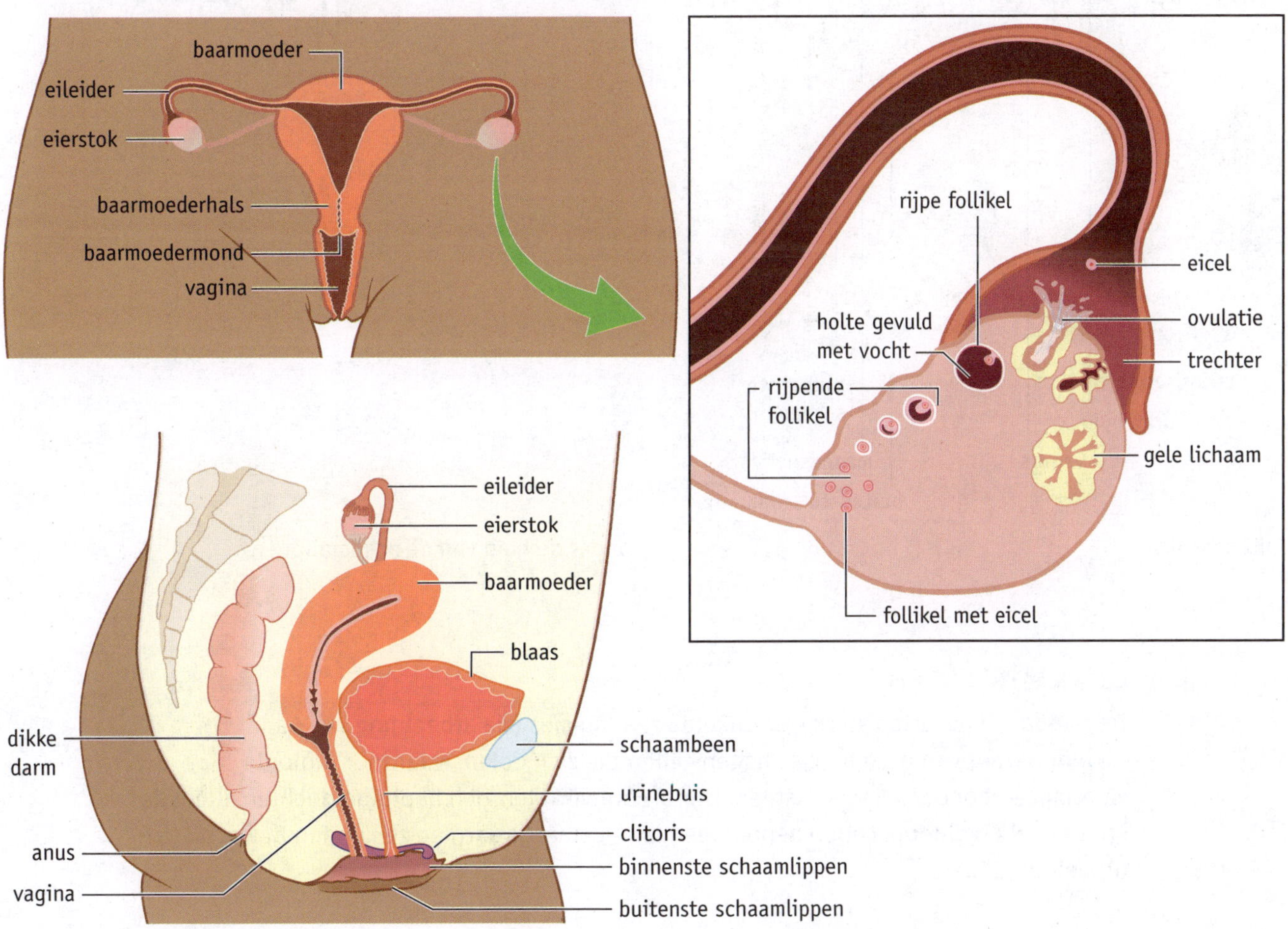

De uitwendige delen van het vrouwelijk geslachtsorgaan, de vulva, is te zien in afbeelding 23. De vagina en de opening van de urinebuis zijn omsloten door de schaamlippen. De buitenste schaamlippen zijn behaard. De binnenste schaamlippen zijn gladde huidplooien. In de wand van de binnenste schaamlippen liggen klieren die bij seksuele opwinding slijm produceren. Hierdoor wordt de toegang tot de vagina nat en glad. Bij de meeste vrouwen zijn de binnenste schaamlippen na de puberteit groter dan de buitenste (zie BiNaS tabel 86B).

Het voortplantingsstelsel van de vrouw bevat, net als dat van de man, zwellichamen die zich bij seksuele opwinding kunnen vullen met bloed. Deze zwellichamen omgeven de opening van de urinebuis en de vagina. Ze behoren tot een orgaan van ongeveer 10 cm lang, de clitoris. Het gevoelige uiteinde van dit orgaan heet de clitoriseikel en is omgeven door de clitorishoed. Alleen dit deel is aan de buitenkant van het lichaam zichtbaar. De clitoris is zeer gevoelig voor aanraking en dit kan een prettig gevoel geven. De juiste prikkeling hiervan kan leiden tot een orgasme.

■ **Afb. 23** De uitwendige voortplantingsorganen van een vrouw.

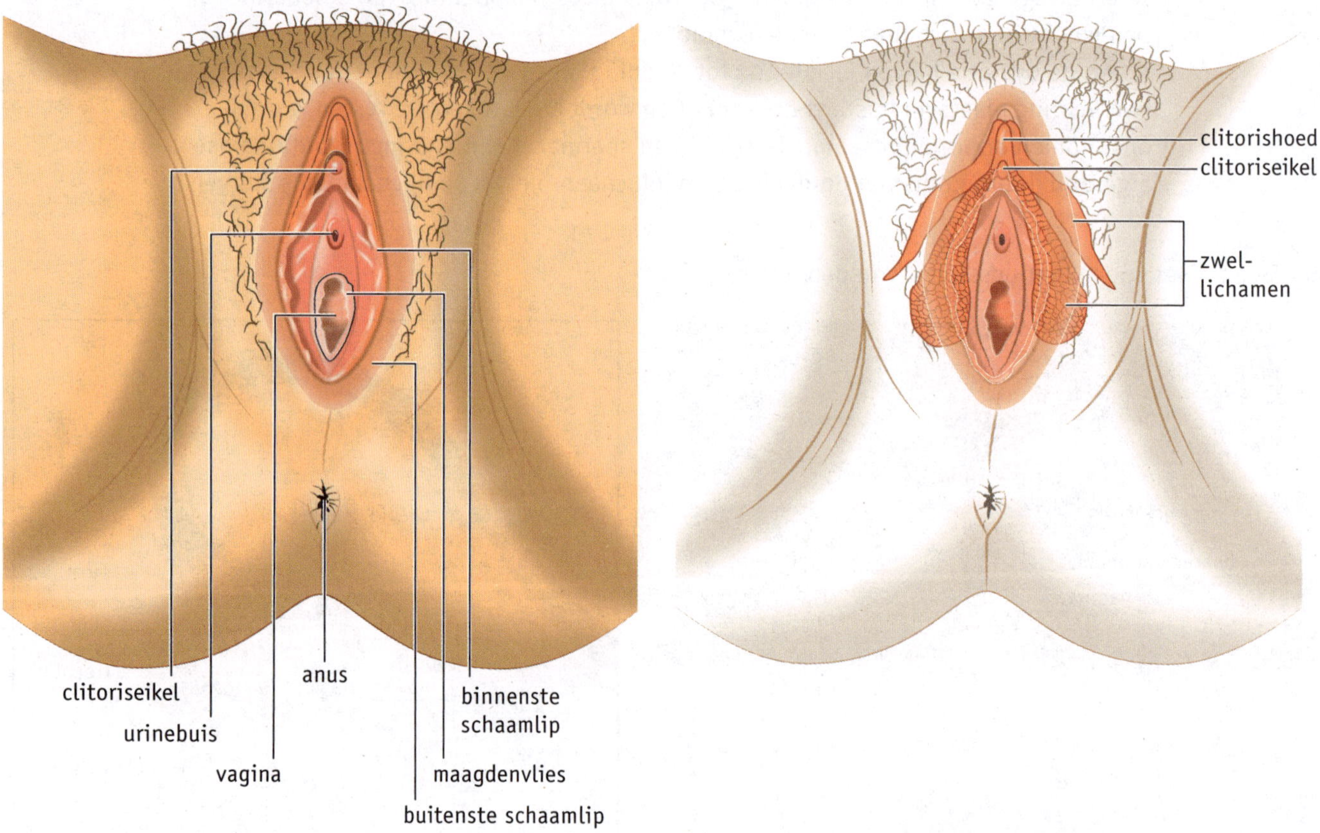

buitenaanzicht

onder de huid van de schaamlippen

SPERMACELLEN

De teelballen bevatten sterk gekronkelde zaadbuisjes (zie afbeelding 24). Aan de binnenkant van deze buisjes liggen cellen die zich delen, waardoor diploïde 'spermacel-moedercellen' ontstaan. Hieruit ontwikkelen zich haploïde dochtercellen: de **spermacellen**. Spermacellen hebben een zweepstaart waarmee ze kunnen bewegen (zie afbeelding 25).

■ Afb. 24 Het voortplantingsstelsel van de man.

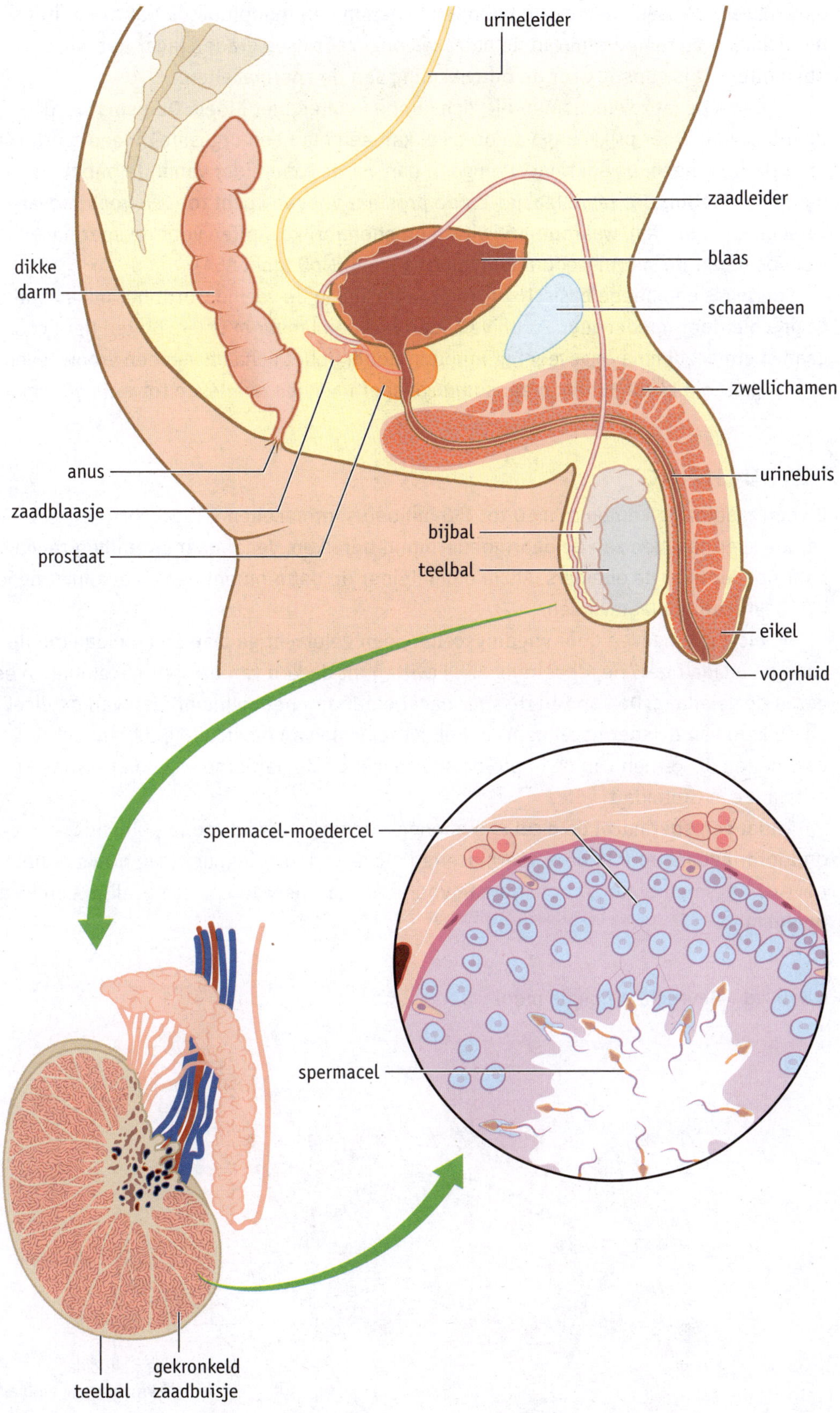

De zaadbuisjes lopen door tot in de bijballen, die op de teelballen liggen. De spermacellen komen hierdoor in de bijballen terecht, waar ze tijdelijk worden opgeslagen. De teelballen en de bijballen liggen in een huidplooi (de balzak) buiten het lichaam. De temperatuur in de balzak is ongeveer twee graden lager dan in de buikholte; dat is gunstig voor de ontwikkeling van de spermacellen.

De penis bevat zwellichamen die zich kunnen vullen met bloed. De penis wordt daardoor stijf. Door prikkeling van de eikel kan een man een orgasme en een zaadlozing (ejaculatie) krijgen. De spermacellen gaan dan via de zaadleider vanaf de bijballen naar de urinebuis. De zaadblaasjes en de prostaat voegen vocht toe. Dit vocht bevat verschillende stoffen, waaronder eiwitten en energierijke stoffen voor de spermacellen. Het vocht met de spermacellen heet sperma (zie *BiNaS* tabel 86A).

Sperma is een beetje basisch. Bij een zaadlozing in de vagina wordt het milieu van de vagina hierdoor minder zuur. Zo blijven spermacellen langer in leven. Buiten het lichaam gaan spermacellen na ongeveer vijf minuten dood. In het lichaam van een vrouw leven ze meestal zo'n 24 tot 48 uur, maar sommige spermacellen overleven tot wel vijf dagen.

BEVRUCHTING

Bij een zaadlozing komen zo'n 60 tot 150 miljoen spermacellen vrij. Slechts een deel van de spermacellen kan de baarmoedermond bereiken. Vanaf daar zwemmen ze via de baarmoeder naar de eileiders. Als in een eileider op dat moment een eicel aanwezig is, kan bevruchting plaatsvinden.

De eicel is omgeven door voedingscellen, een geleiachtige laag en een laag die de zona pellucida heet (zie afbeelding 25). Eiwitten uit de kop van de spermacel maken een gat in de geleilaag. De kop van de spermacel bindt aan het celmembraan van de eicel en de kern van de spermacel komt in het cytoplasma van de eicel. Bij de bevruchting versmelten de kernen van de haploïde spermacel en de haploïde eicel met elkaar. Er ontstaat een diploïde zygote.

Nadat één spermacel de eicel is binnengedrongen, wordt de zona pellucida ondoordringbaar voor andere spermacellen. Deze ondoordringbare laag noem je het bevruchtingsmembraan. Dit membraan voorkomt dat meerdere spermacellen een eicel bevruchten.

■ **Afb. 25** Bevruchting bij de mens.

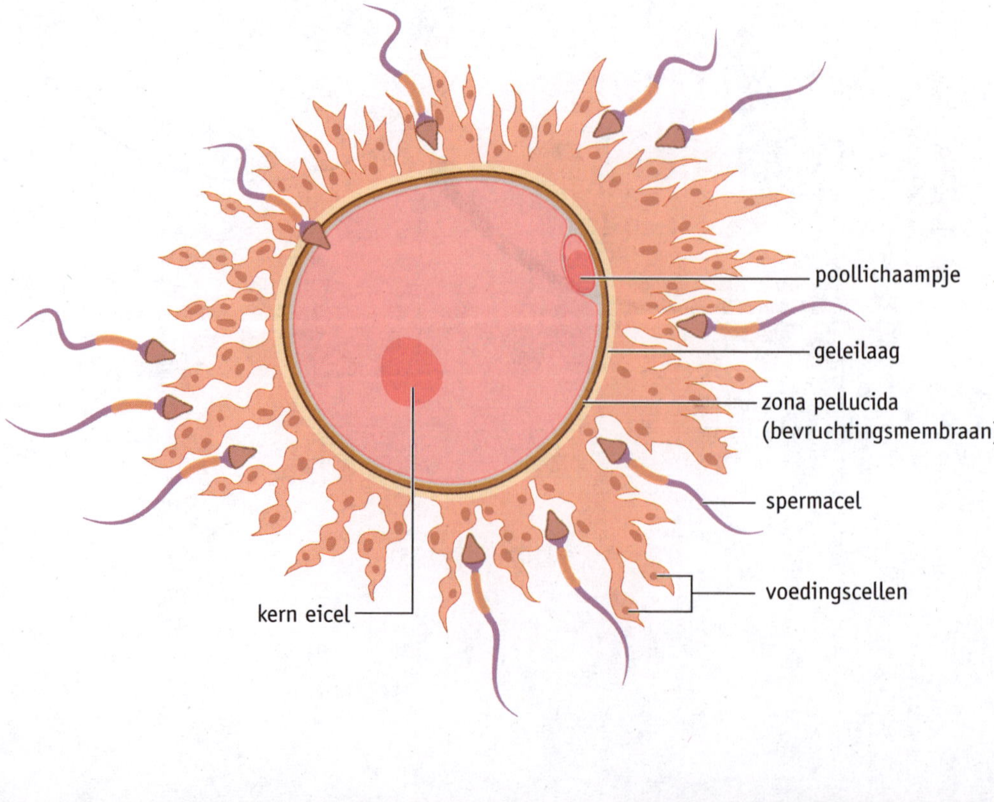

TWEELINGEN

Een eeneiige tweeling ontstaat uit de versmelting van één eicel en één spermacel. Na de bevruchting begint de bevruchte eicel of zygote zich te delen. Door omstandigheden splitst de zygote zich in twee klompjes cellen. Deze klompjes cellen ontwikkelen zich tot twee individuen.

Een twee-eiige tweeling ontstaat uit twee eicellen en twee spermacellen. Er zijn in dit geval bij de ovulatie niet één, maar twee eicellen vrijgekomen. Beide eicellen zijn bevrucht door een spermacel. De twee bevruchte eicellen ontwikkelen zich apart van elkaar.

Opdrachten KENNIS

16 Welke delen van het mannelijk voortplantingsorgaan passeert een spermacel achtereenvolgens bij een zaadlozing?

17 Slechts enkele spermacellen overleven de weg tot aan de eicel. Noteer twee bedreigingen of problemen die spermacellen (kunnen) tegenkomen tijdens hun reis naar een eicel.

18 In afbeelding 26 is de voortplanting bij de mens schematisch weergegeven. Elke cirkel stelt een cel voor.

- **a** Noteer de juiste namen bij de pijlen. Kies uit: *bevruchting – meiose I* (2×) – *meiose II* (2×) – *mitose*.
- **b** Noteer in elke cel of deze 23 (*n*) of 46 (2*n*) chromosomen bevat.
- **c** Noteer bij elke cel of deze diploïd is of haploïd.

■ Afb. 26 Voortplanting bij de mens (schematisch).

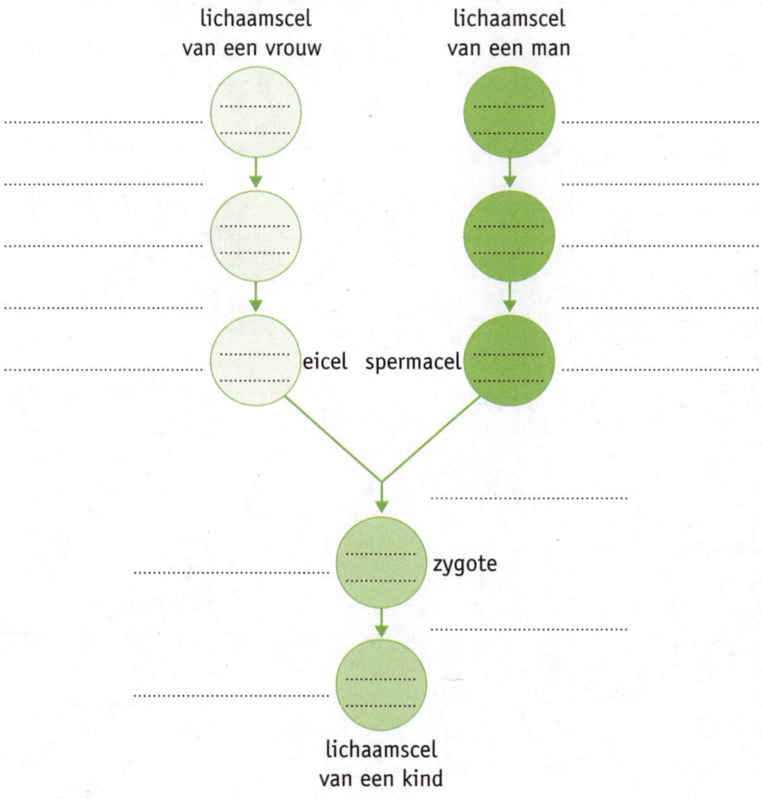

Opdrachten INZICHT

19 Spermacellen kunnen in de bijballen lang in leven blijven. Buiten het lichaam sterven spermacellen binnen enkele minuten.
Geef hiervoor een verklaring.

20 Er zijn veel verschillen tussen eicellen en spermacellen. Spermacellen bevatten relatief veel mitochondriën.

a Leg uit waarom spermacellen veel meer mitochondriën bevatten dan eicellen.

b Waarom is het van belang dat het vocht uit de zaadblaasjes voldoende voedingsstoffen bevat?

21 Polyspermie is het binnendringen van meerdere spermacellen in een eicel. Veel mensen denken dat er dan een tweeling ontstaat, maar dat is niet het geval. Er ontstaat wel een embryo, maar dat is niet levensvatbaar en dat sterft uiteindelijk af.
Bedenk waarom het embryo niet levensvatbaar is. Betrek in je antwoord de chromosomenaantallen van menselijke cellen.

22 Als een vrouw op latere leeftijd kinderen krijgt, is de kans op afwijkingen zoals het syndroom van Down groter.
Geef hiervoor een verklaring.

Ga naar de *Flitskaarten* en *Test jezelf.*

Context Leefwereld

EI, EIERLEVENDBAREND OF LEVENDBAREND

Als je niet beter weet, zou je denken dat er twee opties zijn: diersoorten die eieren leggen en diersoorten die een jong werpen. De meest voorkomende voortplantingsmethode is het leggen van eieren. Meestal worden de eieren gelegd en achtergelaten (bijvoorbeeld kikkerdril) of gelegd en uitgebroed. De nakomeling in het ei krijgt voeding uit de dooier in het ei en kruipt wanneer hij voldoende is ontwikkeld zelf uit het ei. Bij diersoorten die een jong werpen is de baarmoeder het orgaan waarin de nakomelingen zich ontwikkelen. Ze krijgen voedsel via het lichaam van de moeder en worden na een bepaalde ontwikkelingstijd levend geboren.

Maar er zijn ook diersoorten waarbij de eieren in het lichaam van de moeder blijven. De jongen ontwikkelen zich in het ei met behulp van de voeding uit de dooier. Wanneer de jongen volledig zijn ontwikkeld, komen ze in het lichaam van hun moeder uit het ei. De moeder brengt vervolgens haar jongen levend ter wereld. Dit wordt eierlevendbarend genoemd. Deze voortplantingsvorm komt onder andere voor bij haaien, reptielen, geleedpotigen en slakken. Bij sommige soorten haaien en slakken komt tijdens de ontwikkeling van de jongen in het moederlichaam een vorm van kannibalisme voor. Het sterkste embryo doodt andere embryo's en gebruikt ze als voedsel.

Skinken (zie afbeelding 27) zijn reptielen die op slangen lijken, maar de familie behoort tot de hagedissen. Ongeveer een derde van de soorten zijn eierlevendbarend, de andere leggen eieren. De geelbuikdrieteenskink (*Saiphos equalis*) is bijzonder: wetenschappers hebben waargenomen dat deze soort eieren legde en levende jongen in dezelfde worp baarde.

■ **Afb. 27** Een skink.

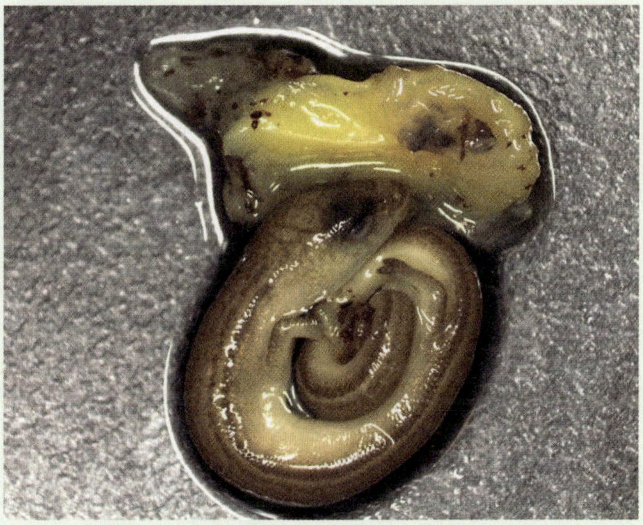

Opdrachten

23 Bij de Surinaamse pad (*Pipa pipa*) zet het mannetje tientallen bevruchte eitjes af op de rug van het vrouwtje. Daarna groeit haar huid over de eitjes heen. De nakomelingen verblijven maandenlang in deze bubbel en kruipen uiteindelijk als kleine kikkertjes uit de rug van hun moeder. Ze zijn nooit kikkervisjes geweest.

a Wat is het voordeel van deze voortplantingsmethode?

b Wat is het nadeel van deze voortplantingsmethode?

24 Eitjes kunnen in het lichaam van een vrouwtje (inwendig) of buiten het lichaam van een vrouwtje (uitwendig) worden bevrucht. Vindt bij eierlevendbarende diersoorten inwendige of uitwendige bevruchting plaats? Leg je antwoord uit.

25 Niels studeert biologie en moet tijdens een tentamen een kip ontleden en de diverse organen benoemen.

a Treft Niels in de kip een baarmoeder aan? Leg je antwoord uit.

b Waarom zou het voor de meeste vogels een probleem zijn om levendbarend te zijn?

3 HORMONEN

LEERDOEL

2.3.1 Je kunt de rol en werking van hormonen bij de voortplanting van de mens beschrijven.

TAXONOMIE	LEERDOEL EN OPDRACHTEN
	2.3.1
Onthouden	28, 29, 32a
Begrijpen	26, 27, 30, 31, 32bc
Toepassen	33, 36, 37
Analyseren	34, 35

Tijdens de puberteit gieren de hormonen door je lijf. Niet alleen je lichaam verandert hierdoor, maar ook je gevoelens en gedrag. Zonder dat je begrijpt waarom, kunnen je emoties heel erg wisselen: het ene moment ben je bijvoorbeeld heel vrolijk en blij, het volgende moment heel verdrietig en gekwetst. Door de hormonen ontwikkelen ook je voortplantingsorganen zich verder.

GESLACHTSHORMONEN

Hormonen zijn stoffen die de werking van processen in het lichaam regelen. Er zijn hormonen die bijvoorbeeld je groei en je stofwisseling beïnvloeden. Hormonen worden gemaakt in **hormoonklieren** en afgegeven aan het bloed. **Geslachtshormonen** regelen verschillende aspecten van de voortplanting. Ze zorgen bijvoorbeeld voor het ontstaan van secundaire geslachtskenmerken, stimuleren de productie van spermacellen en regelen de menstruatiecyclus. Ook hebben ze invloed op hoe iemand zich voelt en gedraagt.

Bij mannen is de concentratie geslachtshormonen vanaf de puberteit vrij constant. Bij vrouwen verandert de concentratie van verschillende hormonen gedurende de menstruatiecyclus. Ook veranderen de **hormoonconcentraties** bij vrouwen tijdens de zwangerschap, na een bevalling en tijdens de overgang. De overgang is de periode waarin een vruchtbare vrouw overgaat naar een onvruchtbare fase doordat haar hormooncyclus verandert en de menstruatie op den duur stopt. De laatste menstruatie noem je de menopauze.

Sommige vrouwen hebben erg veel last van de wisselende hormoonconcentraties. Ze kunnen allerlei klachten hebben, zoals pijnlijke borsten of een opgeblazen gevoel. Ze kunnen zich prikkelbaar, vermoeid of zelfs depressief voelen. Wanneer deze klachten regelmatig in de dagen voor de menstruatie optreden, kan een vrouw PMS (premenstrueel syndroom) hebben.

HYPOFYSE EN HYPOTHALAMUS

De **hypofyse** is een hormoonklier die ongeveer in het midden van je hoofd ligt, direct onder de hersenen (zie afbeelding 28). De hypofyse geeft onder andere stimulerende hormonen af die andere hormoonklieren beïnvloeden. In de puberteit maakt het lichaam zich klaar voor voortplanting en maakt de hypofyse hormonen aan die de geslachtsorganen in werking zetten.

■ **Afb. 28** De hypofyse en hypothalamus in de hersenen.

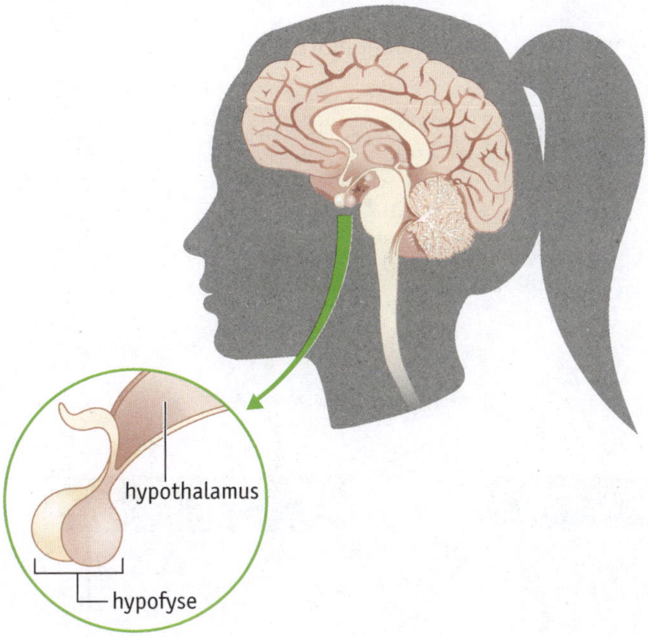

Bij veel hormonen die de hypofyse afgeeft, speelt de **hypothalamus** een belangrijke rol. De hypothalamus is een deel van de hersenen dat direct boven de hypofyse ligt. Hij werkt als een regelcentrum. De hypothalamus geeft hormonen af die de hypofyse stimuleren om bepaalde hormonen te maken, zoals het **follikelstimulerend hormoon** (**FSH**) en het **luteïniserend hormoon** (**LH**). Bij de voortplanting spelen deze twee hormonen een grote rol. Ze regelen onder andere de productie van geslachtshormonen in de teelballen en de eierstokken.

REGELING BIJ DE MAN

Tijdens de puberteit komt bij jongens de productie van spermacellen op gang. Onder invloed van het hormoon GnRH (gonadotropine releasing hormoon) uit de hypothalamus maakt de hypofyse de hormonen FSH en LH:

- FSH stimuleert de vorming van spermacellen in de wand van de zaadbuisjes in de teelballen.
- LH stimuleert cellen in de teelballen om testosteron te produceren.

Tijdens de puberteit stijgt de concentratie van het geslachtshormoon **testosteron**, waardoor de secundaire geslachtskenmerken ontstaan. Testosteron stimuleert ook de productie van spermacellen.

Bij een bepaalde concentratie remt testosteron de aanmaak van GnRH, FSH en LH. Hierdoor wordt de aanmaak van nog meer testosteron geremd. De concentratie testosteron in het lichaam van een man blijft zo min of meer constant (zie *BiNaS* tabel 89A).

Opdrachten KENNIS

26 In afbeelding 29 is de hormonale regeling van de teelballen schematisch weergegeven. In het schema zijn de namen van organen vervangen door de letters A, B en C en staan er bij de pijlen rondjes.

a Zet achter de letters A, B en C de namen van organen die daar horen te staan.

b Noteer in de rondjes bij de pijlen een '+' als het hormoon een proces stimuleert en een '–' als het hormoon een proces remt.

■ **Afb. 29** Hormonale regeling van de teelballen (schematisch).

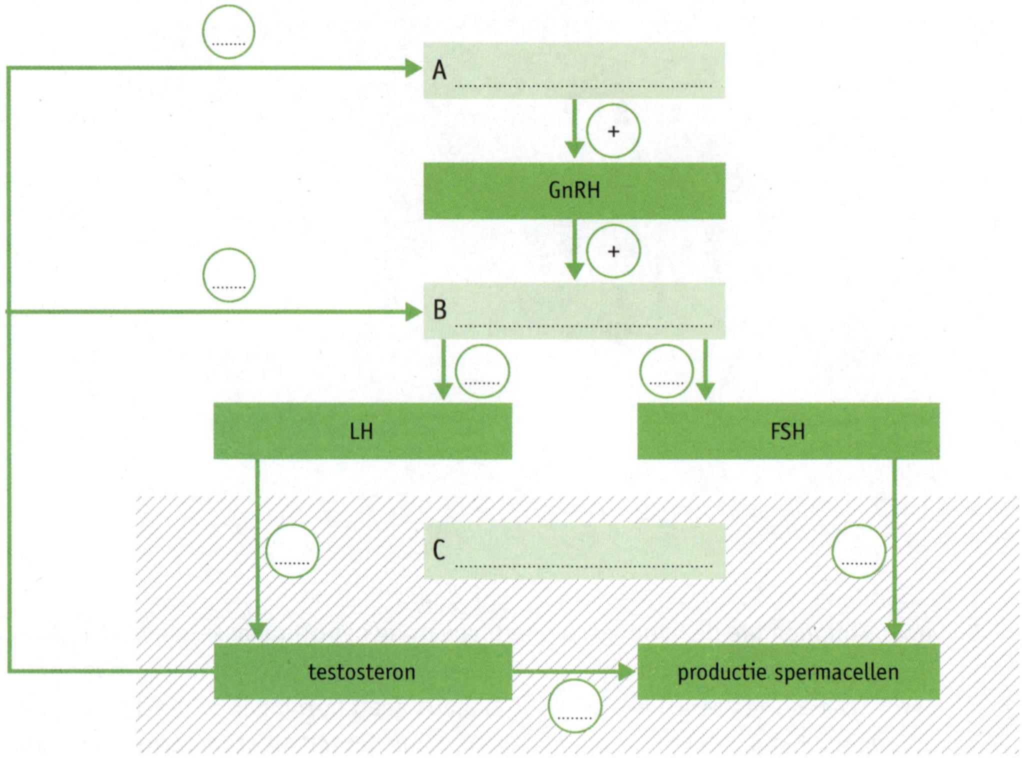

27 Ook bij dieren wordt het hormoon testosteron aangemaakt. Testosteron speelt een rol bij de voortplanting en heeft ook invloed op het gedrag. Een mannetjeshond (reu) die veel testosteron aanmaakt kan soms agressief gedrag vertonen.
Bij castratie worden de teelballen verwijderd. Leg uit hoe castratie van de hond het gedrag kan veranderen.

28 Testosteron zorgt bij een man bijvoorbeeld voor de toename van spiermassa. Is dit een primair of secundair geslachtskenmerk?

29 Hoe heet de periode waarin bij een vrouw de hormooncyclus verandert en de menstruatie op den duur stopt?

REGELING BIJ DE VROUW

Tijdens de puberteit krijgen meisjes hun eerste menstruatie (ongesteldheid). De menstruatie zorgt ongeveer eens per maand voor bloedverlies bij meisjes en vrouwen. De binnenkant van de baarmoeder is bekleed met een slijmlaag: het baarmoederslijmvlies. De baarmoeder bestaat verder uit spierweefsel (zie afbeelding 30). In het baarmoederslijmvlies bevinden zich veel kleine bloedvaatjes. Tijdens de menstruatie wordt een deel van het baarmoederslijmvlies afgestoten. Hierbij gaan bloedvaatjes stuk, waardoor bloedverlies optreedt. Het bloed en slijmvlies verlaten het lichaam via de vagina.

■ **Afb. 30** De baarmoeder en het baarmoederslijmvlies.

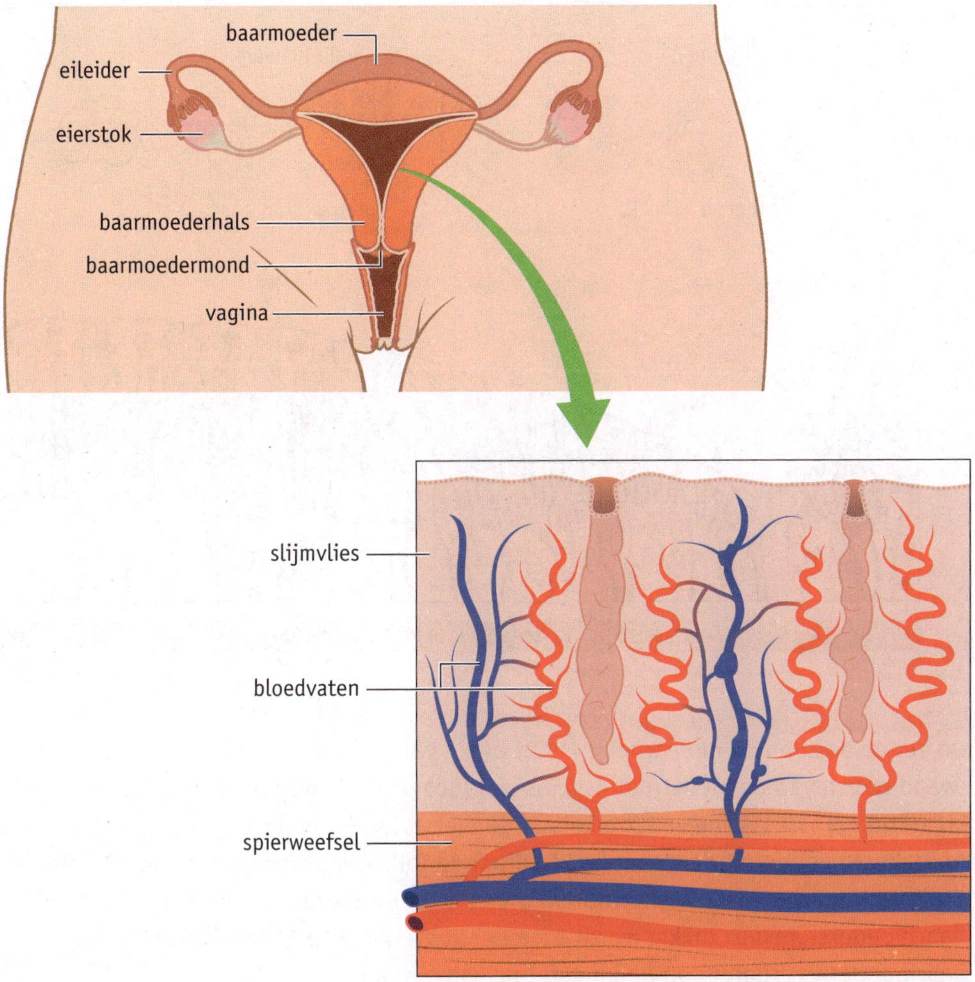

Voortplanting en seksualiteit » Thema 2 › Basisstof 3

Elke maand wordt het baarmoederslijmvlies opnieuw opgebouwd en weer afgestoten, maar niet tijdens de zwangerschap. De **menstruatiecyclus** duurt gemiddeld 28 dagen (zie afbeelding 31).

■ **Afb. 31** Het verband tussen de hormonen, processen in een eierstok en het baarmoederslijmvlies (schematisch).

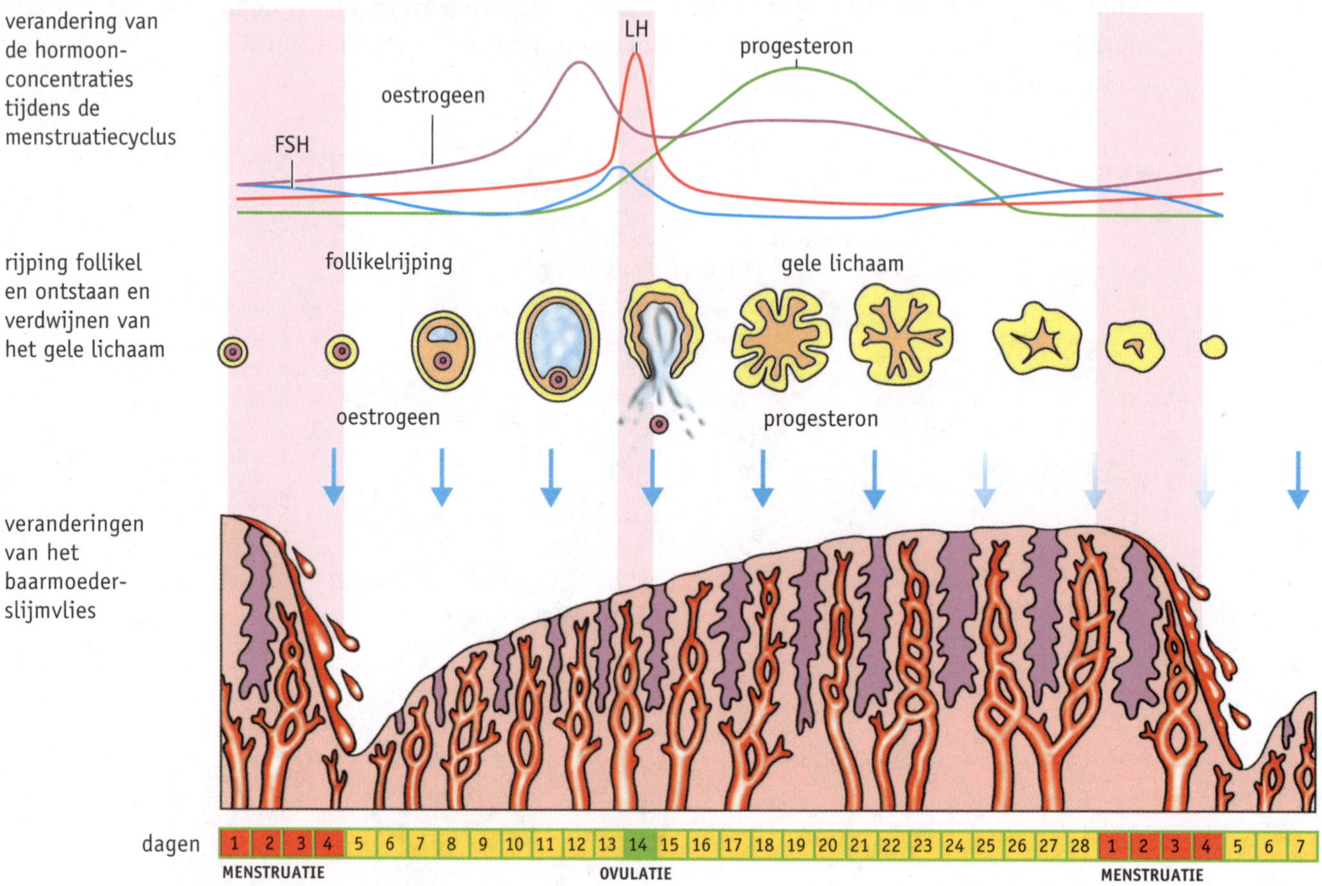

De eerste dag van de menstruatie is het begin van de menstruatiecyclus. De eerste twaalf dagen van de menstruatiecyclus produceert de hypofyse FSH en LH. FSH en LH stimuleren de rijping van follikels in de eierstokken. Onder invloed van FSH en LH produceren cellen uit de wand van de rijpende follikels oestrogenen (zie afbeelding 31). **Oestrogenen** zijn geslachtshormonen die er onder andere voor zorgen dat het baarmoederslijmvlies dikker wordt en meer klieren gaat bevatten. Zo wordt de baarmoeder voorbereid op de innesteling van een embryo.

In de eierstokken is er één follikel die het snelst rijpt. De follikels die minder snel rijpen, sterven af. Bij een lage concentratie remt oestrogeen de productie van FSH en LH. De productie van oestrogenen door de rijpende follikel neemt gedurende de eerste twee weken van de cyclus flink toe (zie afbeelding 31). Als deze hoeveelheid groot genoeg is, stimuleert dat de hypofyse om in korte tijd veel LH af te geven. Door de hoge concentratie LH in het bloed neemt de rijpende follikel veel vocht op. Daardoor barst de follikel open en komt er een eicel vrij: dit wordt de ovulatie of eisprong genoemd. De ovulatie vindt ongeveer op dag 14 van de menstruatiecyclus plaats. Er zijn nu twee mogelijkheden:

- De eicel wordt bevrucht door een spermacel.
- De eicel wordt niet bevrucht. Dan sterft de eicel na 12-24 uur af en wordt afgebroken en opgeruimd door het lichaam.

Als de eicel wordt bevrucht, leidt dit tot een zwangerschap. In de meeste gevallen wordt de eicel na de ovulatie niet bevrucht. Uit het follikelweefsel dat achterblijft na de ovulatie ontwikkelt zich dan het **gele lichaam**. Door de nog hoge concentratie aan LH in het bloed blijft dit gele lichaam nog een tijdje in stand. Het produceert oestrogeen en het geslachtshormoon **progesteron**. Door de invloed van deze hormonen wordt het baarmoederslijmvlies nog dikker.

Tegelijkertijd remt progesteron de hypothalamus en de hypofyse, waardoor de afgifte van FSH en LH wordt geremd. Hierdoor wordt het gele lichaam steeds kleiner, totdat het uiteindelijk verdwijnt.

Als het gele lichaam kleiner wordt, daalt ook de concentratie progesteron in het bloed. Wanneer de concentratie heel laag is, raakt het baarmoederslijmvlies los van de wand van de baarmoeder en komt de menstruatie op gang.

Door de lage concentratie progesteron worden de hypothalamus en de hypofyse gestimuleerd en gaat de hypofyse weer meer FSH en LH produceren, waardoor er nieuwe follikels beginnen te rijpen en er een nieuwe cyclus start (zie *BiNaS* tabel 86C).

Opdrachten KENNIS

30 In afbeelding 32 is de hormonale regeling van de menstruatiecyclus schematisch weergegeven.
In het schema ontbreken drie hormonen en op sommige plaatsen staan in de pijlen rondjes.

a Zet achter de letters A, B en C de namen van de hormonen.

b Zet in de rondjes een '+' als het hormoon een proces stimuleert en een '–' als het hormoon een proces remt.

■ **Afb. 32** De hormonale regeling van de menstruatiecyclus (schematisch).

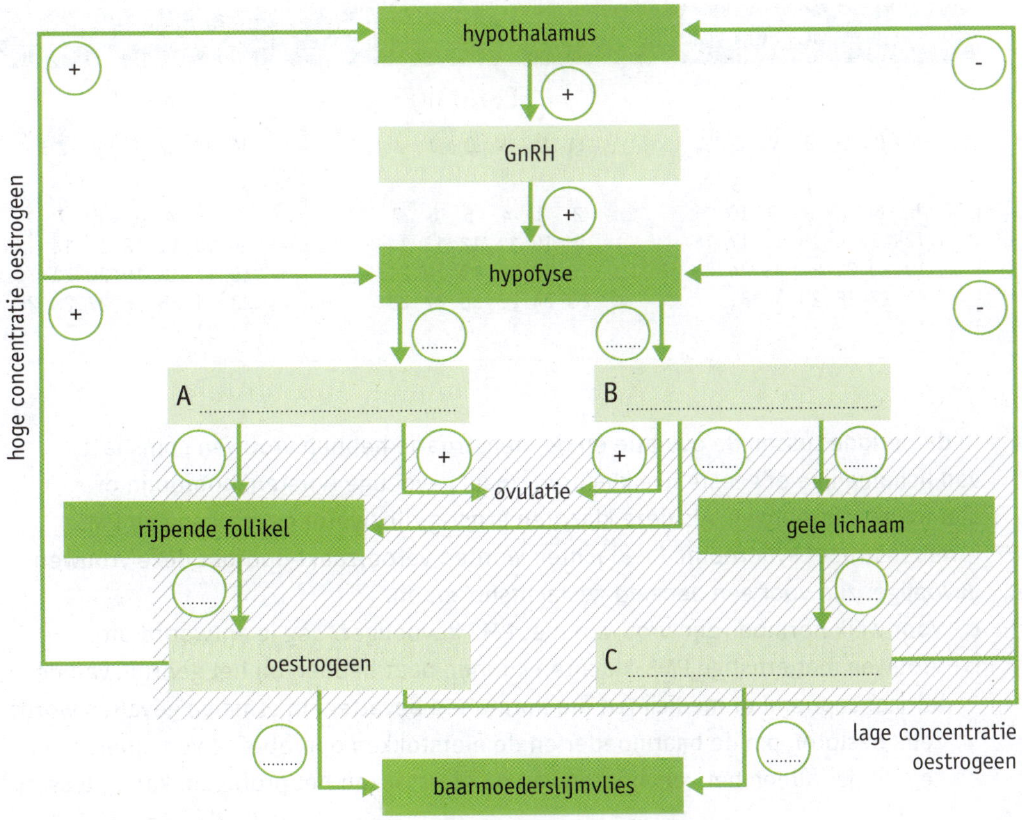

31 Lisa is nog nooit ongesteld geweest. Kan ze zwanger raken als ze voor de eerste keer geslachtsgemeenschap heeft en geen voorbehoedsmiddel gebruikt? Leg je antwoord uit.

32 **a** Op welke manier worden hormonen getransporteerd door het lichaam?
b Niet ieder orgaan reageert op ieder hormoon. Alleen sommige organen reageren op bepaalde hormonen. Dit worden 'doelwitorganen' genoemd.
Welke organen bij de man zijn het doelwitorgaan van LH en FSH?
c Welke organen bij de vrouw zijn het doelwitorgaan van LH en FSH?

Opdrachten INZICHT

33 Anniek heeft in haar agenda aangegeven wanneer ze de laatste keer menstrueerde (zie afbeelding 33). Ze menstrueert erg regelmatig, om de vier weken.
Anniek wil graag zwanger worden.
a Op welke dagen is de kans het grootst dat bij Anniek geslachtsgemeenschap leidt tot zwangerschap? Leg je antwoord uit.
b Wat gebeurt er in de week van 19 tot en met 25 januari in de eierstokken van Anniek? Noteer twee veranderingen.
c In de maand januari is Anniek niet zwanger geraakt. Op welke dag van haar menstruatiecyclus is bij haar de concentratie progesteron in het bloed het hoogst? Kies uit 18, 25 en 31 januari. Leg je antwoord uit.
d In februari raakt Anniek wel zwanger. Gedurende de hele zwangerschap vindt er geen menstruatie meer plaats. Waarom is het van belang dat er tijdens een zwangerschap geen menstruatie plaatsvindt?

■ **Afb. 33** Pagina uit agenda van Anniek.

JAARKALENDER

JANUARI

week	M	D	W	D	V	Z	Z
1				1	2	3	4
2	5	6	7	8	9	10	11
3	(12)	(13)	(14)	(15)	16	17	18
4	19	20	21	22	23	24	25
5	26	27	28	29	30	31	

FEBRUARI

week	M	D	W	D	V	Z	Z
5							1
6	2	3	4	5	6	7	8
7	9	10	11	12	13	14	15
8	16	17	18	19	20	21	22
9	23	24	25	26	27	28	

MAART

week	M	D	W	D	V	Z	Z
9							1
10	2	3	4	5	6	7	8
11	9	10	11	12	13	14	15
12	16	17	18	19	20	21	22
13	23	24	25	26	27	28	29
14	30	31					

34 In de periode tussen de ovulatie en de menstruatie hebben vrouwen soms last van lichamelijke of geestelijke klachten, zoals gevoelige borsten, hoofdpijn of stemmingswisselingen. Als deze klachten ernstig zijn, wordt gesproken van PMS (premenstrueel syndroom). De klachten worden veroorzaakt doordat deze vrouwen gevoeliger zijn voor een bepaald geslachtshormoon.
a Voor welk hormoon zijn vrouwen met PMS gevoeliger? Leg je antwoord uit.
b Vrouwen met ernstige PMS-klachten kunnen baat hebben bij het gebruik van de anticonceptiepil of medicijnen die hormonen bevatten. In ernstige gevallen wordt zelfs besloten om de baarmoeder en de eierstokken operatief te verwijderen.
Leg uit dat alleen het verwijderen van de eierstokken het probleem kan oplossen.

Ga naar de *Flitskaarten* en *Test jezelf*.

Context Leefwereld

ELKE MAAND PIJN

Het slijmvlies aan de binnenkant van de baarmoeder wordt het endometrium genoemd. Gedurende de menstruatiecyclus wordt dit slijmvlies opgebouwd. Normaal gesproken zit dit slijmvlies alleen aan de binnenkant van de baarmoeder. Het komt echter voor dat stukjes van het slijmvlies bij vrouwen of meisjes op andere plekken in het lichaam terechtkomen, bijvoorbeeld op de eierstokken of eileider, in de buik, in de blaas of op de darmen. Je spreekt dan van endometriose. Deze aandoening kan bij sommige meisjes en vrouwen leiden tot (ernstige) pijnklachten en zelfs tot onvruchtbaarheid.

De 'verdwaalde' stukjes slijmvlies reageren op hormonen uit de eierstokken. Gedurende de cyclus kunnen deze stukjes slijmvlies groeien, gaan bloeden en ontstekingen veroorzaken. Sommige meisjes en vrouwen krijgen door endometriose pijn tijdens de menstruatie. Anderen hebben voortdurend pijn, ook als ze niet ongesteld zijn. Endometriose kan ook zorgen voor klachten als buikpijn, darmklachten, vermoeidheid en pijn bij het vrijen. Naar schatting heeft een op de tien vrouwen in de vruchtbare leeftijd last van endometriose.

Endometriose kan worden behandeld met hormonen die ook in bijvoorbeeld de anticonceptiepil zitten. Als de klachten niet overgaan, kan er een operatie worden uitgevoerd waarbij de stukjes baarmoederslijmvlies worden verwijderd. Wel bestaat de kans dat de endometriose terugkomt.

Voor vrouwen met endometriose kan het lastig zijn om zwanger te worden. Dit komt doordat er soms ontstekingen in de eileiders ontstaan.

De oorzaak van endometriose is nog niet bekend. Wel blijkt dat endometriose in sommige families vaker voorkomt. Het ontstaan van deze aandoening is deels erfelijk bepaald.

■ **Afb. 34** Endometriose op verschillende plaatsen in het lichaam van een vrouw.

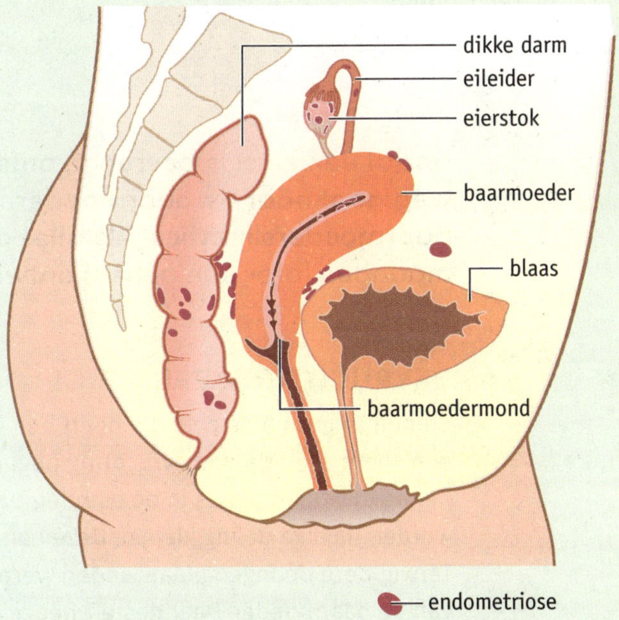

Opdrachten

35 Een gynaecoloog adviseert meisjes met menstruatieklachten een dagboekje bij te houden waarin ze de klachten per dag noteren. Waarom geeft zij dit advies?

36 Endometriose kun je behandelen met medicijnen die hormonen bevatten. Hiervoor worden progestagenen gebruikt. Dit zijn hormonen die lijken op progesteron.

a Progestagenen zorgen ervoor dat er geen eicelrijping plaatsvindt. Leg dat uit.

b Een andere behandeling blokkeert het hormoon GnRH.
Verklaar hoe deze methode kan zorgen voor het verdwijnen van de klachten bij endometriose.

37 Bij sommige vrouwen kan endometriose leiden tot onvruchtbaarheid. Er ontstaan ontstekingen in de eileiders, waardoor deze verkleven en dicht gaan zitten.
Hoe kunnen de eileiderverklevingen leiden tot onvruchtbaarheid?

4 ZWANGER

LEERDOELEN

2.4.1 Je kunt de ontwikkeling van een zygote tot volgroeide baby beschrijven.

2.4.2 Je kunt beschrijven hoe een zygote zich ontwikkelt tot meercellig organisme door differentiatie van stamcellen.

2.4.3 Je kunt de fasen van de geboorte beschrijven.

TAXONOMIE	LEERDOELEN EN OPDRACHTEN		
	2.4.1	2.4.2	2.4.3
Onthouden	38a	40a	
Begrijpen	38b, 39	40b, 41	
Toepassen	42	44a	43, 45, 46
Analyseren		44b	

Nadat een eicel is bevrucht, ontstaat een klompje cellen dat op weg gaat naar de baarmoeder. Daar zal het zich innestelen in het baarmoederslijmvlies. Als alles goed gaat, wordt ongeveer negen maanden later een geheel ontwikkelde en volgroeide baby geboren.

BEVRUCHTING, EERSTE CELDELINGEN EN INNESTELING (SE)

Binnen 24 uur na de ovulatie heeft een eicel de kans om te worden bevrucht door een spermacel. Na de bevruchting begint de bevruchte eicel zich te delen. Deze delingen vinden plaats in de eileider. De cellen die nu ontstaan groeien niet. De cellen worden na elke deling kleiner. Deze eerste celdelingen heten **klievingsdelingen**. Terwijl deze delingen plaatsvinden, verplaatst het klompje cellen zich in de richting van de baarmoeder. Daar nestelt het zich na enkele dagen in het dikker geworden baarmoederslijmvlies. Kort na het moment van bevruchting begint het klompje cellen het hormoon **HCG** te produceren. Dit hormoon zorgt ervoor dat het gele lichaam blijft bestaan. Het gele lichaam blijft progesteron produceren en het baarmoederslijmvlies blijft dik. Er komt geen menstruatie op gang en de zwangerschap blijft in stand (zie afbeelding 35).

Progesteron remt de afgifte van FSH en LH door de hypofyse. Hierdoor rijpen er in de eierstokken geen nieuwe follikels en treedt er geen ovulatie op. Ten slotte zorgt progesteron ervoor dat de melkklieren in de borsten zich gaan ontwikkelen.
Na drie maanden zwangerschap vergaat het gele lichaam alsnog. De placenta heeft de productie van HCG en progesteron dan volledig overgenomen.

■ **Afb. 35** Het verband tussen de hormonen, processen in een eierstok en het baarmoederslijmvlies (schematisch).

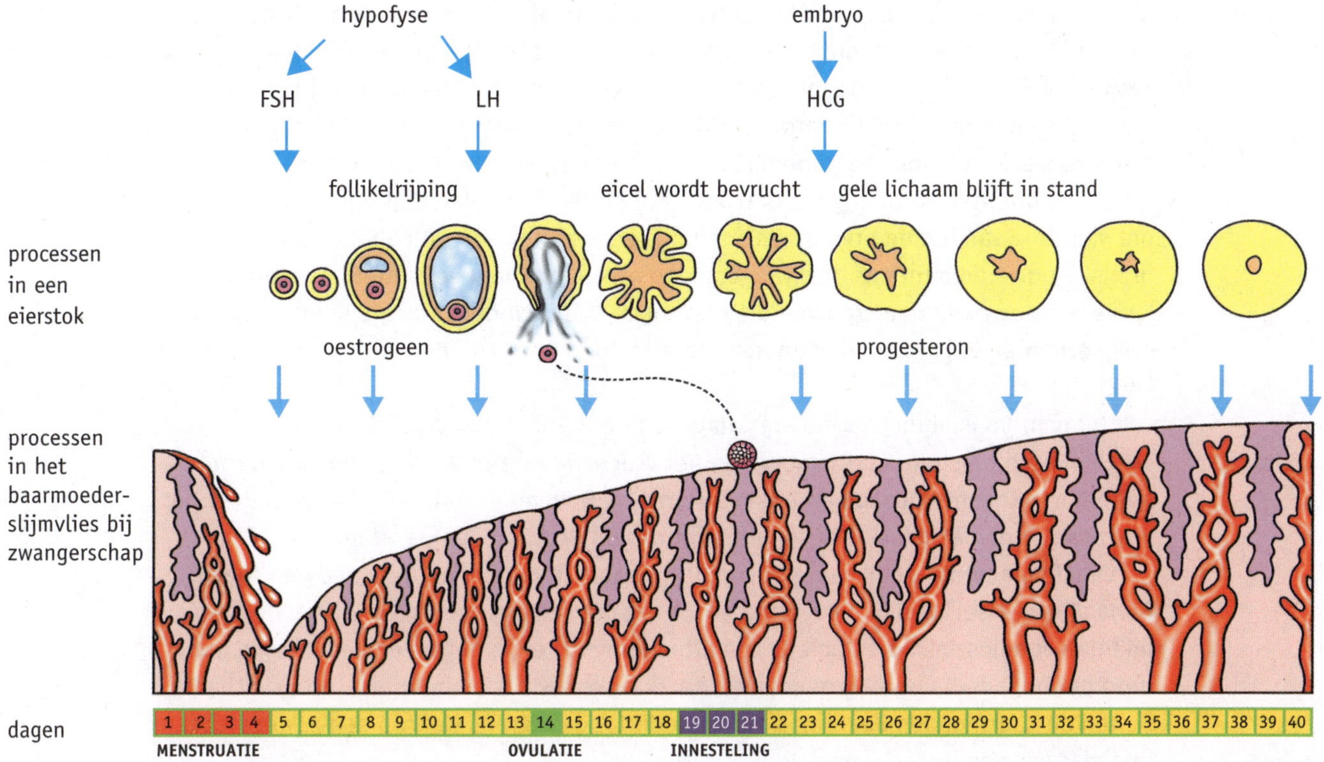

EMBRYONALE ONTWIKKELING (SE)

Gedurende de eerste acht weken na de bevruchting noem je een ongeboren kind **embryo**. Bij zoogdieren zoals de mens, vindt de **embryonale ontwikkeling** van een kind plaats in het lichaam van de moeder. De moeder geeft zuurstof en voedingsstoffen aan het embryo en voert afvalstoffen af.

Nadat het klompje cellen in het baarmoederslijmvlies is ingenesteld, delen de cellen zich verder en groeien ze. Vanuit het baarmoederslijmvlies ontwikkelt de placenta zich. De **placenta** is een orgaan waar uitwisseling van stoffen tussen het bloed van de moeder en het bloed van het embryo plaatsvindt. Het orgaan groeit tegen de binnenwand van de baarmoeder aan. Het embryo is via de **navelstreng** verbonden met de placenta. De navelstreng bevat drie grote bloedvaten. In de placenta vertakken de bloedvaten zich tot dunne haarvaten. Hier vindt uitwisseling van stoffen plaats door middel van diffusie en actief transport. De stoffen die worden opgenomen en afgegeven passeren daarbij membranen die het bloed van de moeder en het kind gescheiden houden (zie afbeelding 36).

■ **Afb. 36** Foetus in de baarmoeder.

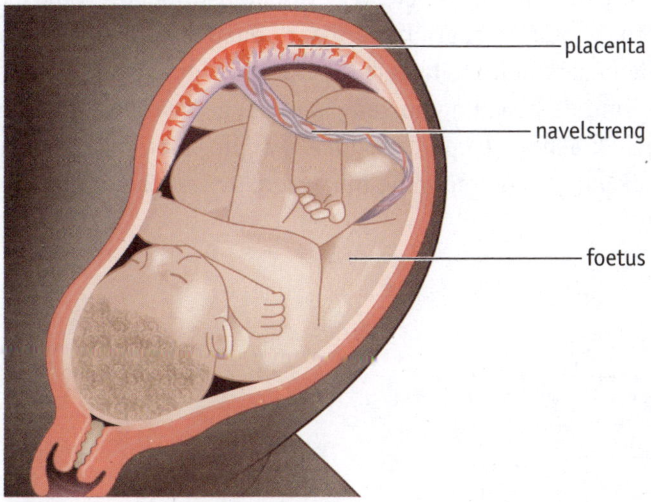

Het moederbloed levert zuurstof en voedingsstoffen, zoals glucose. Deze stoffen worden opgenomen in het embryonale bloed. Koolstofdioxide en andere afvalstoffen worden door het embryonale bloed afgegeven aan het moederbloed. Sommige ziekteverwekkers kunnen de membranen ook passeren, zoals het rodehondvirus, hiv en de bacterie die syfilis veroorzaakt. Ook komen sommige antistoffen tegen ziekteverwekkers vanuit het moederbloed in het embryonale bloed terecht.

De membranen vormen geen barrière voor stoffen die schadelijk zijn voor de ontwikkeling van het embryo, zoals sommige geneesmiddelen, alcohol, nicotine en drugs. Vrouwen die tijdens de zwangerschap roken, brengen gemiddeld kleinere kinderen ter wereld dan vrouwen die niet roken. Als de moeder stress heeft, kunnen er ook hormonen vrijkomen die een negatieve invloed hebben op de ontwikkeling van het kind.

Het embryo is in de baarmoeder omgeven door vocht: het vruchtwater. De vruchtvliezen omsluiten het embryo en het vruchtwater. Het vruchtwater beschermt het embryo tegen schokken en tegen uitdroging. Bovendien kan het embryo zich in het vruchtwater gemakkelijk bewegen en blijft het op de juiste temperatuur.

Vanaf de achtste week na de bevruchting noem je het ongeboren kind een **foetus**. Bijna alle weefsels zijn dan gevormd en de organen zijn in aanleg aanwezig. De foetus lijkt dan al enigszins op een mens (zie afbeelding 37) en is ongeveer 5 cm lang. Vanaf deze periode vindt vooral groei plaats. Na 24 weken is het embryo ook levensvatbaar buiten de baarmoeder. Daarom is dat in Nederland de grens waarop een zwangerschap nog mag worden onderbroken door abortus.

■ **Afb. 37** Ontwikkeling en groei van embryo tot foetus in de baarmoeder.

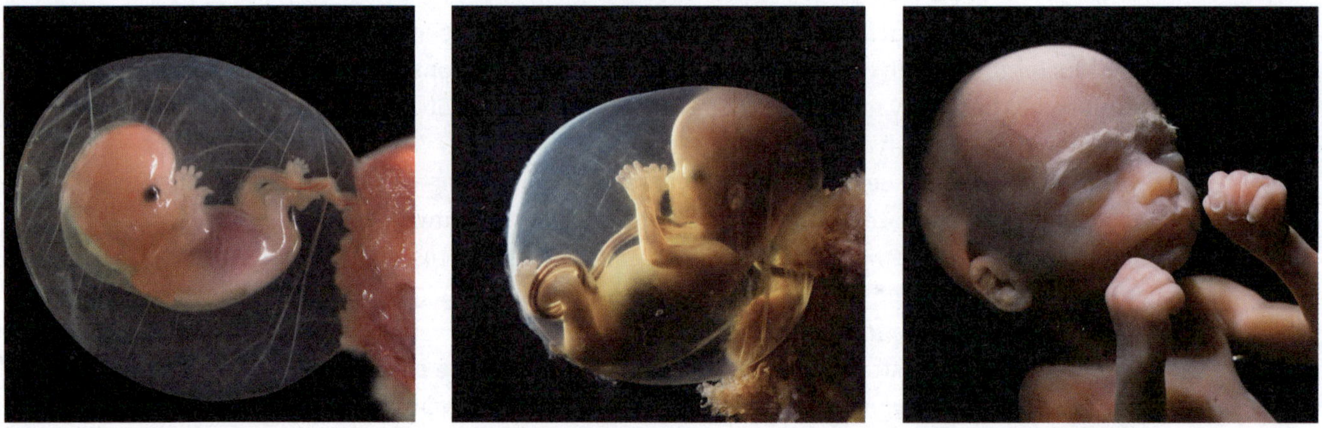

een embryo van 7 weken — een foetus van 16 weken — een foetus van 24 weken

DE GEBOORTE (SE)

Een paar weken voor de bevalling trekt het bovenste deel van de baarmoederwand zich samen. Hierdoor wordt de foetus vanuit de baarmoeder naar beneden geduwd en komt het hoofdje van de foetus in de bekkenholte te liggen. Dit wordt de indaling genoemd. Onder invloed van hormonen komt de bevalling op gang. De zwangere vrouw krijgt met regelmatige tussenpozen weeën: krachtige samentrekkingen van de spieren in de wand van de baarmoeder en later ook van de spieren in de buikwand. De weeën kunnen veel pijn doen.

Tijdens de weeën worden de baarmoederhals en de baarmoedermond wijder. Dit heet de ontsluiting (zie afbeelding 38). Tijdens de ontsluiting breken vaak de vruchtvliezen en loopt het vruchtwater weg via de vagina. Als de opening in de baarmoederhals ongeveer tien centimeter is, past het hoofdje van de baby erdoor. De ontsluiting is dan volledig en de baby kan worden geboren. De moeder mag dan actief gaan 'persen'. Door de spiersamentrekkingen wordt het hoofdje van de foetus door de baarmoederhals geduwd. De baby draait daarbij het hoofdje, zodat het onder het schaambeen van de moeder door kan. Ook de romp van de baby draait op deze manier (zie afbeelding 39). Deze fase, de uitdrijving, kan heel snel gaan. Bij een eerste baby duurt deze fase ongeveer een uur tot anderhalf uur. Bij een tweede kind gaat het meestal sneller. Gemiddeld is een baby in Nederland bij de geboorte ruim 50 cm lang en ongeveer 3500 g zwaar.

■ **Afb. 38** Ontsluiting (schematisch).

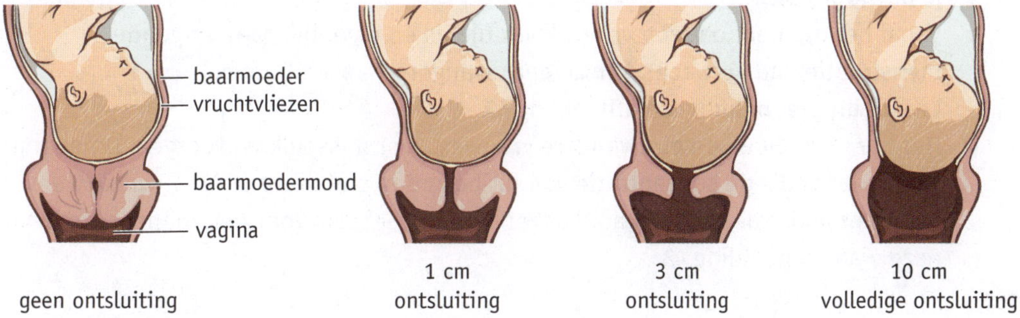

■ **Afb. 39** De uitdrijving.

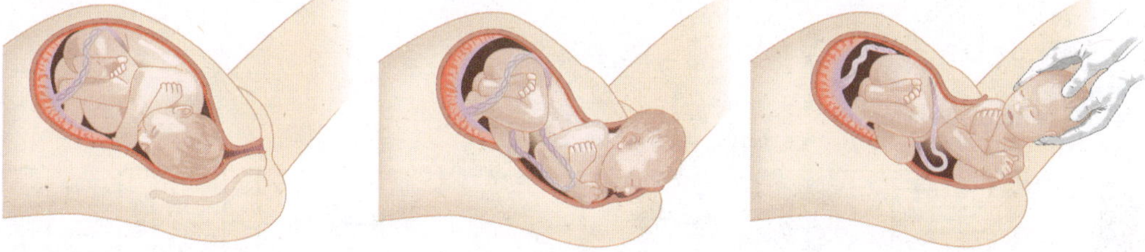

Na de geboorte is de baby nog via de navelstreng verbonden met de placenta in de baarmoeder. De verloskundige of arts zet klemmen op de navelstreng, waardoor geen bloed uit de navelstreng kan stromen. Daarna wordt de navelstreng doorgeknipt. Het restant van de navelstreng droogt uit, verschrompelt en laat enkele dagen na de geboorte los. De navel blijft over als litteken.

Na de uitdrijving is de bevalling nog niet helemaal afgelopen. Ongeveer een kwartier na de geboorte ontstaan de weeën van de nageboorte. De placenta (zie afbeelding 40), de resten van de navelstreng en de vruchtvliezen komen los en worden uitgedreven. De bevalling begint met de ontsluiting en eindigt met de nageboorte. Bij de geboorte van een eerste kind duurt een bevalling 12 tot 24 uur.

■ **Afb. 40** Placenta met resten van de navelstreng en vruchtvliezen.

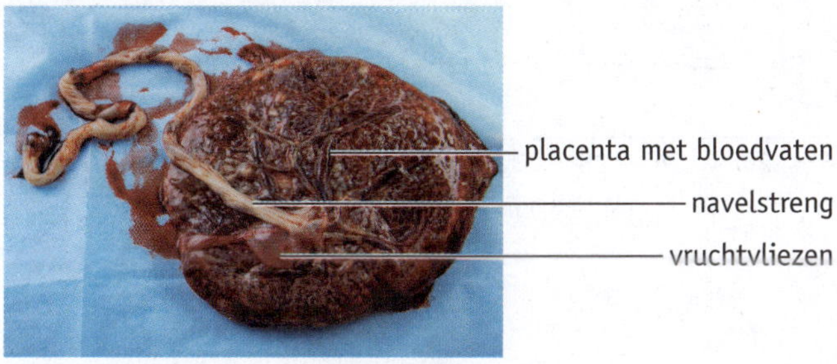

Opdrachten KENNIS

38 Tijdens de ovulatie komt er een eicel vrij uit een follikel en ontstaat het gele lichaam.
- **a** Op welke plaats in het voortplantingsorgaan van een vrouw bevindt zich na de ovulatie het gele lichaam?
- **b** Wat gebeurt er met een eicel die niet binnen 24 uur bevrucht raakt?

39 Als een vrouw vermoedt dat ze zwanger is, kan ze een zwangerschapstest uitvoeren. In afbeelding 41 zie je een deel van de bijsluiter van zo'n test. Op de test moet je enkele druppels urine aanbrengen.
- **a** Welk hormoon moet in de urine aanwezig zijn voor een positieve uitslag?
- **b** Op welke andere manier kan een arts de aanwezigheid van dit zwangerschapshormoon bepalen bij een vrouw die vermoedt dat ze zwanger is? Leg je antwoord uit.
- **c** Vanaf het moment dat een vrouw 'over tijd' is en eigenlijk haar volgende menstruatie had verwacht, kan ze een zwangerschapstest doen.
  Leg dit uit met behulp van afbeelding 42.
- **d** Het hormoon HCG kan bij zwangere vrouwen voor misselijkheid zorgen. Dit neemt vaak weer af als de concentratie van dit hormoon stabiliseert. Vanaf welke week verwacht je dat de misselijkheid af zal nemen? Gebruik voor het beantwoorden van deze vraag afbeelding 43.

■ **Afb. 41** Bijsluiter van een zwangerschapstest.

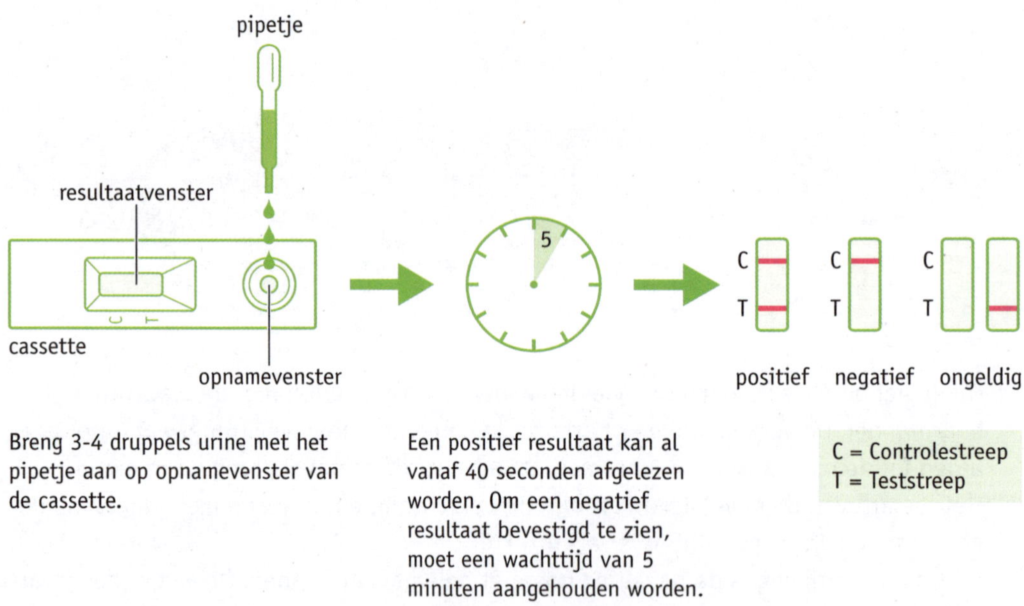

■ **Afb. 42** Concentratie hormonen tijdens de zwangerschap.

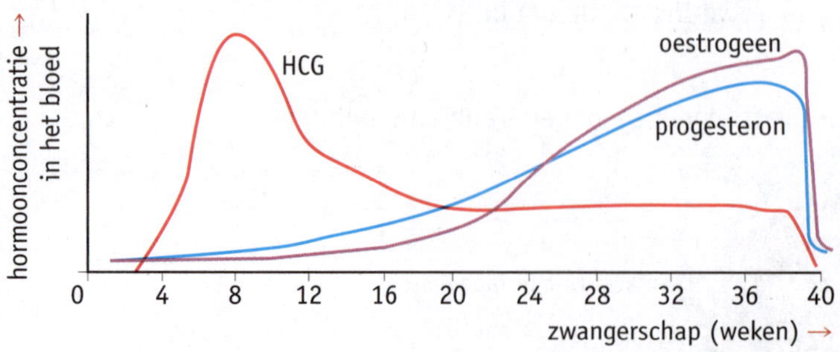

STAMCELLEN

Veel planten en dieren bestaan uit een groot aantal cellen. De meeste cellen zijn sterk gespecialiseerd en hebben een eigen functie, zoals zenuwcellen bij mensen. Alle cellen van een organisme zijn ontstaan uit één enkele cel. Bij mensen is dat de bevruchte eicel. Een bevruchte eicel is nog niet gespecialiseerd.

Cellen die nog niet (volledig) gespecialiseerd zijn, heten **stamcellen**. Stamcellen kunnen zich ontwikkelen tot een specifiek celtype: cellen met een bepaalde vorm en functie. Na de bevruchting en de klievingsdelingen bestaat een embryo alleen uit stamcellen. Deze embryonale stamcellen delen en ontwikkelen zich tot allerlei verschillende cellen (zie afbeelding 43). De gespecialiseerde cellen vormen weefsels en organen, en zo ontstaat een foetus.

Ook bij volwassenen komen nog stamcellen voor. Deze stamcellen noem je adulte (volwassen) stamcellen. Adulte stamcellen zijn al ontwikkeld in een bepaalde richting. Zo bevat het beenmerg in de botten stamcellen die kunnen uitgroeien tot verschillende typen bloedcellen (zie afbeelding 44). Ze kunnen niet meer uitgroeien tot bijvoorbeeld zenuwcellen of huidcellen.

Stamceltherapie is een nieuw onderdeel van de geneeskunde. Met behulp van stamcellen hopen onderzoekers manieren te vinden om beschadigde cellen of zelfs hele organen te vervangen.

■ **Afb. 43** Uit een embryonale stamcel kunnen allerlei verschillende cellen ontstaan.

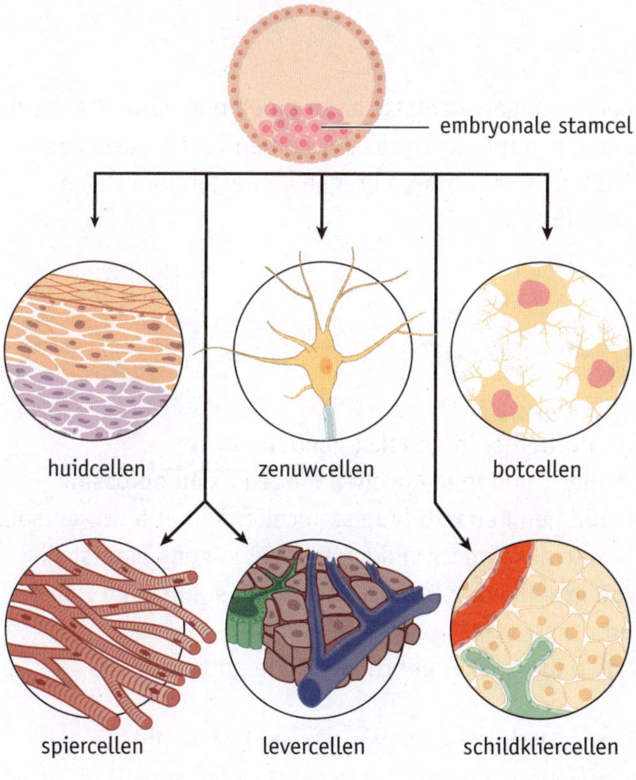

■ **Afb. 44** Verschillende typen bloedcellen ontstaan uit adulte stamcellen in het beenmerg.

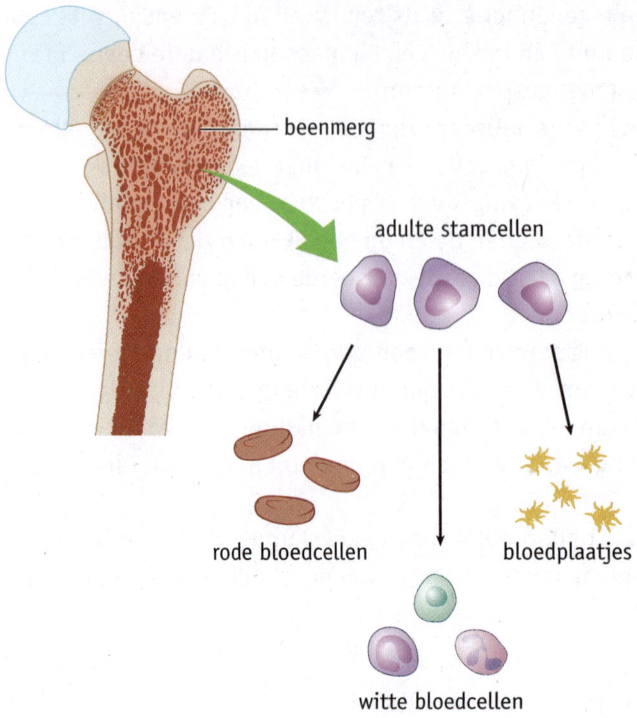

CELDIFFERENTIATIE

Tijdens de embryonale ontwikkeling krijgen weefsels en organen hun vorm. De vorm van cellen verandert, sommige cellen verplaatsen zich, er komen veel nieuwe cellen bij en er sterven cellen af. Alle cellen in het embryo krijgen een eigen functie en specialiseren zich. Dit noem je **celdifferentiatie**.

Opdrachten KENNIS

40 **a** Welke twee typen stamcellen worden er in de tekst genoemd?

b Bij een patiënt met brandwonden kunnen stamcellen mogelijk een oplossing bieden. Een onderzoeker plaatst een bepaald type stamcellen in het huidweefsel. De stamcellen blijken zich te ontwikkelen tot huidcellen. Vervolgens plaatst zij stamcellen van hetzelfde type in zenuwweefsel. Nu blijken de stamcellen zich tot zenuwweefsel te ontwikkelen.
Welk type stamcellen heeft de onderzoeker gebruikt? Leg je antwoord uit.

41 **a** Hebben jouw huidcellen allemaal hetzelfde DNA? Leg je antwoord uit.

b Hebben jouw huidcellen en jouw botcellen hetzelfde DNA? Leg je antwoord uit.

c Hoe komt het dat huid en bot verschillende weefsels zijn?

Opdrachten INZICHT

42 Tijdens de zwangerschap blijft de concentratie progesteron in het lichaam van een zwangere vrouw voortdurend hoog. Progesteron remt de afgifte van FSH en LH door de hypofyse. Hierdoor rijpen in de eierstokken geen nieuwe follikels en treden geen nieuwe ovulaties op.
Leg uit waarom dat belangrijk is.

43 De hypofyse maakt naast FSH en LH nog meer hormonen aan. Onder andere het hormoon oxytocine. Oxytocine zorgt er bij een zwangere vrouw voor dat de spieren van de baarmoeder zich samentrekken.

a Op welk moment tijdens de zwangerschap wordt er veel oxytocine aangemaakt?

b Oxytocine zorgt ook voor het samentrekken van de spiertjes rondom de melkklieren in de borsten. Wat is hiervan het gevolg?

44 In tabel 1 is een onderzoek naar het 'herprogrammeren' van kikkercellen weergegeven. Aan dit onderzoek werd in 2012 de Nobelprijs voor de Geneeskunde toegekend.

a De hypothese is in tabel 1 niet ingevuld. Wat is de hypothese op basis van de gegevens in het onderzoekskader?

b In het onderzoek zijn kikkervisjes ontstaan. Zijn deze kikkervisjes genetisch gezien gelijk aan de kikker waarvan de eicel afkomstig is, aan de kikkervisjes waarvan de darmcellen afkomstig zijn of zijn zij genetisch gezien een combinatie van beide? Leg je antwoord uit.

Tabel 1 Onderzoek naar het 'herprogrammeren' van kikkercellen.

Onderzoek	'Herprogrammeren' van kikkercellen
Inleiding	Tijdens de ontwikkeling van een embryo specialiseren stamcellen zich tot verschillende celtypen. Wetenschappers gingen er lange tijd van uit dat deze specialisatie onomkeerbaar was.
Onderzoeksvraag	Is het mogelijk om van gespecialiseerde cellen weer stamcellen te maken?
Hypothese	
Experiment	Wetenschapper John Gurdon verwijderde de kern met daarin het totale DNA uit de eicel van een volwassen kikker. Hij verving deze door de kern van een cel uit het darmkanaal van een kikkervisje. De ontstane cel ging zich delen.
Resultaat	De meeste eicellen die Gurdon op deze manier behandelde stierven af. Een enkele ontwikkelde zich uiteindelijk tot een gezond kikkervisje.
Conclusie	Met het onderzoek is aangetoond dat de celkern van de gespecialiseerde cellen uit het darmkanaal van een kikkervisje onder sommige omstandigheden in staat is om een eicel te laten ontwikkelen tot een gezond kikkervisje. Er is een stamcel gecreëerd uit een gespecialiseerde cel. De hypothese is juist.

Ga naar de *Flitskaarten* en *Test jezelf.*

Context Beroep

VERLOSKUNDIGE

Kia werkt als verloskundige. 'Toen ik van de havo kwam, heb ik de opleiding verloskunde gedaan. Ik leerde er over anatomie (bouw en werking van het menselijk lichaam), maar bijvoorbeeld ook over psychologie. Ik heb stage gelopen in het ziekenhuis en in een verloskundigenpraktijk. Daarna ben ik in die verloskundigenpraktijk gaan werken.'

Als verloskundige begeleid je vrouwen tijdens hun zwangerschap, de geboorte van het kindje en in de eerste periode na de bevalling. Tijdens de zwangerschap controleer je of de ongeboren baby goed groeit en of de moeder in goede gezondheid is. Daarvoor maak je regelmatig een echo van de baby in de buik (zie afbeelding 45) om te zien of de baby goed groeit en zich goed ontwikkelt (zie afbeelding 46). Na het opmeten van het embryo wordt de datum van de bevalling berekend. Op een echo is ook te zien of het om één kindje, of misschien om een tweeling of meerling gaat.

Je geeft vrouwen ook advies over gezonde voeding, of over stoppen met roken. Daarnaast geef je voorlichting over de bevalling en over het geven van borstvoeding. Je moet daarom goed en helder kunnen uitleggen, ook aan vrouwen die de Nederlandse taal niet goed spreken.

Als de bevalling begint, begeleid je de aanstaande ouders thuis of in het ziekenhuis. Als een bevalling niet voorspoedig verloopt, moet een vrouw die thuis aan het bevallen is soms alsnog naar het ziekenhuis.

Je moet als verloskundige kritisch zijn en op tijd risico's signaleren. Ook werk je samen met andere professionals, zoals huisartsen, mensen van het consultatiebureau en kinderartsen.

Het werk van een verloskundige is geen negen-tot-vijfbaan. Een bevalling duurt vaak langer dan een gewone werkdag en kan op elk moment van de dag plaatsvinden.

Afb. 45 Kia maakt een echo bij een zwangere vrouw.

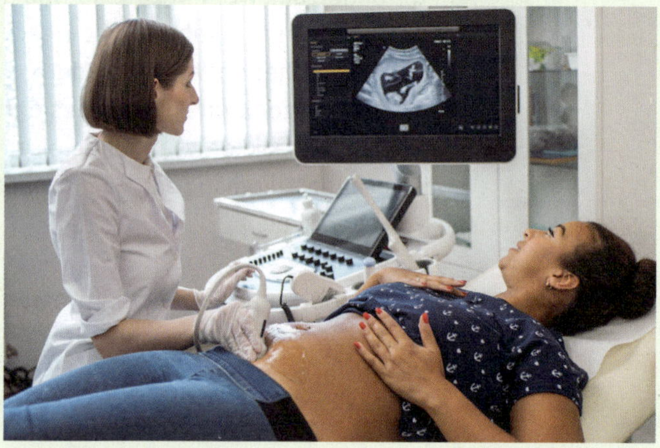

Afb. 46 Echo van een foetus van twaalf weken en twintig weken.

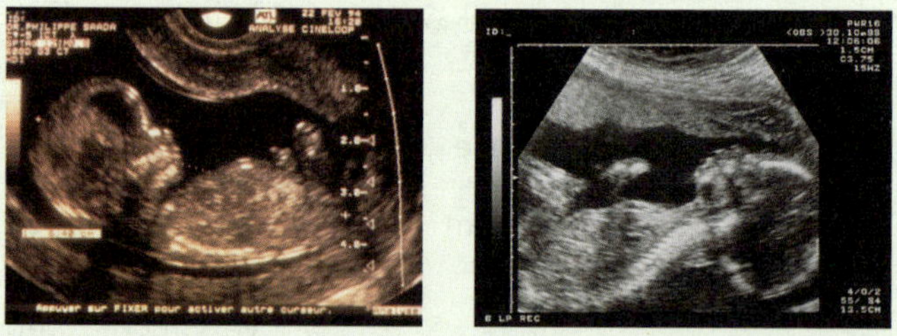

Opdrachten

45 a Noteer drie verschillende eigenschappen die je nodig hebt voor het beroep van verloskundige.

b Kia geeft adviezen die te maken hebben met de leefstijl van de aanstaande moeder. Bijvoorbeeld het advies om te stoppen met roken.
Welke andere adviezen zou Kia op dit gebied kunnen geven?

c Geef aan of je denkt dat het beroep van verloskundige een geschikt beroep voor jou is. Besteed in je antwoord aandacht aan de benodigde eigenschappen en hoe interessant je de werkzaamheden vindt.

46 De placenta groeit op een willekeurige plek tegen de binnenkant van de baarmoeder. Als de placenta de uitgang van de baarmoeder blokkeert, kan de baby niet via die weg worden geboren.
Op welke manier kan de geboorte in dat geval plaatsvinden?

5 SEKSUALITEIT (SE)

LEERDOELEN

2.5.1 Je kunt lichamelijke veranderingen en veranderingen in gedrag bij pubers en adolescenten benoemen.

2.5.2 Je kunt de functies van seksualiteit beschrijven.

2.5.3 Je bent je bewust van de seksuele diversiteit en de verschillen in normen en waarden over seksualiteit in de samenleving.

TAXONOMIE	LEERDOELEN EN OPDRACHTEN		
	2.5.1	2.5.2	2.5.3
Onthouden	47a		49, 51c
Begrijpen	47b	48	50, 51ab
Toepassen	52bc		53, 54, 55a
Analyseren	52a		55b

Tijdens de puberteit word je waarschijnlijk voor het eerst verliefd. Seksualiteit gaat dan een grote rol spelen. In deze levensfase komt je seksuele identiteit verder tot ontwikkeling.

PUBERTEIT EN ADOLESCENTIE

De **levensfase** waarin je lichaam volwassen wordt, heet de puberteit (zie afbeelding 47). De puberteit loopt van ongeveer 10 tot 17 jaar, maar is per mens verschillend. De levensfase waarin een mens geestelijk volwassen wordt, heet **adolescentie**. Over de periode van de adolescentie bestaan verschillende meningen. In Nederland vinden veel mensen dat de adolescentie begint aan het einde van de puberteit en eindigt tussen de 20 en 25 jaar. Soms wordt ook de puberteit als deel van de adolescentie gezien.

Tijdens de puberteit verandert er lichamelijk en geestelijk veel. Lichamelijk ontwikkelen de secundaire geslachtskenmerken zich, zoals borsten, lichaamshaar (okselhaar, baardhaar en schaamhaar) en de schaamlippen, clitoris, penis en teelballen worden groter.

Afb. 47 Verliefde pubers.

SEKSUALITEIT

Seksualiteit gaat over alle gedachten, gevoelens en handelingen die hebben te maken met lust, opwinding, seks en intimiteit. Voortplanting kan een reden zijn om seks te hebben. Maar meestal zijn er andere redenen om seks te hebben, bijvoorbeeld om je binnen een relatie dichter bij elkaar te voelen (intimiteit), of omdat het een fijn en ontspannen gevoel geeft (opwinding en lustbeleving).

Er zijn veel verschillende manieren om seksueel opgewonden te raken. Al je zintuigen kunnen daar een rol bij spelen. Zo kun je bijvoorbeeld opgewonden raken door het aanraken van jezelf of een ander. Sommige mensen raken opgewonden van het versturen van sexy berichten, foto's of filmpjes van zichzelf. Dat wordt sexting genoemd. Anderen raken opgewonden door te kijken naar porno, afbeeldingen en films van naakte en vrijende mensen, of te luisteren naar audioporno. Bedenk wel dat porno in scène is gezet en meestal geen reëel beeld geeft van hoe seks in werkelijkheid is. Afbeeldingen zijn gefotoshopt. Acteurs in pornofilms hebben vaak plastische chirurgie en cosmetische behandelingen ondergaan en zien er daardoor perfect uit. En alles wat niet sexy is, krijg je niet te zien. Ook is porno vaak vrouwonvriendelijk.

In de puberteit ervaar je waarvan je seksueel opgewonden raakt en leer je je eigen lichaam op seksueel gebied kennen. Masturbatie (zelfbevrediging) kan ook een manier zijn om meer over je eigen seksualiteit te ontdekken. Stimulatie van de clitoris bij vrouwen of de eikel bij mannen kan leiden tot een seksuele ontlading: een **orgasme**. Bij een vrouw trekken de bekkenbodemspieren zich ritmisch samen, een man krijgt bij een orgasme een zaadlozing. Een orgasme kun je bereiken door seks met jezelf, of door seks met een ander. Voor vrouwen is penetratie (het bewegen van de penis in de vagina) meestal niet voldoende om een orgasme te bereiken. Daarvoor is ook stimulatie van de clitoris nodig.

Opdrachten KENNIS

47 Tijdens de puberteit treden allerlei veranderingen op, zowel lichamelijk als in gedrag.

a Noteer twee lichamelijke veranderingen die bij jongens of meisjes optreden.

b Hieronder staan veranderingen in gedrag die vaak voorkomen in de puberteit. Welke van deze gedragsveranderingen zijn op jou van toepassing?

1 Ik neem meer risico's dan vroeger.
2 Ik kan minder goed opstaan dan vroeger.
3 Ik kan beter uitslapen dan vroeger.
4 Ik ben sneller afgeleid dan vroeger.
5 Mijn vrienden zijn belangrijker voor me geworden ten opzichte van vroeger.

48 De zin in seks kan per persoon verschillend zijn en blijft ook niet je hele leven hetzelfde. Er zijn veel factoren die hier invloed op hebben. Bij vrouwen varieert de zin in seks bijvoorbeeld gedurende de maandelijkse hormooncyclus.

a Bij veel vrouwen neemt onder invloed van oestrogeen de zin in seks toe. Net voor de ovulatie is de concentratie oestrogeen het hoogst. Leg uit waarom dit voor de voortplanting van belang is.

b Naast hormonen zijn er veel andere factoren die invloed kunnen hebben op je zin in seks. Zoek nog drie factoren op die daarbij een rol kunnen spelen. Maak hierbij gebruik van internet.

c Viagra is een middel dat de bloedtoevoer naar de penis stimuleert, waardoor een erectie bij mannen optreedt. Het middel werkt na ongeveer een half uur. Krijgen mannen die viagra gebruiken hierdoor meer zin in seks? Leg je antwoord uit.

SEKSUELE ORIËNTATIE

In de puberteit voelen veel jongeren zich voor het eerst seksueel aangetrokken tot iemand anders. Tot wie je je aangetrokken voelt, heeft te maken met je seksuele oriëntatie. De meeste mensen voelen zich aangetrokken tot iemand van het andere geslacht. Dat wordt **heteroseksueel** genoemd. Je kunt ook op iemand vallen van hetzelfde geslacht, dat heet **homoseksueel**. Homoseksuele vrouwen worden lesbisch genoemd (zie afbeelding 48). Als iemand zowel op mannen als op vrouwen valt, noem je dat **biseksueel**. Er zijn ook mensen die zich niet seksueel aangetrokken voelen tot anderen. Zij zijn aseksueel. Voor sommigen maakt het geslacht van de ander niets uit, zij vallen op mensen. Dit noem je panseksueel.

In Nederland wordt homoseksualiteit door de meeste mensen geaccepteerd en als gewoon gezien. Het is bij wet verboden te discrimineren op basis van seksuele oriëntatie. Homoseksuele stellen mogen in Nederland en veel andere landen trouwen en kinderen adopteren. Er zijn echter ook landen waar homoseksualiteit niet wordt geaccepteerd. Soms is weerstand tegen homoseksualiteit gebonden aan een geloofsovertuiging.

■ **Afb. 48** Huwelijksplechtigheid.

SEKSUELE DIVERSITEIT EN GENDERDIVERSITEIT

Regelmatig kom je de afkorting LHBTIQA+ tegen. Dit staat voor: lesbisch, homoseksueel, biseksueel, transgender, intersekse, queer en aseksueel. + staat voor alle andere mogelijke manieren waarop mensen zichzelf kunnen benoemen. Deze termen hebben te maken met seksualiteit, gender of geslacht.
Gender verwijst niet naar biologische kenmerken, maar naar sociale, culturele en psychologische kenmerken die met een geslacht in verband worden gebracht. Daaronder valt wat je gewoonlijk 'mannelijk' of 'vrouwelijk' noemt, maar ook alles ertussenin. Het gaat ook over de 'rol' waarmee iemand zichzelf het meest identificeert.

Bij seksualiteit gaat het om tot wie je je aangetrokken voelt. Je kunt je aangetrokken voelen tot een bepaald geslacht of gender (heteroseksueel, homoseksueel, biseksueel), je niet seksueel aangetrokken voelen tot anderen (aseksueel) of je aangetrokken voelen tot mensen ongeacht geslacht of gender (panseksueel).

Mensen die zich comfortabel voelen bij hun geslacht en gender noem je cisgender. Een transgender persoon is iemand die zich niet identificeert met het geslacht waarmee die is geboren. Bijvoorbeeld iemand wordt geboren als een jongen, maar voelt zich geen jongen. Het is ook mogelijk dat die zich niet herkent in de manier waarop die zich volgens de normen zou moeten gedragen en kleden, of hoe anderen met diegene omgaan. Dat ongemakkelijke gevoel noem je genderdysforie: de interpretatie van iemands gender door anderen klopt niet met de eigen beleving. Sommige transgender personen kiezen ervoor om in medische transitie te gaan. Ze doorlopen een proces om verder te kunnen leven in het geslacht dat overeenkomt met hun identiteit.

Niet iedereen die transgender is wil hormoonbehandelingen en/of operatieve aanpassingen. Zij passen hun leefwijze aan door zich anders te gaan kleden, zich anders te gedragen en een andere naam te kiezen.

De I van intersekse personen heeft met het geslacht te maken. Intersekse personen zijn geboren met zowel mannelijke als vrouwelijke kenmerken. Er kunnen bijvoorbeeld zowel eierstokken als teelballen aanwezig zijn. Of een niet-volgroeide penis en een vagina-ingang of baarmoeder. Vaak zijn de geslachtsorganen niet voldoende ontwikkeld en zijn deze personen onvruchtbaar. Intersekse personen zijn meestal ongevoelig voor mannelijke geslachtshormonen. Iemand kan daardoor op basis van het DNA een man zijn, maar eruitzien als een vrouw.

Als queer wil je jezelf niet in een hokje plaatsen qua geslacht en/of seksuele voorkeur. Bijvoorbeeld omdat je je geen jongen of meisje voelt (non-binair) of omdat je gender steeds verandert (fluïde is). De Q kan ook staan voor 'questioning': je weet nog niet precies wat je seksuele voorkeur of genderidentiteit is.

Soms kiezen mensen ervoor om op een bepaald moment hun seksuele oriëntatie of genderidentiteit aan de omgeving bekend te maken. Je zegt dan dat iemand 'uit de kast komt', je noemt dit ook wel 'coming-out'. Dit kan een heel spannend moment zijn. Er zijn ook veel mensen die niet voor zo'n coming-out kiezen.

■ **Afb. 49** LHBTIQA+ vlag.

WENSEN EN GRENZEN

In een (seksuele) relatie is het belangrijk dat je elkaars wensen en grenzen leert kennen en respecteert. Wensen en grenzen zijn heel persoonlijk en dus voor iedereen verschillend. De een vindt tongzoenen of orale seks (met de mond) heerlijk, de ander vindt het vies. In de puberteit leer je je eigen wensen en grenzen kennen. Misschien merk je dat je je bij bepaalde handelingen onzeker of onprettig voelt. Neem je gevoelens serieus en zeg het eerlijk tegen de ander. Seks is alleen leuk als alle betrokkenen ervan kunnen genieten. Ga niet verder dan je zelf wilt om een ander een plezier te doen en respecteer de grenzen van een ander. Let goed op signalen die een ander je geeft. Twijfel je, praat er dan met elkaar over. Dat kan best lastig zijn, maar jullie band wordt er beter van en de seks leuker.

SEKSUEEL ONGEWENST GEDRAG

Helaas leidt seksueel gedrag soms tot ongewenst en grensoverschrijdend seksueel gedrag, seksueel misbruik of seksueel geweld. Als iemand jouw grenzen niet respecteert en je bijvoorbeeld aanraakt terwijl jij dat niet wilt, spreek je van ongewenste intimiteit. Het overschrijden van grenzen hoeft niet altijd lichamelijk te zijn. Als iemand seksueel getinte opmerkingen maakt en je vindt dat niet fijn, dan noem je dat intimidatie. Wanneer iemand jouw sexy berichten, foto's of filmpjes (sexting) naar anderen doorstuurt zonder jouw toestemming, is die persoon strafbaar.

Er is sprake van aanranding als iemand ongevraagd intieme plekken betast of je zoent tegen je zin in. Ook seksuele handelingen die worden uitgevoerd onder geweld of bedreiging vallen hieronder. Bij een verkrachting is er sprake van het ongewenst seksueel binnendringen van het lichaam met vingers of geslachtsdelen. Bij een aanranding gebeurt dit niet. Aanranding, verkrachting of seksueel ongewenst gedrag door een familielid wordt incest genoemd.

Soms zijn verkeerde bedoelingen niet meteen duidelijk, zoals bij een loverboy. Iemand kan eerst heel aardig tegen je doen en je verleiden met aandacht en cadeaus. Uiteindelijk probeert hij je te dwingen tot prostitutie om daar zelf geld aan te verdienen.

Veel gevallen van seksueel geweld worden nooit bekend. Het slachtoffer durft er bijvoorbeeld niet over te praten, schaamt zich of wordt bedreigd door de dader. Zo'n gebeurtenis heeft veel invloed op iemands verdere leven en kan leiden tot allerlei problemen. Bijvoorbeeld problemen met seksualiteit of het aangaan van een relatie, emotionele en psychische problemen. Ook is er bij een verkrachting kans op een soa of zwangerschap. Het is belangrijk om snel hulp te zoeken na een aanranding, verkrachting of bij andere gevallen van seksueel ongewenst gedrag. De dader kan alleen worden gestraft als slachtoffers vertellen wat er is gebeurd. Dit kan bijvoorbeeld bij je ouders, je huisarts of een vertrouwenspersoon op school. Centrum Seksueel Geweld is een organisatie die hulp biedt bij alles wat heeft te maken met seksueel geweld. Helpwanted (zie afbeelding 50) geeft advies aan slachtoffers van online seksueel misbruik.

Online seksueel misbruik

Seksueel misbruik en grensoverschrijdend gedrag kunnen ook digitaal plaatsvinden. Voorbeelden daarvan zijn:

- Grooming: een volwassene verleidt een minderjarige tot seksuele handelingen, online (voor een webcam) of bij een ontmoeting.
- Sextortion: het chanteren van een persoon met behulp van seksueel getinte beelden of berichten van deze persoon.
- Exposen: het in het openbaar online vernederen van mensen door intieme foto's of filmpjes te verspreiden.
- Slutshaming: het in het openbaar bekritiseren van meisjes en vrouwen vanwege bepaald gedrag of hun manier van kleden.

■ **Afb. 50** Helpwanted.nl is een website over online seksueel misbruik van kinderen en jongeren.

HELPWANTED.NL
advies bij online seksueel misbruik

Opdrachten KENNIS

49 Wat betekent genderdysforie?

50 Een operatie waarbij geslachtsdelen worden verwijderd of aangepast is mogelijk vanaf 18 jaar.
- **a** Leg uit waarom deze leeftijdsgrens wordt aangehouden.
- **b** Met 'puberteitsremmers', een behandeling met hormonen, wordt vaak veel eerder gestart.
  Leg uit waarom.

51 In de regio Rotterdam is een campagne gevoerd om jongeren bewust te maken van de gevaren van sexting via het sociale medium Snapchat. De campagne heet 'Snapje wat je stuurt?'. Ruim 40% van de jongeren in de regio Rotterdam had ervaringen met sexting. Een op de drie had een negatieve ervaring.
- **a** Snapchat wordt gebruikt omdat berichten in principe weer verdwijnen en niet worden opgeslagen. Volgens de makers van de campagne creëert dat een vals gevoel van veiligheid. Leg uit waarom.
- **b** In Rotterdam wordt niet geprobeerd sexting te verbieden, maar jongeren bewust te maken van de risico's ervan. Vind jij dit een goede methode? Leg uit waarom wel of niet.
- **c** Als intieme foto's en filmpjes van een persoon door iemand anders worden verspreid, is dat strafbaar. Onder welke vorm van digitaal seksueel misbruik valt dat?

Opdrachten INZICHT

52 De ontwikkeling van de hersenen van een mens gaat door tot ongeveer 25 jaar. Sommige hersengebieden zijn in de puberteit nog niet optimaal ontwikkeld. In deze gebieden bevinden zich functies die je in staat stellen om te plannen en de gevolgen voor de lange termijn te overzien.
- **a** Geef twee voorbeelden van typisch pubergedrag waaruit blijkt dat sommige hersengebieden bij een puber nog in ontwikkeling zijn.
- **b** Een ander hersengebied dat in de puberteit nog volop in ontwikkeling is, regelt de emoties.
  Waaruit blijkt dat dit gebied zich bij pubers nog aan het ontwikkelen is?
- **c** De puberteit heeft ook positieve kanten: pubers leren snel, komen met ideeën, bedenken oplossingen en komen tot nieuwe inzichten.
  Herken jij deze bovenstaande kenmerken bij jezelf of bij je klasgenoten? Geef een voorbeeld.

53 Ga op zoek naar een voorbeeld van digitaal seksueel grensoverschrijdend gedrag dat in het nieuws is geweest, bijvoorbeeld een online artikel. Vat kort samen wat er in het artikel wordt beschreven. Onder welke vorm van seksueel grensoverschrijdend gedrag valt dit voorbeeld? Leg je antwoord uit.

Ga naar de *Flitskaarten* en *Test jezelf.*

Context Leefwereld

NIKKIE TUTORIALS

Nikkie de Jager ('NikkieTutorials', zie afbeelding 51) is een Nederlandse visagiste en presentatrice die zich vooral bezighoudt met video's maken over make-up en lifestyle. In 2020 maakte Nikkie bekend dat zij als jongen is geboren door een video te plaatsen op haar YouTube-kanaal. 'De angst die ik de dag voor het uploaden heb gevoeld, die voelde ik nog nooit in mijn hele leven. Het was zó eng', zei de YouTube-ster later.

Nikkie heeft zich nooit een jongen gevoeld, of zich daarmee geïdentificeerd. Als kind snapte ze dan ook niet waarom ze 'jongenskleren' aan moest en geen Barbie voor haar verjaardag kreeg. Ze voelde zich echt 100% een meisje. Innerlijk voelde het dus altijd al alsof het klopte, maar uiterlijk gezien niet. 'Alles wat daar beneden was negeerde ik, dat bestond niet', legt ze uit. Pas na haar operatie, toen ze een jaar of twintig was, had ze de gedachte: ik ben er. 'Elke dag totdat het gebeurt heb je zelfhaat. Er zit iets om je heen wat niet klopt. Ik kon echt van mezelf walgen.'

Ze besloot tot haar publiekelijke bekendmaking omdat ze werd gechanteerd. De tijd voor haar publieke coming-out was voor haar heel donker. Nikkie dacht dat ze bij iedereen het vertrouwen had geschonden. Maar dat bleek niet het geval te zijn. In tegendeel, haar verhaal ging de hele wereld over. En hoewel ze het fijn vindt dat iedereen het nu weet, heeft ze wel nog een belangrijke tip: 'Je mag nooit iemand pushen om uit de kast te komen. Dat is iemands eigen keuze en daar moet iemand zelf klaar voor zijn.'

■ **Afb. 51** Nikkie de Jager of 'NikkieTutorials'.

Opdrachten

54 **a** Leg uit waarom Nikkie een transgender persoon is.

b Nikkie werd door haar klas volledig geaccepteerd. 'Toch was het eerste moment om hierover te praten helemaal niet gemakkelijk', vertelt ze. Waarom zou Nikkie dit zo moeilijk hebben gevonden?

55 Nikkie kreeg in haar puberteit zogenaamde 'puberteitsremmers'. Deze medicijnen voorkomen dat de secundaire geslachtskenmerken zich ontwikkelen. De puberteitsremmers beïnvloeden een bepaald orgaan in de hersenen.

a Welk orgaan wordt beïnvloed?

b Stel dat Nikkie zich na enige tijd had bedacht en was gestopt met de puberteitsremmers. Hoe zou zij zich dan lichamelijk verder hebben ontwikkeld? Leg je antwoord uit.

6 SOA'S EN GEBOORTE-REGELING (SE)

LEERDOELEN

2.6.1 Je kunt beschrijven wat de gevolgen zijn van infecties met seksueel overdraagbare aandoeningen en aangeven hoe je deze infecties kunt voorkomen. ▶ Practicum 3

2.6.2 Je kunt de werking van methoden van anticonceptie en de voor- en nadelen ervan beschrijven.

2.6.3 Je kunt ethische en biologische argumenten onderscheiden over het ingrijpen in het voortplantingsproces.

TAXONOMIE	LEERDOELEN EN OPDRACHTEN		
	2.6.1	2.6.2	2.6.3
Onthouden	56	61a	
Begrijpen	57, 58, 59a	59b, 60, 61bc, 62, 67	
Toepassen	66	63a, 68, 70	
Analyseren		63b, 64, 69	65

Anticonceptie is niet alleen belangrijk om zwangerschap te voorkomen. Ook als je niet besmet wilt raken met een soa is veilige seks belangrijk.

SOA'S

Een soa is een **seksueel overdraagbare aandoening**. Soa's zijn infectieziekten die vaak worden veroorzaakt door een bacterie of een virus. De ziekteverwekker wordt meestal overgedragen via seksueel contact. Hoewel niet precies bekend is hoeveel mensen per jaar een soa krijgen, zijn dat er in Nederland naar schatting ruim 200 000 per jaar. De meest voorkomende soa in Nederland is chlamydia. Veel soa's zijn goed te behandelen, maar sommige hebben ernstige gevolgen als ze niet op tijd worden behandeld. Dat is te voorkomen door op tijd een arts te bezoeken als je vermoedt dat je een soa hebt.

De meeste soa's worden overgedragen via sperma, bloed, vaginaal vocht en bij contact van slijmvliezen, bijvoorbeeld in de mond en de anus. Met schaamluis kun je ook via kleding, lakens, dekens of een handdoek worden besmet. Herpes genitalis kun je oplopen door seksueel contact, maar ook door met een besmet persoon te zoenen, door te drinken uit hetzelfde glas, of via lipbalsem. Een soa krijg je niet doordat iemand in je buurt hoest of niest, via een vieze toiletbril, of door bezoek aan een zwembad.

Je loopt een soa meestal op door onveilig vrijen. Om de kans op een soa te verkleinen, is het belangrijk om op een veilige manier seks te hebben. Veilig vrijen betekent het volgende:

- Gebruik altijd een condoom wanneer je een nieuwe bedpartner hebt. Wanneer jij en je partner alleen met elkaar vrijen, kun je je na twaalf weken allebei op soa's laten testen. Je kunt stoppen met condooms als je allebei geen soa hebt. Het testen kan pas na twaalf weken, omdat het zo lang kan duren voordat antistoffen tegen hiv in het bloed zichtbaar worden.
- Gebruik een condoom of beflapje bij orale seks (pijpen en beffen).
- Gebruik bij anale seks (penis in de anus) een daarvoor geschikt condoom met extra veel glijmiddel op waterbasis. Olie (in glijmiddel, vaseline of massageolie) tast de latex aan en vergroot de kans op scheuren.

Als je iemand net hebt ontmoet, is het lastig om het meteen over veilig vrijen te hebben. Bedenk daarom van tevoren wat je wilt zeggen. Geef voor je gaat vrijen duidelijk aan dat je een condoom wilt gebruiken en zorg ervoor dat je condooms bij je hebt (zie afbeelding 52).

Strelen, (tong)zoenen, kussen, knuffelen, masseren en elkaar of jezelf met de hand bevredigen is in de meeste gevallen veilig.

■ **Afb. 52** Voorlichtingsposter.

Sommige soa's kunnen ook op andere manieren dan via seksueel contact worden overgedragen. Hiv, hepatitis B en syfilis zijn via bloed overdraagbaar en kun je dus ook oplopen door naalden of spuiten te gebruiken die door iemand anders zijn gebruikt. Ook kunnen deze soa's door zwangere vrouwen aan de baby worden doorgegeven. In tabel 2 zie je een overzicht van een aantal soa's.

Tabel 2 Informatie over een aantal veelvoorkomende soa's.

Ziekte	Mogelijke ziekteverschijnselen	Te genezen met	(Mogelijke) gevolgen zonder tijdige behandeling
Chlamydia	Vaak geen klachten. Meer (of andere) afscheiding of bloed uit penis, vagina of anus. Pijn of een branderig gevoel bij het plassen. Buikpijn en koorts bij vrouwen.	Antibiotica. Maak de voorgeschreven kuur helemaal af.	Vrouw: ontstekingen in het bekken, zoals in de eileider, en onvruchtbaarheid. Man: bijbalontsteking
Gonorroe	(Vooral bij vrouwen) vaak geen klachten. Meer (of andere) afscheiding of bloed uit penis of vagina. Pijn of een branderig gevoel bij het plassen.	Antibiotica. Maak de voorgeschreven kuur helemaal af.	Vrouw: Ontstekingen in het bekken, zoals in de eileider, en onvruchtbaarheid. Man: Bijbalontsteking.
Herpes genitalis	Aanvallen van blaasjes en zweertjes rondom de mond, geslachtsdelen of anus.	Niet te genezen. Medicijnen remmen een aanval.	Geen gevolgen. Wel kunnen de blaasjes tijdens de rest van het leven terugkomen en dan ben je weer erg besmettelijk.
Hepatitis B	Vaak geen klachten en anders pas na enkele maanden. Vermoeidheid, pijn in spieren en buik, geelzucht.	Geen. Vaccinatie vooraf is mogelijk.	De meeste mensen genezen vanzelf, maar 5-10% heeft een chronische infectie. Na vele jaren kan het virus de lever ernstig aantasten.
Hiv / aids	Vlak na besmetting kunnen griepachtige verschijnselen optreden. Daarna geen specifieke verschijnselen tot blijkt dat het afweersysteem niet meer voldoende werkt.	Niet te genezen. Hiv-remmers remmen de ziekte.	Vatbaarheid voor allerlei ziekten. Aids leidt in Nederland meestal niet meer tot de dood.
Syfilis	Zweertjes of vlekjes op penis, vagina, anus of mond. Deze verdwijnen na een aantal weken, maar dan is syfilis niet weg.	Antibiotica. Maak de voorgeschreven kuur helemaal af.	Huiduitslag, griepachtige klachten, haaruitval, oogklachten. Na jaren: beschadigingen aan hart, hersenen, ruggenmerg en botten. Kan leiden tot de dood.
HPV	Afhankelijk van het type virus: niets of genitale wratten.	Geen. Vaccinatie vooraf is mogelijk.	Bij sommige virussen jaren later risico op kanker van de baarmoedermond, anus of keel.

Hoewel hiv / aids in Nederland naar verhouding weinig voorkomt, is deze ziekte bij de meeste mensen toch bekend. Iemand die besmet is met hiv (*human immunodeficiency virus*), maar nog geen ziekteverschijnselen heeft, noem je seropositief. Drie maanden na besmetting zijn antistoffen tegen hiv met een bloedonderzoek aan te tonen. Al die tijd kun je wel iemand anders besmetten met het virus.

Het hiv-virus verzwakt je afweersysteem. Wanneer iemand met hiv niet wordt behandeld, kan dat leiden tot **aids**: je wordt ziek door een infectie die het afweersysteem niet meer kan bestrijden. Je kunt dan bijvoorbeeld overlijden aan griep of longontsteking en hebt een grotere kans op kanker. Aids komt in Nederland niet zo vaak meer voor omdat hiv goed te behandelen is met hiv-remmers. Deze medicijnen zorgen er ook voor dat het virus niet meer overdraagbaar is.

SOATEST

Alleen door een soatest te doen, weet je zeker of je een soa hebt. Jongeren onder de 25 jaar kunnen bij de huisarts of bij de GGD gratis een soatest laten doen. Na een gesprek met de huisarts of een soa-verpleegkundige wordt duidelijk welke soa-test je moet laten doen. Wanneer je niet naar de huisarts of de GGD wilt voor een soa-test, kun je een zelftest doen. Na het afnemen stuur je de test op naar een laboratorium. Niet alle zelftests zijn betrouwbaar. Op internet kun je vinden welke zelftests wel betrouwbaar zijn. Bij een positieve uitslag is het verstandig om alsnog naar de huisarts of GGD te gaan voor een behandeling.

Waarschuw altijd je huidige en ex-sekspartner(s) als je een soa hebt, zodat ook zij zich kunnen laten testen en indien nodig door een huisarts of kliniek kunnen worden behandeld.

Opdrachten KENNIS

56 Hoe is een chlamydia-infectie te genezen?

57 Waarom is wassen en afspoelen van de geslachtsorganen na geslachtsgemeenschap geen goede methode om besmetting met een soa te voorkomen?

58 Waardoor is niet exact bekend hoeveel mensen per jaar een soa oplopen?

59 **a** Schaamte kan een reden zijn om geen actie te ondernemen als je vermoedt dat je een soa hebt. Waarom is het belangrijk om je toch te laten testen?
b Ook het kopen van condooms is voor sommige mensen spannend. Welk advies zou jij geven aan een vriend of vriendin die geen condooms durft te gaan kopen?

60 Om te voorkomen dat je bij seks een soa oploopt, is het verstandig een condoom te gebruiken. Maar niet iedereen wil dat. Ook zijn er situaties waarbij beide partners geen condoom bij zich hebben, maar wel graag seks willen hebben.
Hier staan vier smoezen om seks te hebben zonder een condoom te gebruiken. Bij de eerste is een reactie gegeven. Geef bij de andere drie smoezen een reactie.

1. Vertrouw je me niet of zo?
   Nee, ik denk niet dat je een soa hebt en ik vertrouw je best wel, anders waren we hier nu niet. Maar als je iets hebt, weet je dat vaak zelf niet. Daarnaast zou ik zelf iets kunnen hebben zonder het te weten. Dus neem ik geen risico's. Of: Ik vertrouw jou wel, maar je ex niet.
2. Maar je bent toch aan de pil?
3. Als je niet zonder condoom wilt vrijen, maak ik het uit.
4. Je bent de enige met wie ik het zonder condoom doe.

ZWANGERSCHAP VOORKOMEN

Om ongewenste zwangerschap te voorkomen, maken veel mensen gebruik van **voorbehoedsmiddelen** en andere methoden van **anticonceptie** (anti = tegen, conceptie = bevruchting). Bij vrouwen is het gebruik van de anticonceptiepil de meest voorkomende methode. De hormonen in de pil zorgen ervoor dat er geen eicel vrijkomt. Ze maken ook het slijmvlies van de baarmoederwand ongeschikt voor innesteling. Bovendien wordt het slijm in de baarmoederhals dikker, waardoor spermacellen minder goed in de baarmoeder kunnen doordringen. Door deze drievoudige werking zijn anticonceptiepillen zeer betrouwbaar, als ze op de juiste manier worden gebruikt. Na het stoppen met de pil kan een vrouw weer zwanger raken. De meeste soorten anticonceptiepillen moet je drie weken elke dag slikken. Daarna volgt er een stopweek waarin een menstruatie optreedt. Ook in de stopweek beschermt de pil tegen zwangerschap.

Geregeld zijn er vrouwen die last hebben van bijwerkingen als ze de pil gebruiken. Stemmingswisselingen, sombere of depressieve gevoelens, hoofdpijn en misselijkheid kunnen bijwerkingen zijn van de pil. Je kunt dan beter kiezen voor een ander voorbehoedsmiddel.

De pil verhoogt het risico op trombose: verstopping van een bloedvat door een bloedstolsel. In combinatie met roken wordt dit risico nog groter, en is er ook meer kans op aderverkalking en hart- en vaatziekten. De combinatie van roken én de pil slikken wordt dan ook sterk afgeraden. Bepaalde geneesmiddelen verminderen de werking van de pil, zoals sommige kalmeringsmiddelen en antibiotica. Ook kan de pil minder betrouwbaar zijn als je diarree hebt, of moet overgeven. Gebruik in dat geval een extra voorbehoedsmiddel zoals een condoom.

Andere manieren om zwangerschap te voorkomen door middel van **hormonale regulatie** zijn:

- de prikpil
- het anticonceptiestaafje
- een hormoonpleister
- de anticonceptiering
- het hormoonspiraaltje

Deze middelen hebben een soortgelijke werking als de pil, maar je hoeft er niet elke dag aan te denken. Na het stoppen met hormonale anticonceptie kan het enige tijd duren voor de vruchtbaarheid terugkeert.

Naast hormonale regulatie kunnen man en vrouw kiezen voor gebruik van een condoom of vrouwencondoom. Deze middelen houden het sperma tegen, zodat spermacellen de eicel niet kunnen bereiken en er geen bevruchting kan plaatsvinden. Het is van belang een (vrouwen)condoom op de juiste manier te gebruiken en een condoom van goede kwaliteit te kiezen (met CE-keurmerk, zie afbeelding 53). Het is dan een betrouwbaar voorbehoedsmiddel. Een condoom beschermt ook tegen besmetting met een soa en wordt veel gebruikt.

■ **Afb. 53** Condoom met CE-keurmerk.

Een spiraaltje wordt door een arts in de baarmoeder geplaatst en voorkomt innesteling. Een vrouw kan kiezen voor een spiraaltje met of zonder hormonen. Het spiraaltje kan minimaal vijf jaar in de baarmoeder blijven zitten voordat je het moet vervangen.

Mannen en vrouwen die zeker weten dat ze geen kinderen (meer) willen krijgen, kiezen soms voor sterilisatie. Dit is een zeer betrouwbare methode van anticonceptie. Sterilisatie is bedoeld om blijvend te zijn, maar kan soms toch ongedaan worden gemaakt. Bij sterilisatie van de man worden de zaadleiders onderbroken, waardoor spermacellen niet meer vanuit de bijbal bij het sperma kunnen komen. Er worden nog wel spermacellen aangemaakt, maar deze worden in de bijballen afgebroken. Bij sterilisatie van de vrouw worden de eileiders onderbroken. Spermacellen kunnen dan niet meer bij de eicel komen. Sterilisatie heeft geen negatieve gevolgen voor de werking van de geslachtsorganen.

Ongeveer een op de drie stellen gebruikt geen voorbehoedsmiddelen. Een deel van deze stellen probeert zwangerschap te voorkomen door periodieke onthouding. Tijdens de vruchtbare periode doen zij niet aan geslachtsgemeenschap. De vruchtbare periode duurt maar een paar dagen, maar het is lastig om deze periode exact te bepalen. Er bestaan apps die je vruchtbare periode voorspellen (zie afbeelding 54). Op basis van dagelijks ingevoerde gegevens over je cyclus doen deze apps een voorspelling over de dagen waarop je wel of niet zwanger zou kunnen worden. Bij sommige apps kun je ook elke dag je lichaamstemperatuur invoeren. De lichaamstemperatuur van een vrouw stijgt na de ovulatie gemiddeld 0,3 tot 0,4 graden Celsius. Tijdens de volgende menstruatie daalt de temperatuur weer. Door de temperatuur gedurende een aantal maanden dagelijks te meten, kan de app een betrouwbaardere inschatting maken van je vruchtbare dagen. Het gebruik van zo'n app kan een handig hulpmiddel zijn voor vrouwen die graag zwanger willen worden. Voor vrouwen die juist niet zwanger willen worden is deze methode niet erg betrouwbaar. De app kan ook voorspellen op welke dagen je volgende menstruatie zal plaatsvinden.

■ **Afb. 54** Menstruatie- of ovulatie-app.

Als je vermoedt dat je ongewenst zwanger bent, dan kun je een van de onderstaande noodmaatregelen toepassen.

- Morning-afterpil: voorkomt het ontstaan van een zwangerschap. Deze pil moet je binnen 72 uur na de geslachtsgemeenschap innemen. Er kunnen bijwerkingen optreden zoals misselijkheid, hoofdpijn en bloedingen.
- Abortuspil: middel waardoor het ingenestelde embryo wordt afgestoten. Dit middel kun je tot negen weken zwangerschap toepassen. Er ontstaan (soms hevige) bloedingen.
- Zuigcurettage: bij een zuigcurettage wordt het baarmoederslijmvlies met daarin het embryo, weggezogen. Een zuigcurettage wordt uitgevoerd bij zwangerschappen tot ongeveer dertien weken. Er kunnen bijwerkingen optreden zoals misselijkheid, hoofdpijn en bloedingen.
- Abortus: een zwangerschap die al verder gevorderd is dan 13 weken kan tot uiterlijk 24 weken worden beëindigd via een abortus. Via de baarmoedermond wordt de foetus operatief verwijderd.

Deze noodmaatregelen zijn geen vervanging van anticonceptiemiddelen en ze kunnen ingrijpend zijn.

ONGEWENST KINDERLOOS

In Nederland krijgt ongeveer een op de zes stellen die een kind willen, te maken met vruchtbaarheidsproblemen. Een huisarts kan een stel doorverwijzen naar een gynaecoloog voor verder onderzoek wanneer de vrouw na een jaar onbeschermd vrijen niet zwanger is geworden. Bij ongeveer 30% van de doorverwezen stellen ligt de oorzaak bij de vrouw, bij 30% bij de man en bij 30% bij beiden. In 10% van de gevallen wordt geen oorzaak gevonden.

De vruchtbaarheid van mannen en vrouwen neemt af met de leeftijd. De kwaliteit van de eicellen en het sperma neemt dan af. Vrouwen zijn het meest vruchtbaar in de leeftijd van 20 tot 30 jaar. Doordat de kinderwens steeds vaker wordt uitgesteld, is het aantal stellen dat problemen heeft met het krijgen van kinderen gegroeid.
Ook je leefstijl is van invloed op de vruchtbaarheid. Roken, alcohol- en drugsgebruik verminderen de vruchtbaarheid. Daarnaast is van overgewicht, giftige stoffen zoals bestrijdingsmiddelen en sommige geneesmiddelen aangetoond dat ze de vruchtbaarheid verminderen. Verminderde vruchtbaarheid kan ook worden veroorzaakt door infecties, zoals soa's, en door erfelijke aandoeningen, zoals hormoonstoornissen.

Wanneer er weinig beweeglijke spermacellen in het sperma aanwezig zijn of als gezonde spermacellen de baarmoedermond niet kunnen passeren, kan 'iui' (intra-uteriene inseminatie) met spermacellen van de eigen partner worden toegepast. Het zaad wordt met een dun slangetje direct in de baarmoeder gespoten. Dit wordt gedaan op de dag van de ovulatie, want dan is de kans op bevruchting het grootst. Je kunt deze inseminatie ook uitvoeren met zaad van een donor.
Bij vrouwen die kinderloos zijn doordat de eileiders niet goed werken of ondoorlaatbaar zijn, kan **in-vitrofertilisatie (ivf)** een oplossing zijn. Ivf is een vruchtbaarheidsbehandeling waarbij de bevruchting buiten het lichaam plaatsvindt. Na de klievingsdelingen van de bevruchte eicel wordt het klompje cellen in de baarmoeder geplaatst. Als de innesteling slaagt, kan dit leiden tot zwangerschap.

Opdrachten KENNIS

61 **a** Op welke drie manieren voorkomen de hormonen in de pil zwangerschap?
b Als je hebt overgegeven binnen drie uur na het innemen van de pil is deze niet betrouwbaar. Leg uit waarom niet.
c Bij gebruik van de pil bestaat de kans dat je er een vergeet in te nemen. Ceylin komt er op 15 november achter dat ze gisteren vergeten is haar pil te nemen. Ze zit in de tweede week van de pilstrip. Ze heeft acht dagen geleden voor het laatst seks gehad (zonder condoom). Moet Ceylin extra maatregelen nemen en zo ja: welke? Gebruik het schema van afbeelding 55.

■ **Afb. 55** Wat te doen als je één of meerdere keren de anticonceptiepil bent vergeten?

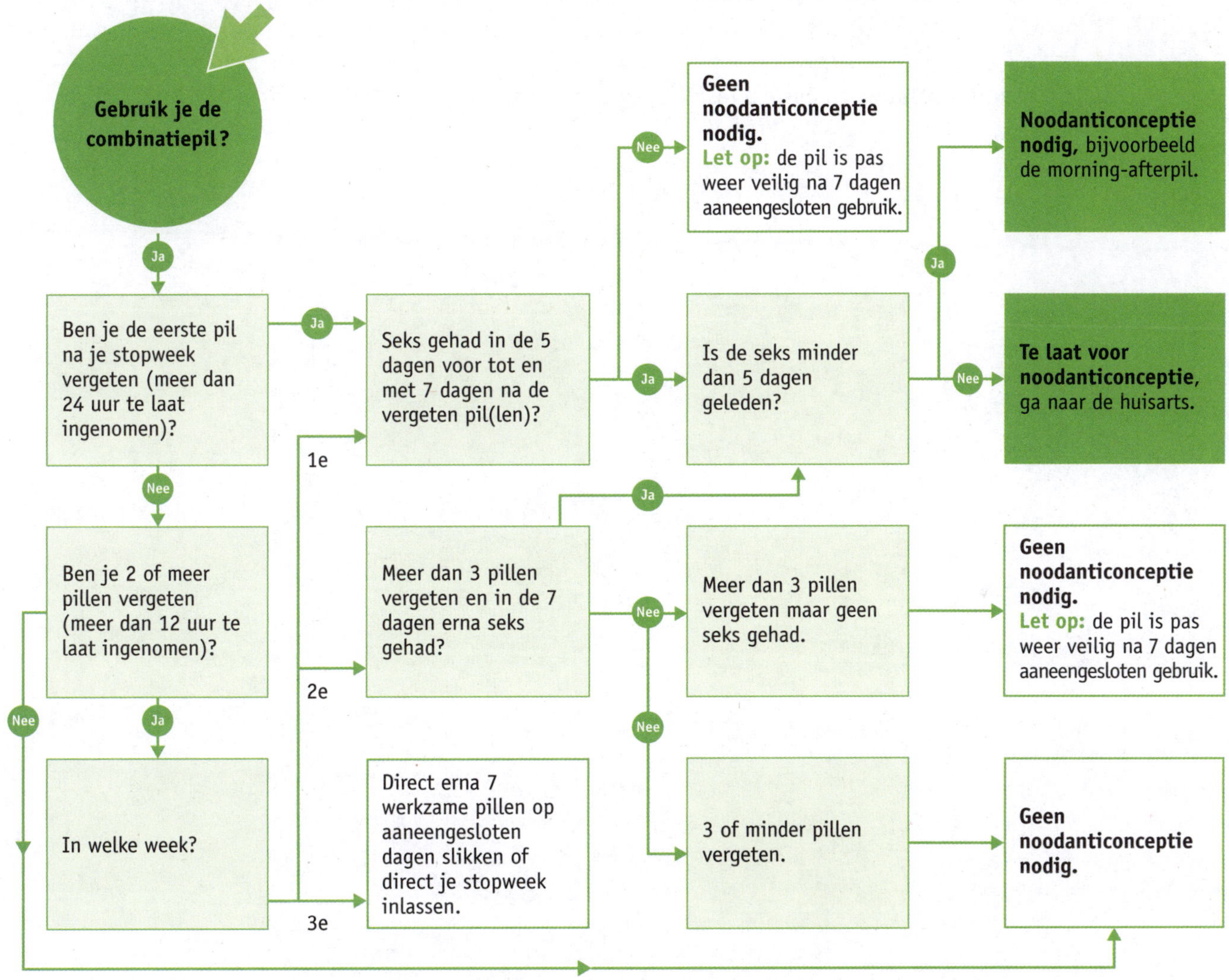

62 Leg uit waarom je een condoom maar één keer kunt gebruiken.

Opdrachten INZICHT

63 **a** Kan een man na sterilisatie nog klaarkomen en een zaadlozing krijgen? Leg je antwoord uit.
b Zal een vrouw na sterilisatie nog menstrueren? Leg je antwoord uit.

64 De hormonen in de pil remmen de afgifte van FSH en LH. Er vindt daardoor geen eisprong plaats als een vrouw de pil gebruikt. Leg dit uit.

65 **a** Hoe worden eicellen voor ivf verkregen? Maak gebruik van internet om deze vraag te beantwoorden.

b Hoe worden spermacellen voor ivf of iui verkregen?

c Bij ivf vindt de bevruchting van de eicel buiten het lichaam plaats. Terugplaatsing in de baarmoeder kan pas plaatsvinden als het ontstane embryo aan bepaalde voorwaarden voldoet. Aan welke voorwaarde moet het embryo in ieder geval voldoen en waarom?

66 Tijdens seks kun je worden besmet met griep.
Is griep een soa? Leg je antwoord uit.

Ga naar de *Flitskaarten* en *Test jezelf.*

Context Leefwereld

DE MANNENPIL

De keuze in anticonceptiemiddelen voor mannen is beperkt. Er zijn nog geen middelen op de markt die een man tijdelijk onvruchtbaar maken, zoals bijvoorbeeld de pil doet bij een vrouw, maar er wordt wel onderzoek naar gedaan. Zo wordt er bijvoorbeeld een gel getest die een man elke dag op zijn schouder smeert. Ook wordt er onderzoek gedaan naar een mannenpil (zie afbeelding 56). Beide anticonceptiemiddelen bevatten hormonen die ervoor moeten zorgen dat de spermacelproductie stopt, terwijl de zin in seks op peil blijft. Daarnaast loopt er een onderzoek naar een injectie waarbij in de zaadleiders een gel wordt gespoten die de spermacellen blokkeert. Hierdoor is een man minstens tien jaar onvruchtbaar. Deze ingreep kan wel eerder ongedaan worden gemaakt.

Het blijkt lastig te zijn om een anticonceptiemiddel voor mannen op de markt te brengen. Het kost enorm veel geld en de ontwikkelaars zijn bang dat ze het niet terugverdienen. Ook is het nog niet gelukt om een anticonceptiemiddel zonder bijwerkingen te maken. Onderzoekers hebben ontdekt dat wanneer je een bepaalde hoeveelheid van het hormoon progesteron aan een man geeft, de spermacelproductie wordt stilgelegd. Maar het lichaam maakt dan ook minder testosteron aan en dat hebben mannen wel nodig. Een tekort kan namelijk leiden tot minder energie, minder zin in seks, minder spierkracht en -massa, een zwakker hart en minder botmassa. Daarom moet je naast progesteron ter compensatie ook testosteron toedienen.

■ **Afb. 56** Zal de mannenpil er ooit komen?

Opdrachten

67 In de tekst worden drie verschillende manieren van anticonceptie bij mannen genoemd. Bij welke methode of methoden produceren de teelballen geen spermacellen meer?

68 Een deel van de vrouwen wil zelf anticonceptie blijven gebruiken, ook als er een middel voor mannen op de markt komt. Noem drie argumenten die zij daarvoor zouden kunnen hebben.

69 De mannenpil bevat het hormoon progesteron. Door dit hormoon wordt bij mannen de spermacelproductie stilgelegd, maar ook de eigen testosteronproductie neemt af. Verklaar beide verschijnselen.

70 Door gel in de zaadleiders te spuiten worden de spermacellen geblokkeerd. Is deze methode ook bij vrouwen te gebruiken om zwangerschap (tijdelijk) te voorkomen? Leg je antwoord uit.

ANABOLEN VOOR JE UITERLIJK

LEERDOELEN

2.S.1 Je kunt het effect van anabole steroïden toelichten voor verschillende organisatieniveaus van de biologie.

2.S.2 Je kunt de biologische vakvaardigheden evolutionair en/of ecologisch en/of vorm-functiedenken toepassen op de hormoonhuishouding van de mens.

Sommige jongeren gebruiken anabole steroïden. Niet omdat ze beter willen presteren tijdens het sporten, maar omdat ze een strak en gespierd lichaam willen krijgen (zie afbeelding 1). Anabole steroïden zijn stoffen die hetzelfde werken als het hormoon testosteron (zie afbeelding 2) en zorgen onder andere voor meer spieropbouw. Daardoor worden anabole steroïden vaak in de sportwereld als doping gebruikt. Onder doping vallen alle stoffen en methoden die door het Wereld Anti-Doping Agentschap (WADA) zijn verboden. Anabole steroïden zijn verboden stoffen voor sporters die aan wedstrijden deelnemen.

De Dopingautoriteit bestrijdt doping in de sport. Een vertegenwoordiger ervan geeft aan dat het gebruik van anabole steroïden onder jongeren toeneemt. Cijfers zijn er niet, maar steeds meer gemeenten nemen contact op over dit probleem. Er wordt aangenomen dat er in Nederland zo'n 40 000 tot 50 000 gebruikers zijn en de verwachting is dat dit aantal, vooral onder jongeren, verder zal stijgen.

Het gebruik van anabole steroïden is gevaarlijk. Het kan leverstoornissen en hartproblemen veroorzaken. Ook zien deskundigen dat jongeren zich soms agressief gedragen wanneer ze anabole steroïden gebruiken. Of dat ze depressieve gevoelens ontwikkelen. Het kan ook leiden tot impotentie en borstvorming bij mannen.

Of anabole steroïden verslavend zijn, is niet bekend. Tijdens het gebruik ervan kun je je zelfverzekerd en krachtig voelen. Wanneer je stopt met het gebruik van anabole steroïden slaat dit gevoel om en neemt ook je spiermassa weer af. Je zit dan niet lekker in je vel en gaat daarom vaak opnieuw gebruiken. Dit zou je een mentale verslaving kunnen noemen.

Volgens de Dopingautoriteit bevat meer dan de helft van de verkochte anabole steroïden niet de ingrediënten die op de verpakking staan. Omdat daar geen controle op is, kunnen er gevaarlijke stoffen in zitten.

Het is de vraag of het gebruik van anabole steroïden voor jongeren het gewenste effect heeft. Naast de eerdergenoemde risico's kun je ook last krijgen van bijwerkingen die je uiterlijk ongewenst beïnvloeden. Je gezicht kan bijvoorbeeld dikker worden door opgeslagen vocht en je kunt meer puistjes krijgen. Vrouwen kunnen meer gezichtsbeharing krijgen. En op vroeg kaal worden en een slechte adem hebben zit ook niemand te wachten.

■ **Afb. 1** Jonge, gespierde man.

■ **Afb. 2** Anabole steroïden.

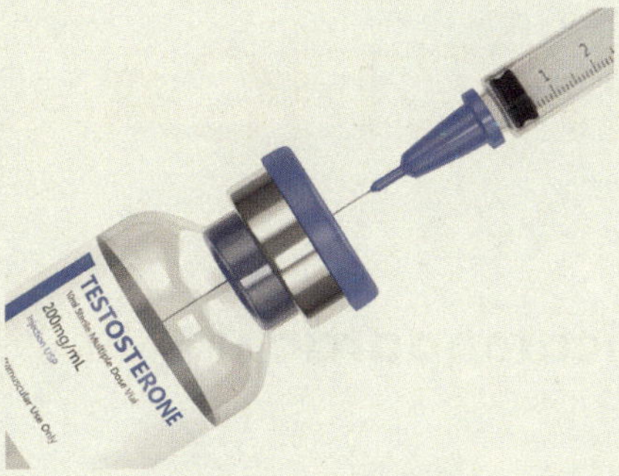

Opdrachten

1 Vul in de tabel de volgende begrippen in bij het juiste organisatieniveau:
anabole steroïden – bodybuilder – jongeren – spieren – teelballen – testosteron.

Organisatieniveau	Begrip
Systeem aarde	
Ecosysteem	
Populatie	
Organisme	
Orgaan	
Cel	
Molecuul	

2 In de tekst wordt gesproken over de effecten van het gebruik van anabole steroïden op het lichaam van een man.
Leg uit hoe het gebruik van anabole steroïden kan leiden tot meer spiermassa.

3 **a** Leg uit wat het effect van anabole steroïden is op de productie van FSH en LH.
b Tijdens de puberteit worden de teelballen groter.
Leg uit hoe het gebruik van anabole steroïden kan leiden tot krimpende teelballen.
c Leg uit hoe het gebruik van anabole steroïden kan leiden tot onvruchtbaarheid.

4 Bij vrouwen leidt het gebruik van anabole steroïden ook tot toename van de spiermassa. Maar vrouwen kunnen bijvoorbeeld ook last krijgen van meer gezichtsbeharing en een lagere stem.
Verklaar deze bijwerkingen.

PRACTICA

Practicumopdracht 1

ONDERZOEKSDOEL

2.O.1 Je kunt een plant klonen en de verschillende fasen van de ontwikkeling tekenen.

▶ Basisstof 1
▶ Vaardigheid 4

Een plant klonen

20 minuten (en een uur wachttijd). De groei van de gekloonde plant zal enkele dagen tot weken duren.

INLEIDING

Klonen klinkt vreemd en ingewikkeld, maar eigenlijk is het iets wat veel mensen doen. In deze practicumopdracht onderzoek je hoe je zelf een plant kunt klonen.

ONDERZOEKSVRAAG

1 Noteer je onderzoeksvraag voor dit experiment.

HYPOTHESE

2 Noteer je hypothese voor dit experiment.

MATERIAAL

- een plant die je wilt klonen
- een kweekbakje of plastic bekertje
- mesje
- potgrond
- satéprikkers
- stekpoeder
- water

METHODE

- Snijd met een scherp mesje een takje met enkele bladeren van de plant.
- Zet het takje in een beker met water en laat het daar ten minste een uur staan.
- Vul het kweekbakje (of plastic bekertje) met potgrond en maak met een satéprikker een gaatje van ongeveer 3 cm diep.
- Schraap met een mesje de bast van het onderste deel van het takje een beetje weg. Let op dat je alleen de bast weg schraapt.
- Doop het takje ongeveer 2 cm in het stekpoeder. Het stekpoeder bevat plantenhormonen die de groei van wortels bevorderen.
- Doe het plantje in het gaatje in het kweekbakje. Druk de aarde losjes aan en geef het plantje water. Zet het plantje op een lichte plek.
- Geef het plantje met regelmaat water.
- Na enige tijd ontstaan er worteltjes en gaat het plantje groeien.

RESULTAAT

3 Maak enkele tekeningen van het plantje vanaf het moment dat het gaat groeien.

CONCLUSIE

4 Noteer je conclusie en geef een antwoord op je onderzoeksvraag.

Practicumopdracht 2

ONDERZOEKSDOEL

2.O.2 Je kunt de verschillende fasen van mitose in de worteltop van een ui herkennen en tekenen.

▶ Basisstof 1
▶ Vaardigheden 1, 2 en 4

Mitose

30 minuten

INLEIDING

In worteltoppen van planten vinden voortdurend celdelingen plaats. Tijdens een celdeling zijn de chromosomen zichtbaar. In deze practicumopdracht bekijk je cellen in een worteltop van een ui. Die cellen zijn niet allemaal tegelijk aan het delen.

ONDERZOEKSVRAAG

Zijn alle fasen van de mitose in de worteltop te zien?

HYPOTHESE

Als de cellen niet allemaal tegelijk delen, komen alle fasen van de mitose in het preparaat voor.

MATERIAAL

- een klaargemaakt preparaat van een lengtedoorsnede van een jonge uienwortel
- een microscoop met toebehoren

METHODE

- Bekijk het preparaat bij een vergroting van 100×.
- Zoek cellen in vier verschillende fasen van de mitose.
- Maak hiervan tekeningen in de juiste volgorde van de mitose. Gebruik bij het tekenen een vergroting van 400×.

RESULTAAT

Het resultaat is afhankelijk van het preparaat. Waarschijnlijk heb je vier verschillende fasen van de mitose gezien en getekend.

CONCLUSIE

1 Geef antwoord op de onderzoeksvraag.
2 Wordt de hypothese bevestigd?

Practicumopdracht 3

ONDERZOEKSDOEL

2.O.3 Je kunt informatie geven over de werking en het gebruik van voorbehoedsmiddelen. ▶ Basisstof 6

Voorlichting over voorbehoedsmiddelen

100 minuten

INLEIDING

Je hebt in dit thema verschillende voorbehoedsmiddelen leren kennen. In deze opdracht geef je voorlichting over een door jou gekozen voorbehoedsmiddel. Dit kan in de vorm van een poster, folder of presentatie. Je docent bepaalt in welke vorm je deze opdracht uitvoert en aan welke eisen de opdracht moet voldoen.

Ga onder andere in op:

- de manier van gebruiken en de werking
- de voor- en nadelen
- de betrouwbaarheid

SAMENVATTING

2.1.1 BASISSTOF 1

Je kunt beschrijven op welke manieren er door ongeslachtelijke voortplanting nakomelingen ontstaan die genetisch identiek zijn aan de ouder.

- Ongeslachtelijke voortplanting: voortplanting waarbij één ouderlijk individu is betrokken.
  - Bacteriën en eencellige organismen planten zich ongeslachtelijk voort door zich te delen.
  - Bij meercellige organismen groeit een deel van het organisme uit tot een nieuw organisme. Bijv. uitlopers bij aardbeien, tulpenbollen en knollen bij aardappels.
- Bij klonen ontstaan uit één individu nakomelingen die genetisch hetzelfde zijn.
  - Bij klonen worden erfelijke eigenschappen behouden, waardoor je bijvoorbeeld gunstige eigenschappen kunt behouden of ziekten kunt onderzoeken.
- Ethisch argument: voorkeur of bezwaar op grond van een principe of levensovertuiging.
- Biologisch argument: voorkeur of bezwaar op grond van een medisch risico of biologisch gevolg.
  - Tegenstanders maken bijvoorbeeld bezwaar tegen het ingrijpen in de natuur (ethisch argument) of de gezondheidsrisico's die klonen met zich meebrengt (biologisch argument).

2.1.2

Je kunt het verloop van de celcyclus beschrijven en de verschillende fasen benoemen (zie *BiNaS* tabel 76A).

- Bij celdeling ontstaan uit één moedercel twee dochtercellen.
  - De dochtercellen bevatten dezelfde informatie voor erfelijke eigenschappen als de moedercel.
- Voorafgaand aan een celdeling vindt DNA-replicatie (DNA-synthese) plaats.
  - Voor de DNA-replicatie zijn de chromosomen niet zichtbaar.
  - Van elk DNA-molecuul (chromosoom) wordt tijdens de S-fase van de celcyclus een kopie gemaakt (DNA-synthese).
  - Het chromosoom en de kopie blijven tijdelijk aan elkaar zitten en worden chromatiden genoemd.
  - De chromosomen in de celkern worden zichtbaar doordat ze gaan spiraliseren.
- Tijdens de mitose deelt de kern en daarna de cel (zie *BiNaS* tabel 76B.1).
  - Het kernmembraan verdwijnt en er ontstaat een koepel van draden.
  - De chromosomen (die bestaan uit twee chromatiden) gaan in het midden van de cel liggen.
  - De draden trekken de chromatiden van een chromosoom uit elkaar. Elk chromatide gaat naar een kant van de cel en wordt vanaf dan chromosoom genoemd.
  - Er ontstaat een kernmembraam om de chromosomen, waardoor twee celkernen worden gevormd.
  - Het celmembraan snoert zich in, waardoor twee dochtercellen ontstaan. Het celplasma wordt daarbij verdeeld.

2.2.1 BASISSTOF 2

Je kunt uitleggen hoe door meiose geslachtscellen worden gevormd en hoe de bevruchting verloopt (zie *BiNaS* tabel 76B.2 en 76B.3).

- Geslachtelijke voortplanting vindt plaats door celfusie: het versmelten van twee geslachtscellen (en hun celkernen).
- Het aantal chromosomen per celkern is voor elk soort organisme constant.
- De lichaamscellen van de meeste planten en dieren zijn diploïd: van elk type chromosoom bevat een lichaamscel er twee (één paar).
  - Diploïd wordt weergegeven met $2n$, waarbij n staat voor het aantal verschillende chromosomen en 2 voor het aantal keren dat een type chromosoom in de celkern voorkomt.
  - Bij de mens geldt: $n = 23$ en $2n = 46$. Elk type chromosoom komt twee keer voor in een lichaamscel.
- Geslachtscellen zijn haploïd: van elk type chromosoom bevat een geslachtscel er één.
  - Haploïd wordt weergegeven met n.
  - Bij bevruchting versmelten twee geslachtscellen, waardoor een diploïde zygote ontstaat.

- Bij meiose worden uit diploïde moedercellen haploïde geslachtscellen gevormd.
  - Meiose bestaat uit twee elkaar opvolgende delingen: meiose I en meiose II.
- Meiose I (reductiedeling): $2n \rightarrow n + n$
  - Er ontstaan twee haploïde cellen.
- Meiose II: $n + n \rightarrow n + n + n + n$
  - Er ontstaan vier haploïde cellen.
- Bij een man vindt meiose plaats in de teelballen.
  - Spermacellen kunnen bewegen.
- Bij een vrouw vindt meiose plaats in de eierstokken.
  - Follikel: blaasje met een eicel in een eierstok.
  - Ovulatie: het openbarsten van een rijpe follikel waardoor een eicel vrijkomt.
- Bij bevruchting fuseren twee haploïde geslachtscellen tot één diploïde cel (een zygote).
  - Bevruchting vindt plaats in een eileider.
  - Door het ontstaan van een ondoordringbaar bevruchtingsmembraan kan maar één spermacel een eicel bevruchten.

2.2.2

Je kunt uitleggen hoe de geslachtelijke voortplanting bij planten met bloemen verloopt.

- Bloemen zijn voortplantingsorganen.
  - Meeldraad: vormt stuifmeelkorrels (*n*) in de helmknoppen.
  - Stamper: heeft een vruchtbeginsel met één of meer zaadbeginsels. Elk zaadbeginsel bevat één eicel (*n*).
- Na bestuiving kan uit een stuifmeelkorrel een stuifmeelbuis groeien naar een zaadbeginsel.
- Bevruchting: de kern van een stuifmeelkorrel versmelt met een eicelkern: er ontstaat een zygote (2*n*).
- Na de bevruchting ontwikkelt zich een zaad uit het zaadbeginsel.
  - Zaad: bestaat uit een kiem en een voorraad voedsel.
  - Kiem: embryo van het nieuwe plantje.

2.2.3

Je kunt de bouw, werking en functie van de voortplantingsorganen van de mens beschrijven.

- Delen van het voortplantingsstelsel van de vrouw (zie *BiNaS* tabel 86B.1).
  - Uitwendig: de vulva: opening vagina en urinebuis, binnenste en buitenste schaamlippen, clitoriseikel en clitorishoed.
  - Inwendig: eierstokken, eileiders, baarmoeder, vagina, zwellichamen van de clitoris.
- Delen van het voortplantingsstelsel van de man (zie *BiNaS* tabel 86A.1).
  - Uitwendig: balzak en penis met eikel en voorhuid.
  - Inwendig: teelballen, bijballen, zaadleiders, zaadblaasjes, prostaat, zwellichamen van de penis, urinebuis.

2.3.1 BASISSTOF 3

Je kunt de rol en werking van hormonen bij de voortplanting van de mens beschrijven.

- Hormoonklieren geven hormonen af aan het bloed.
  - Hormonen zijn stoffen die processen in het lichaam regelen.
  - Een hormoon kan zijn eigen aanmaak remmen of de aanmaak van een ander hormoon stimuleren of remmen.
- Geslachtshormonen: stoffen die via het bloed de werking van de voortplantingsorganen regelen.
  - Geslachtshormoon bij de man: testosteron.
  - Geslachtshormoon bij de vrouw: oestrogeen.
- De hypothalamus geeft hormonen af die de werking van de hypofyse beïnvloeden.
- De hypofyse geeft onder andere de hormonen FSH en LH af aan het bloed.
  - Hormonen uit de hypothalamus beïnvloeden de afgifte van FSH en LH.
- FSH (follikelstimulerend hormoon).
  - Bij vrouwen: stimuleert de follikelgroei en de afgifte van oestrogeen.
  - Bij mannen: stimuleert de vorming van spermacellen.
- LH (luteïniserend hormoon).
  - Bij vrouwen: beïnvloedt de ovulatie en het ontstaan en in stand houden van het gele lichaam.
  - Bij mannen: stimuleert de afgifte van testosteron door de teelballen (zie *BiNaS* tabel 89A).
- Menstruatiecyclus: vrouwelijke voortplantingscyclus met vierwekelijkse terugkeer van de menstruatie (zie *BiNaS* tabel 86C).
  - Dag 1 is de eerste dag van de menstruatie (= veertien dagen na de ovulatie).
  - In de periode tot de ovulatie produceert de hypofyse FSH en LH.
  - Halverwege de menstruatiecyclus (dag 14) neemt een rijpe follikel veel vocht op onder invloed van LH en barst open: ovulatie (eisprong).

- Na de ovulatie blijft onder invloed van LH het gele lichaam in stand en dat produceert oestrogeen en progesteron.
- Progesteron remt de afgifte van FSH en LH en maakt het baarmoederslijmvlies dikker.
- Wanneer een eicel niet is bevrucht: aan het eind van de menstruatiecyclus verdwijnt het gele lichaam door gebrek aan LH en progesteron en wordt het baarmoederslijmvlies afgestoten (menstruatie).

2.4.1 BASISSTOF 4

Je kunt de ontwikkeling van een zygote tot volgroeide baby beschrijven.

- In een eileider begint de ontwikkeling van een zygote tot een embryo.
  - De zygote ondergaat klievingsdelingen (delingen zonder groei).
- Innesteling.
  - Het klompje cellen komt aan in het baarmoederslijmvlies en nestelt zich in.
  - Het embryo vormt de eerste drie maanden het hormoon HCG (humaan choriongonatropine) waardoor het gele lichaam in stand blijft.
  - Het hormoon HCG is meetbaar in het bloed en de urine van een zwangere vrouw. Aanwezigheid van dit hormoon leidt tot een positieve zwangerschapstest.
  - Het gele lichaam vormt progesteron, waardoor geen nieuwe eicellen tot ontwikkeling komen.
  - Na drie maanden vergaat het gele lichaam, waarna de placenta de productie van HCG en progesteron overneemt.
  - Het vruchtwater en de vruchtvliezen beschermen het embryo.
- In de placenta vindt uitwisseling van stoffen plaats door diffusie en actief transport.
  - De navelstreng bevat bloedvaten en verbindt het embryo met de placenta.
  - Voedingsstoffen en zuurstof gaan van het bloed van de moeder naar het bloed van het embryo.
  - Afvalstoffen gaan van het bloed van het embryo naar het bloed van de moeder.
  - Ook ziekteverwekkers, antistoffen, sommige geneesmiddelen, alcohol, nicotine en drugs kunnen door de membranen in de placenta heen.
- Foetus: vanaf de achtste week na de bevruchting.

2.4.2

Je kunt beschrijven hoe een zygote zich ontwikkelt tot meercellig organisme door differentiatie van stamcellen.

- Cellen die nog niet (volledig) gespecialiseerd zijn, heten stamcellen.
- Celdifferentiatie: uit stamcellen ontstaan gespecialiseerde cellen.
- Na de bevruchting en de klievingsdelingen van een zygote ontstaat een klompje cellen dat alleen uit embryonale stamcellen bestaat.
- Embryonale stamcellen kunnen zich ontwikkelen tot elk specifiek celtype.
- Bij volwassenen komen adulte (volwassen) stamcellen voor.
  - Adulte stamcellen zijn al ontwikkeld in een bepaalde richting.

2.4.3

Je kunt de fasen van de geboorte beschrijven.

- Indaling.
  - Door weeën (samentrekkingen van de spieren in de baarmoederwand) komt het hoofdje van de foetus in de bekkenholte te liggen.
- Ontsluiting.
  - Door weeën worden de baarmoederhals en de baarmoedermond wijder.
  - Tijdens de ontsluiting breken vaak de vruchtvliezen.
- Uitdrijving.
  - Door persweeën komt het kind ter wereld.
- Nageboorte.
  - De placenta, de resten van de navelstreng en de vruchtvliezen worden uitgestoten.

2.5.1 BASISSTOF 5

Je kunt lichamelijke veranderingen en veranderingen in gedrag bij pubers en adolescenten benoemen.

- Puberteit is de periode waarin het lichaam volwassen wordt.
  - De puberteit loopt gemiddeld van 10 tot 17 jaar.
- Adolescentie is de periode waarin een mens geestelijk volwassen wordt.
  - De adolescentie loopt van (het einde van) de puberteit tot 20-25 jaar.
  - Tijdens de adolescentie wordt een mens zelfstandig.
- Tijdens de puberteit ontwikkelen zich de secundaire geslachtskenmerken.
  - Er treden lichamelijke veranderingen op en veranderingen in gedrag.

- Tijdens de puberteit leer je jezelf kennen op seksueel gebied.
  - Masturbatie (zelfbevrediging) kan een manier zijn om meer over je eigen seksualiteit te ontdekken.
  - Stimulatie van de clitoris bij vrouwen of de eikel bij mannen kan leiden tot een orgasme (seksuele ontlading).

2.5.2

Je kunt de functies van seksualiteit beschrijven.

- Seksualiteit zijn gedachten, gevoelens en handelingen die te maken hebben met seks.
- Sexting: een sexy bericht / foto / filmpje van jezelf naar iemand versturen. Als iemand dit bericht of deze beelden zonder jouw toestemming doorstuurt naar anderen, is die persoon strafbaar.
- Seksualiteit speelt een rol bij het vormen en onderhouden van een relatie.
  - In verschillende culturen wordt verschillend met seksualiteit omgegaan.
  - In een (seksuele) relatie is het belangrijk elkaars wensen en grenzen te leren kennen en te respecteren.
- Seksueel geweld: iemand dwingt een andere persoon tot seksueel contact.
  - Bijv. loverboys (of -girls).
- Seksueel misbruik: seksuele handelingen vinden plaats zonder de instemming van de ander of de ander kan vanwege leeftijd, afhankelijkheid of geestelijke gezondheid niet duidelijk maken dat de handelingen ongewenst zijn.
  - Bijv. aanranding, verkrachting, incest.
- Seksueel grensoverschrijdend gedrag kan ook digitaal plaatsvinden.
  - Grooming: een volwassene verleidt een minderjarig meisje of jongen tot seksuele handelingen, online (voor een webcam) of bij een ontmoeting.
  - Sextortion: het chanteren van een persoon met behulp van seksueel getinte beelden van deze persoon.
  - Exposen: het in het openbaar online vernederen van mannen of vrouwen door intieme foto's of filmpjes te verspreiden.
  - Slutshaming: het in het openbaar (meestal online) bekritiseren van meisjes en vrouwen vanwege bepaald gedrag of hun manier van kleden.
- Organisaties zoals Centrum Seksueel Geweld en Helpwanted bieden hulp bij alles wat heeft te maken met seksueel geweld.

2.5.3

Je bent je bewust van de seksuele diversiteit en de verschillen in normen en waarden over seksualiteit in de samenleving.

- Je seksuele oriëntatie kan gericht zijn op iemand van de andere sekse (heteroseksualiteit), op iemand van dezelfde sekse (homoseksualiteit) of op beide (biseksualiteit).
  - Soms maakt iemand op een bepaald moment zijn seksuele oriëntatie en/of genderidentiteit aan de omgeving bekend. Dat noem je 'uit de kast komen', of een 'coming-out'.
- Gender: verwijst naar sociale, culturele en psychologische kenmerken die met een geslacht in verband worden gebracht.
  - Iemands gender hoeft niet gelijk te zijn aan de sekse of het geslacht van die persoon.
  - Transgender persoon: iemand identificeert zich niet met het geslacht waarmee hij of zij is geboren.
  - Genderdysforie: iemand voelt zich ongemakkelijk met het eigen geslacht.
  - Intersekse persoon: is geboren met zowel mannelijke als vrouwelijke kenmerken. Deze persoon is meestal onvruchtbaar.
  - Queer: iemand die zichzelf niet in een hokje wil plaatsen qua geslacht of seksuele voorkeur. Bijvoorbeeld omdat diegene zich geen jongen of meisje voelt (non-binair) of omdat zijn of haar gender steeds verandert (fluïde is). Q kan ook staan voor 'questioning'.
  - Panseksueel: iemand voelt zich aangetrokken tot mensen ongeacht geslacht of gender.
  - Aseksueel: iemand voelt zich tot niemand seksueel aangetrokken.

2.6.1 BASISSTOF 6

Je kunt beschrijven wat de gevolgen zijn van infecties met seksueel overdraagbare aandoeningen en aangeven hoe je deze infecties kunt voorkomen.

- Een soa (seksueel overdraagbare aandoening) is een infectieziekte.
  - Soa's worden overgedragen via sperma, bloed, vaginaal vocht en bij contact van slijmvliezen.
- Veilig vrijen: maatregelen nemen om de kans op een soa en zwangerschap te verkleinen.
- Voorbeelden van soa's:
  - chlamydia, gonorroe en syfilis worden veroorzaakt door bacteriën en zijn te behandelen met antibiotica;
  - aids en herpes genitalis zijn niet te genezen.

- Aids wordt veroorzaakt door het hiv-virus.
  - Iemand die niet ziek is, maar wel met hiv is besmet, wordt seropositief genoemd.
- Met een soatest wordt onderzocht of je een soa hebt.

2.6.2

Je kunt de werking van methoden van anticonceptie en de voor- en nadelen ervan beschrijven.

- Anticonceptie: voorkomen van zwangerschap.
- Voorbehoedsmiddelen: hulpmiddelen om zwangerschap te voorkomen.
- Hormonale regulatie door de anticonceptiepil:
  - De anticonceptiepil is het meest gebruikte voorbehoedsmiddel.
  - De pil bevat hormonen die in werking overeenkomen met progesteron en oestrogeen. Daardoor worden eicelrijping en ovulatie onderdrukt.
  - De anticonceptiepil is betrouwbaar en gemakkelijk in het gebruik.
  - De anticonceptiepil kan bijwerkingen veroorzaken, zoals hoofdpijn, stemmingswisselingen en depressies.
- Andere manieren van hormonale regulatie: prikpil, anticonceptiestaafje, hormoonpleister en anticonceptiering.
- Een condoom voorkomt dat spermacellen in de vagina komen.
  - Een condoom beschermt ook tegen soa's.
  - Een condoom is betrouwbaar bij juist gebruik.
- Een spiraaltje voorkomt innesteling.
  - Wordt door een arts in de baarmoeder geplaatst.
  - Een spiraaltje is betrouwbaar.
- Sterilisatie: onderbreken van de zaadleiders bij de man of eileiders bij de vrouw.
  - Sterilisatie is een definitieve anticonceptiemethode.
  - Sterilisatie is erg betrouwbaar.
- Periodieke onthouding: geen geslachtsgemeenschap tijdens de vruchtbare periode.
  - Vruchtbare periode: van ongeveer drie dagen voor tot één dag na de ovulatie.
  - Temperatuurmeting: de temperatuur stijgt licht na de ovulatie (tot aan de menstruatie).
  - Het bepalen van de vruchtbare periode en de menstruatieperiode kun je met een app doen.

2.6.3

Je kunt ethische en biologische argumenten onderscheiden over het ingrijpen in het voorplantingsproces.

- Oorzaken van verminderde vruchtbaarheid.
  - Leeftijd: vrouwen zijn het meest vruchtbaar in de leeftijd van 20 tot 30 jaar.
  - Leefstijl: voeding, alcoholgebruik, roken, bepaalde geneesmiddelen, straling en gevaarlijke stoffen.
  - Infecties zoals soa's.
  - Hormoonstoornissen.
- Manieren om ondanks verminderde vruchtbaarheid zwanger te worden.
  - Intra-uteriene inseminatie (iui): spermacellen worden met een slangetje in de baarmoeder gespoten.
  - In-vitrofertilisatie (ivf): bevruchting vindt buiten het lichaam plaats.
  - Na klievingsdelingen van de zygote wordt het klompje cellen in de baarmoeder geplaatst, waardoor zwangerschap ontstaat.

SAMENHANG

2.S.1 **Je kunt het effect van anabole steroïden toelichten voor verschillende organisatieniveaus van de biologie.**

2.S.2 **Je kunt de biologische vakvaardigheden evolutionair en/of ecologisch en/of vorm-functiedenken toepassen op de hormoonhuishouding van de mens.**

ONDERZOEK - PRACTICA

2.O.1 **Je kunt een plant klonen en de verschillende fasen van de ontwikkeling tekenen.**

2.O.2 **Je kunt de verschillende fasen van mitose in de worteltop van een ui herkennen en tekenen.**

2.O.3 **Je kunt informatie geven over de werking en het gebruik van voorbehoedsmiddelen.**

Ga naar de *Flitskaarten* en de *Oefentoets.*

EXAMENOPGAVEN

NIPT

Bron: examen havo 2019-2, vraag 34.

Verloskundige Chantal bespreekt met vrouwen die in verwachting zijn en hun partners de mogelijkheden van prenatale diagnostiek. Bij prenatale diagnostiek kunnen chromosoomafwijkingen, zoals bij het syndroom van Down, aan het licht komen. De NIPT (niet-invasieve prenatale test) is een van de mogelijke prenatale tests.
Als in een NIPT afwijkingen worden geconstateerd, is aanvullend onderzoek nodig om een diagnose te kunnen stellen. Ouders kunnen dan beslissen om een zwangerschap af te breken. Chantal weet dat veel ouders dit niet zullen doen. Toch kan de NIPT voor deze toekomstige ouders een voordeel bieden.

1p **1** Noteer een voordeel van de NIPT voor deze ouders.

BLOEDDOPING BIJNA FATAAL

Naar: examen havo 2017-1, vraag 14.

Een illegale manier om prestaties te bevorderen is het slikken of spuiten van anabole steroïden. Anabole steroïden (kortweg anabolen genoemd) zijn chemische varianten van het mannelijke geslachtshormoon testosteron, dat de aanmaak van eiwitten in de spieren bevordert. Daardoor veroorzaken anabolen, in combinatie met training, dikkere spieren. Maar de werking beperkt zich niet tot de spieren; de anabolen binden ook op andere plaatsen in het lichaam aan receptoren en brengen zo in diverse organen ongewenste processen op gang.
Van nature produceren mannen dagelijks 5 tot 10 milligram testosteron; sommige sporters gebruiken, door het slikken van anabolen, een veelvoud hiervan. Het gevolg is dat bij hen de hypofyse ontregeld raakt. Onder normale omstandigheden houdt deze klier via regelmechanismen de concentratie van testosteron en LH (ICSH) op peil. Over dit regelmechanisme worden vier uitspraken gedaan:

1 Naarmate de testosteronconcentratie in de bloedbaan toeneemt, neemt de remming op de LH-productie van de hypofyse toe.
2 Als de concentratie LH in de bloedbaan daalt, wordt de testosteronproductie in de teelballen verhoogd.
3 Als in de teelballen een groter aantal receptoren door LH wordt bezet, stijgt de testosteronconcentratie in de bloedbaan.
4 Als de concentratie LH in de bloedbaan stijgt, wordt de remming van de LH-productie van de hypofyse minder.

2p **2** Welke van de bovenstaande uitspraken zijn juist?

A uitspraak 1 en 2
B uitspraak 1 en 3
C uitspraak 1 en 4
D uitspraak 2 en 3
E uitspraak 2 en 4
F uitspraak 3 en 4

PROGESTERON

Bron: examen havo 1990-1, vraag 19.

Het hormoon progesteron speelt een belangrijke rol bij het in stand houden van het verdikte baarmoederslijmvlies tijdens een zwangerschap.
Vier plaatsen waar hormonen kunnen worden gevormd, zijn:

1 in het embryo
2 in het gele lichaam in een eierstok van de vrouw
3 in de hypofyse van de vrouw
4 in het moederlijk deel van de placenta

2p **3** Op welke van deze plaatsen wordt progesteron gevormd gedurende de eerste week van de zwangerschap?

A op plaats 1
B op plaats 2
C op plaats 3
D op plaats 4

CHROMOSOMEN

Bron: examen havo 1990-1, vraag 27.

Bij een fruitvliegje ($2n = 8$) worden verschillende delingsstadia van cellen bestudeerd. Er treden geen mutaties op.

2p **4** Hoeveel chromosomen bevat een cel van een larve van dit fruitvliegje?

A 4
B 8
C 16

EEN DRAADWIER

Naar: examen havo 1990-1, vraag 43.

Afbeelding 1 geeft de levenscyclus weer van een veelcellig draadwiertje (*Ulothrix*), dat in zoet water leeft. De cellen van een wierdraad zijn haploïd. Sommige cellen kunnen zich delen. De cytoplasmabolletjes die dan ontstaan, komen door een opening in de celwand naar buiten. Ze vormen vier zweepharen en zwemmen weg: zwermsporen. Een zwermspore kan tot een nieuw draadwiertje uitgroeien.
Andere cellen kunnen geslachtscellen vormen. Een geslachtscel heeft twee zweepharen. Een geslachtscel afkomstig uit een bepaalde wierdraad kan versmelten met een geslachtscel die uit een andere wierdraad afkomstig is. Zo ontstaat een zygote. Onder gunstige omstandigheden deelt deze zygote zich en vormt vier sporen die zich ieder tot een nieuw draadwiertje ontwikkelen.

■ **Afb. 1** Levenscyclus van een veelcellig draadwiertje (*Ulothrix*).

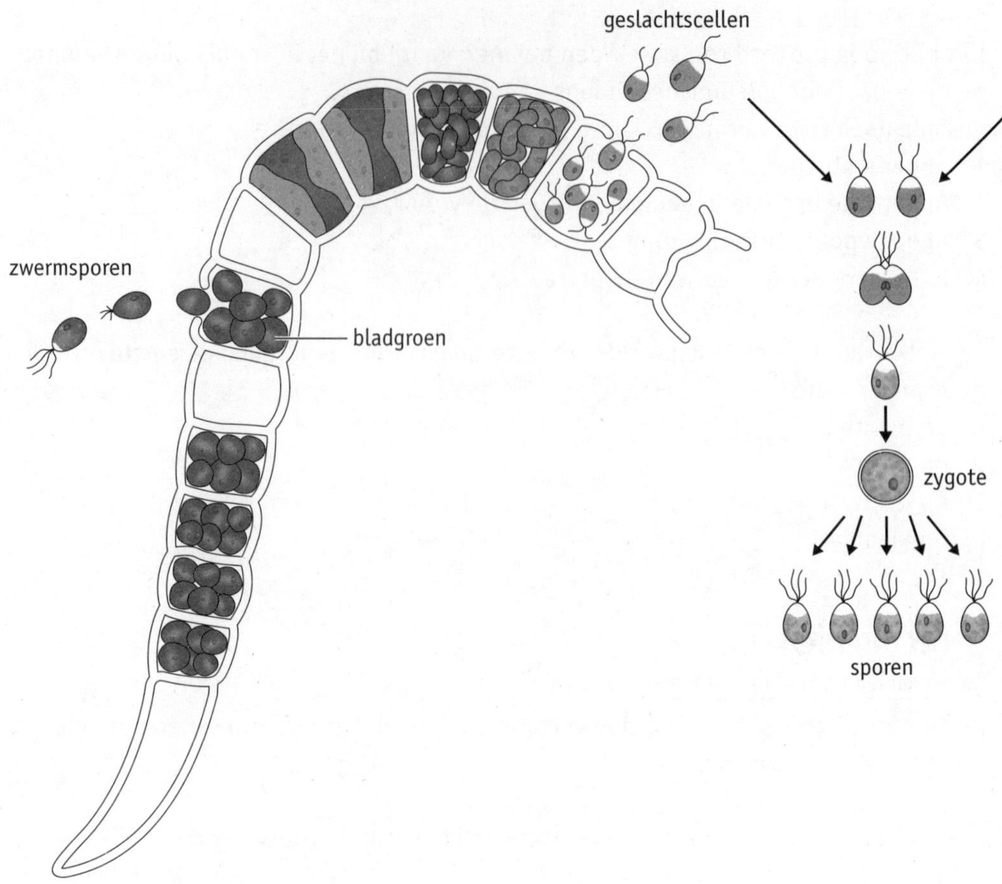

2p **5** Ontstaan zwermsporen door meiose of door mitose?
En geslachtscellen van Ulothrix?

A Zwermsporen ontstaan door meiose, geslachtscellen door mitose.
B Zwermsporen ontstaan door mitose, geslachtscellen door meiose.
C Zowel zwermsporen als geslachtscellen ontstaan door mitose.

VRUCHTBAARHEID

Bron: examen havo 2000-1, biologie oude stijl, vraag 19.

Steeds meer onderzoekers denken dat de toenemende onvruchtbaarheid bij mannen mede wordt veroorzaakt door blootstelling aan het vrouwelijke geslachtshormoon oestradiol. Synthetische oestrogenen zijn een bestanddeel van de anticonceptiepil en worden met de urine uitgescheiden.
De opvatting van deze onderzoekers wordt gesteund door de resultaten van een onderzoek in Engeland. Dat heeft aangetoond dat mannelijke vissen door de aanwezigheid van oestrogenen in rivieren steriel worden.

2p **6** Leg uit op welke wijze oestrogene stoffen invloed hebben op het steriel worden van de mannelijke vissen en maak hierbij gebruik van de gegevens uit tabel 1.

Tabel 1

Herkomst	Naam van het hormoon	Voornaamste werking (tenzij anders genoemd, stimulering van …)
hypofyse (voorkwab)	• groeihormoon (GH) • thyreotroop hormoon (TSH) • follikelstimulerend hormoon (FSH) • luteïniserend hormoon (LH) • prolactine	• groei, ontwikkeling en stofwisseling • afgifte van thyroxine door schildklier • bij ♀♀: groei en rijping van follikels in ovaria • bij ♂♂: vorming van spermacellen in testes • bij ♀♀: ovulatie; vorming en handhaving van het gele lichaam • bij ♂♂: secretie van testosteron door testes • stimuleert de melkproductie
ovaria (follikel en geel lichaam)	oestradiol	• ontwikkeling van de geslachtsorganen en secundaire geslachtskenmerken; groei van het baarmoederslijmvlies; remming van secretie van FSH door de hypofyse; remming van prolactinesecretie
ovaria (geel lichaam)	progesteron	• remming secretie van LH en van FSH door de hypofyse; handhaving zwelling baarmoederslijmvlies; ontwikkeling melkklieren; remming samentrekking baarmoederwand; remming van prolactinesecretie
testes	testosteron	• ontwikkeling van de geslachtsorganen en secundaire geslachtskenmerken; remming secretie van LH door hypofyse; vorming van spermacellen
placenta	progesteron oestradiol	(zie ovaria)

Ga naar de *Examentrainer.*

NOTITIES

Thema 3

GENETICA

Genetica of erfelijkheidsleer is de wetenschap die bestudeert hoe eigenschappen van ouders kunnen worden doorgegeven aan nakomelingen. In dit thema leer je de manieren waarop erfelijke eigenschappen kunnen overerven en los je erfelijkheidsvraagstukken op. Een voorbeeld van zo'n vraagstuk is: als vader en moeder beiden zwart haar hebben, kan hun kind dan blond haar hebben?

Inhoud

ORIËNTATIE

Designerdogs 166
Voorkennistoets
Voorkennisfilmpje

BASISSTOF

1 Fenotype en genotype 168
2 Genenparen 175
3 Monohybride kruisingen 184
4 Geslachtschromosomen 194
5 Speciale manieren van overerven 201
6 Opvoeding of aanleg (SE) 208

SAMENHANG

Twin strangers 214

EXTRA STOF

Erfelijkheid in je familie

ONDERZOEK

Practica 216

AFSLUITING

Samenvatting 220
Examenopgaven 224

DESIGNERDOGS

Een labradoodle, een puggle of een schnoodle: wie wil er nu niet zo'n schattige 'designerdog'? Ze zijn razendpopulair vanwege hun uiterlijk, omdat ze geen allergische reactie veroorzaken, kindvriendelijk zijn en intelligent. Het fokken van deze honden krijgt ook veel kritiek omdat hun gezondheid soms te wensen overlaat.

Een designerdog is een kruising tussen twee rashonden. Deze rashonden moeten een goedgekeurde stamboom bezitten als bewijs van raszuiverheid. Een designerdog is dus niet zomaar een kruising tussen een rashond en een willekeurige andere hond. De rassen die worden gekruist, zijn geselecteerd op bepaalde eigenschappen. Zo kruisen fokkers bijvoorbeeld een poedel met een labrador om een labradoodle te krijgen. Van poedels is bekend dat ze geen allergische reactie veroorzaken en van labradors dat ze kindvriendelijk zijn. Als een fokker deze twee rassen kruist, hoopt hij dat het resultaat een labradoodle is die beide eigenschappen bezit.

Veel rashonden en designerdogs hebben last van bepaalde ziekten of nadelige eigenschappen. Vaak hoor je dat deze honden zijn 'doorgefokt'. Dat betekent dat er bij het fokken zo lang op bepaalde eigenschappen is geselecteerd, dat ze nadelig worden voor de dieren zelf.

Zo heeft de mopshond een korte snuit waardoor hij moeilijk adem kan halen. Bij andere rassen komen weer andere problemen voor. Sommige rassen hebben een te klein hoofd, waardoor een hond altijd hoofdpijn heeft. Of heupdysplasie, een aandoening waardoor een hond moeilijk kan lopen.

■ **Afb. 1** Vrouw met labradoodle.

Voorstanders van designerdogs zeggen dat nakomelingen minder last hebben van nadelige gevolgen door verschillende rassen te kruisen. Tegenstanders beweren dat de nadelige eigenschappen van de twee rassen dan juist bij elkaar komen.

Geen van deze uitspraken is juist volgens dierenarts en onderzoekster Lisa Expeels. Zij deed jarenlang onderzoek naar de genetische gezondheid van zowel rashonden als designerdogs. Met genetische gezondheid bedoelt ze dat er geen erfelijke ziekten of aandoeningen voorkomen. Uit haar onderzoek blijkt dat de gezondheid van de ouderhonden bepalend is voor de gezondheid van de pups. Deze conclusie geldt zowel voor designerdogs als voor rashonden.

Het echte probleem is volgens Lisa Expeels de selectie van de ouderhonden door de fokkers. Fokkers selecteren ouderhonden niet op basis van hun genetische gezondheid, maar op basis van uiterlijke of persoonlijkheidskenmerken. Fokkers doen geen DNA-testen om te kijken of de ouders erfelijke eigenschappen voor ziekten bij zich dragen die ze door kunnen geven aan hun puppy's.

Lisa Expeels geeft aan dat zolang fokkers op deze manier selecteren, de gezondheid van de dieren hieronder lijdt.

Opdrachten

1 Een fokker kruist een mannelijke poedel met een vrouwelijke labrador om zo labradoodle-pups te krijgen.
Welk percentage erfelijke eigenschappen heeft één pup gemeenschappelijk met de poedel?

2 De labradoodles uit afbeelding 2 zijn allemaal broers en zussen. Zij hebben dus dezelfde ouders. Toch zien ze er niet allemaal hetzelfde uit. Ook de erfelijke eigenschappen van deze honden verschillen van elkaar.
Hoe komt het dat deze puppy's niet allemaal dezelfde erfelijke eigenschappen bezitten?

■ **Afb. 2** Labradoodle-puppy's.

3 Om te fokken worden honden geselecteerd op basis van bepaalde uiterlijke kenmerken. Deze kenmerken worden deels bepaald door de erfelijke informatie in hun DNA, maar ook deels door invloeden uit de omgeving.
Geef twee voorbeelden van invloeden uit de omgeving die het uiterlijk van een hond beïnvloeden.

4 Bij rashonden en designerdogs komen vaker erfelijke ziekten zoals epilepsie voor. Dit komt doordat er regelmatig (verre) familieleden met elkaar worden gekruist.
Neemt de genetische variatie toe of af als familieleden met elkaar worden gekruist?

5 In 2018 werd in de Tweede Kamer een discussie gevoerd over het fokken van rashonden en designerdogs. Carola Schouten, minister van Landbouw, Natuur en Voedselkwaliteit, gaf toen aan dat zij het fokken van rassen voor het plezier van de mens zonder de inachtneming van de gevolgen voor de dieren vindt getuigen van een gebrek aan medeleven.
Wat is jouw mening over het fokken van rassen designerdogs? Onderbouw je mening met een argument.

Ga naar de *Voorkennistoets* en het *Voorkennisfilmpje*.

1 FENOTYPE EN GENOTYPE

LEERDOELEN

3.1.1 Je kunt beschrijven wat het fenotype en wat het genotype van een organisme is.

3.1.2 Je kunt uitleggen wat autosomen, geslachtschromosomen en homologe chromosomen zijn.

3.1.3 Je kunt uitleggen dat een fenotype tot stand komt door de combinatie van genotype en de invloed van milieufactoren.

TAXONOMIE	LEERDOELEN EN OPDRACHTEN		
	3.1.1	3.1.2	3.1.3
Onthouden	1, 9	4	
Begrijpen	2, 3, 7, 13a	5, 6	8, 13b
Toepassen		12	10, 13cd
Analyseren	11		

Als je in de spiegel kijkt, dan zie je welke eigenschappen je deelt met je moeder of je vader. Maar niet al je eigenschappen zijn afkomstig van je ouders. Welke eigenschappen zijn erfelijk en welke niet?

FENOTYPE EN GENOTYPE

Elk organisme lijkt in meer of mindere mate op zijn ouders. Een pasgeboren baby bijvoorbeeld heeft eigenschappen van zijn vader en zijn moeder. Maar de baby kan ook eigenschappen hebben die bij de vader en de moeder niet waarneembaar zijn.

Alle waarneembare eigenschappen van een individu noem je het **fenotype**. Hierbij horen eigenschappen zoals haarkleur, oogkleur en lichaamsgeur, maar ook eigenschappen zoals bloedgroep en kleurenblindheid.

De informatie voor alle erfelijke eigenschappen van een individu noem je het **genotype**. Deze **genetische informatie** ofwel **genetische code** ligt opgeslagen in de chromosomen.

Het genotype komt tot stand als bij bevruchting de zaadcel van de vader en de eicel van de moeder versmelten. Zowel de zaadcel als de eicel bevat chromosomen. Via deze chromosomen dragen beide ouders erfelijke eigenschappen over aan hun kind (zie afbeelding 1).

■ **Afb. 1** Ontstaan van het genotype bij bevruchting.

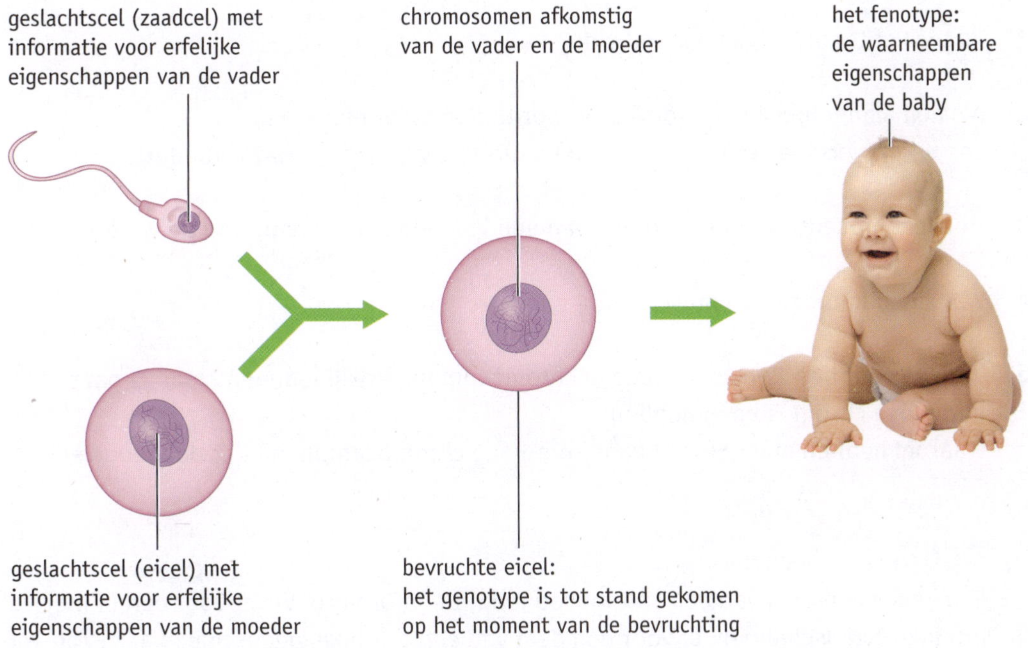

CHROMOSOMEN

Chromosomen zijn langgerekte dunne 'draden' in de celkern, ze bestaan uit DNA dat is opgerold om eiwitten. Chromosomen zijn alleen bij delende cellen met een lichtmicroscoop waarneembaar.

In afbeelding 2 zijn de 46 chromosomen van een menselijke lichaamscel naar grootte in paren gerangschikt. Deze rangschikking van chromosomen heet een karyogram. Dit noem je ook wel een chromosomenportret (zie *BiNaS* tabel 70B). Een menselijke lichaamscel bevat 23 paar chromosomen. Er kunnen bij zowel mannen als vrouwen 22 gelijke chromosomenparen worden gevormd. Deze 44 chromosomen noem je **autosomen**. Doordat de chromosomen van een chromosomenpaar gelijk zijn in lengte en vorm, noem je zo'n paar **homologe chromosomen**. Homologe chromosomen bevatten informatie voor dezelfde eigenschappen.

Met het 23e chromosomenpaar wordt het geslacht van een individu bepaald. Daarom heten deze chromosomen de **geslachtschromosomen**. Er zijn twee verschillende geslachtschromosomen, het **X-chromosoom** en het **Y-chromosoom**. Bij vrouwen zijn de geslachtschromosomen aan elkaar gelijk: twee X-chromosomen (XX). De man heeft een X-chromosoom en een Y-chromosoom (XY). Deze zijn dus niet gelijk aan elkaar, maar vormen wel een paar.

■ **Afb. 2** Karyogram van een lichaamscel van de mens.

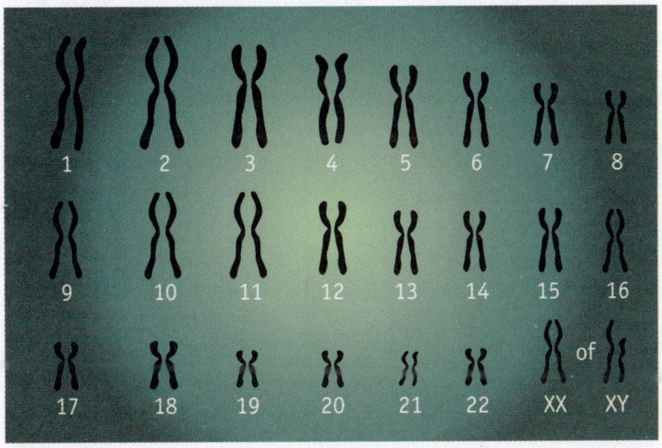

Opdrachten KENNIS

1 Wat is het fenotype van een individu?

2 Als een mannelijke leeuw volwassen wordt, dan krijgt hij manen.
Leg uit of hiermee het fenotype of het genotype van deze leeuw verandert.

3 Hoeveel procent van het genotype van een individu is afkomstig van de vader?

4 Wat zijn homologe chromosomen?

5 Vrouwen hebben 23 paar homologe chromosomen, terwijl mannen maar 22 paar homologe chromosomen hebben.
Waarom hebben mannen één paar homologe chromosomen minder dan vrouwen?

GENEN

Een **gen** is een deel van een chromosoom dat de informatie bevat voor een of meer erfelijke eigenschappen, of voor een deel van een erfelijke eigenschap. Vaak is bij een bepaalde eigenschap meer dan één gen betrokken. Er zijn bijvoorbeeld meerdere genen die een rol spelen bij het ontstaan van de kleur van je ogen en je lichaamslengte.

Een chromosoom bevat één zeer lang molecuul van de stof DNA en veel eiwitmoleculen. Het DNA-molecuul bestaat uit twee ketens die in een dubbele spiraal om elkaar heen gewonden liggen (zie afbeelding 3.1).

■ **Afb. 3** Bouw van DNA.

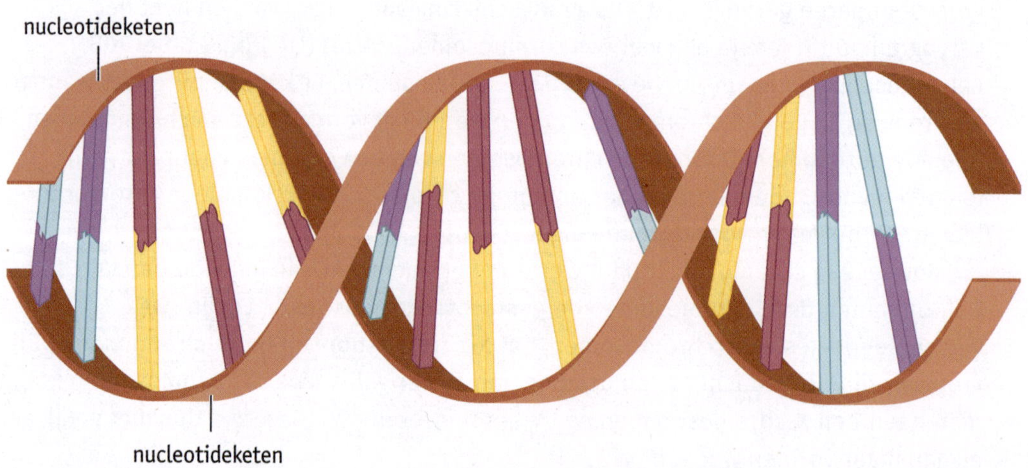

1 Een DNA-molecuul is opgebouwd uit twee ketens, die in een dubbele spiraal om elkaar heen liggen.

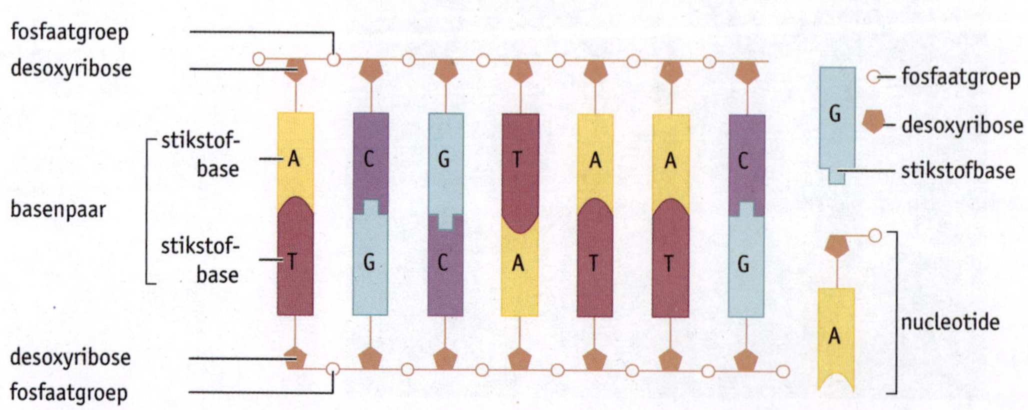

2 Een DNA-molecuul bestaat uit twee ketens van aan elkaar gekoppelde nucleotiden.

In afbeelding 3.2 zie je dat DNA is opgebouwd uit nucleotiden. Een nucleotide bestaat uit een fosfaatgroep, desoxyribose en een stikstofbase. In een DNA-molecuul komen vier verschillende stikstofbasen voor: adenine (A), thymine (T), cytosine (C) en guanine (G). Ze vormen vaste paren:

- adenine is steeds verbonden met thymine (A-T);
- cytosine is steeds verbonden met guanine (C-G).

Je noemt dit daarom vaste basenparing.

Een chromosoom bevat een groot aantal genen (zie afbeelding 4). Eén gen bestaat uit honderden nucleotiden die in een bepaalde volgorde zijn gerangschikt. Dit noem je de DNA-sequentie. In deze volgorde kunnen variaties voorkomen. Zo'n variatie heet een **allel**. Zo bevat het allel voor zwarte haarkleur een andere volgorde van stikstofbasen dan het allel voor blonde haarkleur.

■ **Afb. 4** Genen op homologe chromosomen.

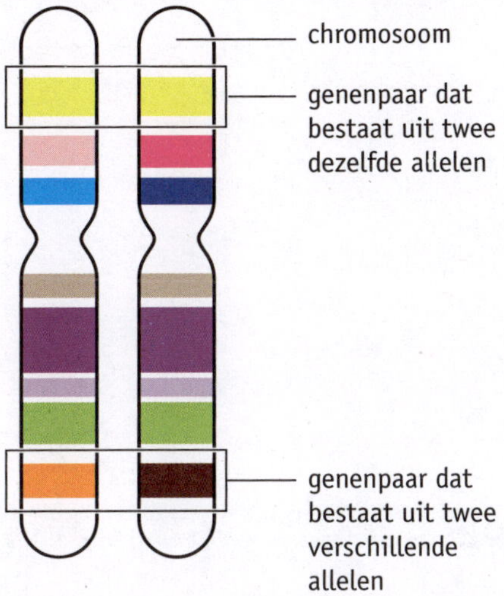

Genen kunnen worden aan- en uitgezet. Als een gen wordt aangezet, komt de erfelijke eigenschap van dit gen tot uiting. Je spreekt dan van genexpressie. Staan genen uit, dan spreek je van geninactivatie.

Een voorbeeld: in bepaalde cellen van je hoofdhuid staan de genen aan die betrokken zijn bij de vorming van hoofdharen. De genen voor deze eigenschap staan uit in je levercellen.

Alle DNA-moleculen in een cel noem je het **genoom** van een organisme. In cellen vind je het meeste DNA in de celkern. DNA komt ook voor in mitochondriën en bladgroenkorrels.

INVLOED VAN MILIEUFACTOREN EN MODIFICATIES

Het genotype bepaalt veel eigenschappen van een individu, maar niet alle. Het fenotype wordt bepaald door het genotype en door **milieufactoren**. Voorbeelden van milieufactoren die het fenotype beïnvloeden zijn licht, lucht (roken, luchtvervuiling), vochtigheid, temperatuur, voeding, ziekten en opvoeding. Het fenotype van een eik bijvoorbeeld verandert als er door een storm takken van de eik afbreken. Een dergelijke verandering noem je een modificatie. Bij een modificatie verandert de informatie in de chromosomen niet. Een modificatie wordt dus niet doorgegeven aan nakomelingen.

De invloed van het milieu op mensen begint al in de baarmoeder. Wanneer een afwijking, aandoening of ziekte in de baarmoeder ontstaat, spreek je van een aangeboren afwijking of een aangeboren aandoening. Als deze via de chromosomen van de ouders wordt doorgegeven, is er sprake van een erfelijke ziekte of erfelijke aandoening.

Opdrachten KENNIS

6 Zet de volgende begrippen in de juiste volgorde van groot naar klein: *chromosoom – gen – genoom – nucleotide – stikstofbase.*

7 a Hebben een zenuwcel en een spiercel in jouw lichaam hetzelfde genotype?
b Het uiterlijk en de functie van een zenuwcel en een spiercel verschillen. Door welke processen komt dit verschil tot stand?

8 Geef in de tabel aan of het om een erfelijke eigenschap of een modificatie gaat.

Eigenschap	Erfelijk	Modificatie
Behaarde bladeren bij een geranium		
Slaphangende bladeren van een geranium		
Blonde haren vanaf de geboorte		
Blonde haren door een behandeling bij de kapper		
Een litteken op je knie		

9 Wat is het verschil tussen een allel en een gen?

Opdrachten INZICHT

10 Foetaal-alcoholsyndroom is een hersenaandoening die ontstaat doordat de moeder alcohol blijft drinken tijdens de zwangerschap. De alcohol komt via het bloed en de placenta bij het ongeboren kind terecht en remt daar de normale ontwikkeling van de hersenen. Kinderen die worden geboren met foetaal-alcoholsyndroom hebben vaak leer- en gedragsproblemen als gevolg van deze verstoorde hersenontwikkeling.
a Is foetaal-alcoholsyndroom een voorbeeld van een erfelijke eigenschap of een modificatie? Leg je antwoord uit.
b Is foetaal-alcoholsyndroom een aangeboren aandoening?

11 De Radboud Universiteit in Nijmegen heeft onderzocht of dyslexie erfelijk is. Hiervoor is het DNA onderzocht van kinderen met dyslexie en het DNA van hun ouders. Marieke heeft net als haar vader dyslexie. Haar broertje en moeder hebben geen dyslexie. Bij het onderzoek is gekeken naar bepaalde allelen in het DNA.
Hoe kunnen onderzoekers aan de hand van de allelen vaststellen of dyslexie erfelijk is?

12 Karyogrammen

Voorronde Biologie Olympiade Junior 2018, vraag 9.

Een karyogram is een bewerkte microscoopfoto van de chromosomen in een cel. Door een karyogram te bestuderen kunnen afwijkingen in aantal of vorm van chromosomen worden vastgesteld. Die afwijkingen kunnen verschillende syndromen veroorzaken. Hieronder staan vier syndromen beschreven.

- Mensen met het syndroom van Down hebben een extra chromosoom 21.
- Mensen met het syndroom van Patau hebben een extra chromosoom 13.
- Jongens met het syndroom van Klinefelter hebben naast hun Y-chromosoom twee of meer X-chromosomen.
- Meisjes met het syndroom van Turner hebben een X-chromosoom te weinig of een van de X-chromosomen heeft een afwijkende vorm.

■ Afb. 5 Verschillende karyogrammen.

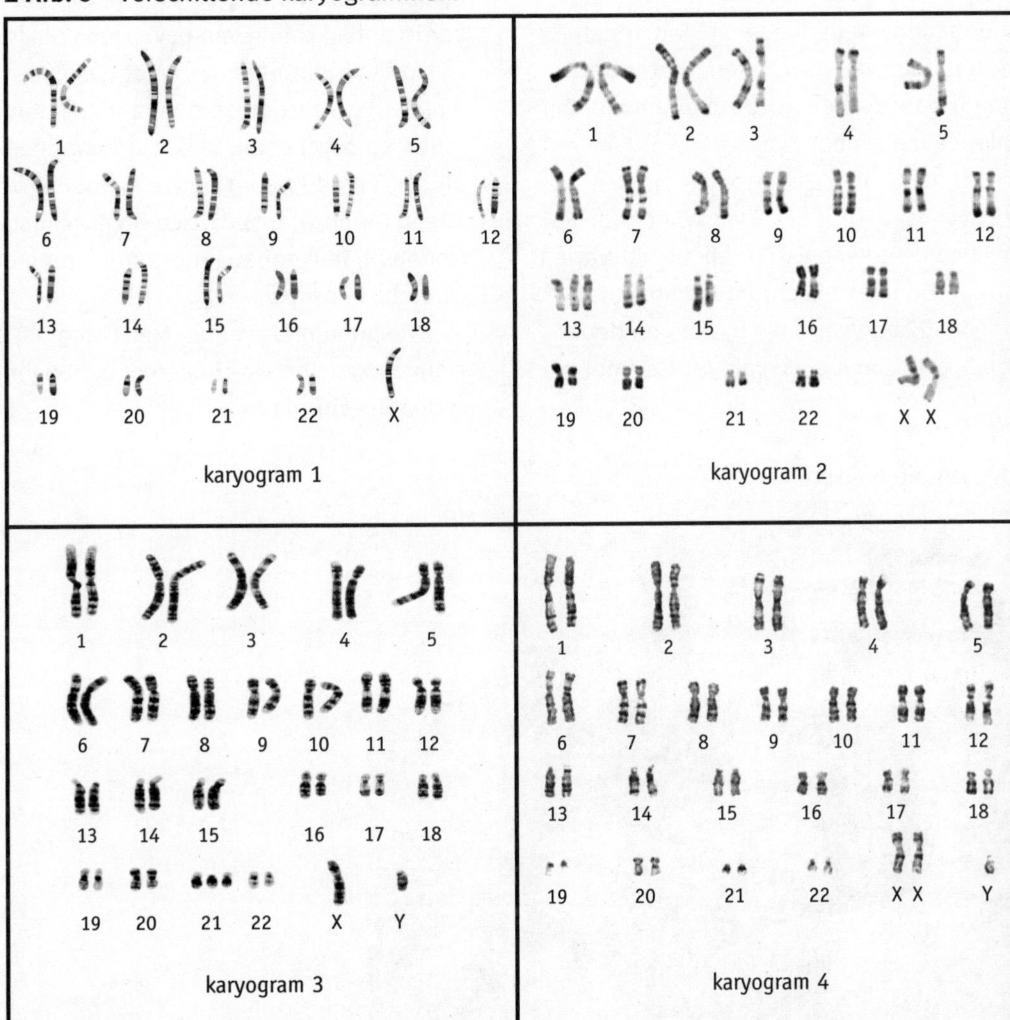

Welk karyogram uit afbeelding 5 hoort bij welk syndroom? Noteer je antwoord als volgt:

karyogram 1 = ...

karyogram 2 = ...

Enzovoort.

Ga naar de *Flitskaarten* en *Test jezelf*.

Context Leefwereld

BLOWEN EN RISICO OP PSYCHOSEN

Ze horen stemmen, zijn achterdochtig, of denken dat ze worden achtervolgd. Mensen met psychosen lijden aan gedachten die niet kloppen met de werkelijkheid. Cannabisgebruik (wiet en hasj) heeft invloed op de aanmaak van dopamine in de hersenen. Dat speelt een rol bij het ontstaan van psychosen. Hierdoor verhoogt cannabisgebruik het risico op psychosen bij mensen die hier gevoelig voor zijn.

Het COMT-gen beïnvloedt de gevoeligheid van mensen voor psychosen. Dit COMT-gen komt voor op chromosoom 22 en kent twee varianten: de Val-variant en de Met-variant. Doordat elk chromosoom van chromosomenpaar 22 een variant van het gen heeft, zijn er drie combinaties mogelijk: Val/Val, Val/Met of Met/Met.

Er is een verband tussen de verschillende varianten van het COMT-gen en de ontwikkeling van psychosen na het gebruik van cannabis. Met bepaalde combinaties van dit gen loop je vier keer zo veel risico op de ontwikkeling van psychosen als je wiet rookt.

Zo blijkt dat personen met twee Val-varianten (Val/Val) op chromosomenpaar 22 het meeste risico lopen op psychosen. Deze combinatie komt ongeveer bij 25% van de Nederlandse bevolking voor. Niet alleen lopen zij meer risico op psychosen, maar ook treden bij hen geheugenproblemen op als gevolg van cannabisgebruik.

Personen met de Met/Met-combinatie hebben de kleinste kans op psychosen of geheugenproblemen na cannabisgebruik.

■ **Afb. 6** Jongeren die blowen.

Opdrachten

13 **a** Het gebruik van cannabis kan leiden tot een psychose.
Behoort het krijgen van een psychose tot het fenotype of het genotype van een persoon?

b Verandert het gebruik van cannabis het genotype van een persoon? Leg je antwoord uit.

c Is het krijgen van een psychose als gevolg van cannabisgebruik erfelijk? Leg je antwoord uit.

d Krijgt een persoon die twee keer de Met-variant heeft, nooit een psychose na het gebruik van cannabis?

2 GENENPAREN

LEERDOELEN

3.2.1 Je kunt uitleggen hoe het fenotype van een organisme tot stand komt en hierbij de begrippen homozygoot, heterozygoot, dominant en recessief gebruiken.

3.2.2 Je kunt beschrijven hoe door recombinatie nieuwe combinaties van allelen ontstaan.

TAXONOMIE	LEERDOELEN EN OPDRACHTEN	
	3.2.1	3.2.2
Onthouden	15a	19
Begrijpen	14, 15b, 16, 18	17
Toepassen	20, 21, 22, 24, 25a, 26	
Analyseren	25b	23

Je hebt vast weleens twee ouders met bruine ogen gezien die een kind hebben met blauwe ogen. Dit is niet zo vreemd als het lijkt: de oorzaak zit in de genen.

HOMOZYGOOT EN HETEROZYGOOT

In lichaamscellen komen chromosomen en genen voor in paren. Homologe chromosomen bevatten dan ook genen voor dezelfde erfelijke eigenschappen. De genen liggen in elk chromosoom op dezelfde plaats (zie afbeelding 7).

■ **Afb. 7** Cel met chromosomen en genen (schematisch).

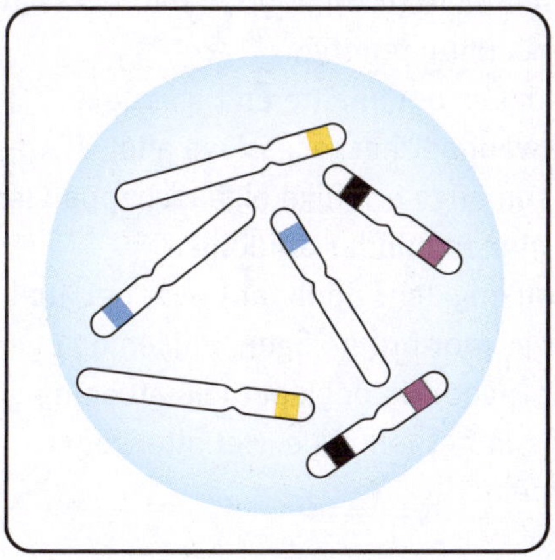

Een gen voor een bepaalde eigenschap kan verschillende allelen hebben. Voor de eigenschap haarlijn bestaan er allelen voor een V-vormige haarlijn en allelen voor een rechte haarlijn. Bij personen met een rechte haarlijn bestaat het genenpaar voor de haarlijn uit twee allelen voor een rechte haarlijn (zie afbeelding 8.1). Je noemt deze personen **homozygoot** voor de eigenschap rechte haarlijn, omdat zij twee dezelfde allelen hebben.

Ook personen bij wie het genenpaar voor de haarlijn bestaat uit twee allelen voor een V-vormige haarlijn zijn homozygoot voor een V-vormige haarlijn (zie afbeelding 8.2). Er zijn ook personen van wie het genenpaar voor de haarlijn bestaat uit één allel voor een rechte haarlijn en één allel voor een V-vormige haarlijn. De twee allelen voor de haarlijn zijn dan ongelijk. Deze personen zijn **heterozygoot** voor de haarlijn (zie afbeelding 8.3).

■ **Afb. 8** Een rechte en een V-vormige haarlijn op het voorhoofd.

1 homozygoot voor een rechte haarlijn

2 homozygoot voor een V-vormige haarlijn

3 heterozygoot voor de haarlijn

DOMINANT EN RECESSIEF

Personen die heterozygoot zijn voor de eigenschap haarlijn, blijken een V-vormige haarlijn te bezitten. Slechts een van beide allelen komt tot uiting in het fenotype. Je noemt dit allel het **dominante allel**. Het andere allel noem je het **recessieve allel**. Dit allel komt alleen tot uiting in het fenotype als er geen dominant allel aanwezig is. Het dominante allel is als het ware 'sterker' dan het recessieve allel. De personen in afbeelding 8.2 en 8.3 hebben dezelfde haarlijn. Aan het fenotype is niet te zien of deze personen homozygoot zijn voor de haarlijn of heterozygoot. Personen die heterozygoot zijn, zijn **drager** van de recessieve eigenschap rechte haarlijn. Zij hebben het recessieve allel wel in hun genotype, maar dat is niet te zien aan hun fenotype.

Voor de meeste erfelijke eigenschappen geldt dat er dominante en recessieve allelen zijn. Er is sprake van volledige dominantie wanneer het recessieve allel helemaal niet tot uiting komt in het fenotype. Bij sommige erfelijke eigenschappen is het onderscheid tussen dominante en recessieve allelen minder duidelijk.

Bij de mens bijvoorbeeld is het allel voor bruine oogkleur dominant over het allel voor blauwe oogkleur. Bij iemand die homozygoot is voor bruine ogen, blijken de ogen donkerder te zijn dan bij iemand die heterozygoot is voor de oogkleur (zie afbeelding 9). Het recessieve allel komt toch een beetje tot uiting in het fenotype. Het allel voor bruine oogkleur noem je daarom **onvolledig dominant**.

■ **Afb. 9** Oogkleur bij mensen.

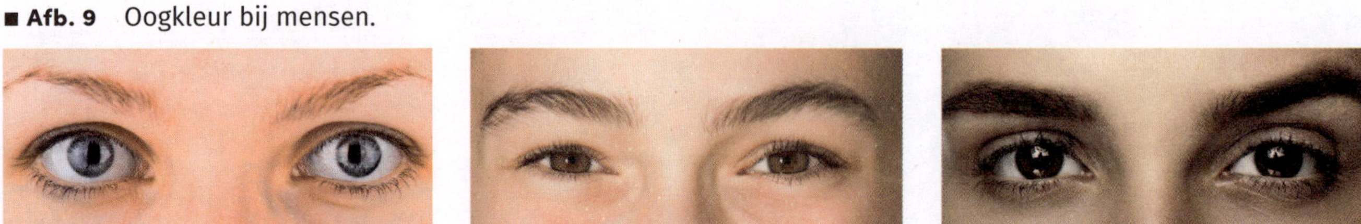

1 homozygoot voor blauwe ogen

2 heterozygoot voor oogkleur

3 homozygoot voor bruine ogen

Bij leeuwenbekjes zijn er allelen voor een rode bloemkleur en allelen voor een witte bloemkleur (zie afbeelding 10). Geen van beide allelen is recessief. De beide allelen voor de bloemkleur zijn bij deze planten als het ware 'even sterk'. Leeuwenbekjes die heterozygoot zijn voor de bloemkleur hebben roze bloemen. Beide allelen voor de bloemkleur komen enigszins tot uiting in het fenotype. Het fenotype dat ontstaat door twee onvolledig dominante allelen noem je een **intermediair** fenotype.

■ **Afb. 10** Bloemkleur bij leeuwenbekjes.

1 homozygoot voor rode bloemkleur

2 heterozygoot voor bloemkleur

3 homozygoot voor witte bloemkleur

Allelen kunnen ook **codominant** overerven. Bij codominantie komen beide allelen volledig tot uiting in het fenotype. Bij bepaalde runderrassen resulteert een combinatie van een allel voor witte vacht en een allel voor zwarte vacht, in runderen met een gevlekte vacht (zie afbeelding 11).

■ **Afb. 11** Codominantie bij Holsteiner runderen.

Welke allelen dominant en welke recessief zijn, verschilt per soort. Zo komen bij erwtenplanten ook allelen voor rode en voor witte bloemkleur voor, net als bij leeuwenbekjes. Maar een erwtenplant die heterozygoot is voor de bloemkleur, heeft rode bloemen. Bij erwtenplanten is het allel voor rode bloemen dominant over dat voor witte bloemen. Dit geldt voor alle planten van deze soort.

GENEN WEERGEVEN

In de genetica of erfelijkheidsleer geef je genen aan met letters. Een dominant allel geef je aan met een hoofdletter, een recessief allel met een kleine letter. Zo geef je een individu dat heterozygoot is voor een bepaalde eigenschap aan met Aa. Je kunt ook andere letters gebruiken voor het aangeven van de allelen. Gebruik steeds dezelfde letter waarvan de hoofdletter en de kleine letter duidelijk van vorm verschillen zodat het verschil duidelijk zichtbaar is. Gebruik dus niet P en p, maar wel R en r.

Als twee allelen van een genenpaar beide duidelijk tot uiting komen in het fenotype, gebruik je een andere schrijfwijze. Een rood leeuwenbekje bijvoorbeeld geef je aan met A^rA^r, een wit leeuwenbekje met A^wA^w en een roze leeuwenbekje met A^rA^w.

Opdrachten KENNIS

14 **a** Hoeveel allelen voor oogkleur zijn aanwezig in een cel van je oog?
b Hoeveel allelen voor oogkleur zijn aanwezig in een geslachtscel?
c Leg uit of er ook allelen voor oogkleur in een spiercel aanwezig zijn.

15 **a** Wat is een dominant allel?
b Is intermediair hetzelfde als onvolledig dominant? Leg je antwoord uit.

16 In afbeelding 12 is een lichaamscel van Sjors schematisch getekend met daarin chromosomen en allelen.
Leg uit voor hoeveel eigenschappen Sjors homozygoot is.

■ **Afb. 12** Lichaamscel van Sjors met chromosomen en allelen.

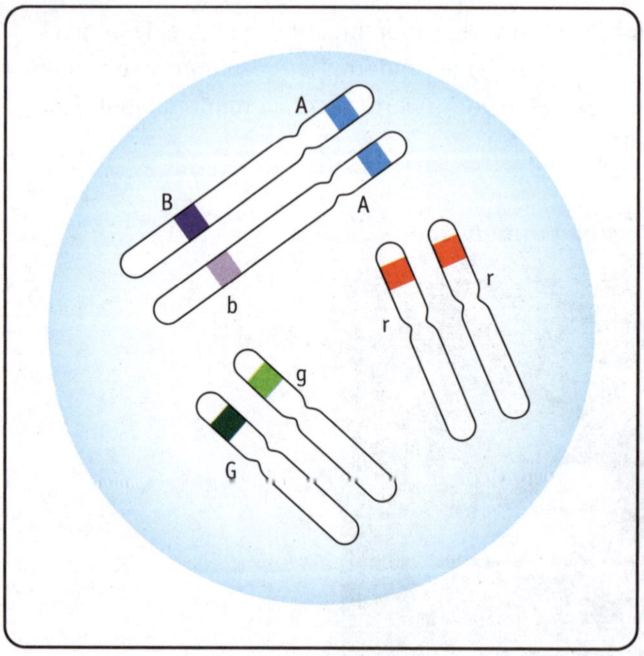

RECOMBINATIE EN MUTATIE

Het herverdelen van erfelijke eigenschappen heet **recombinatie**. Door recombinatie hebben nakomelingen een andere combinatie van allelen dan beide ouders. Recombinatie vindt plaats door meiose en geslachtelijke voortplanting (zie afbeelding 13).

■ **Afb. 13** Recombinatie van allelen door de vorming van geslachtscellen.

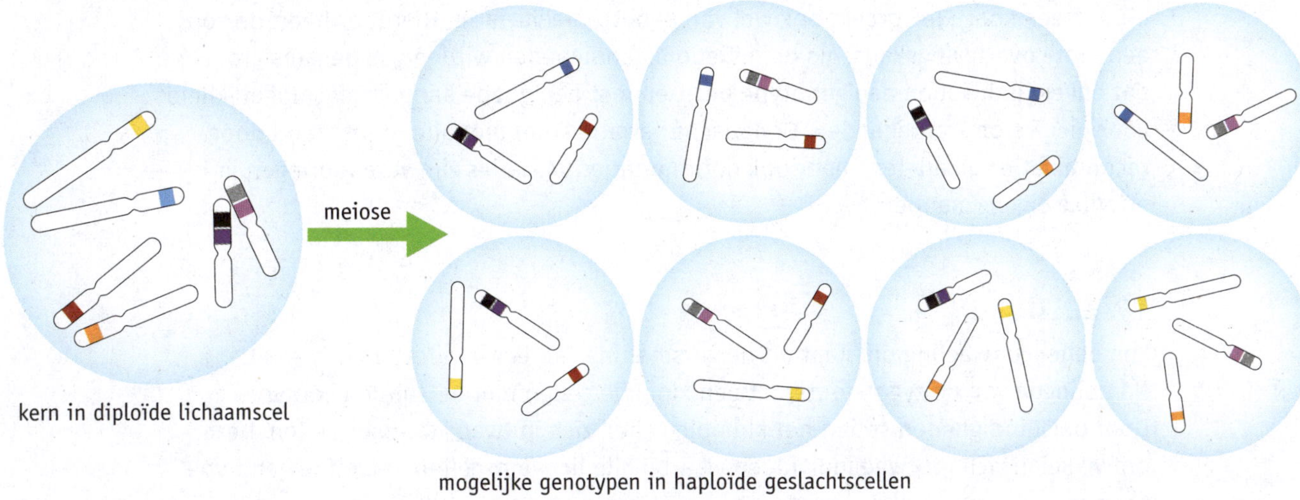

Recombinatie door meiose vindt plaats tijdens meiose I. De allelen in een chromosomenpaar verschillen vaak. Bij meiose I gaan de chromosomen van een chromosomenpaar uit elkaar en worden willekeurig over de dochtercellen verdeeld. Hierdoor hebben de dochtercellen een verschillend genotype.

Bijvoorbeeld bij individuen van een soort met drie paar chromosomen ($2n = 6$) kunnen na meiose geslachtscellen ontstaan met acht (2^3) verschillende combinaties van chromosomen (zie afbeelding 13). Bij de mens ($n = 23$) kunnen geslachtscellen ontstaan met 2^{23} (8,4 miljoen) verschillende combinaties van chromosomen. Welke chromosomen de geslachtscellen bevatten die na bevruchting een nieuw individu opleveren, is afhankelijk van het toeval.

Bij geslachtelijke voortplanting ontstaat door bevruchting weer een diploïde cel (zygote) en worden de chromosomen en dus ook de allelen van beide ouders bij elkaar gebracht. Zo ontstaan bij de bevruchting door recombinatie nieuwe genenparen (zie afbeelding 14). De nakomeling zal altijd een andere combinatie van erfelijke eigenschappen bezitten dan de ouders. Meerdere nakomelingen van een ouderpaar verschillen vrijwel altijd van genotype.

■ **Afb. 14** Geslachtelijke en ongeslachtelijke voortplanting (schematisch).

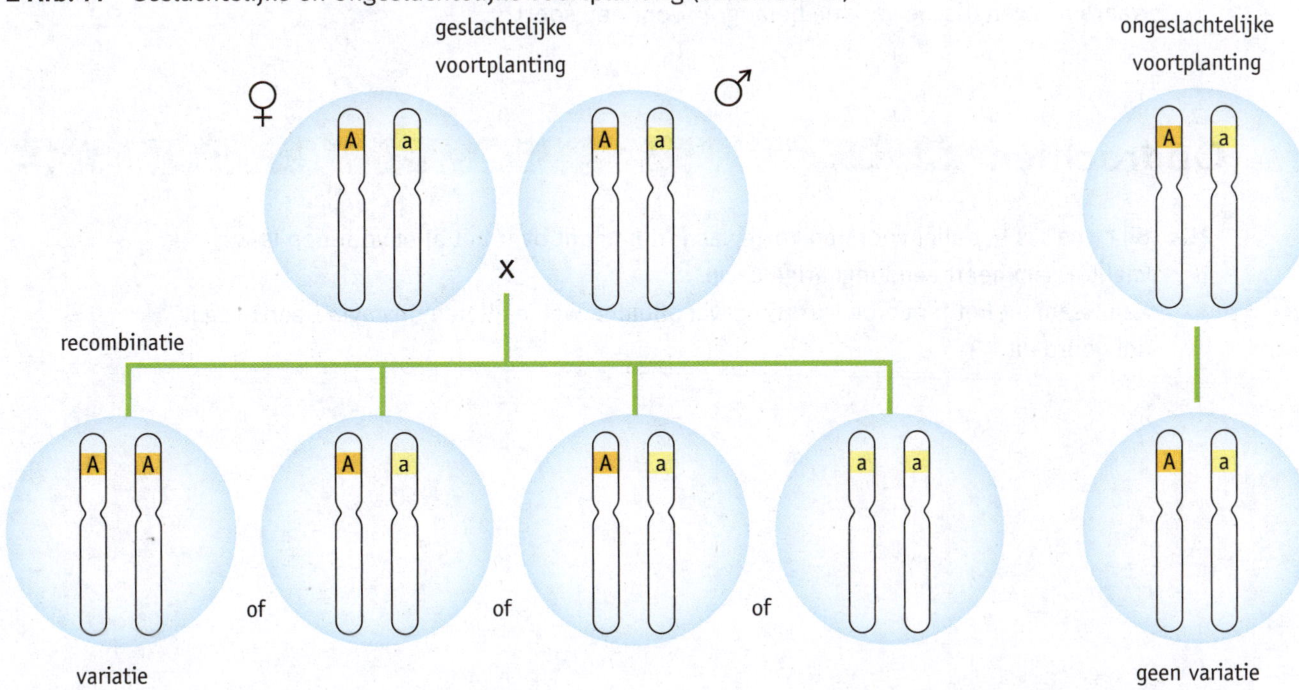

Door recombinatie van allelen ontstaat een grote verscheidenheid aan genotypen binnen een soort. Je spreekt ook wel van **genetische variatie**. Hierdoor heeft de soort een grote overlevingskans. Als de milieuomstandigheden wijzigen, is de kans groot dat enkele individuen een genotype bezitten met een goede aanpassingsmogelijkheid voor nieuwe omstandigheden. Genetische variatie komt niet alleen tot stand door recombinatie van allelen, maar ook door mutaties. Mutaties zijn veranderingen in erfelijke eigenschappen.

TWEELINGEN

Een eeneiige tweeling ontstaat uit de versmelting van één zaadcel en één eicel. Na delingen van de zygote ontstaat een klompje cellen met hetzelfde genotype. Door omstandigheden splitst het klompje cellen zich in twee klompjes cellen. Deze ontwikkelen zich tot twee individuen waarbij alle lichaamscellen hetzelfde genotype hebben.

Een twee-eiige tweeling ontstaat uit twee zaadcellen en twee eicellen. De allelen in twee zaadcellen zijn niet precies hetzelfde. Dit geldt ook voor de allelen in de twee eicellen. De beide leden van een twee-eiige tweeling hebben dan ook niet hetzelfde genotype. Ze lijken net zo veel op elkaar als andere broers en zussen op elkaar lijken.

Opdrachten KENNIS

17 Fruitvliegen hebben acht chromosomen in hun lichaamscellen.
- **a** Hoeveel chromosomen bevat een eicel van een fruitvlieg?
- **b** Hoeveel paar homologe chromosomen bevat een zaadcel van een fruitvlieg?
- **c** Hoeveel verschillende genotypen kan een geslachtscel van een fruitvlieg bevatten door recombinatie van de chromosomen? Leg je antwoord uit met een berekening.

18 Xander en Ilona zijn een tweeling. Leg uit of zij een eeneiige of een twee-eiige tweeling zijn.

19 Recombinatie zorgt voor meer genetische variatie binnen een soort.
Waarom is genetische variatie belangrijk voor een soort?

Opdrachten INZICHT

20 Bij cavia's is het allel voor een korte vacht dominant over het allel voor een lange vacht. Issam heeft een langharige cavia.
Kan Issam uit het fenotype van zijn cavia afleiden welke allelen de cavia heeft? Leg je antwoord uit.

21 In afbeelding 15 zie je een foto van Florence. Zij heeft blauwe ogen en kuiltjes in haar wangen. In afbeelding 16 zie je een lichaamscel van Florence met daarin de chromosomen en allelen schematisch weergegeven.

a Het allel voor blauwe ogen is recessief. Welk chromosomenpaar bevat het allel voor oogkleur?

b Leg uit of het allel voor kuiltjes in de wangen dominant of recessief is.

■ **Afb. 15** Florence.

■ **Afb. 16** Lichaamscel van Florence (schematisch).

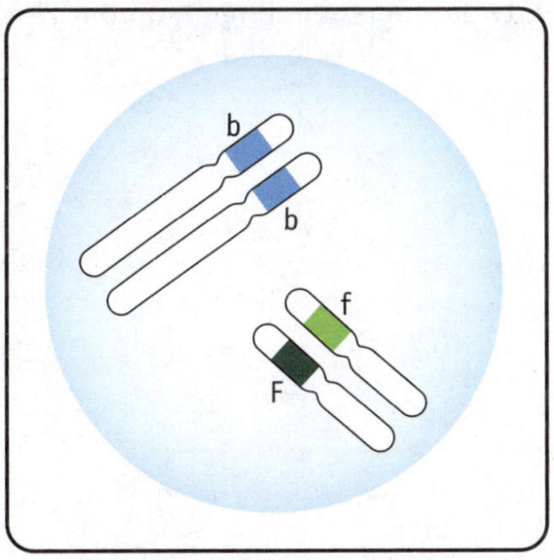

22 In afbeelding 17 zijn de lichaamscellen van drie personen schematisch weergegeven. Elke cel hoort bij een van deze drie personen:

- Piërre met bruine ogen en kuiltjes in zijn wangen
- Fatima met bruine ogen en geen kuiltjes in haar wangen
- Sven met blauwe ogen en geen kuiltjes in zijn wangen

Welke cel hoort bij wie?

■ **Afb. 17** Lichaamscellen (schematisch).

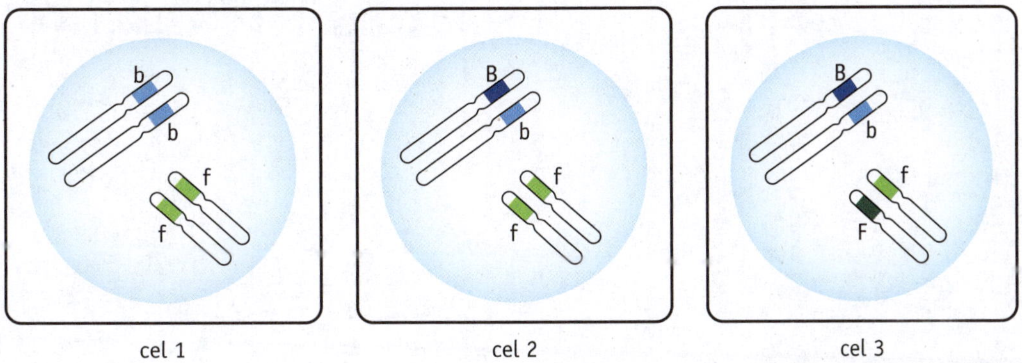

23 Is dat erfelijk?

Voorronde Biologie Olympiade Junior havo 2016, vraag 5.

Wetenschappers willen weten in hoeverre de eigenschap intelligentie erfelijk is. Daarvoor bestuderen zij de uitslagen van IQ-testen (intelligentiequotiënt). In het jaar 2000 hebben alle leerlingen van groep 8 van de basisschool in Nederland een intelligentietest gemaakt. Er is berekend hoe vaak het voorkwam dat eeneiige en twee-eiige tweelingen een gelijk IQ hadden en hoe vaak het voorkwam dat twee willekeurige leerlingen een gelijk IQ hadden, zie tabel 1.

Tabel 1 Resultaten IQ-onderzoek.

	Eeneiige tweelingen	**Twee-eiige tweelingen**	**Twee willekeurige leerlingen**
% met hetzelfde IQ	85%	62%	20%

De wetenschappers bedachten verschillende conclusies en verklaringen op basis van deze studie. Welke conclusies met verklaringen zijn juist? Noteer de cijfers.

1 Tweelingen scoren vaker hetzelfde omdat ze precies even oud zijn.
2 Tweelingen scoren vaker hetzelfde omdat ze dezelfde ouders hebben.
3 Eeneiige tweelingen scoren vaker hetzelfde dan twee-eiige tweelingen, omdat ze hetzelfde DNA hebben.
4 Eeneiige tweelingen scoren vaker hetzelfde dan twee-eiige tweelingen, omdat ze altijd van hetzelfde geslacht zijn.
5 Uit deze resultaten blijkt dat intelligentie erfelijk is.

Ga naar de *Flitskaarten* en *Test jezelf*.

Context Beroep

TOMATEN VEREDELEN

Er bestaan heel veel verschillende varianten van tomaten: rode en gele, grote en kleine, rond of ovaal. Je kunt het zo gek niet bedenken of de varianten komen wel voor.

Achter iedere variant zit een zorgvuldig uitgezochte selectieprocedure. Nederlandse plantenveredelaars hebben deze selectieprocedure zo verfijnd dat Nederlandse tomatenzaden over de hele wereld erg gewild zijn.

Hoe gaat het veredelen van een tomatenplant in zijn werk? Plantenveredelaar Amy (zie afbeelding 18) vertelt dat het proces begint met het uitzoeken van planten die de gewenste eigenschappen bezitten. Vervolgens worden er ouderrassen geproduceerd door middel van langdurige inteelt. Inteelt wil in dit geval zeggen dat de planten zich vermeerderen door zelfbestuiving en bevruchting. Hierbij wordt stuifmeel van meeldraden overgebracht op de stempels van bloemen die aan dezelfde plant bloeien. De plant wordt dus met zichzelf gekruist. Het doel van de inteelt is dat er rassen ontstaan die homozygoot zijn voor de eigenschappen.

Als plantenveredelaars eenmaal de gewenste ouderrassen hebben verkregen, kruisen zij planten van twee verschillende rassen met elkaar. De nakomelingen die hieruit ontstaan noem je F_1-hybriden. Deze hybriden zijn heterozygoot voor de geselecteerde eigenschappen (zie afbeelding 19). Dat levert bij planten een extra voordeel op, deze planten groeien sneller en geven grotere vruchten. Daarom zijn eigenlijk alle tomatenplanten die kwekers telen heterozygoot.

Helaas voor de telers verdwijnt dit extra voordeel als ze de heterozygote planten een aantal keren ongeslachtelijk vermeerderen. Voor veredelaars is dat wel goed nieuws, want zij zijn daardoor altijd nodig om zaden met gunstige eigenschappen te produceren.

■ Afb. 18 Plantenveredelaar Amy.

■ Afb. 19 Ontstaan van F_1-hybriden.

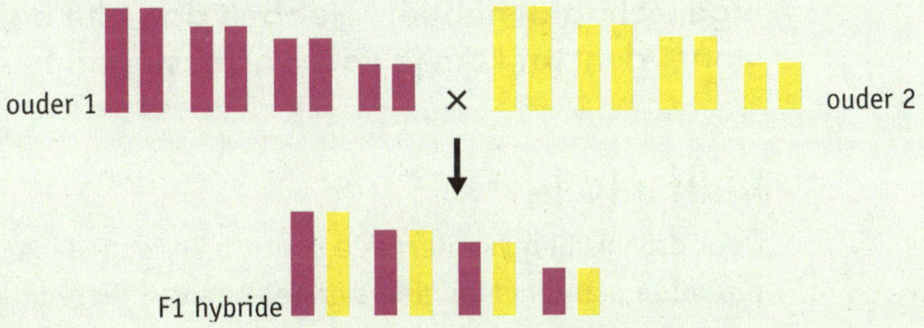

Opdrachten

24 Stel dat jij tomatenkweker bent, op welke twee erfelijke eigenschappen zou jij tomatenplanten selecteren?

25 **a** Zijn zelfbestuiving en bevruchting een voorbeeld van geslachtelijke of ongeslachtelijke voortplanting? Leg je antwoord uit.

b Waarom willen veredelaars dat de ouderrassen homozygoot zijn voor de gewenste eigenschappen?

26 Plantenveredelaars kiezen tijdens het veredelingsproces soms voor geslachtelijke voortplanting en soms voor ongeslachtelijke voortplanting van de tomatenplanten.

a Waarom wil een veredelaar dat de oudergewassen zich geslachtelijk voortplanten?

b Waarom wil een veredelaar of kweker de heterozygote tomatenplanten ongeslachtelijk vermeerderen?

3 MONOHYBRIDE KRUISINGEN

LEERDOELEN

3.3.1 Je kunt een kruisingsschema opstellen van een monohybride kruising.

3.3.2 Je kunt de frequentie van bepaalde genotypen en fenotypen van nakomelingen afleiden uit een kruisingsschema of stamboom van een monohybride kruising.

▶ Vaardigheid 6
▶ Practicum 1

TAXONOMIE	LEERDOELEN EN OPDRACHTEN	
	3.3.1	3.3.2
Onthouden	27	
Begrijpen	29ab, 38a	28, 29c, 30, 31, 32
Toepassen	35ab, 38b	33, 35cd, 36ab, 37, 39
Analyseren		34, 36c

Als je konijnen wilt fokken met een speciale kleur vacht, dan kun je op zoek gaan naar een mannetjes- en vrouwtjeskonijn die deze eigenschap al hebben. Hebben dan alle babykonijnen precies dezelfde kleur vacht, of kom je voor verrassingen te staan?

KRUISINGEN

Door organismen van dezelfde soort te kruisen via geslachtelijke voortplanting, proberen plantenveredelaars en fokkers van dieren nakomelingen te krijgen met speciale erfelijke eigenschappen. Ook mensen geven hun erfelijke eigenschappen door via geslachtelijke voortplanting. Bij een **monohybride kruising** let je op de overerving van één eigenschap waarbij één allelenpaar is betrokken. In werkelijkheid komen veel eigenschappen tot stand door de samenwerking van meerdere genen. Zo worden bijvoorbeeld de huidskleur en de oogkleur van de mens door meerdere genenparen beïnvloed. Dit levert veel verschillende fenotypen op.

Bij kruisingen geef je ouders aan met de letter P (*Parentes* = ouders in het Latijn). De nakomelingen geef je aan met F_1 (*Filii* = kinderen in het Latijn; 1 = eerste generatie). Als deze nakomelingen zich onderling voortplanten, ontstaat hieruit een tweede generatie nakomelingen, die je aangeeft met F_2. Bij planten kan de F_2 ook ontstaan na zelfbestuiving van planten in de F_1. Hierbij wordt stuifmeel van meeldraden overgebracht op de stempels van bloemen die zich aan dezelfde plant bevinden.

KRUISINGSVRAAGSTUKKEN

Bij konijnen is het allel voor staande oren (H) dominant over het allel voor hangende oren (h). Een moer (vrouwelijk konijn) die homozygoot is voor de eigenschap staande oren, wordt een aantal malen gekruist met een rammelaar (mannelijk konijn) die homozygoot is voor de eigenschap hangende oren (zie afbeelding 20).

■ **Afb. 20** Kruising konijnen.

P

X

HH hh

♀ homozygoot voor staande oren ♂ homozygoot voor hangende oren

De dieren in de F_1 planten zich onderling voort. Welk type oren kunnen de nakomelingen in de F_2 hebben? Hoe groot is de kans voor elk oortype?

Dit is een voorbeeld van een kruisingsvraagstuk. Je lost een kruisingsvraagstuk in stappen op.

1 *Wat zijn de genotypen van de ouders? Geef deze genotypen in een kruising weer.*
De ouderdieren zijn homozygoot voor staande oren (HH) en homozygoot voor hangende oren (hh). De kruising is dan: HH × hh.

2 *Welke allelen kunnen de geslachtscellen van beide ouders bevatten?*
Geslachtscellen hebben een van de twee allelen. Elke eicel die de moer (HH) produceert, bevat allel H. Elke zaadcel die de rammelaar (hh) produceert, bevat allel h.

3 *Welke mogelijkheden bestaan er voor de versmelting van een eicelkern en een zaadcelkern?*
Bij bevruchting versmelt de kern van een eicel (met allel H) met de kern van een zaadcel (met allel h). Het konijntje dat zich uit deze zygote ontwikkelt, heeft staande oren (Hh). Andere mogelijkheden voor de versmelting van een eicelkern en een zaadcelkern zijn er bij deze kruising niet. Alle dieren in de F_1 zijn heterozygoot en hebben staande oren. Het dominante allel komt tot uiting bij organismen die minstens één dominant allel bezitten.

EEN KRUISINGSSCHEMA MAKEN

Wanneer de heterozygote konijnen uit de F_1 zich onderling voortplanten staat nog niet vast welk genotype na bevruchting ontstaat.

1 *Wat zijn de genotypen van de ouders? Geef deze genotypen in een kruising weer.*
De ouderdieren zijn heterozygoot voor staande oren (Hh). De kruising is dan: Hh × Hh.

2 *Welke allelen kunnen de geslachtscellen van beide ouders bevatten?*
De moeder met genotype Hh kan eicellen maken die H of h bevatten. De vader heeft ook genotype Hh en maakt dus zaadcellen die H of h bevatten.

3 *Welke mogelijkheden bestaan er voor de versmelting van een eicelkern en een zaadcelkern?*
Welke eicel door welke zaadcel wordt bevrucht weet je niet.
Er zijn vier mogelijkheden:
- Een eicel met allel H wordt bevrucht door een zaadcel met allel H.
- Een eicel met allel H wordt bevrucht door een zaadcel met allel h.
- Een eicel met allel h wordt bevrucht door een zaadcel met allel H.
- Een eicel met allel h wordt bevrucht door een zaadcel met allel h.

Om dit overzichtelijk te noteren, gebruik je een **kruisingsschema** (zie afbeelding 21). De allelen in de zaadcellen zet je links in het schema en de allelen in de eicellen boven in het schema.

■ **Afb. 21** Kruisingsschema van de konijnen uit de F_1.

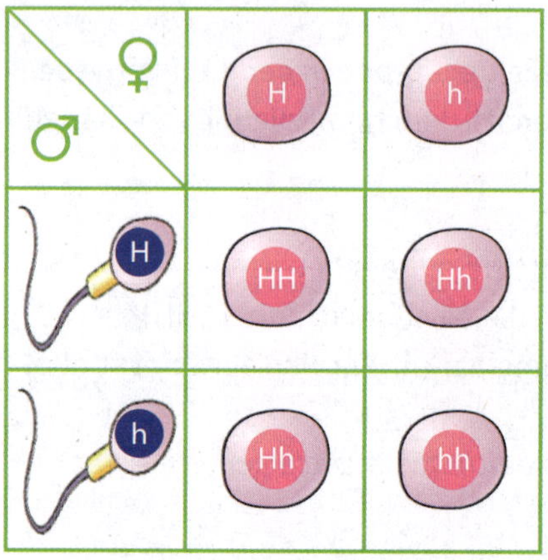

Er zijn dus vier mogelijkheden voor de versmelting van een eicelkern en een zaadcelkern. Elke mogelijkheid heeft een even grote kans om voor te komen in de F_2. De kans voor elke mogelijkheid is ¼ of 25%. In afbeelding 22 is het complete kruisingsschema van dit vraagstuk weergegeven.

■ **Afb. 22** Monohybride kruisingsschema konijnen.

Opdrachten KENNIS

27 Hoeveel allelen van één ouder zijn betrokken bij een monohybride kruising?

28 Bekijk afbeelding 22.

a Hoe groot is de kans dat een konijn in de F_2 het genotype HH heeft? Geef je antwoord in een breuk en als percentage.

b Hoe groot is de kans dat een konijn in de F_2 het genotype Hh heeft? Geef je antwoord in een breuk en als percentage.

c Hoe groot is de kans dat een konijn in de F_2 staande oren heeft?

d Hoe groot is de kans dat een konijn in de F_2 hangende oren heeft?

29 Bij labradors is het allel voor een zwarte vacht (B) dominant over het allel voor een bruine vacht (b).
Een zwarte mannetjeshond (homozygoot) en een bruine vrouwtjeshond worden met elkaar gekruist. De nakomelingen uit de F_1 paren onderling, waardoor de F_2 ontstaat. In afbeelding 23 zie je het kruisingsschema schematisch weergegeven.

a Wat is het genotype van de ouders?

b Vul het kruisingsschema uit afbeelding 23 in.

c Welke fenotypen kunnen er voorkomen in de F_2?

■ **Afb. 23** Kruisingsschema labradors.

P

♂ homozygoot voor zwarte vacht X ♀ homozygoot voor bruine vacht

geslachtscellen ... X ...

F_1 ...

geslachtscellen ... of ... X ... of ...

F_2

♀ / ♂	...	...
...	...	...
...	...	...

VERHOUDING GENOTYPEN EN EEN TESTKRUISING

Na een kruising kunnen in de F_1 verschillende verhoudingen voorkomen. Enkele voorbeelden:

P: Aa × aa

- verhoudingen van genotypen, Aa : aa = 1 : 1
- verhoudingen van fenotypen, fenotype veroorzaakt door dominant allel: fenotype veroorzaakt door recessief allel = 1 : 1

P: Aa × Aa

- verhoudingen van genotypen, AA : Aa : aa = 1 : 2 : 1
- verhoudingen van fenotypen, fenotype veroorzaakt door dominant allel: fenotype veroorzaakt door recessief allel = 3 : 1

Aan een cavia met een kortharige vacht kun je niet zien of dit organisme homozygoot (AA) of heterozygoot (Aa) is voor het dominante allel. Je kunt hier achter komen door een testkruising uit te voeren (zie afbeelding 24.1). Bij een testkruising kruis je het organisme met een organisme waarvan je weet dat het homozygoot recessief is (aa, cavia met langharige vacht). Uit de F_1 blijkt dan of dit geteste organisme homozygoot of heterozygoot is (afbeelding 24.2 en 24.3). Deze test is gebaseerd op de verschillende fenotypen die in de F_1 voorkomen.

■ Afb. 24 Testkruising.

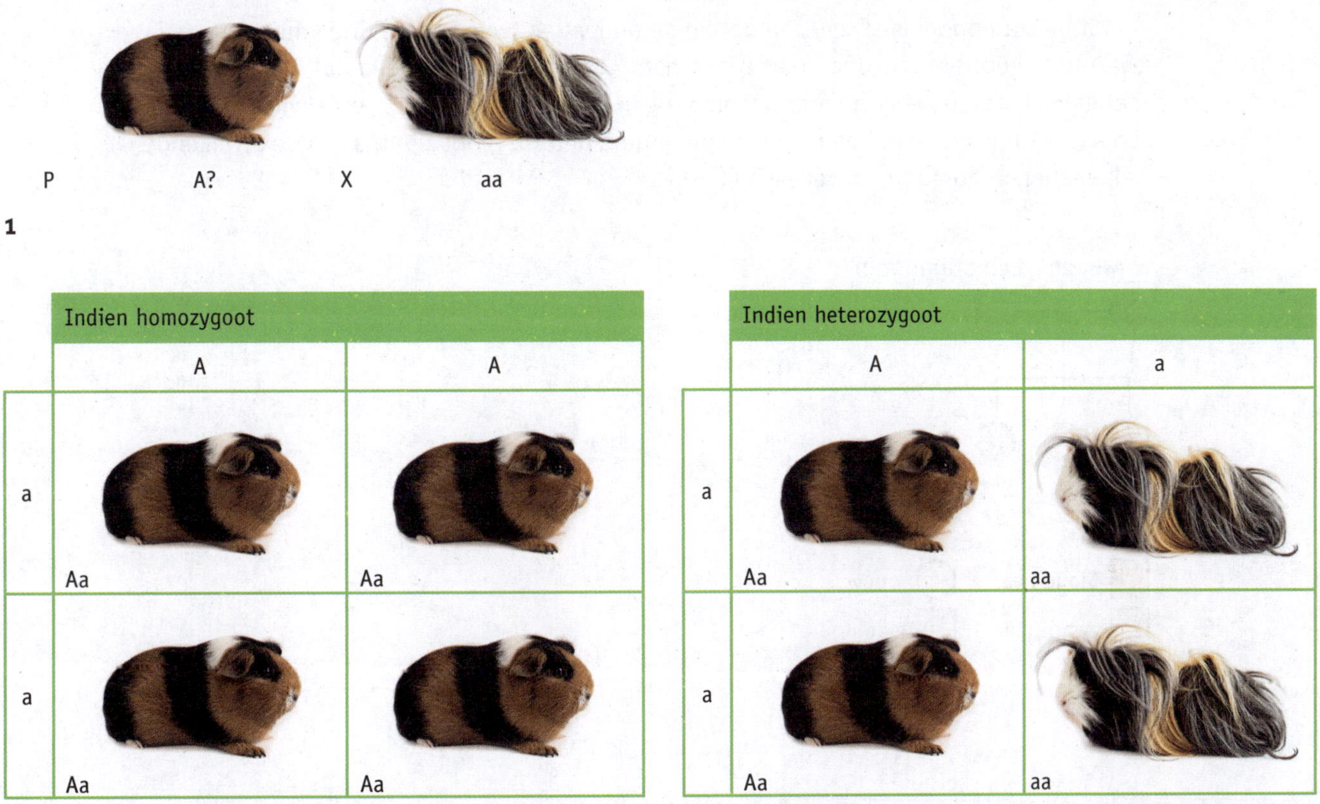

2 Als de ouder homozygoot is voor het genenpaar dan zal bij 100% van de nakomelingen in de F_1 het dominante allel tot uiting komen.

3 Als de ouder heterozygoot is voor het genenpaar, dan zal bij 50% van de nakomelingen in de F_1 het dominante allel tot uiting komen.

Na een kruising kunnen er in de F_1 verschillende verhoudingen voorkomen:

- P: AA × aa (zie afbeelding 24.2)
  - Alle nakomelingen hebben het genotype Aa.
  - Alle nakomelingen hebben het fenotype kortharige vacht.
- P: Aa × aa (zie afbeelding 24.3)
  - Verhouding van genotypen in de F_1 = Aa : aa = 1 : 1.
  - Verhouding van fenotypen in de F_1 = kortharige vacht : langharige vacht = 1 : 1.

Bij de testkruising met cavia's met de genotypen AA × aa komen alleen nakomelingen met het genotype Aa voor. Er komt dus slechts één fenotype voor onder de nakomelingen.

Bij de testkruising met cavia's met de genotypen Aa × aa komen er zowel nakomelingen met het genotype Aa als het genotype aa voor. Hier zijn dus twee verschillende fenotypen onder de nakomelingen.

In het algemeen geldt dat een testkruising alleen betrouwbaar is als het aantal nakomelingen in de F_1 groot genoeg is. Als er weinig nakomelingen zijn, is de verhouding van genotypen en fenotypen in de F_1 sterk afhankelijk van toeval.

STAMBOMEN

In afbeelding 25 is een voorbeeld van een **stamboom** getekend. In stambomen worden mannelijke organismen aangeduid met een vierkant en vrouwelijke organismen met een cirkel. In de legenda staat aangegeven wat de kleuren betekenen.

Uit de stamboom is af te lezen dat beide ouders en twee van de drie kinderen zwart haar hebben. Eén kind heeft blond haar. Uit dit voorbeeld blijkt dat twee ouders met gelijk fenotype een of meer nakomelingen kunnen krijgen met een afwijkend fenotype. Dit is alleen mogelijk als beide ouders heterozygoot zijn (Aa) en de afwijkende nakomelingen homozygoot recessief (aa).

■ **Afb. 25** Een stamboom.

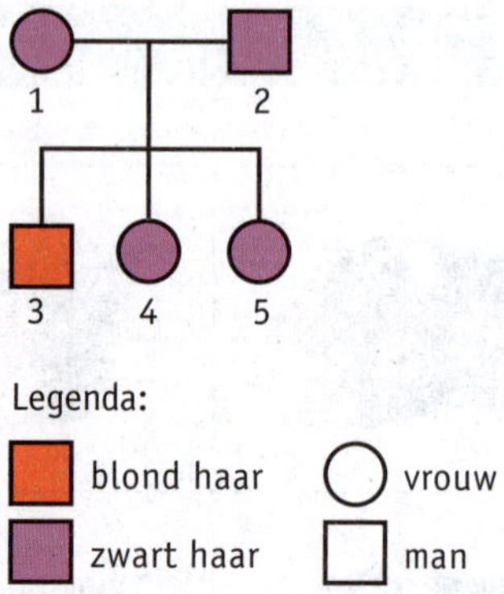

Opdrachten KENNIS

30 Van een konijn met staande oren is niet bekend of het homozygoot (HH) of heterozygoot (Hh) is voor deze eigenschap. Een konijnenfokker kan dan kiezen voor een testkruising.
Leg uit hoe de fokker met een testkruising het genotype van het konijn kan achterhalen.

31 Mensen bezitten allelen voor rechts- en/of linkshandigheid. Twee ouders krijgen drie kinderen, waarvan er twee rechtshandig zijn en één linkshandig.
Mag je op basis van deze gegevens concluderen dat rechtshandigheid dominant is? Leg je antwoord uit.

32 In afbeelding 26.1 is in een stamboom weergegeven of iemand kan tongrollen (zie afbeelding 26.2).
Het allel voor tongrollen (T) is dominant over het allel voor niet-tongrollen (t).

a Welke genotypen hebben persoon 3 t/m 5? Geef de nummers met daarachter het bijbehorende genotype.

b Van welke personen in de stamboom weet je niet zeker wat het genotype is? Leg je antwoord uit.

■ **Afb. 26** Stamboom tongrollen.

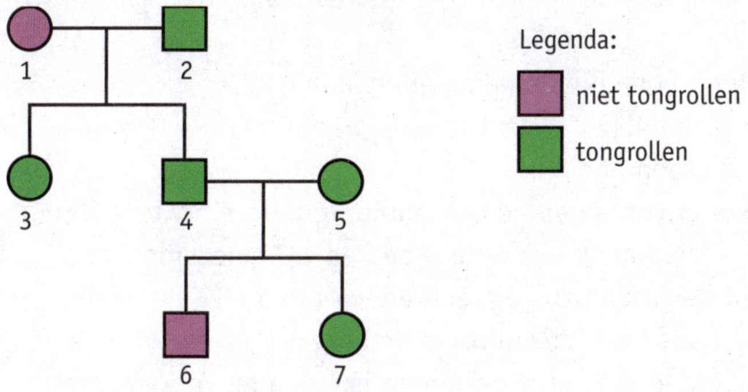

1 stamboom

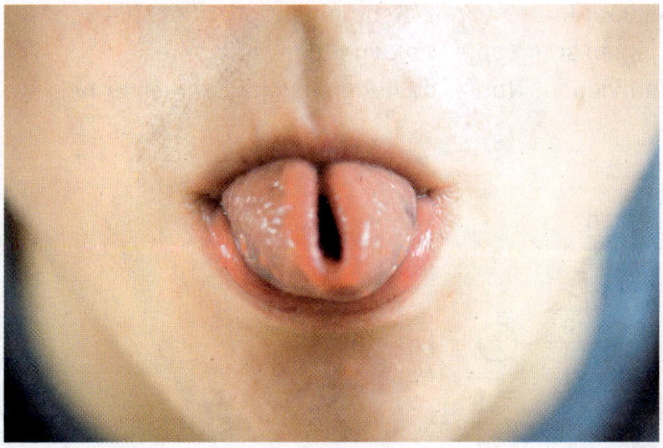

2 tongrollen

Opdrachten INZICHT

33 Quang wil een stamboom maken over het tongrollen in zijn familie.
Zijn opa, de vader van zijn vader, kan tongrollen net zoals zijn vader, zijn oom (de broer van Quangs vader) en hijzelf. Zijn oma (de moeder van Quangs vader) kan niet tongrollen. Ook Quangs moeder en kleine broertje kunnen niet tongrollen.
Maak een stamboom van Quangs familie. Geef ook de genotypen van de individuen.

34 Fokkers van dieren willen graag gezonde en sterke nakomelingen zonder erfelijke aandoeningen. Een testkruising maakt duidelijk of een dier een allel bezit voor een erfelijke aandoening.
Wordt een testkruising ingezet bij dominant of recessief overervende aandoeningen? Leg je antwoord uit.

35 Bij leeuwenbekjes komen rode, roze en witte bloemen voor. Er is een allel voor rode bloemkleur (A^r) en een allel voor witte bloemkleur (A^w). Leeuwenbekjes die heterozygoot zijn voor bloemkleur, hebben roze bloemen.
Bij een leeuwenbekje met roze bloemen vindt zelfbestuiving plaats. Er worden 56 zaden gevormd.

- **a** Wat is het genotype van een intermediair fenotype?
- **b** Maak een kruisingsschema van de zelfbestuiving bij dit leeuwenbekje.
- **c** Alle 56 zaden ontkiemen.
  Hoeveel planten in de F_1 zullen waarschijnlijk roze bloemen hebben? Leg je antwoord uit.
- **d** Wat is de verhouding van fenotypen bij de nakomelingen in de F_1?

36 Zaden van een erwtenplant zijn groen of geel.
Uit een groene erwt en een gele erwt ontkiemen erwtenplanten. Deze erwtenplanten worden met elkaar gekruist. Er ontstaan 204 groene zaden en 187 gele zaden.

- **a** In welke verhouding komen de groene en gele erwten voor in de F_1?
- **b** Welk genotypen hebben de ouderplanten? Gebruik de letters G en g.
- **c** Kun je uit deze gegevens afleiden welk allel dominant is: het allel voor groene erwten of het allel voor gele erwten? Leg je antwoord uit.

37 Bij kippen en hanen is het allel voor bruine veren (B) dominant over het allel voor witte veren (b). In afbeelding 27 zie je een stamboom van een pluimveefamilie.
Welke genotypen hebben de individuen? Noteer de nummers met daarachter het bijbehorende genotype.

■ **Afb. 27** Stamboom van pluimvee.

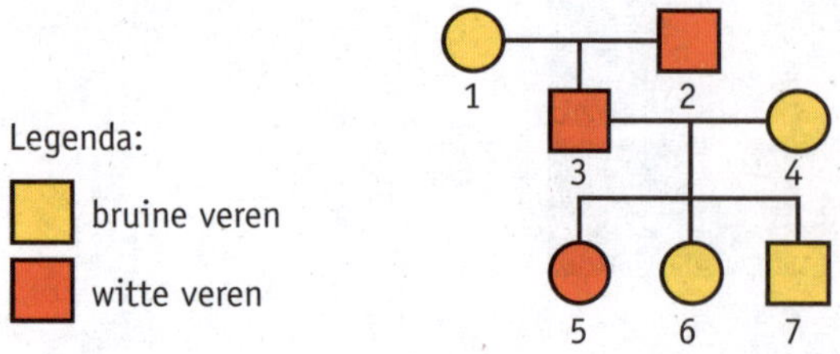

Ga naar de *Flitskaarten* en *Test jezelf.*

Context Beroep

EEN GENETISCH CONSULENTE

Genetisch consulente Erica Jansen begeleidt en adviseert mensen bij erfelijkheidsvragen en coördineert erfelijkheidsonderzoek bij patiënten en hun familieleden. Vaak komen patiënten bij haar om advies te vragen over erfelijke vormen van borstkanker of darmkanker.

Een andere ziekte waarover Erica regelmatig advies geeft, is de ziekte van Huntington. 'Momenteel begeleid ik de 25-jarige Anouk. Ze twijfelt nog steeds of ze zich wil laten onderzoeken en voert hier regelmatig met mij gesprekken over. Anouks vader lijdt aan deze ziekte en haar opa is eraan overleden. De kans dat Anouk ook de ziekte van Huntington heeft, is 50%. Omdat ze graag met haar vriend Mark kinderen wil, denken ze nu samen na over een DNA-onderzoek. Ze willen de ziekte namelijk niet doorgeven aan hun kinderen.'

Huntington is een ongeneeslijke erfelijke zenuwziekte, die zich pas rond het veertigste levensjaar openbaart. Mensen die aan de ziekte lijden, vertonen allerlei onwillekeurige spierbewegingen en gaan verstandelijk achteruit. Uiteindelijk overlijden ze aan deze ziekte. De ziekte wordt veroorzaakt door een mutatie in het huntingtine-gen (HTT). Dit gen is verantwoordelijk voor de productie van het eiwit huntingtine. Door de mutatie vindt er een opeenstapeling plaats van het eiwit huntingtine en dat verstoort het functioneren van zenuwcellen.

■ **Afb. 28** Erica aan het werk.

Opdrachten

38 Een genetisch consulente werkt vaak in het ziekenhuis. Voor het beroep genetisch consulent moet je een post-hbo-opleiding volgen. Je volgt dan na je hbo nog een verdiepende opleiding.

- **a** Welke hbo-studierichting moet je eerst kiezen als je genetisch consulent wilt worden?
- **b** Welke vaardigheden zijn belangrijk voor een genetisch consulent? Geef er twee.

39 In afbeelding 29 zie je een stamboom. Bij mensen is het allel dat de ziekte van Huntington veroorzaakt (H) dominant over het allel voor gezond huntingtine (h).

- **a** Wat is het genotype van de personen uit de stamboom? Noteer de nummers met daarachter het genotype.
- **b** Na veel twijfelen hebben Mark en Anouk besloten om toch te laten onderzoeken of Anouk het H-allel van haar vader heeft geërfd. De uitslag van het DNA-onderzoek is dat ze inderdaad het allel voor de ziekte van Huntington bezit. Mark bezit dit allel niet. Hoe groot is de kans dat Mark en Anouk een kind krijgen met de ziekte van Huntington? Leg je antwoord uit.

■ **Afb. 29** Stamboom van een familie met de ziekte van Huntington.

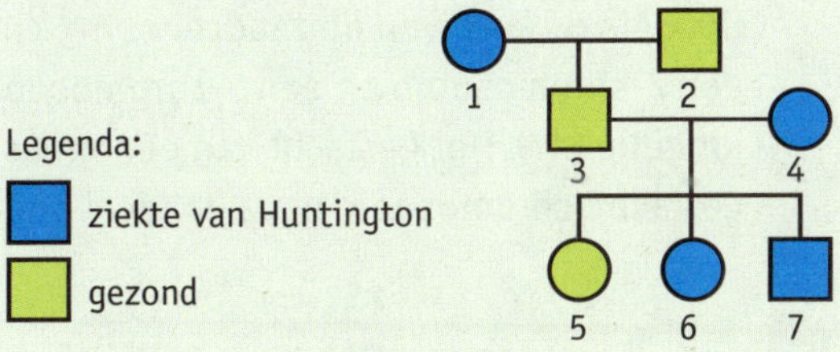

4 GESLACHTS-CHROMOSOMEN

LEERDOELEN

3.4.1 Je kunt beschrijven hoe geslachtschromosomen het geslacht van een mens bepalen.
3.4.2 Je kunt een kruisingsschema maken voor X-chromosomale overerving en de frequentie van bepaalde genotypen en fenotypen van nakomelingen hieruit afleiden.
3.4.3 Je kunt de frequentie van bepaalde genotypen en fenotypen van nakomelingen afleiden uit een stamboom over X-chromosomale overerving.

▶ Vaardigheid 6
▶ Practicum 2

TAXONOMIE	LEERDOELEN EN OPDRACHTEN		
	3.4.1	3.4.2	3.4.3
Onthouden	40		44a
Begrijpen	41, 42, 43	45, 46, 51	44b
Toepassen	47	48	52bc
Analyseren	50		49, 52a

Thomas Morgan kruiste in 1910 een vrouwelijk fruitvliegje met rode ogen met een mannetje met witte ogen. Alle nakomelingen hadden rode ogen. Toen hij de nakomelingen onderling liet paren, leverde dat een bijzonder resultaat op: alle vliegjes met witte ogen waren mannetjes en alle vrouwtjes hadden rode ogen.

GESLACHTSCHROMOSOMEN

In afbeelding 1 van basisstof 1 staat een karyogram van een mens. Het karyogram van een organisme kun je ook als formule noteren. Daarbij noteer je eerst het aantal chromosomen en daarna welke geslachtschromosomen voorkomen. Bij mensen is een normaal karyogram voor een man [46, XY] en voor een vrouw [46, XX].

In geslachtscellen komen chromosomen enkelvoudig voor. Geslachtscellen ontstaan na meiose, waarbij de chromosomen van een paar uit elkaar gaan. Een geslachtscel bevat slechts één geslachtschromosoom. Een eicel van een vrouw bevat altijd een X-chromosoom. Een zaadcel van een man kan een X-chromosoom of een Y-chromosoom bevatten.

Als bij bevruchting de kern van de zaadcel een X-chromosoom bevat, ontstaat een zygote met twee X-chromosomen in de kern. Hieruit ontwikkelt zich een meisje (XX). Als de kern van de zaadcel een Y-chromosoom bevat, ontstaat een zygote met een X-chromosoom en een Y-chromosoom in de kern. Hieruit ontwikkelt zich een jongetje (XY). Het geslacht van een mens komt bij de bevruchting vast te liggen. Het geslachtschromosoom in de zaadcel bepaalt het geslacht (zie afbeelding 30).

■ **Afb. 30** Geslachtsbepaling bij bevruchting.

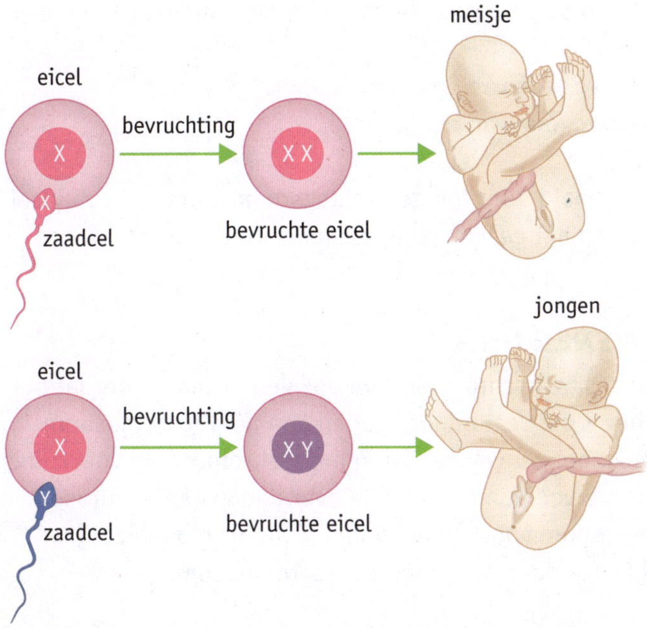

Bij de meeste diersoorten bepaalt één chromosomenpaar het geslacht van het dier. Bij zoogdieren en bij fruitvliegjes hebben de vrouwtjes twee X-chromosomen. De mannetjes hebben een X-chromosoom en een Y-chromosoom in elke lichaamscel. Bij vogels en enkele soorten vissen hebben de mannetjes juist twee X-chromosomen en de vrouwtjes een X-chromosoom en een Y-chromosoom in elke lichaamscel.

Opdrachten KENNIS

40 In welk cellen komen geslachtschromosomen voor: in lichaamscellen, in geslachtscellen of in beide?

41 In afbeelding 31 is een menselijke cel schematisch weergegeven. In deze cel zijn niet alle chromosomen getekend, maar slechts drie paar chromosomen. Eén paar stelt de geslachtschromosomen voor.

a Welk paar stelt de geslachtschromosomen voor? Leg je antwoord uit.

b Is de cel in afbeelding 31 een lichaamscel of een geslachtscel? Leg je antwoord uit.

■ **Afb. 31** Cel met chromosomen (schematisch).

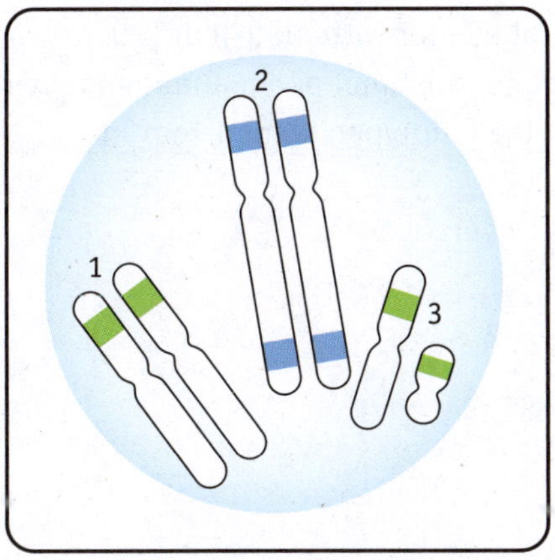

42 Kippen hebben in iedere lichaamscel 38 paar autosomen en 1 paar geslachtschromosomen. Ze hebben dus in totaal 39 paar chromosomen. Bij kippen hebben hanen XX en hennen XY.

a Wat is de formule voor het karyogram van een haan?

b Wat is de formule voor het karyogram van een hen?

43 Bij mensen wordt het geslacht bepaald door het geslachtschromosoom in de zaadcel. Welke geslachtscel bevat bij kippen het geslachtsbepalende chromosoom?

X-CHROMOSOMALE OVERERVING

Net als bij autosomen liggen in geslachtschromosomen ook genen. Maar doordat het Y-chromosoom veel korter is, heeft het veel minder genen dan het X-chromosoom. Hierdoor liggen in het X-chromosoom genen die niet in het Y-chromosoom voorkomen. Genen in geslachtschromosomen erven dan ook anders over dan genen in autosomen. Genen die alleen in het X-chromosoom voorkomen, noem je **X-chromosomaal** (zie afbeelding 32). Er ligt geen allel voor deze genen in het Y-chromosoom.

■ **Afb. 32** X-chromosomale genen (schematisch).

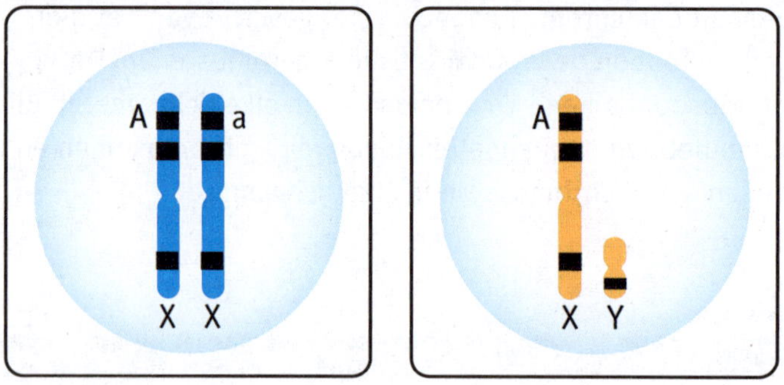

In een kruisingsschema geef je een dominant X-chromosomaal allel aan met X^A en een recessief X-chromosomaal allel met X^a. Voor een eigenschap die is veroorzaakt door een X-chromosomaal gen kan een vrouw homozygoot (X^AX^A of X^aX^a) of heterozygoot (X^AX^a) zijn. Een vrouw die heterozygoot is kan draagster zijn van een recessieve erfelijke eigenschap, zonder dat die eigenschap bij haar tot uiting komt. Voor een man zijn de termen 'homozygoot' en 'heterozygoot' niet van toepassing op eigenschappen die X-chromosomaal overerven. Een man heeft immers maar één X-chromosoom en heeft voor zo'n eigenschap als genotype X^AY of X^aY.

Voorbeeld van een X-chromosomaal kruisingsvraagstuk

Bij fruitvliegjes liggen de allelen voor rode en witte oogkleur in het X-chromosoom. Het allel voor rode oogkleur (X^A) is dominant over het allel voor witte oogkleur (X^a).

Een homozygoot vrouwtje met rode ogen wordt gekruist met een mannetje met witte ogen. De F_1-vliegjes worden onderling gekruist. Welke fenotypen komen voor in de F_2 en in welke verhouding?

In afbeelding 33 zijn de kruisingen schematisch weergegeven.

■ Afb. 33 Kruising van fruitvliegen.

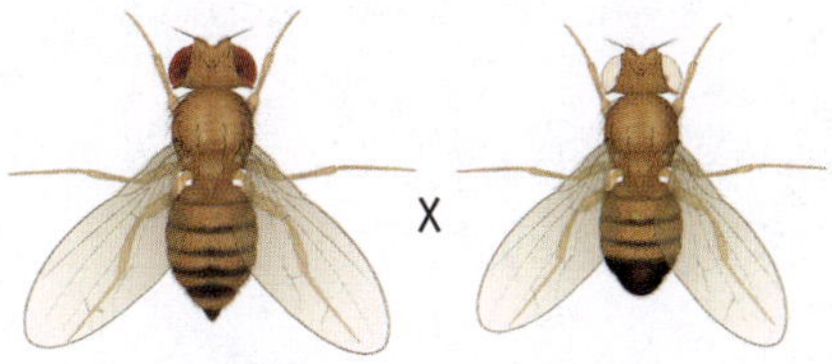

1 *Wat zijn de genotypen van de ouders? Geef deze genotypen in een kruising weer.*
Voor de ouders geldt dat het vrouwtje het genotype X^AX^A heeft en het mannetje het genotype X^aY.

2 *Welke allelen kunnen de geslachtscellen van beide ouders bevatten?*
Het vrouwtje kan alleen maar eicellen maken met X^A. Het mannetje kan zaadcellen maken met X^a of zaadcellen met Y.

3 *Welke mogelijkheden bestaan er voor de versmelting van een eicelkern en een zaadcelkern?*
Bij deze bevruchting bevat een eicel altijd allel X^A. Voor het allel van de zaadcel zijn twee mogelijkheden: X^a en Y. Zie het volgende uitgewerkte kruisingsschema.

P	♀ X^AX^A	×	♂ X^aY
geslachtscellen	X^A		X^a of Y

In de F_1 komen heterozygote vrouwtjes met rode ogen voor (X^AX^a) en mannetjes met rode ogen (X^AY). Bij onderlinge kruising van de F_1-vliegjes krijg je:

F_1	♀ X^AX^a	×	♂ X^AY
geslachtscellen	X^A of X^a		X^a of Y

F_2

♂ \ ♀	X^A	X^a
X^A	X^AX^A	X^AX^a
Y	X^AY	X^aY

In de F_2 komen voor:
- 50% vrouwtjes met rode ogen (X^AX^A en X^AX^a)
- 25% mannetjes met rode ogen (X^AY)
- 25% mannetjes met witte ogen (X^aY)

In de F_2 zie je dat bij de mannetjes een fenotype voorkomt (witte ogen) dat bij de vrouwtjes ontbreekt. Als je na een kruising met grote aantallen nakomelingen zo'n verhouding aantreft, dan kun je hieruit afleiden dat er een X-chromosomaal gen bij de overerving is betrokken.

Opdrachten KENNIS

44 Beantwoord de vragen met behulp van afbeelding 33.

a Wat is de verhouding van fenotypen voor de oogkleur in de F_1?

b Wat is de verhouding van fenotypen voor de oogkleur in de F_2?

45 Een X-chromosomale kruising wordt soms omgekeerd uitgevoerd: de eigenschappen van de ouders (P) zijn omgekeerd ten opzichte van de originele kruising. Je kruist dan een vrouwtje met witte ogen en een mannetje met rode ogen.

a Maak een kruisingsschema van deze kruising.

b Geef het genotype en fenotype van de fruitvliegjes die draagster zijn voor de eigenschap witte ogen.

46 Marijn is rood-groenkleurenblind en zijn vrouw is kleurenziend (homozygoot). Marijns vrouw is in verwachting van een zoontje.

a Hoe groot is de kans dat hun zoontje rood-groenkleurenblind is? Leg je antwoord uit met een kruisingsschema. Gebruik de allelen X^B en X^b.

b Mohammed is ook rood-groen kleurenblind en zijn vrouw is draagster voor de eigenschap rood-groenkleurenblindheid.
Hoe groot is de kans dat hun zoontje rood-groenkleurenblind is? Leg je antwoord uit met een kruisingsschema.

Opdrachten INZICHT

47 Er worden veel meer jongens geboren met rood-groenkleurenblindheid dan meisjes. Hoe kun je dit verklaren?

48 Bij kippen is de geslachtsbepaling door geslachtschromosomen anders dan bij mensen. Een haan heeft twee X-chromosomen en een hen heeft één X-chromosoom en één Y-chromosoom.
Bij kippen is het allel voor een bruine eierschaal dominant en X-chromosomaal (X^A).
Een haan kan geen eieren leggen, maar bezit wel de genen voor het bepalen van de kleur van de eierschaal.
Een hen die witte eieren legt, wordt gekruist met een haan die homozygoot is voor het allel X^A.

a Kunnen er in de F_1 hennen voorkomen die witte eieren leggen? Leg je antwoord uit met een kruisingsschema.

b De hanen en hennen uit de F_1 planten zich onderling voort.
Hoeveel procent van de hennen uit de F_2 zullen bruine eieren leggen en hoeveel procent van de hennen witte eieren? Leg je antwoord uit met een kruisingsschema.

49 Misvormde tanden door HED

Voorronde Biologie Olympiade 2018, vraag 8.

Patiënten met HED (hypohidrotische ectodermale dysplasie) hebben een genetische afwijking waardoor ze een verstoorde ontwikkeling van de tanden hebben en een verminderde zweetproductie.
HED wordt vaak veroorzaakt doordat in een allel van het EDA-gen een mutatie voorkomt. In afbeelding 34 is een stamboom van een familie weergegeven waarin HED voorkomt.
HED wordt veroorzaakt door een X-chromosomaal recessief allel.
Hoe kun je dit afleiden uit de stamboom?

■ **Afb. 34** Familie met HED.

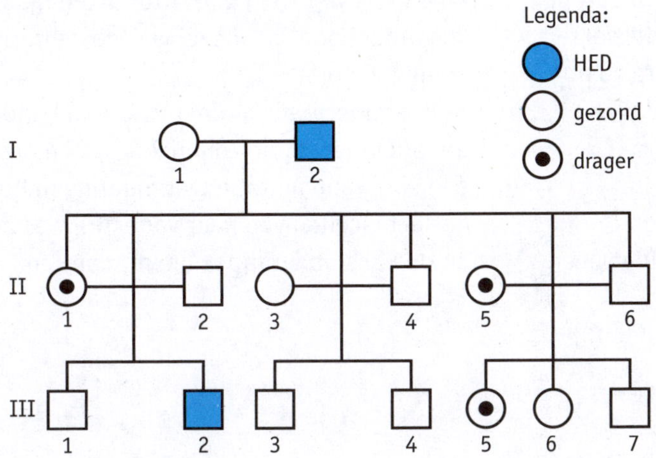

50 Bij bijen wordt het geslacht niet bepaald door geslachtschromosomen. De darren (mannetjes) ontstaan uit onbevruchte eicellen en vrouwelijke bijen uit bevruchte eicellen. Afhankelijk van de voeding ontwikkelt een bevruchte eicel zich tot werkster of tot koningin. Voor bijen geldt $n = 16$.

a Hoeveel chromosomen bevat een lichaamscel van een koningin?
b Hoeveel chromosomen bevat een lichaamscel van een dar?
c Komt bij bijen ook een Y-chromosoom voor?

Ga naar de *Flitskaarten* en *Test jezelf*.

Context Leefwereld

DE KONINKLIJKE ZIEKTE

Hemofilie was een veelvoorkomende ziekte in Europese koninklijke families in de negentiende en twintigste eeuw. Via twee dochters en de jongste zoon van de Britse koningin Victoria heeft de ziekte zich verspreid naar verschillende koningshuizen in Europa zoals Duitsland, Spanje en Rusland. Omdat de ziekte zoveel voorkwam bij koninklijke families werd ze ook wel *the royal disease* (Engels voor 'de koninklijke ziekte') genoemd.

Hemofiliepatiënten hebben last van een verminderde bloedstolling, wat kan leiden tot inwendige bloedingen in bijvoorbeeld de urinewegen of gewrichten. De aandoening wordt veroorzaakt door een recessief allel op het X-chromosoom.

Ook prins Alexej Nikolajevitsj van Rusland had hemofilie. In zijn geval is het recessieve allel indirect afkomstig van koningin Victoria, die draagster was (zie afbeelding 35). Alexej was de achterkleinzoon van koning Victoria.

De ouders van koningin Victoria hadden beiden het allel niet. Waarschijnlijk is het ontstaan door een spontane mutatie (verandering in het DNA) in de geslachtscellen van haar vader. Hij was al wat ouder en de kans op mutaties neemt dan toe.

■ **Afb. 35** Stamboom van koningshuizen van Europa.

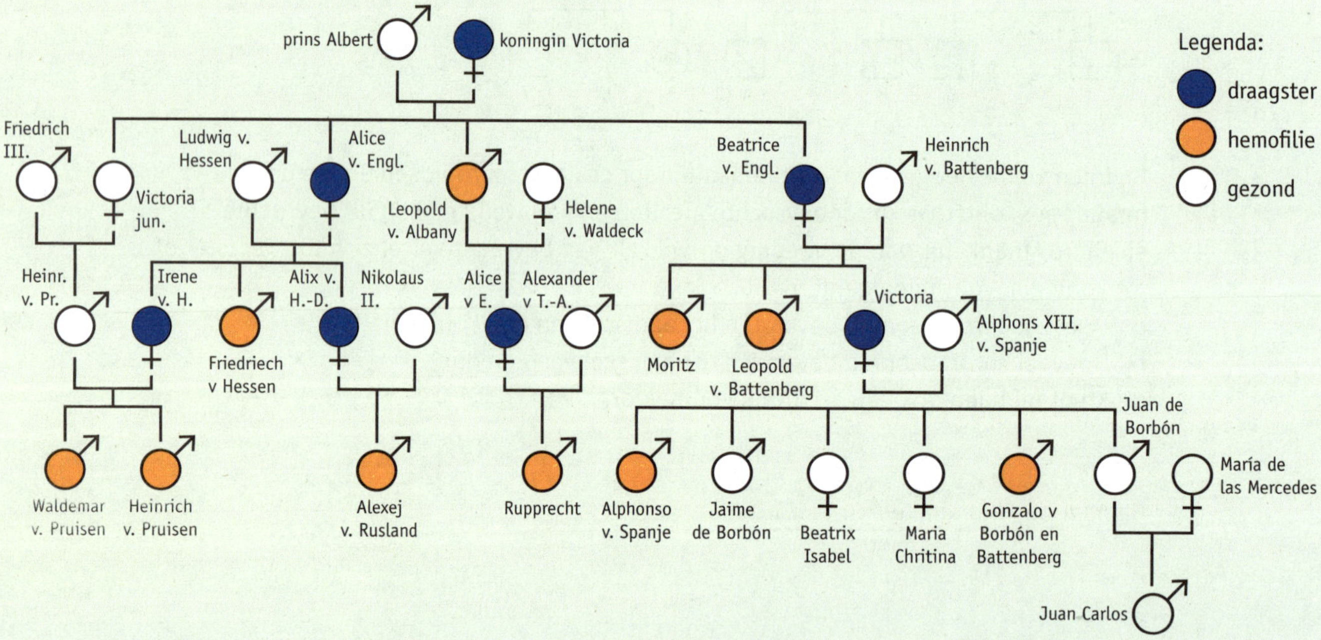

Opdrachten

51 Het recessieve allel voor hemofilie wordt weergegeven als X^b.

- **a** Wat is het genotype van koningin Victoria?
- **b** Hoe komt het dat koningin Victoria zelf geen last had van hemofilie?

52 Alexej is de achterkleinzoon van Victoria, de zoon van haar kleindochter.

- **a** Hoe groot was de kans dat Alexej het recessieve allel zou erven van Victoria? Leg je antwoord uit met een berekening.
- **b** Koningin Victoria heeft heel veel achterkleinkinderen. In de stamboom in afbeelding 36 staan er elf weergegeven. Hoe groot is het percentage achterkleinkinderen met hemofilie? Leg je antwoord uit met een berekening.
- **c** Alle achterkleinkinderen die hemofilie hebben zijn jongens. Waarom is de kans op hemofilie bij jongens groter dan bij meisjes?

5 SPECIALE MANIEREN VAN OVERERVEN

LEERDOELEN

3.5.1 Je kunt kruisingsschema's maken voor onafhankelijke overerving van multipele allelen, letale factoren en gekoppelde genen.

3.5.2 Je kunt uit de kruisingsschema's voor onafhankelijke overerving van multipele allelen, letale factoren en gekoppelde genen, of uit stambomen hiervan, de frequentie van bepaalde genotypen en fenotypen van nakomelingen afleiden.

▶ Vaardigheid 6
▶ Practicum 3

TAXONOMIE	LEERDOELEN EN OPDRACHTEN	
	3.5.1	3.5.2
Onthouden	53, 57	
Begrijpen	54b, 55, 56, 58, 59, 64a	54a
Toepassen	64b	60, 61a, 63, 65b
Analyseren		61b, 62, 65ac

Het is goed als je weet welke bloedgroep je hebt, zeker als je een bloedtransfusie nodig hebt. De verdeling van bloedgroepen verschilt per regio. Ongeveer 63% van de wereldbevolking heeft bloedgroep 0. Bloedgroep AB komt het minst voor. Welke bloedgroep je hebt, is erfelijk bepaald.

MULTIPELE ALLELEN

Tot nu toe heb je bij kruisingsvraagstukken steeds gekeken naar erfelijke eigenschappen met twee verschillende allelen. Voor de haarlijn bijvoorbeeld bestaat een allel voor een rechte haarlijn en een allel voor een V-vormige haarlijn. Vaak bestaan er drie of meer verschillende allelen voor een erfelijke eigenschap, ook wel **multipele allelen** genoemd. Ook van erfelijke eigenschappen met multipele allelen komen in iedere lichaamscel twee allelen voor.

De AB0-bloedgroep bij mensen wordt bepaald door één gen, waarvoor drie allelen bestaan. Twee allelen zijn dominant (I^A en I^B) en één allel is recessief (i). De allelen I^A en I^B erven codominant over. Er zijn vier bloedgroepen: A, B, AB en 0 (nul). Bij mensen bevatten lichaamscellen twee allelen voor de bloedgroep. De volgende genotypen zijn dan mogelijk:

- I^AI^A en I^Ai: deze personen hebben bloedgroep A;
- I^BI^B en I^Bi: deze personen hebben bloedgroep B;
- I^AI^B: deze persoon heeft bloedgroep AB;
- ii: deze persoon heeft bloedgroep 0.

Voorbeeld van een kruisingsvraagstuk met multipele allelen
Een vrouw met bloedgroep 0 krijgt een kind van een man met bloedgroep AB.
Hoe groot is de kans dat het kind bloedgroep AB heeft?

P	♀ ii	×	♂ I^AI^B
geslachtscellen	i		I^A of I^B
F_1			

♂ \ ♀	i
I^A	I^Ai
I^B	I^Bi

De kans dat het kind bloedgroep AB (I^AI^B) heeft, is dus 0%.

LETALE FACTOREN

Bij sommige erfelijke eigenschappen komen **letale factoren** voor. Dan levert een allel in homozygote toestand geen levensvatbare cellen of levensvatbaar individu op. Als twee geslachtscellen versmelten die dezelfde letale factor bevatten, sterft de zygote snel. Een deel van de verwachte nakomelingen wordt niet geboren, waardoor je bij de nakomelingen andere verhoudingen in de genotypen en fenotypen aantreft.

Voorbeeld van een kruisingsvraagstuk voor letale factoren
Bij manxkatten is het allel voor een korte staart (M) dominant over het allel voor normale staartlengte (m) (zie afbeelding 36). Het gen M bevat een letale factor, dat wil zeggen dat katten met het genotype MM in een vroeg embryonaal stadium sterven.
Twee manxkatten met korte staarten paren met elkaar.
Welke fenotypen verwacht je in de F_1 en in welke verhouding?

■ **Afb. 36** Manxkat met korte staart.

Omdat het genotype MM geen levensvatbaar individu oplevert, hebben manxkatten met een korte staart één keer het dominante allel M. Deze katten hebben dus het genotype Mm. Het kruisingsschema wordt dan:

P	♀ Mm	×	♂ Mm
geslachtscellen	M of m		M of m

F_1

♂ \ ♀	M	m
M	~~MM~~	Mm
m	Mm	mm

In de F_1 komen de volgende fenotypen voor:

- 67% katten met een korte staart (Mm)
- 33% katten met normale staartlengte (mm)

De verhouding van de fenotypen in de F_1 is 2 : 1. Ongeveer 25% van de zygoten (die met MM) sterft voor de geboorte. Deze zygoten tel je niet mee in de verhouding van fenotypen in de F_1.

Opdrachten KENNIS

53 Bij bloedgroepen zijn de allelen I^A en I^B codominant.
Wat is het verschil tussen codominant en intermediair?

54 Een man en een vrouw, beiden met bloedgroep AB, krijgen een kind.
a Maak een kruisingsschema van deze kruising.
b Welke bloedgroepen kan het kind hebben?

55 Waarom zijn de verhoudingen van de fenotypen bij de nakomelingen na een kruising met letale factoren anders dan bij een gewone kruising?

56 De acteur Peter Dinklage (zie afbeelding 37) heeft de erfelijke aandoening achondroplasie (dwerggroei). Hij is slechts 1,35 m lang en heeft korte armen en benen. Dit komt doordat het kraakbeen van de armen en benen niet goed in bot verandert. De grootte van de romp is gemiddeld. Achondroplasie erft autosomaal dominant over en is letaal bij embryo's die homozygoot zijn voor deze eigenschap.
Een man en een vrouw, beiden met de aandoening achondroplasie, krijgen samen een kind.
Hoe groot is de kans dat dit kind geen achondroplasie heeft? Leg je antwoord uit met een kruisingsschema.

■ **Afb. 37** Peter Dinklage.

GEKOPPELDE OVERERVING

Bij de monohybride kruisingen heb je steeds gelet op de overerving van één eigenschap. Je kunt ook kruisingen uitvoeren waarbij twee genen zijn betrokken. Als deze genen op hetzelfde chromosomenpaar liggen, spreek je van **gekoppelde genen**; er is dus sprake van gekoppelde overerving. Je geeft de genen van een chromosoom samen door (zie afbeelding 38).

■ **Afb. 38** Ontstaan van geslachtscellen bij gekoppelde genen.

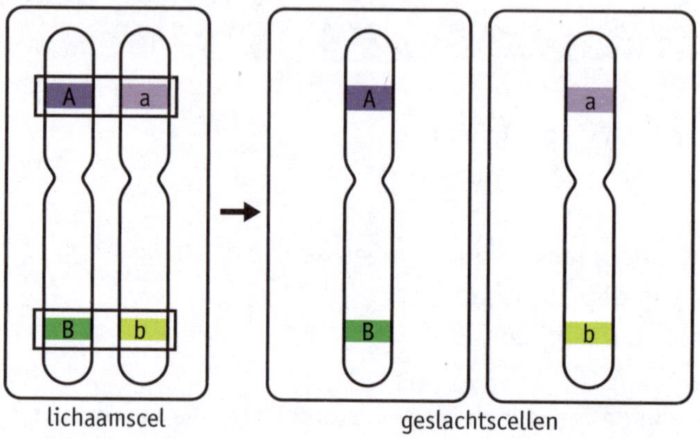

Voorbeeld van een kruisingsvraagstuk met gekoppelde genen

Bij fruitvliegjes is het allel voor grijze lichaamskleur (G) dominant over het allel voor zwarte lichaamskleur (g). Het allel voor normale vleugels (N) is dominant over dat voor vleugelstompjes (n). De genen voor lichaamskleur en vleugelvorm liggen in hetzelfde chromosomenpaar.

Een grijs vrouwtje met normale vleugels, dat voor beide eigenschappen homozygoot is, wordt gekruist met een zwart mannetje met vleugelstompjes (zie afbeelding 39). Een vrouwtje in de F_1 wordt verder gekruist met een zwart mannetje met vleugelstompjes. Welke fenotypen verwacht je in de nakomelingschap en in welke verhouding?

■ **Afb. 39** Kruising fruitvliegjes.

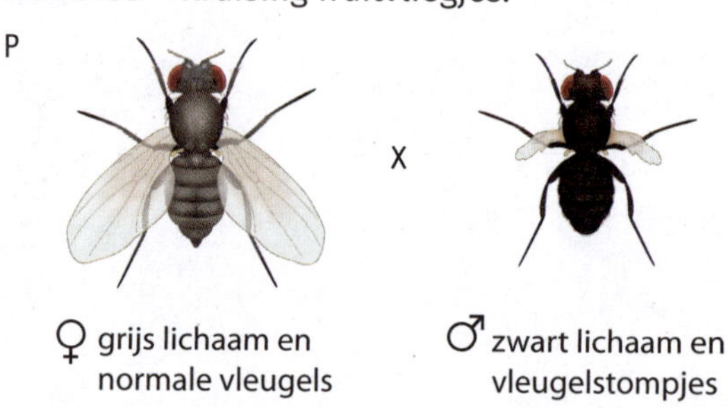

De genotypen van de ouders zijn GGNN (homozygoot dominant) en ggnn (homozygoot recessief). Het genotype van een vlieg in de F_1 is GgNn.
Bij de moeder liggen de allelen G en N in hetzelfde chromosoom. Bij de vader liggen de allelen g en n in hetzelfde chromosoom. De koppeling geef je aan door het chromosomenpaar waarin de genen liggen, schematisch weer te geven.

Het genotype van de moeder geef je weer met $\frac{GN}{GN}$.

Het genotype van de vader geef je weer met $\frac{gn}{gn}$.

Een eicel van de moeder geef je weer met GN, een zaadcel van de vader met gn.

Het genotype van de F_1-vliegjes is dan: $\frac{GN}{gn}$.

Vrouwtjes in de F_1 kunnen twee typen eicellen produceren: eicellen met GN en eicellen met gn. Het kruisingsschema wordt dan:

P	$\frac{GN}{GN}$	×	$\frac{gn}{gn}$
geslachtscellen	GN	en	gn
F_1	$\frac{GN}{gn}$		

Een vrouwtje in de F_1 wordt verder gekruist met een zwart mannetje met vleugelstompjes.

P	$\frac{GN}{gn}$	×	$\frac{gn}{gn}$
geslachtscellen	GN of gn		gn

F_2

♂ \ ♀	GN	gn
gn	$\frac{GN}{gn}$	$\frac{gn}{gn}$
gn	$\frac{GN}{gn}$	$\frac{gn}{gn}$

In de nakomelingschap van de F_2 komen de volgende fenotypen voor:
- 50% grijze vliegen met normale vleugels
- 50% zwarte vliegen met vleugelstompjes

De volgende fenotypen komen bij de nakomelingen niet voor:
- grijze vliegen met vleugelstompjes
- zwarte vliegen met normale vleugels

Bij onafhankelijke overerving zou je deze fenotypen wel in de nakomelingschap verwachten. Wanneer bij grote aantallen nakomelingen dergelijke verwachte fenotypen ontbreken, kun je hieruit afleiden dat er sprake is van gekoppelde overerving.

Opdrachten KENNIS

57 Wanneer erven genen gekoppeld over?

58 Bij mensen liggen de genen voor oogkleur en haarkleur op hetzelfde chromosoom. Het allel voor bruin haar (A) en het allel voor bruine ogen (B) erven gekoppeld over. De allelen voor blond haar (a) en blauwe ogen (b) zijn ook gekoppeld.
Een man met bruin haar en bruine ogen, die homozygoot is voor beide eigenschappen, en een vrouw met blond haar en blauwe ogen krijgen een kind.

a Kan het kind blond haar en blauwe ogen hebben? Leg je antwoord uit.

b De man en vrouw krijgen een dochter met bruin haar en bruine ogen. Zij trouwt met een man met blond haar en blauwe ogen.
Hoe groot is de kans op een kleinkind met blond haar en blauwe ogen? Leg je antwoord uit met een kruisingsschema.

59 Gebruik *BiNaS* tabel 70D.
Geef een voorbeeld van twee eigenschappen die bij mensen gekoppeld overerven.

Opdrachten INZICHT

60 In afbeelding 40 is in een stamboom de overerving van bloedgroepen in een familie weergegeven.

a Wat zijn de genotypen van de ouders?

b Is het mogelijk dat het kind dat is aangegeven met '?' bloedgroep 0 heeft? Zo ja, hoe groot is deze kans?

■ **Afb. 40** Stamboom over bloedgroepen.

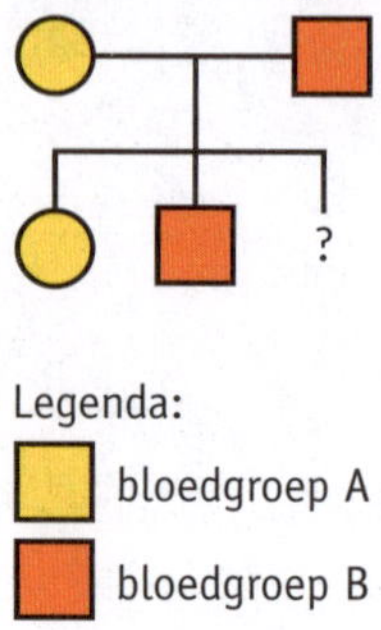

61 Een onderzoeker wil weten of de genen voor de eigenschappen bladvorm en bloemkleur op hetzelfde chromosoom liggen. Hij kruist daarom een plant met gele bloemen en pijlvormige bladeren, met een plant met witte bloemen en ovale bladeren. De F_1 wordt verder gekruist door middel van zelfbestuiving. In de F_2 zijn er 28 planten met gele bloemen en pijlvormige bladeren en 11 planten met witte bloemen en ovale bladeren.

a Welke bloemkleur en welke bladvorm zijn dominant?

b Is hier sprake van gekoppelde of onafhankelijke overerving? Leg je antwoord uit.

62 Bij muizen is een gele vachtkleur dominant over een agouti, (donkere) vachtkleur. Het allel voor een gele vachtkleur wordt weergegeven met A^Y en voor agouti met A. Wanneer twee heterozygote gele muizen meerdere keren met elkaar worden gekruist ontstaat er een F_1 die bestaat uit 115 gele muizen en 59 agouti muizen.

a Wat is de verhouding van fenotypen in de F_1?

b Van welke speciale vorm van overerving is hier sprake?

63 Bij konijnen is het allel voor een langharige vacht (A) dominant over een kortharige vacht (a), en het allel voor rechte oren (B) dominant over hangende oren (b). De eigenschappen erven gekoppeld over.
Een langharig mannetje met hangende oren wordt gekruist met een kortharig vrouwtje met rechte oren. Beide dieren zijn homozygoot voor de eigenschappen. De nakomelingen uit de F_1 paren onderling en produceren zo de F_2.

a Welke allelen zijn aan elkaar gekoppeld?

b Welke fenotypen zul je aantreffen in de F_2 en in welke verhouding? Leg je antwoord uit met een kruisingsschema.

Ga naar de *Flitskaarten* en *Test jezelf*.

Context Leefwereld

EEN STAMCEL-TRANSPLANTATIE

Bij Derek (19) is leukemie geconstateerd. Dat is een vorm van kanker waarbij je te veel witte bloedcellen aanmaakt die er anders uitzien en niet goed functioneren. Gezonde witte bloedcellen beschermen je lichaam tegen ziekten. Door de leukemie is Derek erg vatbaar voor infecties en heeft hij een tekort aan rode bloedcellen en bloedplaatjes.

Derek krijgt in eerste instantie chemotherapie. Met medicijnen wordt geprobeerd de productie van de abnormale cellen te stoppen of af te remmen. Als de chemotherapie niet werkt, kan Derek een stamceltransplantatie ondergaan. Via een infuus krijgt hij dan gezonde stamcellen van een donor toegediend.

Liam, de broer van Derek, wil graag weten of hij eventueel een geschikte stamceldonor is. Daarvoor moeten zowel de bloedgroep als bepaalde eiwitten op de buitenkant van zijn lichaamscellen overeenkomen. Die eiwitten noem je HLA-eiwitten. HLA-eiwitten spelen een belangrijke rol bij je afweer.

Welke HLA-eiwitten je hebt, hangt af van je HLA-type. Je HLA-type wordt bepaald door meerdere gekoppelde genen waarbij voor ieder gen veel verschillende allelen bestaan. Bij broers en zussen is de kans het grootst dat HLA-typen voldoende overeenkomen. De kans dat Liam dezelfde chromosomen van zijn ouders heeft geërfd als Derek is ongeveer 25%.

Derek en Liam doneren allebei bloed om hun HLA-type te laten bepalen. Uit de test blijkt dat Liam geen match is voor Derek. Gelukkig heeft de chemotherapie zijn werk gedaan en heeft Derek geen stamceltransplantatie meer nodig.

Opdrachten

64 Van Derek en Liam wordt de bloedgroep bepaald. Derek heeft bloedgroep 0 en Liam heeft bloedgroep A.

- **a** Wat zijn de mogelijke genotypen van Liam en Derek?
- **b** De ouders van Liam en Derek hebben ook bloedgroep A.
  Kun je met zekerheid zeggen welk genotype de ouders hebben? Leg je antwoord uit.

65 Je HLA-type wordt bepaald door meerdere genen die gekoppeld overerven. Zo liggen de genen voor HLA-A, HLA-B en HLA-DR allemaal op chromosoom 6. Welk allel je hebt voor het HLA-gen wordt aangegeven met een cijfer. Je hebt bijvoorbeeld de allelen HLA-A1, HLA-B6, enzovoort.
In afbeelding 41 zie je de HLA-typen van Derek en zijn ouders weergegeven.

- **a** Welke mogelijke genotypen kan Liam hebben? Leg je antwoord uit met een kruisingsschema.
- **b** Hoe groot is de kans dat Liam hetzelfde genotype heeft als Derek?
- **c** Voor HLA-A, HLA-B en HLA-DR bestaan erg veel verschillende allelen per gen. Voor ieder van deze genen komen meer dan 600 verschillende allelen voor.
  Waarom is de kans heel klein dat iemand exact hetzelfde HLA-type heeft als jij?

■ **Afb. 41** HLA-typen van Derek en zijn ouders.

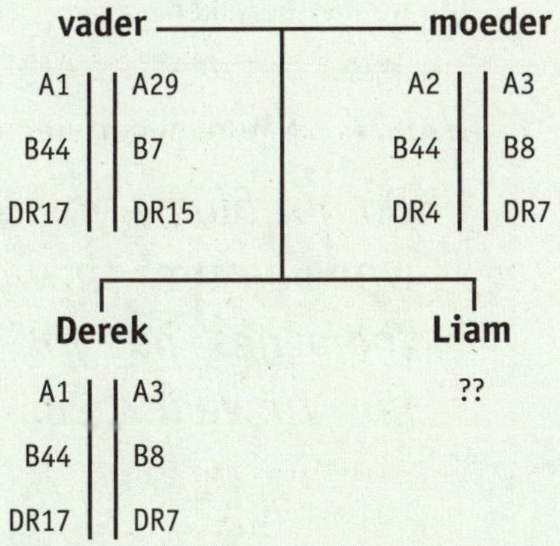

6 OPVOEDING OF AANLEG(SE)

LEERDOELEN

3.6.1 Je kunt uitleggen wat het belang van tweelingenonderzoek is voor de genetica.
3.6.2 Je kunt verklaren waarom overerving soms anders verloopt dan je verwacht.

TAXONOMIE	LEERDOELEN EN OPDRACHTEN	
	3.6.1	3.6.2
Onthouden	66	67
Begrijpen	68, 69, 70	71
Toepassen	72	73, 76, 77a, 78
Analyseren	74	75, 77b

Als je goed kunt leren, is dat dan een aangeboren eigenschap, of heb je dit aangeleerd? Biologisch en genetisch onderzoek geven stapje voor stapje antwoord op deze vraag. Er is steeds meer bewijs dat het gaat om een combinatie van aanleg en opvoeding.

NATURE VERSUS NURTURE

Het fenotype wordt bepaald door het genotype en door milieufactoren. Hoe groot de rol van het genotype en milieufactoren op het fenotype is, kun je bij planten en bij dieren bepalen door middel van onderzoek.

Sommige eigenschappen worden bijna uitsluitend bepaald door het genotype. Zo bepaalt je genotype je bloedgroep. Hierop heeft het milieu geen invloed. Andere eigenschappen worden (vrijwel) uitsluitend door milieufactoren bepaald, zoals een litteken of de lengte van je nagels.

Het genotype stelt bij veel eigenschappen de uiterste grenzen vast en het milieu bepaalt hoe dicht de grenzen worden benaderd. Bij een mens kan in het genotype vastliggen dat je maximaal 1,80 m lang kunt worden. Als alle milieufactoren optimaal zijn, zul je deze lengte bereiken. Krijg je tijdens de groei te maken met bijvoorbeeld gebrek aan voedsel, weinig slaap, zware arbeid of langdurige ziekte, dan zul je deze lengte niet bereiken.

■ **Afb. 42** Nature of nurture?

Do not blame your parents for who you are. They gave you the genes, but you choose how to wear them.

Travis J. Hedrick, Th D. Mba

Hetzelfde genotype leidt dus niet altijd tot hetzelfde fenotype, maar tot een reeks mogelijkheden van het fenotype als gevolg van de invloeden van het milieu.

De rol van opvoeding op het fenotype houdt psychologen, onderwijskundigen en opvoedkundigen behoorlijk bezig. Hoe groot is bijvoorbeeld de rol van aanleg (nature) en opvoeding (nurture) op je schoolprestaties? Bij mensen is deze rol van het milieu (opvoeding) en genotype (aanleg) op het fenotype (gedrag) lastig te bepalen. Je kunt niet zomaar experimenten met mensen doen. Tweelingenonderzoek kan in deze discussie wel een belangrijke bijdrage leveren.

TWEELINGENONDERZOEK

Eeneiige tweelingen hebben hetzelfde genotype en twee-eiige tweelingen hebben verschillende genotypen. Bij zowel eeneiige als twee-eiige tweelingen zijn de leeftijd en de omgeving waarin ze opgroeien gelijk. Daarom zijn tweelingen ideaal als vergelijkingsmateriaal: 'gelijk genotype en gelijk milieu' tegenover 'verschillend genotype en gelijk milieu'.

Wanneer eeneiige tweelingen, bijvoorbeeld door adoptie, van jongs af aan in verschillende gezinnen opgroeien, kun je te weten komen wat de invloed is van milieufactoren op het fenotype (gelijk genotype en verschillend milieu).

Opdrachten KENNIS

66 Vanaf welk moment ligt het genotype van een individu vast?

67 Welke termen worden in de genetica gebruikt in plaats van *nature* en *nurture*?

68 Yigit en Derman zijn geboren als een Siamese tweeling. De tweeling was met het hoofd vergroeid (zie afbeelding 43). Ze zijn door een chirurgisch team van elkaar gescheiden. Heeft een Siamese tweeling hetzelfde genotype of een verschillend genotype?

■ **Afb. 43** Siamese tweeling.

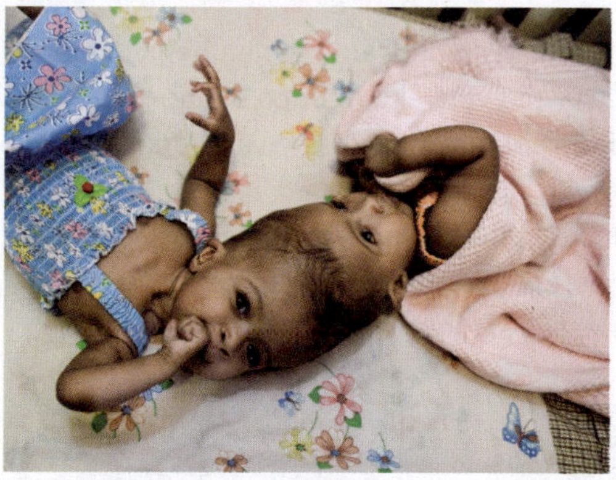

69 Bij tweelingenonderzoek gebruiken wetenschappers gegevens van twee-eiige tweelingen die samen in een gezin opgroeien. De leden van deze tweelingen vertonen onderling verschillen in fenotype.

a Waardoor worden de verschillen in het fenotype vooral veroorzaakt: door verschillen in genotype of door milieufactoren?

b Soms krijgen onderzoekers gegevens van eeneiige tweelingen die onder verschillende omstandigheden opgroeien.
Wordt hiermee de invloed van het genotype of de invloed van milieufactoren op het fenotype onderzocht?

GENEXPRESSIE

Je hebt geleerd dat de verhouding van fenotypen bij nakomelingen na een monohybride kruising soms kan afwijken van wat je had verwacht. Dat kan bijvoorbeeld doordat er in een allel een letale factor aanwezig is. Of wanneer het gaat om een X-chromosomale kruising.

Ook milieufactoren kunnen invloed hebben op de verhouding van fenotypen bij nakomelingen. Bijvoorbeeld doordat ze ervoor zorgen dat een bepaald allel bij het ene individu niet tot expressie komt en bij een ander individu met hetzelfde allelenpaar wel.

Zo blijkt uit onderzoek dat bij muizen de voeding die de moeder eet tijdens de zwangerschap invloed heeft op de vachtkleur van de nakomelingen. Bij gele muizen met hetzelfde genotype kan voeding bepalen of zij een donkere of een lichtere vachtkleur krijgen (zie afbeelding 44). De milieufactor voeding heeft hier invloed op het fenotype.

■ **Afb. 44** Kleurvariatie bij gele muizen.

geel | licht gevlekt | gevlekt | zwaar gevlekt | donker

Milieufactoren hebben dus invloed op het aan- en uitzetten van bepaalde allelen. Hierdoor kan de genexpressie veranderen.

Bij mensen kan voedseltekort de genexpressie van bepaalde genen beïnvloeden. Kinderen die tijdens de Hongerwinter van 1944 zijn verwekt, hebben bijvoorbeeld een grotere kans op overgewicht en diabetes, doordat de genexpressie van bepaalde genen is verhoogd.

Bij eeneiige tweelingen leidt de invloed van milieufactoren tot steeds duidelijkere verschillen in uiterlijk en gedrag op latere leeftijd. Het genotype van eeneiige tweelingen is gelijk, maar of bepaalde genen wel of niet tot uiting komen in het fenotype kan onderling verschillen.

Opdrachten KENNIS

70 Bij eeneiige tweelingen neemt het verschil in fenotype vaak toe naarmate de tweeling ouder wordt.

a Hoe komt het dat de fenotypen meer gaan verschillen naarmate ze ouder worden?

b Hoe kunnen verschillen in het fenotype bij eeneiige tweelingen worden veroorzaakt?

71 Waarom is bij mensen de invloed van nature en nurture moeilijker te bepalen dan bij dieren?

Opdrachten INZICHT

72 Hortensia's (zie afbeelding 45) zijn sierplanten voor in de tuin. De planten in de afbeelding zijn allemaal stekjes van dezelfde moederplant en hebben allemaal hetzelfde genotype. Toch heeft iedere plant een ander fenotype.
Geef twee voorbeelden van milieufactoren die verantwoordelijk kunnen zijn voor het verschil in fenotype.

■ **Afb. 45** Hortensia's.

73 In afbeelding 46 is een experiment over de vachtkleur bij muizen weergegeven.
- **a** Welke conclusie kun je trekken uit het experiment in afbeelding 46?
- **b** Het allel voor donkere vacht wordt aangegeven met a en het gen voor een gele vacht wordt weergegeven met A. De nakomelingen uit het experiment hebben allemaal hetzelfde genotype.
  Welk genotype hebben de nakomelingen uit het experiment? Leg je antwoord uit.

■ **Afb. 46** Experiment over vachtkleur bij muizen.

<table>
<tr><th>Onderzoek</th><th>De invloed van alcohol op de vachtkleur bij muizen.</th></tr>
<tr><td>Inleiding</td><td>Muizen met hetzelfde genotype voor gele vachtkleur vertonen toch verschillen in de expressie van het allel voor gele vachtkleur. Wanneer het allel actief is, is de vachtkleur geel. Is het gen inactief, dan is de vachtkleur donker. Soms is het gen plaatselijk uitgeschakeld en dan is de vacht geelbruin gevlekt.</td></tr>
<tr><td>Onderzoeksvraag</td><td>Beïnvloedt alcoholconsumptie door vrouwelijke muizen voor de bevruchting de genexpressie van het allel voor gele vachtkleur bij de jongen die worden geboren?</td></tr>
<tr><td>Hypothese</td><td>Alcoholconsumptie voor de bevruchting beïnvloedt de genexpressie van het allel voor gele vachtkleur bij de jongen die worden geboren.</td></tr>
<tr><td>Experiment</td><td>Een groot aantal homozygote donkere muizen (♀) wordt gekruist met een groot aantal homozygote gele muizen (♂). De donkere muizen worden verdeeld in twee groepen. Groep 1 krijgt geen alcohol voor de bevruchting, dit is de controlegroep, en groep 2 wel. De vachtkleur van de nakomelingen wordt met elkaar vergeleken.</td></tr>
<tr><td>Resultaten</td><td><table>
<tr><th>Vachtkleur</th><th>Groep 1</th><th>Groep 2</th></tr>
<tr><td>Geel</td><td>21%</td><td>6%</td></tr>
<tr><td>Gevlekt</td><td>66%</td><td>59%</td></tr>
<tr><td>Bruin</td><td>13%</td><td>25%</td></tr>
<tr><td>Totaal</td><td>91</td><td>69</td></tr>
</table></td></tr>
<tr><td>Conclusie</td><td></td></tr>
</table>

74 Najib wil onderzoeken of nicotineverslaving bepaald wordt door nature of nurture. Hij vergelijkt hiervoor twee groepen eeneiige tweelingen. Groep 1 bestaat uit eeneiige tweelingen die beiden roken en groep 2 bestaat uit eeneiige tweelingen waarvan er één wel rookt en één niet.
Wanneer kan Najib de conclusie trekken dat nicotineverslaving wordt bepaald door nurture?

75 Het aantal X-chromosomen in lichaamscellen van mannelijke en vrouwelijke zoogdieren is verschillend. Maar de genexpressie van deze chromosomen is wel gelijk. Om te voorkomen dat vrouwen meer expressie van de genen op de X-chromosomen hebben, wordt in iedere cel een willekeurig X-chromosoom uitgeschakeld. Dit betekent dat bij vrouwen groepjes cellen ontstaan waarin het X-chromosoom van vader actief is, maar ook groepjes cellen waarin het X-chromosoom van moeder actief is.
Bij lapjeskatten is dit goed zichtbaar. Lapjeskatten zijn altijd poezen (♀). Een van de genen voor vachtkleur bij katten ligt op het X-chromosoom. De verschillend gekleurde vlekken bij lapjeskatten ontstaan doordat in verschillende groepen cellen van de vacht een ander X-chromosoom tot expressie komt.

a Zijn lapjeskatten homozygoot of heterozygoot voor het X-chromosomale gen voor vachtkleur? Leg je antwoord uit.

b Waarom kunnen katers (♂) geen lapjeskat zijn?

Ga naar de *Flitskaarten* en *Test jezelf*.

Context Leefwereld

ZIN IN ZOETIGHEID

De meeste mensen hebben af en toe behoefte aan iets lekkers. Sommige mensen hebben echter meer moeite om van lekkernijen af te blijven dan anderen. Echte zoetekauwen blijken een andere genexpressie van het FGF21-gen te hebben dan mensen die gemakkelijker van snoep af kunnen blijven.

Het FGF21-gen reguleert de aanmaak van bepaalde stoffen en hormonen die een rol spelen bij de stofwisseling. Deense onderzoekers ontdekten dat onder invloed van deze stoffen en hormonen bepaalde delen in de hersenen gevoeliger zijn voor suiker en daardoor de zin in zoetigheid onderdrukken.

Je fenotype wordt bepaald door je genotype en de mate van genexpressie. Hoe meer genexpressie, hoe meer stoffen en hormonen je aanmaakt. Personen die het allel A voor het FGF21-gen bezitten hebben meer behoefte aan zoetigheid, omdat zij minder stoffen en hormonen aanmaken.

De hoeveelheid suiker die je eet heeft ook weer invloed op de expressie van het FGF21-gen. Als je veel suiker eet, leidt dat in levercellen tot meer expressie van het FGF21-gen. Hierdoor neemt de hoeveelheid stoffen en hormonen toe waardoor de hersencellen tijdelijk gevoeliger worden voor suiker. Dat remt de behoefte aan zoetigheid.

De genexpressie van het FGF21-gen beïnvloedt dus de behoefte aan suiker, maar de hoeveelheid suiker die je eet beïnvloedt ook de genexpressie. Onderzoekers werken aan een medicijn dat de genexpressie van het FGF21-gen stimuleert, zodat je minder zin krijgt in zoetigheid.

■ **Afb. 49** Suikerrijk eten.

Opdrachten

76 Uit onderzoek blijkt dat mensen die allel A van het FGF21-gen bezitten meer behoefte hebben aan suiker dan mensen zonder dat allel. Wordt de extra behoefte aan suiker bij deze mensen uitsluitend bepaald door het genotype?

77 **a** Waarom lopen mensen die het allel A hebben voor het FGF21-gen meer kans op obesitas en diabetes? Leg je antwoord uit in drie stappen.
b Hoe zou een medicijn de zin in zoetigheid kunnen onderdrukken?

78 Is het zo dat iedereen die allel A bezit obesitas krijgt?

Genetica // Samenhang

TWIN STRANGERS

LEERDOELEN

3.S.1 Je kunt aangeven hoe erfelijkheid een rol speelt op verschillende organisatieniveaus.

3.S.2 Je kunt uitleggen hoe erfelijkheid een rol speelt bij evolutionair denken.

Niamh Geaney werd uitgedaagd tijdens een tv-programma om op zoek te gaan naar haar dubbelganger. Iemand die er exact zo uitziet als jij, terwijl je geen familie bent. Toen zij Karen ontmoette, was iedereen verbaasd over hoeveel ze op elkaar leken. De video van hun ontmoeting ging dan ook viraal via YouTube en dit leidde uiteindelijk tot de start van het 'twin strangers project'. Door dit project heeft Niamh ondertussen al kennisgemaakt met maar liefst drie dubbelgangers.

■ **Afb. 1**

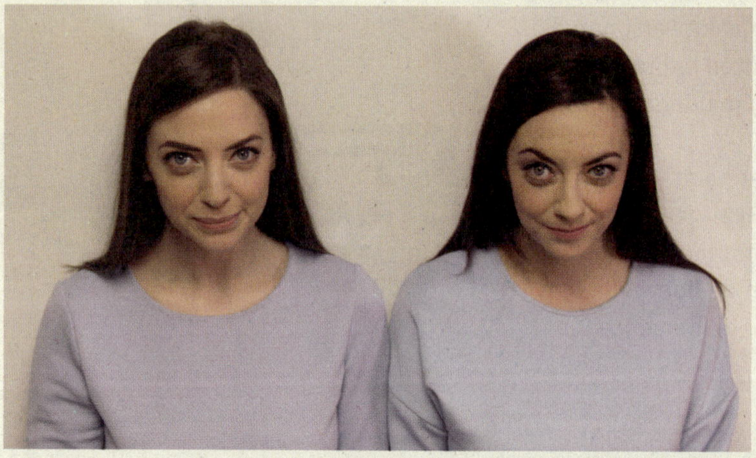

Niamh Geaney dacht dat haar dubbelgangers misschien wel verre familie van haar waren. Maar uit een DNA-test bleek dat dat niet zo was. Ze deelden de afgelopen 20 000 jaar zelfs geen gemeenschappelijke voorouder.

Als je wilt weten of je met iemand een gemeenschappelijke voorouder deelt, kun je kijken naar een groep allelen die je van slechts één ouder hebt gekregen. Bij mannen worden hiervoor vaak de allelen op het Y-chromosoom gebruikt. Mannen erven het Y-chromosoom van hun vader. Bij vrouwen wordt gekeken naar de allelen van het DNA in de mitochondriën, die erf je altijd via de eicel van je moeder. Hoe meer de allelen van twee individuen verschillen, hoe langer het geleden is dat zij een gemeenschappelijke voorouder hadden.

Hoe is het mogelijk dat sommige mensen zo veel op elkaar lijken terwijl ze absoluut geen familie zijn van elkaar? Joseph McInerney, de vicevoorzitter van de American Society of Human Genetics, geeft aan dat mensen voor 99,5% dezelfde DNA-sequenties hebben. De verschillen in genotypen en fenotypen bij mensen worden veroorzaakt door 0,5% van het DNA. In deze 0,5% zitten onder andere de allelen die je gezichtskenmerken bepalen, zoals haarkleur, oogkleur, kuiltjes in de wangen, wipneus, enzovoort. Qua allelen is er uiteraard niet oneindig veel variatie mogelijk, want er zijn maar een beperkt aantal allelen voor een gen. Hierdoor is het eigenlijk een kwestie van kansberekening.

Joseph McInerney geeft aan dat de kans dat je iemand tegenkomt die sprekend op jou lijkt het grootst is in je eigen omgeving. Zeker als je familie daar al generaties lang woont. De kans is dan groot dat dit wel een ver familielid is waarmee jij je DNA-sequenties voor meer dan 99,5% deelt.

Opdrachten

1 Noteer in de tabel de volgende begrippen bij het juiste organisatieniveau.
Kies uit: *DNA-sequentie – DNA-test – dubbelgangers – eicel – eigen omgeving – familie – generaties – gezichtskenmerken – voorouder.*

Organisatieniveau	Begrip
Systeem aarde	
Ecosysteem	
Populatie	
Organisme	
Orgaan	
Cel	
Molecuul	

2 Bij mannen wordt aan de hand van allelen op het Y-chromosoom bepaald hoelang geleden ze een gemeenschappelijke voorouder hadden. Bij vrouwen kijk je naar allelen in het DNA uit de mitochondriën.
Bij mannen kan ook met het DNA uit de mitochondriën worden vastgesteld hoelang geleden de gemeenschappelijke voorouder leefde. Waarom kun je dit bij mannen ook met het DNA uit de mitochondriën bepalen?

3 Bij een DNA-test worden de DNA-sequenties van individuen vergeleken.
Er wordt een DNA-test uitgevoerd om te bepalen of twee mensen familie van elkaar zijn.
Wordt het DNA onderzocht dat mensen gemeenschappelijk hebben (99,5%), of het DNA (0,5%) dat de verschillen in genotypen en fenotypen veroorzaakt? Leg je antwoord uit.

4 Volgens Joseph McInerney is het bestaan van dubbelgangers slechts een kwestie van kansberekening.
Volgens onderzoekers aan de universiteit van Londen zijn er 32 genen verantwoordelijk voor je gezichtskenmerken. Stel dat er voor deze 32 genen maar twee allelen bestaan, een dominant en een recessief allel.

a Hoeveel verschillende combinaties van allelen zijn er dan mogelijk voor gezichtskenmerken?

b In 2021 zijn er ongeveer 8 miljard mensen op de wereld.
Hoeveel mensen hebben dan waarschijnlijk dezelfde allelcombinatie voor alle gezichtskenmerken als jij?

c Sommige mensen hebben veel eigenschappen die worden veroorzaakt door een dominant allel.
Is de kans dat je een dubbelganger hebt dan groter of kleiner?

PRACTICA

Practicumopdracht 1

ONDERZOEKSDOEL

3.O.1 Je kunt monohybride kruisingen uitbeelden met pijpenragers en kralen.

▶ Basisstof 3
▶ Vaardigheid 6

Monohybride kruisingen uitbeelden met pijpenragers en kralen

40 minuten

INLEIDING

Bij een monohybride kruising volg je de overerving van één erfelijke eigenschap waarbij één allelenpaar is betrokken. Je kunt dan de kans op een bepaald genotype of fenotype bij de nakomelingen bepalen. In dit practicum beeld je twee monohybride kruisingen uit met behulp van pijpenragers en kralen. Je maakt een fotoverslag van het practicum.

ONDERZOEKSVRAAG

Wat zijn de verhoudingen van genotypen en fenotypen bij de nakomelingen van monohybride kruisingen?

MATERIAAL

- één kleur pijpenragers met dezelfde lengte
- twee kleuren kralen
- mobiele telefoon
- blanco werkblad A3
- potlood of pen

■ **Afb. 1** Pijpenragers.

■ **Afb. 2** Kralen.

METHODE

- Je gebruikt de pijpenragers als chromosomen en de kralen als allelen.
- Gebruik het werkblad om de kruisingen uit te beelden.
- Beeld de volgende kruising uit tot en met de F_2 volgens de stappen voor het oplossen van een kruisingsvraagstuk: een vrouwelijk dier met een rode vacht (A) dat homozygoot is voor deze eigenschap wordt gekruist met een geel (a) mannetje. De eigenschap rood is volledig dominant over geel.
- Maak eerst een legenda waarin je aangeeft welke erfelijke eigenschap een bepaalde kleur kraal vertegenwoordigt.
- Geef steeds aan wat de ouders (P) en nakomelingen zijn (F_1 en F_2). Noteer ook de genotypen en fenotypen van de organismen en de genotypen van de geslachtscellen.
- Beeld op dezelfde manier de monohybride kruising uit (tot en met de F_1) van een rood heterozygoot dier (vrouwtje) dat wordt gekruist met een geel organisme (mannetje).

RESULTATEN

- Noteer van de eerste kruising de genotypen en fenotypen van de nakomelingen in de F_1 en F_2 op het werkblad. Zet erachter in welke verhoudingen ze voorkomen.
- Als je klaar bent, maak je een foto met je mobiele telefoon.
- Print de foto's of stuur ze naar je docent.
- Herhaal dit voor de tweede kruising.

CONCLUSIE

1 Wat zijn de verhoudingen van de genotypen en fenotypen bij de nakomelingen van de F_1 en de F_2?

DISCUSSIE

2 Wat ging er goed?

3 Wat kon beter?

Practicumopdracht 2

ONDERZOEKSDOEL

3.O.2 Je kunt X-chromosomale kruisingen uitbeelden met pijpenragers en kralen.

▶ Basisstof 4
▶ Vaardigheid 6

Een X-chromosomale overerving uitbeelden met pijpenragers en kralen

⏱ 20 minuten

INLEIDING

Bij een X-chromosomale eigenschap liggen de genen voor een bepaalde erfelijke eigenschap alleen op de X-chromosomen. Door een X-chromosomale kruising uit te voeren, kun je de overerving van zo'n eigenschap volgen en de kans op een bepaald genotype of fenotype bij de nakomelingen bepalen. In dit practicum beeld je een X-chromosmale kruising uit met behulp van pijpenragers en kralen. Je maakt een fotoverslag van het practicum.

ONDERZOEKSVRAAG

Wat zijn de verhoudingen van genotypen en fenotypen bij de nakomelingen van een X-chromosomale kruising?

MATERIAAL

- één kleur pijpenragers waarvan een deel 10 cm lang is en een deel 3 cm lang
- twee kleuren kralen
- mobiele telefoon
- blanco werkblad A3
- potlood of pen

METHODE

- Je gebruikt de pijpenragers als chromosomen en de kralen als allelen.
- Gebruik het werkblad om de kruising uit te beelden.
- Bij fruitvliegjes is het gen dat de oogkleur bepaalt X-chromosomaal. Het allel voor rode oogkleur (X^R) is dominant over het allel voor witte oogkleur (X^r). Beeld de volgende kruising uit tot en met de F_2 volgens de stappen voor het oplossen van een kruisingsvraagstuk: een vrouwtje met witte ogen wordt gekruist met een mannetje met rode ogen.
- Maak eerst een legenda waarin je aangeeft welke erfelijke eigenschap een bepaalde kleur kraal vertegenwoordigt.
- Geef steeds aan wat de ouders (P) en nakomelingen zijn (F_1 en F_2). Noteer ook de genotypen en fenotypen van de organismen en de genotypen van de geslachtscellen.

RESULTATEN

- Noteer de genotypen en fenotypen van de nakomelingen in de F_1 en F_2 op het werkblad. Zet erachter in welke verhoudingen ze voorkomen.
- Als je klaar bent, maak je een foto met je mobiele telefoon.
- Print de foto's of stuur ze naar je docent.

CONCLUSIE

1 Wat zijn de verhoudingen van de genotypen en fenotypen bij de nakomelingen van de F_1 en de F_2?

DISCUSSIE

2 Wat ging er goed?

3 Wat kon beter?

Practicumopdracht 3

ONDERZOEKSDOEL

3.O.3 Je kunt gekoppelde overerving uitbeelden met pijpenragers en kralen.

▶ Basisstof 5
▶ Vaardigheid 6

Gekoppelde overerving uitbeelden met pijpenragers en kralen

⏱ 20 minuten

INLEIDING

Je kunt ook kruisingen uitvoeren waarbij twee genen zijn betrokken. Wanneer de twee genenparen in hetzelfde chromosomenpaar liggen, spreek je van gekoppelde genen en gekoppelde overerving. Bij gekoppelde overerving is slechts één chromosomenpaar betrokken. In dit practicum beeld je een kruising met gekoppelde overerving uit met behulp van pijpenragers en kralen. Je maakt een fotoverslag van het practicum.

ONDERZOEKSVRAAG

Wat zijn de verhoudingen van genotypen en fenotypen bij de nakomelingen van een kruising met gekoppelde overerving?

MATERIAAL

- één kleur pijpenragers met dezelfde lengte
- vier kleuren kralen
- mobiele telefoon
- blanco werkblad A3
- potlood of pen

METHODE

- Je gebruikt de pijpenragers als chromosomen en de kralen als allelen.
- Gebruik het werkblad om de kruisingen uit te beelden.
- Bij een diersoort is een rode vacht (A) volledig dominant over een gele vacht (a) en is langharig (B) volledig dominant over kortharig (b). Beeld de volgende kruising uit tot en met de F_2 volgens de stappen voor het oplossen van een kruisingsvraagstuk: een rood, langharig vrouwtje dat homozygoot is voor beide eigenschappen wordt gekruist met een geel, kortharig mannetje.
- Maak eerst een legenda waarin je aangeeft welke erfelijke eigenschap een bepaalde kleur kraal vertegenwoordigt.
- Geef steeds aan wat de ouders (P) en nakomelingen zijn (F_1 en F_2). Noteer ook de genotypen en fenotypen van de organismen en de genotypen van de geslachtscellen.

RESULTATEN

- Noteer de genotypen en fenotypen van de nakomelingen in de F_1 en F_2 op het werkblad. Zet erachter in welke verhoudingen ze voorkomen.
- Als je klaar bent, maak je een foto met je mobiele telefoon.
- Print de foto's of stuur ze naar je docent.

CONCLUSIE

1 Wat zijn de verhoudingen van de genotypen en fenotypen bij de nakomelingen van de F_1 en de F_2?

DISCUSSIE

2 Wat ging er goed?
3 Wat kon beter?

SAMENVATTING

3.1.1 BASISSTOF 1

Je kunt beschrijven wat het fenotype en wat het genotype van een organisme is.

- Fenotype: de waarneembare eigenschappen van een individu. Hierbij horen eigenschappen zoals haarkleur, oogkleur en lichaamsgeur, maar ook eigenschappen zoals bloedgroep en kleurenblindheid.
  - Het fenotype wordt bepaald door het genotype en milieufactoren.
- Genotype: informatie voor alle erfelijke eigenschappen van een individu.

3.1.2

Je kunt uitleggen wat autosomen, geslachtschromosomen en homologe chromosomen zijn.

- De mens heeft in een lichaamscel 23 paar chromosomen (2*n*):
  - 22 paar autosomen
  - 1 paar geslachtschromosomen (XX = vrouw en XY = man)
- X-chromosoom: een van de geslachtschromosomen: komt bij vrouwen in paren voor, komt bij mannen enkelvoudig voor.
- Y-chromosoom: het andere geslachtschromosoom, komt alleen enkelvoudig voor bij mannen.
- Homologe chromosomen: chromosomen die gelijk zijn in lengte en vorm en informatie bevatten voor dezelfde erfelijke eigenschappen.
- Genetische informatie / genetische code: de informatie voor erfelijke eigenschappen die opgeslagen ligt in het DNA.
- Karyogram (of chromosomenportret) (zie *BiNaS* tabel 70B): rangschikking van chromosomen uit een cel naar grootte en in paren.
- Nucleotiden: bouwstenen van het DNA.
  - Een nucleotide kan één van de volgende vier stikstofbasen bevatten: adenine (A), cytosine (C), thymine (T) of guanine (G).
  - Een DNA-molecuul bestaat uit twee ketens van aan elkaar gekoppelde nucleotiden. De stikstofbasen van de twee ketens zijn met elkaar verbonden. Ze vormen vaste paren (basenparing): A-T en C-G.
- DNA-sequentie: de volgorde van de nucleotiden in het DNA.
- Chromosoom: één molecuul van de stof DNA met eiwitmoleculen.
- Gen: een deel van een chromosoom dat de informatie bevat voor een of meer erfelijke eigenschappen of een deel van een erfelijke eigenschap.
  - Allel: variant van een gen; ieder allel heeft een eigen volgorde van nucleotiden.
- Genoom: alle DNA-moleculen in een cel.

3.1.3

Je kunt uitleggen dat een fenotype tot stand komt door de combinatie van genotype en de invloed van milieufactoren.

- Het fenotype wordt bepaald door het genotype en door milieufactoren, bijvoorbeeld licht, lucht, vochtigheid, temperatuur, voeding, ziekten en opvoeding.
  - Modificatie: verandering in fenotype, veroorzaakt door milieufactoren. Een modificatie is niet erfelijk. De informatie in de chromosomen verandert niet.
- Genexpressie: het aanzetten van genen. Hierdoor komen erfelijke eigenschappen tot uiting.
- Geninactivatie: het uitzetten van genen. Hierdoor komen erfelijke eigenschappen niet tot uiting.
- Erfelijke ziekte: een ziekte die wordt doorgegeven via de chromosomen. van de ouders.
- Aangeboren afwijking: een afwijking die ontstaat door milieufactoren in de baarmoeder.

3.2.1 BASISSTOF 2

Je kunt uitleggen hoe het fenotype van een organisme tot stand komt en hierbij de begrippen homozygoot, heterozygoot, dominant en recessief gebruiken.

- Elk gen heeft een bepaalde plaats in een bepaald chromosoom.
- In lichaamscellen komen chromosomen en genen in paren voor (chromosomenpaar en genenpaar).
- In geslachtscellen komen chromosomen en genen enkelvoudig voor.

- Homozygoot: het genenpaar voor een eigenschap bestaat uit twee gelijke allelen.
- Heterozygoot: het genenpaar voor een eigenschap bestaat uit twee ongelijke allelen.
- Dominant allel: een allel dat altijd tot uiting komt in het fenotype.
  - Individuen bij wie een dominant allel tot uiting komt in het fenotype, zijn homozygoot of heterozygoot voor deze eigenschap.
- Recessief allel: een allel dat alleen tot uiting komt in het fenotype als er geen dominant allel aanwezig is.
  - Individuen bij wie een recessief allel tot uiting komt in het fenotype, zijn homozygoot voor deze eigenschap.
- Onvolledig dominant: twee onvolledig dominante allelen komen bij een heterozygoot individu beide tot uiting in het fenotype.
- Intermediair fenotype: het fenotype dat ontstaat bij onvolledige dominantie.
- Codominantie: beide allelen komen volledig tot uiting in het fenotype.

3.2.2

Je kunt beschrijven hoe door recombinatie nieuwe combinaties van allelen ontstaan.

- Recombinatie: het herverdelen van erfelijke eigenschappen waardoor nieuwe combinaties van chromosomen en allelen ontstaan.
  - Recombinatie vindt plaats door meiose en geslachtelijke voortplanting.
  - Tijdens meiose I gaan chromosomen van een chromosomenpaar uiteen, waardoor er geslachtscellen met verschillende genotypen ontstaan. In de geslachtscellen kunnen 2^n verschillende genotypen voorkomen (bij de mens 2^{23}).
  - Door recombinatie ontstaat een grote genetische variatie door verscheidenheid in genotypen. Hierdoor heeft een soort een grotere overlevingskans, vooral bij veranderende milieuomstandigheden.
- Genetische variatie ontstaat ook door mutaties.
  - Mutatie: verandering in een erfelijke eigenschap.

3.3.1 BASISSTOF 3

Je kunt een kruisingsschema opstellen van een monohybride kruising.

- Monohybride kruising: kruising waarbij je let op de overerving van één eigenschap.
  - Bij een monohybride kruising is één allelenpaar betrokken.
- Het opstellen van een kruisingsschema:
  - Geef de genotypen van de ouders in een kruising weer.
  - Geef een dominant allel weer met een hoofdletter en een recessief allel met dezelfde kleine letter.
  - Stel vast welke allelen de geslachtscellen van beide ouders kunnen bevatten.
  - Ga na welke mogelijkheden er bestaan voor de versmelting van een eicelkern en een zaadcelkern.
  - De F_2 ontstaat door onderlinge kruising van de nakomelingen uit de F_1.
- Kruisingsschema van een monohybride kruising:

P:	♂ AA	×	♀ aa
geslachtscellen	A		a
F_1	Aa		
	♂ Aa	×	♀Aa
geslachtscellen	A of a		A of a
F_2			

♂ \ ♀	A	a
A	AA	Aa
a	Aa	aa

  - Verhouding in de F_2:
    genotypen: AA : Aa : aa = 1 : 2 : 1
    fenotypen: fenotype waarbij het dominante allel tot uiting komt : fenotype waarbij het recessieve allel tot uiting komt = 3 : 1

3.3.2

Je kunt de frequentie van bepaalde genotypen en fenotypen van nakomelingen afleiden uit een kruisingsschema of stamboom van een monohybride kruising.

- Kruisingsvraagstuk: een vraagstuk over hoe bepaalde erfelijke eigenschappen worden doorgegeven. Wordt meestal opgelost met een kruisingsschema.
- P: Aa × aa
  - Verhouding in de F_1:
    genotypen: Aa : aa = 1 : 1
    fenotypen: fenotype waarbij het dominante allel tot uiting komt : fenotype waarbij het recessieve allel tot uiting komt = 1 : 1
- P: Aa × Aa
  - Verhouding in de F_1:
    genotypen: AA : Aa : aa = 1 : 2 : 1
    fenotypen: fenotype waarbij het dominante allel tot uiting komt : fenotype waarbij het recessieve allel tot uiting komt = 3 : 1
- Testkruising: uit de F_1 leid je af of een individu homozygoot of heterozygoot is voor een bepaalde eigenschap. Hiervoor kruis je een individu met een homozygoot recessief individu: AA × aa of Aa × aa. Alleen bij een heterozygote ouder komt het recessieve allel tot uiting in de F_1.
- Stambomen: schematisch overzicht dat laat zien hoe een bepaalde erfelijke eigenschap in een familie overerft.
  - Als twee ouders met gelijk fenotype een nakomeling krijgen met een afwijkend fenotype, zijn beide ouders heterozygoot voor deze eigenschap (Aa).
  - De nakomeling is dan homozygoot recessief voor deze eigenschap (aa).

3.4.1 BASISSTOF 4

Je kunt beschrijven hoe geslachtschromosomen het geslacht van een mens bepalen.

- Bij een man:
  - in een lichaamscel: twee ongelijke geslachtschromosomen (XY)
  - in een zaadcel: een X-chromosoom of een Y-chromosoom
- Bij een vrouw:
  - in een lichaamscel: twee gelijke geslachtschromosomen (XX)
  - in een eicel: een X-chromosoom
- Karyogram: kan ook worden weergegeven in een formule. Bij de mens is dat [46, XX] voor een vrouw en [46, XY] voor een man.
- Het geslacht van een individu komt vast te liggen op het moment van bevruchting.
  - Een meisje ontstaat als een eicel (met een X-chromosoom) wordt bevrucht door een zaadcel met een X-chromosoom.
  - Een jongen ontstaat als een eicel (met een X-chromosoom) wordt bevrucht door een zaadcel met een Y-chromosoom.

3.4.2

Je kunt een kruisingsschema maken voor X-chromosomale overerving en de frequentie van bepaalde genotypen en fenotypen van nakomelingen hieruit afleiden.

- Bij X-chromosomale overerving liggen de genen voor een eigenschap in de geslachtschromosomen. Bij een X-chromosomale kruising:
  - elk X-chromosoom bevat een allel voor een gen
  - het Y-chromosoom bevat geen allel voor dit gen
- X-chromosomale allelen worden weergegeven als X^A of X^a.
  - Een vrouw kan als genotype X^AX^A, X^AX^a of X^aX^a hebben.
  - Een man kan als genotype X^AY of X^aY hebben.

3.4.3

Je kunt de frequentie van bepaalde genotypen en fenotypen van nakomelingen afleiden uit een stamboom over X-chromosomale overerving.

- Bij X-chromosomale kruisingen geeft de moeder één van haar twee X-chromosomen door aan een zoon.
  - X-chromosomaal gebonden aandoeningen komen vaker tot uiting bij mannen dan bij vrouwen.
  - Zonen erven de afwijking altijd van hun moeder.
  - Draagster: een vrouw die heterozygoot is voor een recessieve X-chromosomale eigenschap, waardoor deze eigenschap niet tot uiting komt in haar fenotype.

3.5.1 BASISSTOF 5

Je kunt kruisingsschema's maken voor onafhankelijke overerving van multipele allelen, letale factoren en gekoppelde genen.

- Multipele allelen: voor één erfelijke eigenschap bestaan drie of meer verschillende allelen. Bijvoorbeeld voor de bloedgroepen van de mens bestaan drie allelen: I^A, I^B en i.
  - I^AI^A of I^Ai: bloedgroep A
  - I^BI^B of I^Bi: bloedgroep B
  - I^AI^B: bloedgroep AB
  - ii: bloedgroep 0
- Letale factor: een allel dat geen levensvatbaar individu oplevert als een genenpaar bestaat uit twee van zulke allelen.
  - Als beide ouders dezelfde letale factor bezitten, wordt een deel van de verwachte nakomelingen niet geboren.
- Onafhankelijke overerving: twee genenparen liggen in verschillende chromosomenparen.
- Gekoppelde overerving: twee genenparen liggen in hetzelfde chromosomenpaar.
- In kruisingsopgaven worden gekoppelde genen als volgt aangegeven:
  - het genotype van een homozygoot dominant individu wordt weergegeven als: $\frac{GN}{GN}$
  - het genotype van een homozygoot recessief individu als: $\frac{gn}{gn}$
  - het genotype van een heterozygoot individu als: $\frac{GN}{gn}$

3.5.2

Je kunt uit de kruisingsschema's voor onafhankelijke overerving van multipele allelen, letale factoren en gekoppelde genen, of uit stambomen hiervan, de frequentie van bepaalde genotypen en fenotypen van nakomelingen afleiden.

- Bij multipele allelen zijn meer dan drie verschillende fenotypen mogelijk. Welke fenotypen in welke verhouding voorkomen bij de nakomelingen is afhankelijk van het fenotype en genotype van de ouders.
- Bij letale factoren is de verhouding van de fenotypen bij de nakomelingen van twee heterozygote ouders niet 3 : 1 (fenotype behorend bij dominant allel : fenotype behorend bij recessief allel), maar 2 : 1.
- Bij gekoppelde genen zijn de verhoudingen van de genotypen en fenotypen bij de nakomelingen vergelijkbaar met die van een monohybride kruising.
  - Niet alle combinaties van eigenschappen komen voor in het fenotype van de nakomelingen.

3.6.1 BASISSTOF 6

Je kunt uitleggen wat het belang van tweelingenonderzoek is voor de genetica.

- Door tweelingenonderzoek kun je meer zicht krijgen op de invloed die het genotype heeft en welke invloed milieufactoren hebben op het fenotype.
  - De individuen van een eeneiige tweeling hebben hetzelfde genotype.
  - Een twee-eiige tweeling lijkt net zo veel op elkaar als andere broers of zussen en kan van verschillend geslacht zijn.
  - Bij een eeneiige tweeling (die gescheiden opgroeit) kun je onderzoeken welke invloed milieufactoren op het fenotype hebben.

3.6.2

Je kunt verklaren waarom overerving soms anders verloopt dan je verwacht.

- Genexpressie is het mechanisme dat verantwoordelijk is voor het aan- en uitzetten van allelen en kan worden beïnvloed door milieufactoren.

SAMENHANG

3.S.1 **Je kunt aangeven hoe erfelijkheid een rol speelt op verschillende organisatieniveaus.**

3.S.2 **Je kunt uitleggen hoe erfelijkheid een rol speelt bij evolutionair denken.**

ONDERZOEK - PRACTICA

3.O.1 **Je kunt monohybride kruisingen uitbeelden met pijpenragers en kralen.**

3.O.2 **Je kunt X-chromosomale kruisingen uitbeelden met pijpenragers en kralen.**

3.O.3 **Je kunt gekoppelde overerving uitbeelden met pijpenragers en kralen.**

Ga naar de *Flitskaarten* en de *Oefentoets*.

EXAMENOPGAVEN

DE ZIEKTE VAN WILSON

Bron: examen havo 2019-2, vraag 6 en 7.

Toen Jannekes vriend opmerkte dat haar ogen van kleur leken te veranderen, dacht zij dat hij een grapje maakte. Maar in de spiegel ziet ze tussen het blauw en het wit van haar ogen een randje geelbruin. Voor de zekerheid gaat zij naar de dokter. Die vermoedt dat Janneke de ziekte van Wilson heeft.

De ziekte van Wilson is een zeldzame aandoening waarbij de uitscheiding van koper is verstoord. Hierdoor hoopt koper zich op in de lever, maar ook aan de rand van het hoornvlies, waardoor de verkleuringen ontstaan.

De dokter verwijst Janneke door voor DNA-onderzoek. Hiermee wordt de diagnose bevestigd. De internist in het ziekenhuis legt uit dat bij de ziekte van Wilson een gen op chromosoom 13 is gemuteerd. Dit gen codeert normaal voor een eiwit dat levercellen nodig hebben om koper via de gal uit te scheiden.

De ziekte van Wilson blijkt vaker voor te komen in de familie van Janneke. In afbeelding 1 is de stamboom van Jannekes familie te zien.

■ **Afb. 1** Stamboom van Jannekes familie.

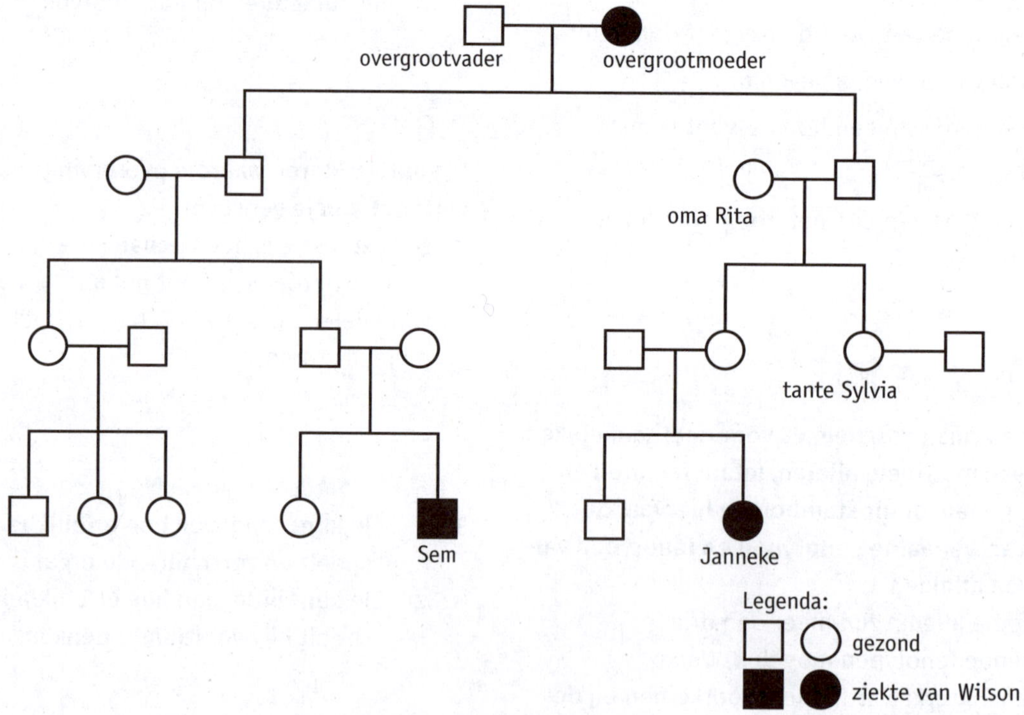

2p **1** Uit de stamboom is af te leiden dat de ziekte van Wilson autosomaal overerft. Als de overerving X-chromosomaal was geweest, zou een van de ouders van Sem of Janneke de ziekte ook moeten hebben.
Wie zou in dat geval de ziekte ook hebben?

A Sems vader
B Sems moeder
C Jannekes vader
D Jannekes moeder

2p **2** Jannekes tante Sylvia (afbeelding 1) wil weten wat de kans is dat zij drager is van het allel voor de ziekte van Wilson. Ga ervan uit dat Jannekes oma Rita geen drager is.
Hoe groot is de kans dat Sylvia drager is?

A 0%
B 25%
C 50%
D 75%
E 100%

KWIEKER OUDER DOOR GENMUTATIE

Naar: examen havo 2021-3, vraag 32.

De meest voorkomende oorzaak van dementie is de ziekte van Alzheimer.

> Bij de ziekte van Alzheimer gaan sommige zenuwcellen in de hersenen en de verbindingen tussen deze zenuwcellen kapot. Hierdoor kunnen de hersenen niet goed meer functioneren. In de eerste fase wordt het geheugen geleidelijk slechter. In latere fasen krijgt de patiënt problemen met taal en ingewikkelde handelingen en uiteindelijk ontstaan problemen met het uitvoeren van eenvoudige taken.
>
> Er zijn verschillende genen die het risico op alzheimer beïnvloeden. Een van deze genen beïnvloedt de verhouding tussen 'slecht cholesterol' (LDL) en 'goed cholesterol' (HDL) in het bloed. Dit gen staat bekend als het 'lang-leven-gen'. Onderzoekers ontdekten een allel van het lang-leven-gen dat een lagere concentratie LDL en een hogere concentratie HDL veroorzaakt. Ze vroegen zich af of mensen die dankzij dit gunstige allel langer leven, ook langer geestelijk gezond blijven. Om dat te onderzoeken werd vier jaar lang het geheugen getest van proefpersonen die ouder waren dan 70 jaar en bij de start van het onderzoek geen geheugenproblemen hadden. Ook werd bij hen bepaald of ze het normale allel (allel 1) of het afwijkende, gunstige allel (allel 2) van het lang-leven-gen hadden. Alleen bij mensen die twee kopieën van allel 2 hebben, ging het geheugen minder snel achteruit. Van deze groep kregen ook veel minder mensen alzheimer.

2p **3** Is allel 2 dominant of recessief? Leg je antwoord uit.

OVERERVING BIJ VARKENS

Naar: examen havo 2009-2, vraag 7, 8 en 10.

Varkens zijn in veel culturen belangrijk vee. Van het varken komen veel rassen voor die alle afstammen van het wilde zwijn.

Een tam varken heeft in elke lichaamscel 38 chromosomen. Het West-Europese wilde zwijn heeft echter 36 chromosomen. In afbeelding 2 staan links de chromosomen van zowel het varken als het wilde zwijn weergegeven. Bij het varken ontbreekt chromosomenpaar nummer 2. Bij het wilde zwijn ontbreken de chromosomenparen nummer 6 en 9. Chromosomenpaar nummer 20 verschilt naargelang het geslacht: XX voor zeugen (♀) en XY voor beren (♂).

Rechts in afbeelding 2, een portret van een varkensbeer.

■ Afb. 2 Karyogram en portret van varkensbeer.

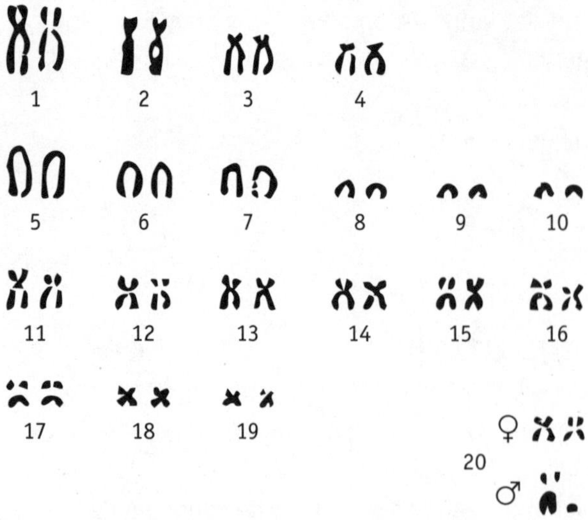

1p **4** Hoeveel chromosomen komen er voor in een spermacel van de beer, het mannelijke tamme varken?

De vorm van de oren bij varkens kan verschillen. Er zijn varkens met hangoren en varkens met staande oren. Een beer met hangende oren wordt gekruist met een zeug met staande oren, het resultaat zie je in het kruisingsschema van afbeelding 3.

■ Afb. 3 Kruisingsschema van varkens.

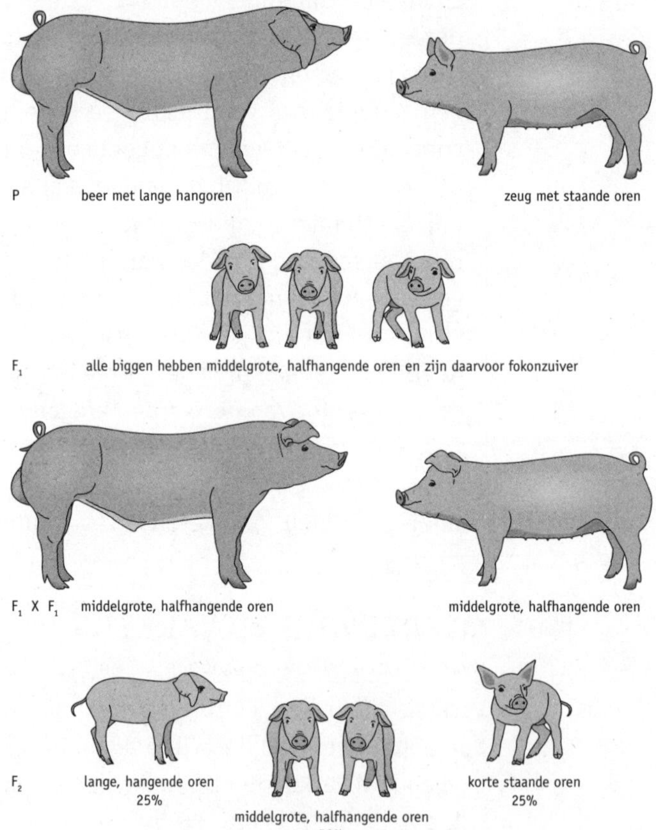

2p **5** Over deze kruising worden drie uitspraken gedaan ten aanzien van het genotype voor de vorm van de oren.

1 Aan het fenotype van de varkens in de F_2 kun je direct zien wat het genotype van het varken is.
2 Alle nakomelingen in de F_1 zijn genotypisch hetzelfde.
3 Alle nakomelingen in de F_2 hebben een homozygoot genotype.

Welke van deze uitspraken is of welke zijn juist?

A alleen 1
B alleen 3
C alleen 1 en 2
D alleen 1 en 3
E alleen 2 en 3
F zowel 1, 2 als 3

In de varkenshouderij heb je bij het fokken te maken met erfelijke gebreken. Enkele voorbeelden daarvan zijn: een waterhoofd, een gesloten anus en een verkorte onderkaak. Deze gebreken erven recessief over en zijn daardoor moeilijk uit te roeien. Een gezonde beer of zeug kan wel drager zijn van zo'n recessief allel.
Van een gezonde beer met goede vleeskwaliteiten wil men door middel van testkruising uitzoeken of hij drager is van een afwijkend allel voor verkorte onderkaak.

2p **6** Uit kruisingen tussen deze beer en drie verschillende zeugen ontstaat de volgende nakomelingenschap:

1 Bij kruising met zeug 1, met een normaal fenotype, een worp van twaalf biggen waarvan zes met een verkorte onderkaak.
2 Bij kruising met zeug 2, met een normaal fenotype, een worp van vijf biggen waarbij geen enkel dier een verkorte kaak heeft.
3 Bij kruising met zeug 3, met een normaal fenotype, een worp van acht biggen waarvan twee met een verkorte onderkaak.

Uit welke kruising of uit welke kruisingen kun je met zekerheid vaststellen dat de beer drager is van het recessieve allel?

A alleen kruising 1
B alleen kruising 2
C alleen kruising 3
D zowel kruising 1 als 3
E zowel kruising 2 als 3
F uit geen enkele kruising

MSUD

Naar: examen havo 2018-2, vraag 12.

Maud werkt als diëtiste in een academisch ziekenhuis. Een van haar patiëntjes is Stan, een baby met de zeldzame erfelijke stofwisselingsziekte MSUD. Met de ouders bespreekt zij een dieet voor Stan.

Kenmerkend voor MSUD (*maple syrup urine disease*) is een zoetige geur van de urine. Deze geur doet denken aan esdoornsiroop (*maple syrup*). Bij patiënten met MSUD werkt een bepaald enzym niet goed waardoor ze bepaalde aminozuren (delen van eiwitten) niet kunnen afbreken. Hierdoor ontstaat een te hoge concentratie van deze aminozuren in het bloed. Dit leidt ertoe dat MSUD, indien onbehandeld, hersenschade kan veroorzaken.

Voor een uitgebreid onderzoek naar MSUD in de familie van Stan werd bij familieleden wangslijmvlies afgenomen en onderzocht. In de stamboom van de familie (afbeelding 4) zijn de uitslagen aangegeven.

■ **Afb. 4** Stamboom familie van Stan.

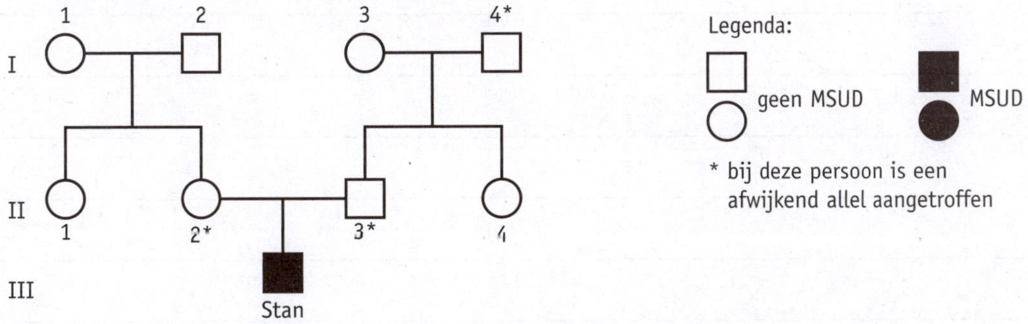

2p **7** De ouders van Stan vragen zich af wat de kans is dat een volgend kind ook MSUD heeft.

a Hoe groot is de kans op een volgend kind met MSUD, indien dit kind een jongen is?
b Hoe groot is de kans op een volgend kind met MSUD, indien het kind een meisje is?

Ga naar de *Examentrainer.*

NOTITIES

Thema 4

EVOLUTIE

In de loop van miljarden jaren zijn allerlei levensvormen op aarde ontstaan, veranderd en vaak ook verdwenen. Dat blijkt uit onderzoek naar fossielen en bestaande soorten. Darwin gaf met de evolutietheorie een verklaring voor deze veranderingen. Hij baseerde zich vooral op uiterlijke kenmerken van soorten. In dit thema leer je meer over resultaten uit de biochemie en de genetica die Darwins theorie bevestigen en verfijnen.

Inhoud

ORIËNTATIE

Het succes van de vliegende rat 232
Voorkennistoets
Voorkennisfilmpje

BASISSTOF

1 Indeling van de levende natuur 234
2 Bacteriën, virussen en schimmels 242
3 De evolutietheorie 249
4 Evolutie in populaties 259
5 Onderzoek naar evolutie 264

SAMENHANG

Alleen mutanten smullen van softijs 272

EXTRA STOF

Leren en werken

ONDERZOEK

Practica 274

AFSLUITING

Samenvatting 281
Examenopgaven 284

HET SUCCES VAN DE VLIEGENDE RAT

Stadsduiven, in elke stad over de hele wereld kom je ze tegen. Je ziet ze vooral op pleinen en gebouwen. En dat is opmerkelijk, want voor vogels is de leefomgeving van een stad extreem. Er is vervuiling, veel lawaai, veel kunstmatig licht en de temperatuur is relatief hoog. Waarom zijn deze duiven dan zo succesvol in een voor hen onnatuurlijke omgeving? En wat heeft dit met evolutie te maken?

Stadsduiven kwamen van oorsprong niet voor in Nederland. Ze stammen af van de rotsduif die leeft in rotsachtige gebieden rond de Middellandse Zee, Azië en Noord-Afrika. De rotsen in deze gebieden lijken op stenen gebouwen in de steden. Duiven zijn gewend aan een harde ondergrond en ze kunnen zich goed verplaatsen in kleine ruimten. Rotsachtige gebieden kennen immers veel holten en spleten waartussen soms weinig ruimte zit.

Duiven bouwen hun nesten op de rotsen. Ze hebben daarvoor geen bomen of beschutte velden nodig. Net als hun voorouders bouwen stadsduiven hun nest op stenen. Het liefst op donkere plaatsen, zoals in kerktorens, onder daken of onder bruggen. Doordat ze het hele jaar door broeden, krijgen ze in korte tijd veel nakomelingen.

Ook het eetpatroon van de duiven zorgt ervoor dat zij zich kunnen handhaven in de stad. Net als mensen, houden duiven van zaden. De zaden die de duiven in de stad vinden zijn graankorrels, rijst en vogelvoer. Ook allerlei voedingsmiddelen die van granen worden gemaakt, zoals brood, crackers en koekjes, eindigen regelmatig in de prullenbak of op straat.

Je zou kunnen zeggen dat de rotsduiven al waren aangepast aan hun toekomstige leefomgeving, de stad. Daardoor hadden ze in steden een grote kans om in leven te blijven en nakomelingen te krijgen. Dat is waar het bij evolutie om draait. Soorten die goed zijn aangepast aan de omgeving zijn succesvol. Ze kunnen voor nakomelingen zorgen die ook weer de juiste eigenschappen hebben om succesvol in een omgeving te kunnen leven. Als de omgeving verandert, zal een soort ook moeten veranderen. Duiven die het best zijn aangepast, overleven in een nieuwe situatie en planten zich voort. Verandert de soort niet, maar de omgeving wel, dan is er een grote kans dat de soort uitsterft.

In de stad gaat de evolutie van de stadsduiven door. Een van de oorzaken is vervuiling. Zware metalen, zoals kobalt en zink zijn giftig en komen in steden vaker voor dan in de natuur. Stadsduiven met een donker verenpak blijken minder snel dood te gaan door zware metalen dan duiven met een licht verenpak. Het donkere verenpak bevat meer van het pigment melanine. Dat pigment geeft kleur aan de veren, maar bindt ook zware metalen, waardoor deze minder schade kunnen aanrichten in het lichaam van een duif. Hierdoor zijn er in de stad meer duiven met een donker verenpak. Duiven die buiten de steden leven, zijn vaak lichter van kleur.

Het succes van de stadsduiven is zelfs zo groot, dat ze voor veel overlast zorgen. Niet voor niets worden ze vliegende ratten genoemd.

■ **Afb. 1** Stadsduiven.

Opdrachten

1 Het oorspronkelijk leefgebied van de duif lijkt op sommige punten op de hedendaagse stad. Noteer in de tabel overeenkomstige eigenschappen van de twee omgevingen.

	Rotsduif	Stadsduif
Leefomgeving		
Nestplaats		
Type voedsel		

2 **a** Welke omgeving heeft invloed op de overlevingskans van de rotsduif?
b Welke omgeving heeft invloed op de overlevingskans van de stadsduif?

3 Een stadsduif paart met een rotsduif en ze krijgen samen een nest met eieren. Deze nakomelingen kunnen ook weer voor nageslacht zorgen.
Is de stadsduif een andere soort dan de rotsduif? Leg je antwoord uit.

4 Het verenpak van stadsduiven is donkerder dan het verenpak van rotsduiven.
Leg uit hoe dit komt.

5 Wat zal er met de lichte kleur van een duivenpopulatie op het platteland gebeuren als de concentratie zware metalen daar door verstedelijking toeneemt?

Ga naar de *Voorkennistoets* en het *Voorkennisfilmpje*.

1 INDELING VAN DE LEVENDE NATUUR

LEERDOEL

4.1.1 Je kunt het ordeningssysteem van organismen beschrijven en toepassen.

- Vaardigheden 1, 2, 3 en 4.
- Practica 1 en 2

TAXONOMIE	LEERDOEL EN OPDRACHTEN
	4.1.1
Onthouden	3b, 5, 6a
Begrijpen	1, 2, 3a, 4, 6b, 7, 10
Toepassen	8, 11, 13
Analyseren	9, 12

Aan het begin van het bestaan van de aarde was er geen leven mogelijk. Op een zeker moment ontstond de eerste eencellige levensvorm. Sindsdien heeft deze eerste levensvorm zich ontwikkeld tot de enorme diversiteit van vandaag de dag.

HET LEVEN OP AARDE

De aarde bestaat ongeveer 4,6 miljard jaar. Naar schatting ontstonden 3,8 miljard jaar geleden de eerste eencellige vormen van leven in zee. Pas ongeveer 670 miljoen jaar geleden verschenen de eerste meercelligen (zie afbeelding 1). De oudste fossielen met menselijke kenmerken zijn ongeveer 5 miljoen jaar oud. De ontwikkeling van levensvormen gedurende miljarden jaren heeft geleid tot een enorme **biodiversiteit** (verscheidenheid aan organismen). Er zijn inmiddels ruim twee miljoen organismen beschreven. De schattingen over het aantal onbekende soorten lopen uiteen van tien tot honderd miljoen.

Een goed ordeningssysteem maakt het mogelijk om al die soorten en vormen te bestuderen en overzicht te houden. Systematici en taxonomen ordenen en benoemen groepen organismen en onderzoeken de (genetische) verwantschap. Daarbij zijn moleculaire eigenschappen, zoals de bouw van membranen, eiwitten en het erfelijk materiaal (onder andere DNA) steeds vaker doorslaggevend.

■ Afb. 1 De geschiedenis van het leven (MJG = miljoen jaar geleden).

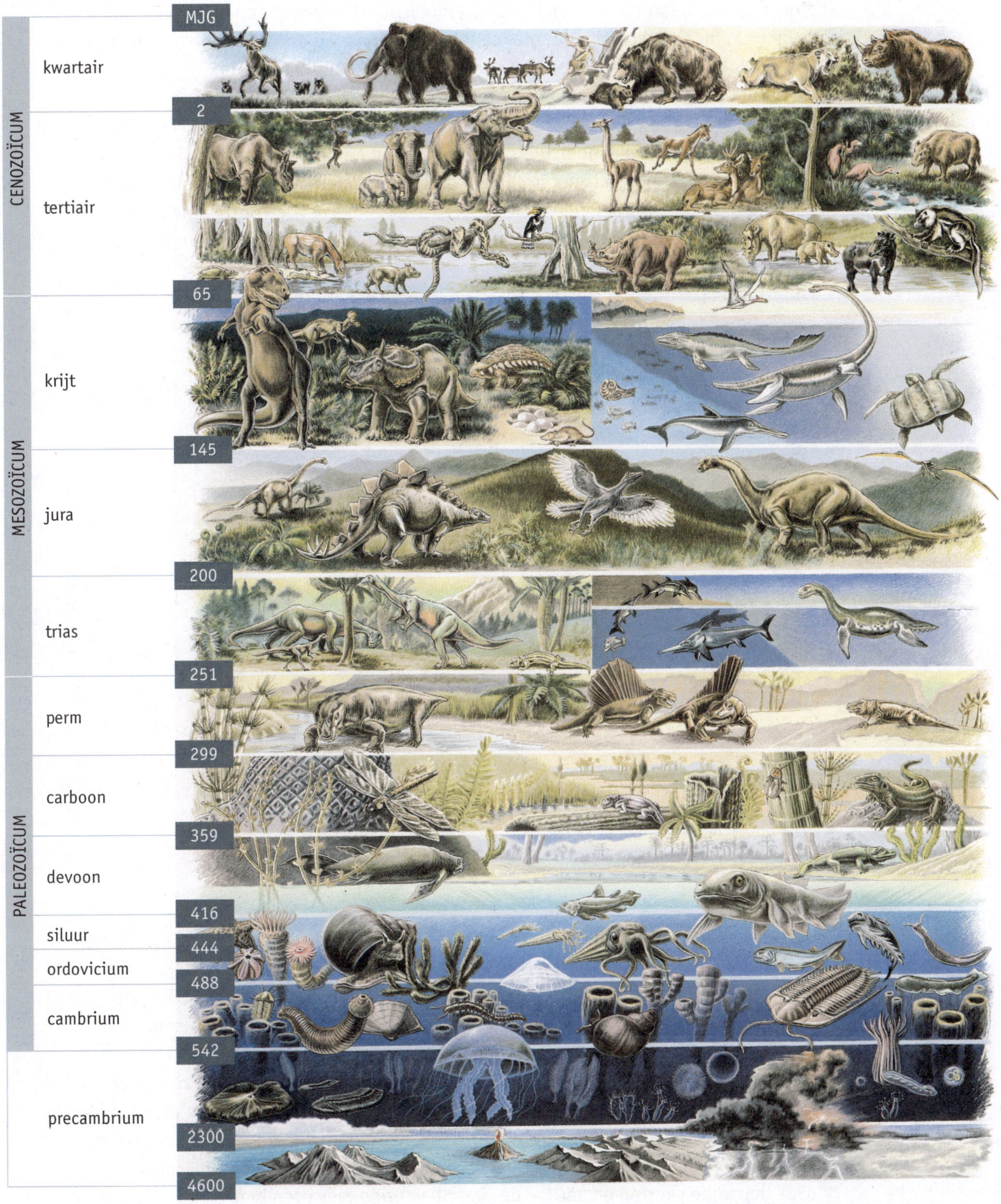

CRITERIA VOOR INDELING

Biologen delen organismen in op basis van moleculaire eigenschappen en op grond van uiterlijke kenmerken, zoals het aantal cellen, het celtype en de aanwezigheid van een celwand. Ook de voedingswijze wordt voor de indeling gebruikt.
Organismen kunnen organische en anorganische stoffen uit het milieu opnemen.

- **Organische stoffen** zijn meestal afkomstig van organismen. Ze hebben relatief grote, ingewikkeld gebouwde moleculen, die bestaan uit een of meer atomen koolstof (C), waterstof (H) en meestal zuurstof (O). Daarnaast kunnen organische stoffen onder andere atomen stikstof (N), fosfor (P) en zwavel (S) bevatten. Voorbeelden van organische stoffen zijn eiwitten, vetten en koolhydraten zoals glucose ($C_6H_{12}O_6$) (zie afbeelding 2).
- **Anorganische stoffen** komen zowel in de levenloze natuur als in organismen voor. Deze stoffen bestaan uit kleine, eenvoudig gebouwde moleculen. Koolstofmonoxide (CO), koolstofdioxide (CO_2), water (H_2O) (zie afbeelding 2), keukenzout (NaCl) en zuurstof (O_2) zijn voorbeelden van anorganische stoffen.

■ **Afb. 2** Een organisch en een anorganisch molecuul.

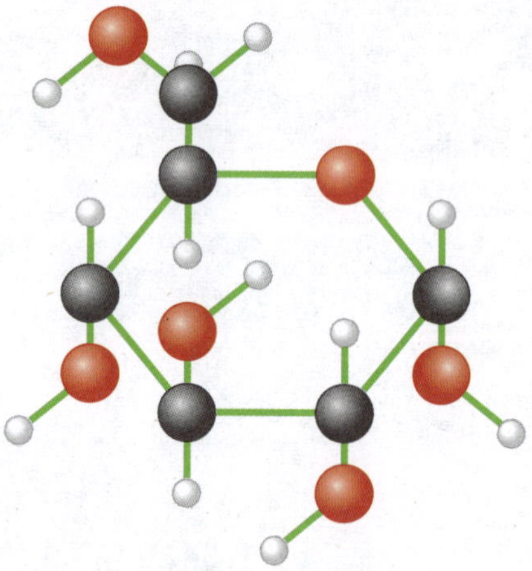

1 Een glucosemolecuul ($C_6H_{12}O_6$) is een organisch molecuul.

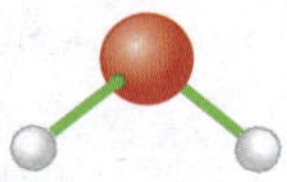

2 Een watermolecuul (H_2O) is een anorganisch molecuul.

Op grond van de voedingswijze zijn organismen in te delen in autotrofe en heterotrofe organismen.

- Organismen die **autotroof** zijn maken organische stoffen uit koolstofdioxide en andere anorganische stoffen zoals water en mineralen. Autotrofe organismen hebben daarom geen andere organismen als voedsel nodig. Organismen met **bladgroen** (chlorofyl) zijn autotroof. Bij planten bevindt het bladgroen zich in de bladgroenkorrels (chloroplasten). In bladgroenkorrels kan fotosynthese plaatsvinden met behulp van licht. Daarbij wordt glucose gevormd uit water en koolstofdioxide. Met behulp van glucose en mineralen maken planten hun eigen organische stoffen. Ook bepaalde soorten bacteriën, de cyanobacteriën, bevatten bladgroen en zijn dus autotroof.
- **Heterotroof** wil zeggen: een ander organisme als voedsel nodig hebben. Heterotrofe organismen zijn niet in staat om organische stoffen uit alleen anorganische stoffen te maken. Uit de organische stoffen van andere organismen maken ze hun eigen organische stoffen. Ze hebben ook anorganische stoffen nodig die ze uit de omgeving opnemen. Schimmels en dieren zijn heterotroof, net als de meeste soorten bacteriën.

Opdrachten KENNIS

1 Teken op een A4 een verticale tijdbalk van 23 cm breed. Noteer bovenaan 0 en onderaan 4600 mjg (4600 miljoen jaar geleden). Geef op de juiste plaatsen aan: 500 mjg, 1000 mjg, enzovoort.
Noteer op de juiste plaats langs de tijdlijn het ontstaan van: *aarde – eencelligen – landdieren – meercelligen – mensachtigen – zoogdieren en vogels.*
Gebruik hierbij de gegevens uit de tekst, afbeelding 1 en *BiNaS* tabel 94A.

2 **a** Is water een organische of een anorganische stof? Leg je antwoord uit.
b Noteer welke van de volgende stoffen anorganisch zijn: *eiwit – glucose – ijzer – koolstofdioxide – stikstof – vet – waterstof – zetmeel – zuurstof.*
Gebruik bij deze opdracht *BiNaS* tabel 67F t/m H.

3 Zowel autotrofe als heterotrofe organismen bestaan voor een belangrijk deel uit organische stoffen.
a Uit welke stoffen maken autotrofe organismen de organische stoffen waaruit ze bestaan?
b Uit welke stoffen maken heterotrofe organismen de organische stoffen waaruit ze bestaan?

4 Cyanobacteriën (blauwalg) bevatten bladgroen en blauwe pigmenten en komen voor in water.
Zijn cyanobacteriën autotroof of heterotroof? Leg je antwoord uit.

PROKARYOTEN EN EUKARYOTEN

Alle levensvormen zijn ingedeeld in drie domeinen: bacteriën, archaea en eukaryoten (zie afbeelding 3). Bacteriën en archaea behoren tot de prokaryoten. **Prokaryoten** zijn eencellige organismen. De cellen van prokaryoten zijn kleiner en eenvoudiger gebouwd dan cellen van eukaryoten. Ze hebben geen celkern, waardoor hun DNA los in het cytoplasma ligt (zie afbeelding 4). Ze hebben wel ribosomen, maar geen andere organellen.

Eukaryoten zijn organismen die een celkern in hun cellen hebben. Tot de eukaryoten behoren de schimmels, planten en dieren. De cellen van eukaryoten zijn complexer gebouwd dan die van prokaryoten. Schimmels en dieren hebben in hun cellen verschillende organellen waaronder mitochondriën. Planten hebben daarnaast ook chloroplasten. Dieren zijn organismen zonder celwanden. De cellen van alle andere eukaryoten (en prokaryoten) hebben wel celwanden.

■ **Afb. 3** De drie domeinen.

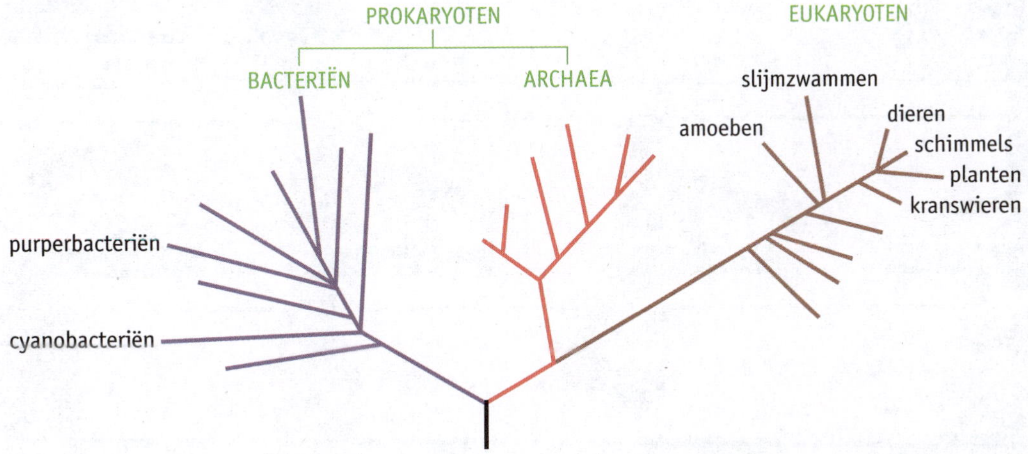

■ **Afb. 4** Cellen (schematisch).

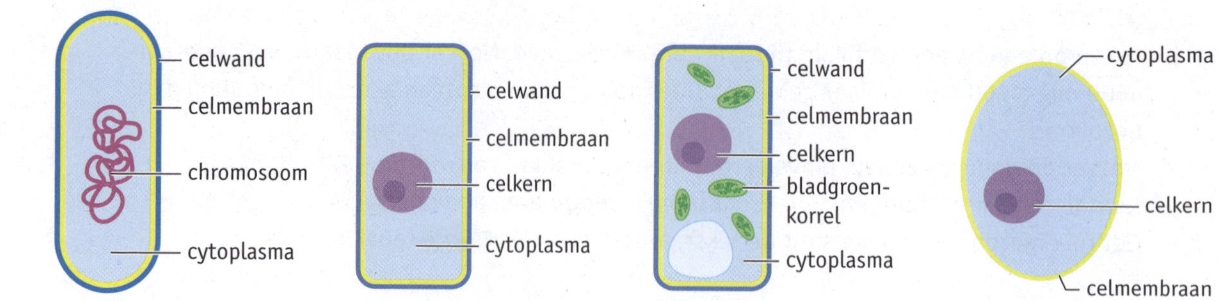

1 van een bacterie **2** van een schimmel **3** van een plant **4** van een dier

BINAIRE NAAMGEVING

Organismen worden ingedeeld in steeds kleinere groepen.

- Rijken worden onderverdeeld in stammen. Enkele voorbeelden van stammen van het dierenrijk zijn gewervelden, geleedpotigen en weekdieren.
- Een stam wordt verder ingedeeld in klassen, orden, families, geslachten en soorten (zie afbeelding 5).
- Een **geslacht** (**genus**) bestaat uit een aantal soorten. Die soorten hebben zich uit een gemeenschappelijke voorouder ontwikkeld.

■ **Afb. 5** De verdere indeling van het dierenrijk.

Een tijger bijvoorbeeld behoort tot de stam van de gewervelden, tot de klasse van de zoogdieren, tot de orde van de roofdieren, tot de familie van de katachtigen en tot het geslacht panter. Alle organismen die tot hetzelfde geslacht behoren zijn nauwer aan elkaar verwant dan alle organismen die tot dezelfde stam behoren.

Soorten worden aangeduid met een wetenschappelijke naam. De Zweedse bioloog Carl Linnaeus heeft de wetenschappelijke naamgeving, ofwel binaire naamgeving, opgezet. Iedere soort kreeg een geslachtsnaam en een soortaanduiding. De geslachtsnaam staat voorop en wordt met een hoofdletter geschreven. De soortaanduiding komt daarachter en wordt met een kleine letter geschreven. Vaak staat er nog achter welke onderzoeker deze naam heeft gegeven. Een madeliefje bijvoorbeeld heeft als wetenschappelijke naam *Bellis perennis* L. De geslachtsnaam is *Bellis* en de soortaanduiding *perennis*. De L. staat voor Linnaeus, die het madeliefje deze wetenschappelijke naam gaf.

Opdrachten KENNIS

5 Geef in de tabel aan welke kenmerken passen bij de organismen van een domein of rijk.

Domein / Rijk	Prokaryoot	Eukaryoot	Celwand	Celkern	Autotroof	Heterotroof
Bacteriën						
Schimmels						
Planten						
Dieren						

6 **a** Noteer drie soorten die tot het geslacht van de panters behoren. Gebruik daarbij afbeelding 5.
b Is het aantal soorten groter of kleiner dan het aantal geslachten? Leg je antwoord uit.

7 Drie organismen zijn: *Salvia splendens*, *Betta splendens* en *Betta pallifina*. Welke twee organismen zijn het meest verwant? Leg je antwoord uit.

Opdrachten INZICHT

8 Weekdieren zoals de gewone mossel (*Mytilus edulis*), de diepwatermossel (*Mytilus galloprovincialis*) en de kokkel (*Cerastoderma edule*) hebben een schelp om zich te beschermen tegen vijanden. De schelp bestaat uit kalk ($CaCO_3$) en andere mineralen.
a Bestaan weekdieren uit organische stoffen, anorganische stoffen of beide? Leg je antwoord uit.
b Behoren de gewone mossel en de diepwatermossel tot dezelfde soort? En tot hetzelfde geslacht? Leg je antwoord uit.
c Zal het DNA van de gewone mossel de meeste overeenkomst vertonen met het DNA van de diepwatermossel of van de kokkel? Leg je antwoord uit.

9 De zeeslak *Elysia chlorotica* blijkt net als planten in staat om zichzelf van voedsel te voorzien zonder andere organismen of delen ervan te eten. De zeeslak zuigt de eerste twee weken van zijn leven algen leeg. Op die manier neemt hij de bladgroenkorrels tot zich die nodig zijn voor fotosynthese. De bladgroenkorrels blijven gedurende het hele leven van de slak functioneren.
Leg uit waardoor de zeeslak van afbeelding 6 moeilijk is in te delen volgens de gangbare indelingscriteria.

■ **Afb. 6** De zeeslak *Elysia chlorotica*.

Ga naar de *Flitskaarten* en *Test jezelf*.

Context Leefwereld

DE ALLEREERSTE UITSTERVINGSGOLF

Bij het verdwijnen van de dinosauriërs 66 miljoen jaar geleden stierven er veel minder soorten uit dan bij onbekendere gebeurtenissen eerder in de geschiedenis van de aarde.
De wereld zag er 2,5 miljard jaar geleden heel anders uit dan nu. Er waren geen bomen, struiken of gras en ook geen dieren. Er was wel leven, maar dat bestond alleen uit eencellige organismen (zie afbeelding 7).

In die tijd gebeurde er iets bijzonders. De zeeën en atmosfeer bevatten eerst bijna geen zuurstof. Ineens begon het zuurstofgehalte te stijgen. Deze gebeurtenis wordt ook wel de grote oxidatiegebeurtenis genoemd. Waarschijnlijk waren cyanobacteriën (blauwalgen) verantwoordelijk voor de zuurstoftoename. Deze eencellige organismen waren in staat tot fotosynthese. Veel soorten eencelligen stierven toen uit, want zuurstof was voor hen giftig. De soorten die geen probleem hadden met zuurstof, namen in aantal toe.

Een paar honderd miljoen jaar later kwam aan de periode van toenemende zuurstof abrupt een einde. Gesteenten namen grote hoeveelheden zuurstof op. Daardoor gaven ze geen voedingsstoffen meer af, zoals bijvoorbeeld fosfor. Er vond opnieuw een uitstervingsgolf plaats onder eencellige organismen. De grote oxidatiegebeurtenis eindigde hiermee in een periode van honger en dood, waarbij de hoeveelheid zuurstofproducerende eencelligen afnam met minstens 80%.

Voedselgebrek zorgde ervoor dat het aantal andere soorten niet toenam, zoals bij de grote oxidatiegebeurtenis. Daardoor bleef de hoeveelheid leven op de planeet klein gedurende de volgende miljard jaar van de geschiedenis van de aarde. Die periode wordt daarom ook wel *The boring billion* genoemd.

■ **Afb. 7** Cyanobacteriën hebben deze structuren enkele miljarden jaren geleden gemaakt.

Opdrachten

10 **a** Zijn cyanobacteriën prokaryoot of eukaryoot? Leg je antwoord uit.
b Zijn cyanobacteriën autotroof of heterotroof? Leg je antwoord uit.

11 Geef aan welke rijken nog niet bestonden tijdens de grote oxidatiegebeurtenis, maar wel tijdens de uitstervingsgolf van de dinosauriërs.

12 Waardoor kan fosforgebrek leiden tot het uitsterven van soorten? Gebruik BiNaS tabel 71C.

13 Cyanobacteriën zijn in staat tot fotosynthese.
a Zijn de stoffen die nodig zijn voor de fotosynthese organisch of anorganisch? Leg je antwoord uit.
b Zijn de stoffen die worden gevormd bij de fotosynthese anorganisch of organisch? Leg je antwoord uit.

2 BACTERIËN, VIRUSSEN EN SCHIMMELS

LEERDOELEN

4.2.1 Je kunt kenmerken van bacteriën noemen. ▶ Practicum 3
4.2.2 Je kunt kenmerken van virussen noemen.
4.2.3 Je kunt kenmerken van schimmels noemen.

TAXONOMIE	LEERDOELEN EN OPDRACHTEN		
	4.2.1	4.2.2	4.2.3
Onthouden	14ab	16a	18
Begrijpen	14c, 15	16b	17, 19, 20
Toepassen	25, 26, 28	21, 23, 25	25
Analyseren	27	22	24

Van bacteriën, virussen en schimmels kun je ziek worden. Maar er zijn veel meer bacteriën en schimmels die nuttig zijn voor mensen. Ze worden bijvoorbeeld gebruikt bij de productie van voedingsmiddelen. Sommige virussen worden ingezet voor het bestrijden van schadelijke bacteriën.

BACTERIËN

Bacteriën zijn eencellige prokaryoten zonder celkern of interne membranen. Hun erfelijk materiaal ligt los in het cytoplasma. Bij veel soorten bestaat het erfelijk materiaal slechts uit één groot **cirkelvormig chromosoom**. Bij schimmels, planten en dieren ligt het DNA-molecuul in een chromosoom spiraalsgewijs opgerold rond duizenden eiwitmoleculen. Bij bacteriën bevat een chromosoom geen eiwitmoleculen. Sommige bacteriën hebben naast dit ene grote chromosoom ook **plasmiden**: kleinere cirkelvormige chromosomen. Op de plasmiden bevinden zich verschillende genen. Sommige van deze genen kunnen resistentie (ongevoeligheid) veroorzaken tegen bepaalde gifstoffen, bijvoorbeeld tegen antibiotica (zie afbeelding 8).

■ **Afb. 8** Bacterie (schematisch).

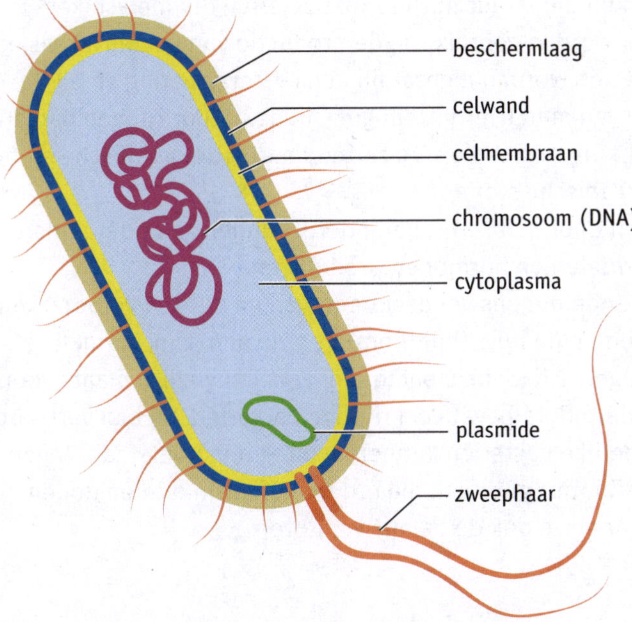

Bacteriën planten zich ongeslachtelijk voort door deling. Onder gunstige omstandigheden kunnen zij zich snel delen. Voordat de celdeling begint wordt ook bij bacteriën het chromosoom gekopieerd.

De chromosomen worden niet uit elkaar getrokken door draden. Ze zijn direct los van elkaar. Bij de deling van de bacterie zitten beide kringvormige DNA-moleculen op een bepaalde plaats vastgehecht aan het celmembraan (zie afbeelding 9). Daardoor ontvangt iedere dochtercel één chromosoom.

■ **Afb. 9** Deling bij prokaryoten.

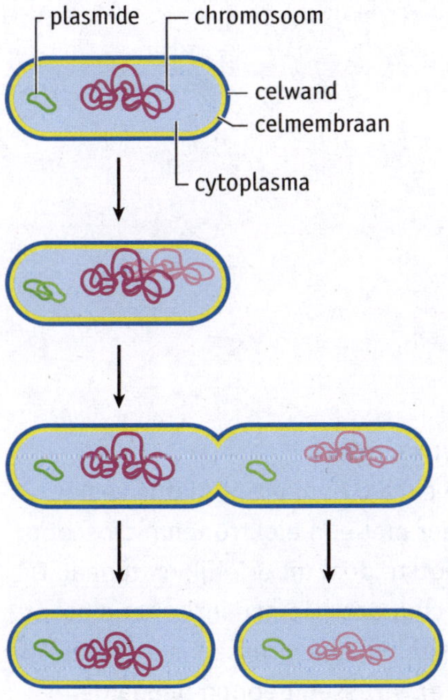

BETEKENIS VOOR DE MENS

Bacteriën kunnen voor mensen en de natuur nuttig zijn. Bacteriën die melksuiker (lactose) omzetten in melkzuur, worden gebruikt bij de productie van yoghurt, kaas en zuurkool. Andere soorten bacteriën worden ingezet bij afvalwaterzuivering en bij de bestrijding van allerlei vormen van milieuverontreiniging. In de natuur ruimen bacteriën (en schimmels) dode resten van organismen op. Ze zetten daarbij de organische stoffen van de dode resten om in anorganische stoffen.

Nadat het DNA van bacteriën door mensen is veranderd, kunnen ze onder andere wasmiddelenzymen, geneesmiddelen en hormonen produceren.

Er zijn ook schadelijke bacteriën die ons voedsel bederven en ziekten veroorzaken. Doordat onschadelijke bacteriën op de huid (huidflora) met zovelen zijn, vormen ze een natuurlijke bescherming tegen schadelijke bacteriën. Er is nauwelijks plaats voor schadelijke bacteriën. Ook de darmflora bevat veel nuttige bacteriën. Bij een verkeerde balans tussen nuttige en schadelijke bacteriën kunnen ontstekingen ontstaan. Tegen bacteriële infecties worden antibiotica gebruikt, maar deze geneesmiddelen doden ook nuttige bacteriën. Daardoor kunnen ze ook de balans verstoren.

Opdrachten KENNIS

14 **a** Het DNA van bacteriën werd vroeger niet aangepast door mensen. Toch gebruiken mensen bacteriën al eeuwenlang voor allerlei doeleinden. Geef hiervan twee voorbeelden.

b Welke nuttige rol hebben bacteriën in de natuur? Leg je antwoord uit.

c In een rioolwaterzuiveringsinstallatie (RWZI) worden organische afvalstoffen door bacteriën afgebroken in open bassins.
Zijn deze bacteriën autotroof of heterotroof? Leg je antwoord uit.

15 Een bacterie deelt zich iedere twintig minuten.
Hoeveel bacteriën zijn er dan na twaalf uur?

VIRUSSEN

Een **virus** is geen organisme, omdat virussen:

- niet worden gezien als levend
- niet uit cellen bestaan
- geen cytoplasma of kernplasma hebben
- zelf geen stofwisseling hebben

Virussen zijn dus geen prokaryoten en ook geen eukaryoten.

Een virus is erg klein: de grootste virussen zijn circa 0,1 µm groot. Dat is veel kleiner dan bacteriën. Virussen zijn alleen zichtbaar met een elektronenmicroscoop (zie afbeelding 10). Een virus bestaat voor het grootste deel uit erfelijk materiaal. Dit kan DNA of RNA zijn. **RNA** is net als DNA een molecuul dat erfelijke informatie bevat. Daardoor bestaan er **DNA-virussen** en **RNA-virussen**. Bij alle virussen is dit erfelijk materiaal omgeven door een **eiwitmantel** (capside). Virussen hebben bepaalde gastheercellen nodig voor hun stofwisselingsprocessen en voortplanting. Ze moeten daarvoor de gastheercellen binnendringen. Dat kunnen bacteriën en archaea zijn of cellen van planten of dieren. Daardoor kan de gastheer ziek worden. Na infectie vermenigvuldigen de gastheercellen het virus. Afhankelijk van het type virus kan de gastheercel uiteindelijk openbarsten en komen de nieuwe virussen vrij. De gastheercel gaat dan dood. Als de gastheercel niet openbarst, verliest hij zijn functie en wordt gebruikt om het virus te kunnen vermeerderen en af te snoeren. Een voorbeeld hiervan zijn witte bloedcellen die zijn geïnfecteerd met hiv.

Virussoorten die bacteriën als gastheer gebruiken, heten bacteriofagen. In afbeelding 11 staat hoe een bacteriofaag een bacterie infecteert. Als de bacteriofaag terechtkomt op de bacterie, dringt het erfelijk materiaal van de bacteriofaag de bacterie binnen. Met behulp van enzymen kan de bacteriofaag zich vermenigvuldigen. Het erfelijk materiaal van de bacteriofaag wordt gekopieerd. De ribosomen van de bacterie produceren nieuwe eiwitmantels, waardoor in de bacterie grote aantallen nieuwe bacteriofagen ontstaan (veertig tot honderd per cel). De bacteriofagen die vrijkomen kunnen nieuwe bacteriën infecteren.

■ **Afb. 10** Een griepvirus (TEM).

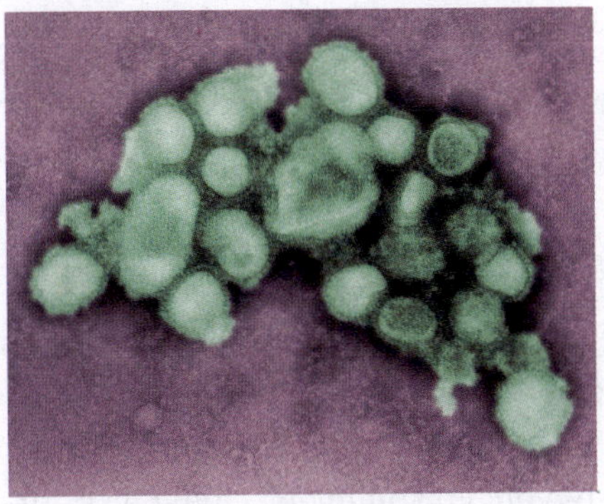

■ **Afb. 11** Voortplanting van een bacteriofaag in een bacterie (schematisch).

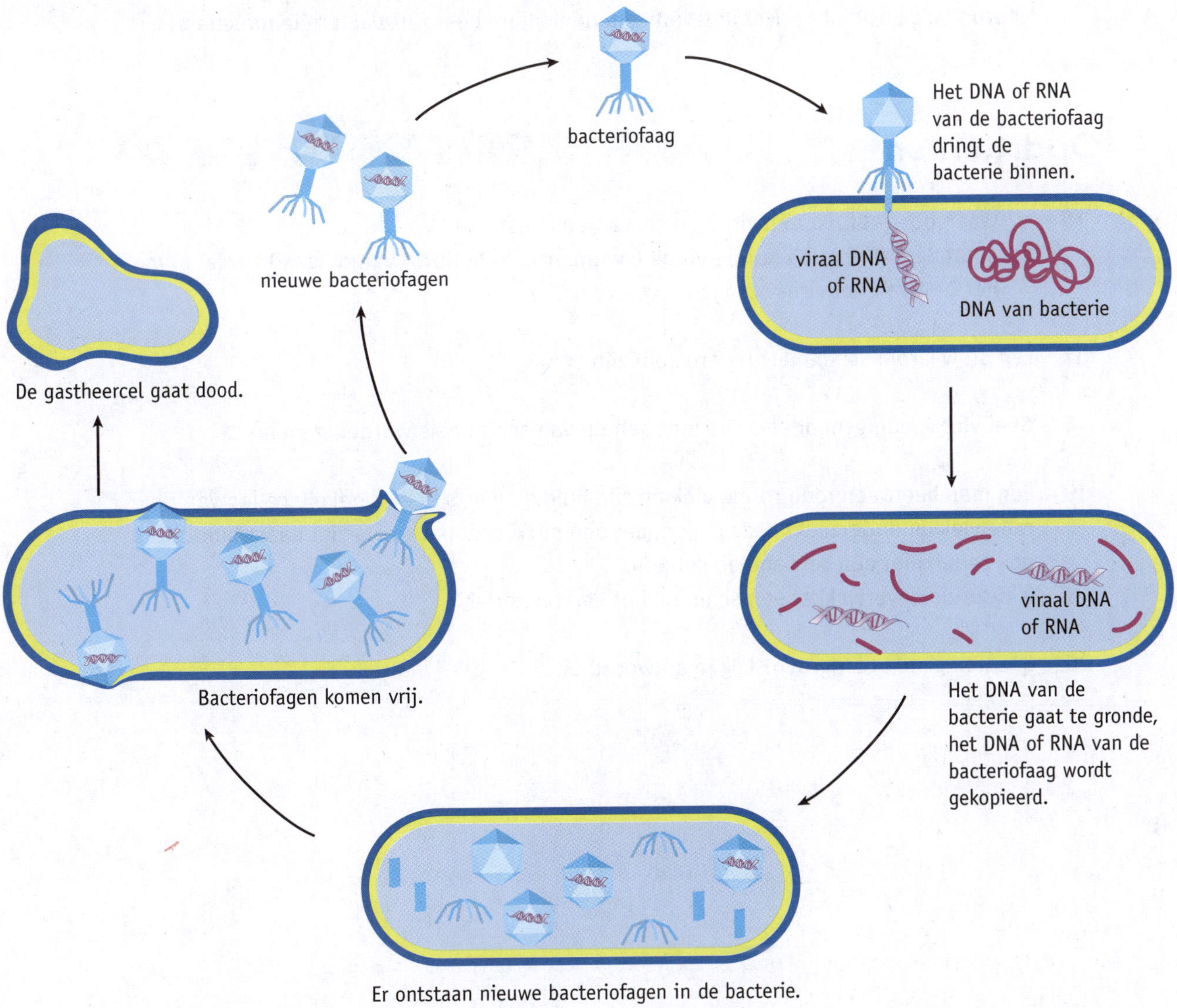

SCHIMMELS

Schimmels hebben een celkern en een celwand, maar geen bladgroen. Ze zijn heterotroof en belangrijk voor de afbraak van organische stoffen in de natuur. Gisten zijn eencellige schimmels (zie afbeelding 12). Meercellige schimmels zijn meestal opgebouwd uit lange schimmeldraden (hyfen). Gisten planten zich voort door knopvorming en deling. Meercellige schimmels planten zich meestal voort door sporen.

■ **Afb. 12** Gist.

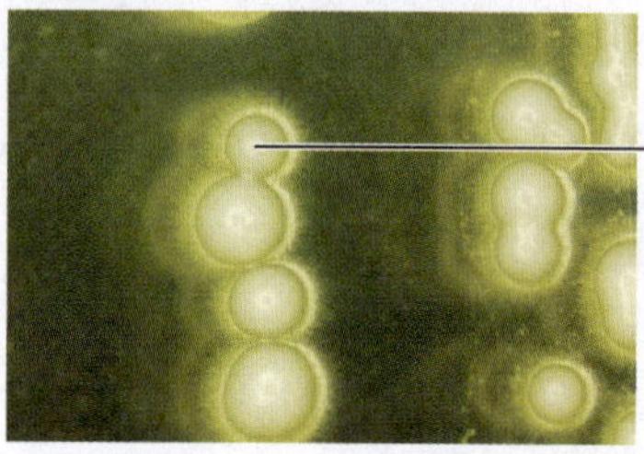

Ook schimmels worden door de mens gebruikt bij de bereiding van voedingsmiddelen (bijvoorbeeld kaas en sojasaus). Bakkers voegen gist aan brooddeeg toe om het te laten rijzen. Gist wordt ook gebruikt voor de productie van alcohol in bier en wijn. Schimmels kunnen, net als bacteriën, voedsel bederven. En sommige schimmelsoorten veroorzaken ziekten bij planten, dieren of mensen. Zo is zwemmerseczeem bij de mens een schimmelinfectie. Met behulp van schimmels worden ook geneesmiddelen gemaakt. Verschillende soorten penseelschimmels (*Penicillium*) produceren stoffen die worden gebruikt als antibiotica. Het antibioticum penicilline bestrijdt bacteriële infecties.

Opdrachten KENNIS

16 a Waarvoor gebruikt een virus de cel van een gastheer?
b Staat de informatie voor de virale eiwitmantel in het DNA van de gastheercel of in het DNA van het virus? Leg je antwoord uit.

17 Leg uit waarom schimmels heterotroof zijn.

18 Geef vier voedingsmiddelen die met behulp van schimmels worden gemaakt.

19 Een man heeft een rode ronde vlek op zijn huid. Een arts neemt enkele cellen van de rode vlek en onderzoekt deze cellen met een microscoop. De arts ziet naast huidcellen ook cellen met een celwand en celkern.
Is deze ziekteverwekker een schimmel of een bacterie?

20 Bezitten gisten bladgroen? Leg je antwoord uit.

Opdrachten INZICHT

21 Een patiënt heeft een infectieziekte die wordt veroorzaakt door een virus.
Kan een penicillinekuur dan voor genezing zorgen? Leg je antwoord uit en gebruik *BiNaS* tabel 94D.

22 Een virus wordt niet als levend gezien.
Wanneer zou je een virus toch levend kunnen noemen?

23 Afbeelding 13 laat twee bacteriofagen op de buitenkant van een bacterie zien. Een bacteriofaag is een virus dat een bacterie injecteert met zijn DNA of RNA. Daardoor vermenigvuldigt het virus zich in de bacterie en gaat de bacterie dood.
Leg uit dat de bacteriofaag een ideale vorm heeft voor zijn manier van vermenigvuldigen.

■ **Afb. 13** Bacteriofagen op een bacterie.

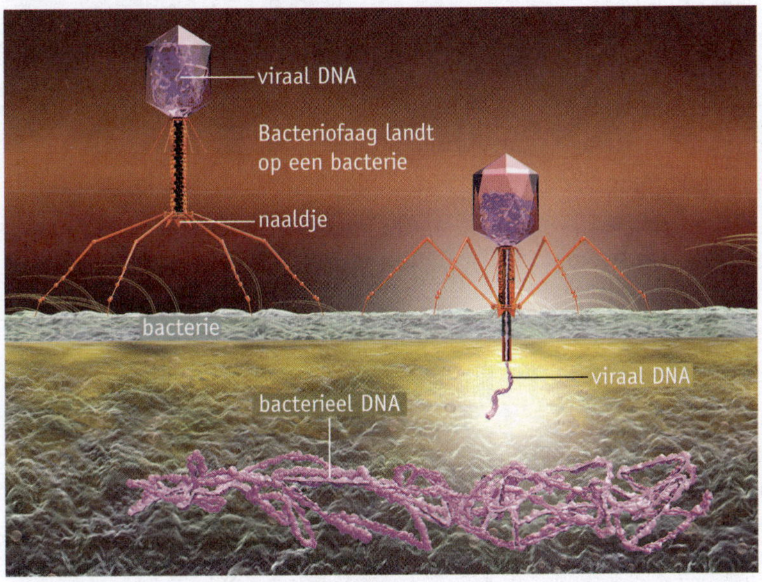

24 Bacteriën en schimmels zijn in de natuur elkaars concurrenten bij de afbraak van organische stoffen.
Verschillende antibiotica worden gemaakt met behulp van schimmels. Geef hiervoor een verklaring.

25 In verse koeienpoep kun je darmbacteriën aantreffen, cellen van gras en cellen van insecten.
Geef twee celkenmerken van bacteriën waardoor deze zijn te onderscheiden van de andere celtypen.

Ga naar de *Flitskaarten* en *Test jezelf.*

Context Beroep

POEPTRANSPLANTATIE

Laura, een gediplomeerd verpleegkundige, verwerkt feces (poep) in een steriele (vrij van micro-organismen) ruimte bij een poepbank. Hier wordt de feces van donoren gecontroleerd en bewerkt om te worden gebruikt voor transplantatie bij patiënten die lijden aan een darminfectie met *Clostridium difficile*. De ernst van deze infecties is toegenomen doordat bacteriestammen ongevoelig zijn geworden voor de antibiotica die een patiënt gebruikt. Een poeptransplantatie helpt de patiënt veel sneller van zijn problemen af en heeft minder bijwerkingen dan antibiotica. Na het verwijderen van de eigen ontlasting wordt de poep van een gezonde donor bij de patiënt ingebracht. De donorpoep wordt met een sonde via de mond in het darmkanaal gebracht (zie afbeelding 14). Daarna komt de darmflora van de patiënt snel weer in balans. Na maximaal twee behandelingen met donorpoep wordt een genezingspercentage bereikt van gemiddeld 93,8% tegenover 30,8% na twee behandelingen met antibiotica.

Als verpleegkundige kent Laura het belang van een stabiele darmflora. Bij de poepbank screent zij potentiële donoren met een vraaggesprek, een bloedonderzoek en een fecesonderzoek. Ze is betrokken bij de uitvoering van de poeptransplantaties en geeft voorlichting aan patiënten. Ook werkt ze samen met deskundigen aan de verdere ontwikkeling van behandelingen tegen hardnekkige darminfecties.

Naar: *http://www.sacbee.com, persbericht VUmc, december 2014.*

■ **Afb. 14** Poeptransplantatietherapie.

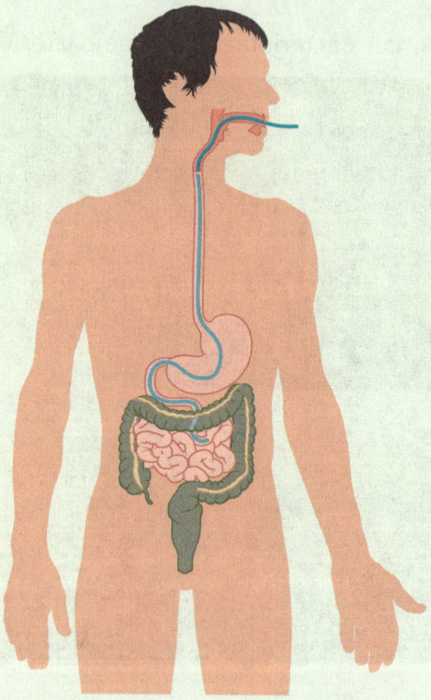

Via een sonde wordt vloeibare poep via de mond in de darmen gebracht.

Opdrachten

26 Waarom moet de ruimte waar Laura werkt steriel zijn?

27 Laura doet bij potentiële donoren ook een fecesonderzoek. Waarom is het belangrijk dat ze feces van donoren controleert voordat die wordt gebruikt voor transplantatie bij patiënten?

28 **a** Over welke kennis en vaardigheden moet Laura beschikken om haar werk als verpleegkundige goed te kunnen doen?
b Zou dit werk iets voor jou zijn? Licht je antwoord toe.

3 DE EVOLUTIETHEORIE

LEERDOELEN

4.3.1 Je kunt uitleggen wat de neodarwinistische evolutietheorie inhoudt. ▸ Vaardigheid 5

4.3.2 Je kunt manieren van reproductieve isolatie beschrijven.

TAXONOMIE	LEERDOELEN EN OPDRACHTEN	
	4.3.1	4.3.2
Onthouden	30, 31, 35a, 36	
Begrijpen	29, 32, 33, 34, 35b, 37, 45, 46	38
Toepassen	44, 47, 48	43, 44
Analyseren	41, 42	39, 40

In de loop van miljarden jaren zijn levensvormen op aarde ontstaan, veranderd en verdwenen. De reizen van Charles Darwin op het schip de Beagle leidden tot een revolutie in de ideeën over de ontwikkelingsgeschiedenis van het leven.

ONTSTAANSTHEORIE: EVOLUTIE

De meeste biologen zijn ervan overtuigd dat de levensvormen op aarde in de loop van zeer lange tijd zijn ontstaan en veranderd. Deze geleidelijke ontwikkeling wordt **evolutie** genoemd. De evolutietheorie is in de negentiende eeuw ontwikkeld. Tot die tijd dachten veel biologen dat de soorten organismen die op aarde leefden altijd zo hadden bestaan.

De Fransman Jean de Lamarck stelde in de achttiende eeuw een theorie over evolutie op. Hij was een van de eersten die geloofden in geleidelijke verandering van soorten. De lange nek van de giraf verklaarde hij bijvoorbeeld doordat het dier zijn nek voortdurend moest strekken om bladeren van bomen te eten (zie afbeelding 15). Daardoor zou de nek tijdens het leven iets langer worden. Elke generatie giraffen zou de grotere neklengte doorgeven aan de volgende generatie.

■ **Afb. 15** Evolutie volgens De Lamarck.

In de tijd van De Lamarck was nog niet bekend dat tijdens het leven verworven eigenschappen de genetische eigenschappen niet veranderen. Milieufactoren kunnen wel de genexpressie van organismen beïnvloeden. **Genexpressie** is het tot uiting komen van genen in het fenotype. Genen die aanstaan kunnen hierdoor worden uitgezet en andersom. Deze verandering in genexpressie kan worden doorgegeven aan de nakomelingen. De erfelijke informatie in de genen verandert hierdoor niet.

De evolutietheorie van De Lamarck is vervolgens door verschillende onderzoekers verder ontwikkeld. De bekendste is Charles Darwin. Zijn boek *On the origin of species* uit 1859 betekende de doorbraak van de evolutietheorie. Toch werd Darwin door veel tijdgenoten belachelijk gemaakt vanwege zijn ideeën, vooral vanwege het idee dat de mens een gemeenschappelijke voorouder deelt met de mensapen (zie afbeelding 16). De ideeën van Darwin zijn later door andere onderzoekers uitgewerkt. De grondgedachten zijn nog steeds terug te vinden in de huidige evolutietheorie: de neodarwinistische evolutietheorie of het neodarwinisme.

■ **Afb. 16** Spotprent over Darwin en zijn theorie.

DE NEODARWINISTISCHE EVOLUTIETHEORIE

De evolutietheorie verklaart hoe de erfelijke eigenschappen van populaties kunnen veranderen en hoe nieuwe soorten kunnen ontstaan. Evolutie vindt plaats doordat de organismen die het best zijn aangepast aan de leefomgeving de meeste kans hebben om te overleven. Dit verschijnsel heet **natuurlijke selectie** of *survival of the fittest*. De best aangepaste organismen kunnen zich voortplanten en geven vervolgens hun genen door aan hun nakomelingen.
Natuurlijke selectie is mogelijk doordat de organismen van een populatie een grote genetische variatie (verschillen in genotypen) hebben. Die variatie is het gevolg van recombinatie en mutaties.

- Recombinatie (het herverdelen van erfelijke eigenschappen) vindt plaats door meiose en geslachtelijke voortplanting. Hierdoor ontstaat bij bevruchting een nieuw genotype.
- **Mutaties** zijn veranderingen in de genen, die bijvoorbeeld kunnen plaatsvinden doordat er 'foutjes' ontstaan tijdens het kopiëren van chromosomen. Gemuteerde genen kunnen in voortplantingscellen terechtkomen en worden doorgegeven aan nakomelingen.

Door recombinatie en mutatie ontstaan verschillen in genotype en in fenotype. Door natuurlijke selectie hebben organismen met een slecht aangepast fenotype een kleinere **overlevingskans** en daardoor geen of minder kans om nakomelingen te krijgen en hun genen door te geven. Genetische variatie en natuurlijke selectie leiden ertoe dat de erfelijke eigenschappen van populaties kunnen veranderen.

Een geleidelijke verandering van een soort komt dus tot stand door:
1 genetische variatie die is ontstaan door mutatie en recombinatie
2 natuurlijke selectie, waarbij de best aangepaste organismen overleven
3 voortplanting, waarbij de gunstige eigenschappen aan nakomelingen worden doorgegeven

Het is bijvoorbeeld mogelijk dat mutaties bij de voorouders van giraffen een variatie in de neklengte hebben veroorzaakt. Een giraf met een iets langere nek kan dan in het voordeel zijn, doordat hij meer kan eten als er alleen hoog aan de bomen nog bladeren groeien. Bij concurrentie om voedsel heeft hij een grotere overlevingskans dan giraffen met de oorspronkelijke neklengte. Door een opeenvolging van mutaties, recombinatie en natuurlijke selectie en het doorgeven van de gunstige eigenschappen aan hun nakomelingen, kunnen de huidige giraffen met lange hals zijn ontstaan (zie afbeelding 17).

■ **Afb. 17** De evolutie van giraffen.

1 *Decennatherium rex* is de voorouder van de okapi en de giraf.

2 okapi, de enige huidige verwant van de giraf

3 giraf

Door het optreden van recombinatie en mutaties wordt de genetische variatie binnen een populatie groter. De milieufactoren bepalen wat er met de verschillende genotypen en fenotypen in een populatie gebeurt. De invloed van milieufactoren op de genetische variatie in een populatie noem je **selectiedruk**. Is de selectiedruk laag, dan blijven veel verschillende varianten in leven. Als er bladeren in overvloed zijn, zullen ook de giraffen met de oorspronkelijke neklengte in leven blijven en zich voortplanten. Maar als de selectiedruk hoog is, bijvoorbeeld in een droog jaar, zullen individuen met de oorspronkelijke neklengte eerder sterven door voedselgebrek. De best aangepaste individuen (in dit geval de giraffen met de langste nek) hebben een grotere kans op meer nakomelingen. Dit zijn de dieren met de grootste **fitness**. Onder de nakomelingen komt dan het genotype voor een langere nek vaker voor. De soort is dan geëvolueerd.

Als de genetische variatie in een populatie groot is, zullen enkele individuen een genotype bezitten dat een goede **adaptatie** (aanpassing) aan nieuwe milieuomstandigheden mogelijk maakt. Bij een besmetting met een onbekende ziekteverwekker bijvoorbeeld, is de kans groot dat enkele individuen genen bezitten die een goede afweer mogelijk maken. Zij zorgen dan voor het voortbestaan van de populatie. Een populatie met een grotere genetische diversiteit heeft dus een grotere overlevingskans.

CREATIONISME

Naast de evolutietheorie is er een opvatting over het ontstaan van leven: het creationisme. Creationisten baseren zich op de uitleg van de Bijbel, Koran of Thora, waarin staat beschreven hoe de aarde en alle organismen zijn geschapen.

Opdrachten KENNIS

29 Leg het verschil uit tussen het creationisme en de evolutietheorie.

30 Wat is natuurlijke selectie?

31 Wat is recombinatie?

32 Wat is het voordeel van een grote verscheidenheid in genotypen binnen een populatie?

33 Welke drie processen spelen een belangrijke rol bij de evolutie van een soort? Leg je antwoord uit.

34 Onder een populatie eekhoorns komt veel genetische variatie voor. Onder een andere populatie eekhoorns is de genetische variatie klein.
Welke populatie eekhoorns heeft een grotere overlevingskans als de omstandigheden veranderen? Leg je antwoord uit.

SOORT

Organismen die veel op elkaar lijken, hoeven niet tot dezelfde soort te behoren. Bijvoorbeeld: een Indische en een Afrikaanse olifant behoren tot verschillende soorten (zie afbeelding 18).

■ **Afb. 18** Verschillende soorten.

1 Indische olifant (*Elephas maximus*)

2 Afrikaanse olifant (*Loxodonta africana*)

Een veelgebruikte omschrijving van een soort is: organismen behoren tot dezelfde soort als ze in staat zijn zich onderling voort te planten en daarbij vruchtbare nakomelingen voort te brengen. Een Indische en een Afrikaanse olifant bijvoorbeeld, krijgen bij kruising geen vruchtbare nakomelingen.

Een sint-bernardshond en een chihuahua (zie afbeelding 19) lijken op het eerste gezicht niet echt op elkaar, maar worden wel tot dezelfde soort gerekend. Het zijn twee verschillende rassen van de soort hond. Beide honden verschillen te veel in grootte om zich op natuurlijke wijze te kunnen voortplanten. Een sint-bernardshond en een chihuahua kunnen wel paren met honden van tussenliggende grootte (zie afbeelding 19). De nakomelingen van deze kruisingen kunnen op hun beurt paren met sint-bernardshonden en chihuahua's. Zo kunnen de genen van beide hondenrassen op een natuurlijke wijze worden uitgewisseld.

■ **Afb. 19** Dezelfde soort: een sint-bernardshond (*Canis familiaris*) en een chihuahua (*Canis familiaris*).

POPULATIE

Een soort bestaat uit een of meer populaties. Een populatie bestaat uit een groep individuen van dezelfde soort die leven in een bepaald gebied en zich onderling voortplanten. Als twee individuen van een populatie zich geslachtelijk voortplanten, wisselen ze genen uit. Twee verschillende populaties wisselen alleen in bijzondere gevallen genen uit. Dat kan bijvoorbeeld als er individuen uit een populatie wegtrekken naar een andere populatie. Ook kan een natuurlijke barrière tussen twee populaties wegvallen waardoor één populatie ontstaat. De meeste soorten bestaan uit zeer veel populaties.

ONTSTAAN VAN SOORTEN

Voor het ontstaan van een nieuwe soort is **reproductieve isolatie** nodig tussen populaties van dezelfde soort. Er vindt dan gedurende lange tijd geen voortplanting plaats en er is dus geen uitwisseling van genen tussen de individuen van verschillende populaties. Mutaties die in de ene populatie optreden, bereiken de andere populatie niet. Organismen die het best zijn aangepast aan de leefomgeving (door mutatie en recombinatie) hebben vervolgens de meeste kans om te overleven. In de loop van vele generaties kunnen zo grote genetische verschillen ontstaan tussen populaties die oorspronkelijk tot dezelfde soort behoorden.

Reproductieve isolatie kan op verschillende manieren plaatsvinden. Meestal is geografische isolatie van populaties de oorzaak van soortvorming, bijvoorbeeld door een bergketen, rivier of zee (zie afbeelding 20). Geografische isolatie kan ook optreden wanneer een deel van een populatie wordt meegevoerd naar een eiland waar deze soort tot dat moment niet voorkwam, bijvoorbeeld door een storm of via drijvende boomstammen.

■ **Afb. 20** Soortvorming door geografische scheiding.

1 Een populatie herten leeft in een bepaald gebied.

2 Er ontstaat een bergketen, waardoor de populatie in tweeën wordt gesplitst.

3 Door verschillende milieuomstandigheden aan beide kanten vindt natuurlijke selectie plaats. Na vele generaties verschillen de populaties zo sterk dat twee soorten zijn ontstaan.

Soortvorming kan ook optreden zonder geografische scheiding van populaties, bijvoorbeeld door verschillen in gedrag. Veel dieren vertonen baltsgedrag voordat ze gaan paren. Baltsgedrag bestaat uit een serie speciale gedragingen en geluiden waarmee dieren zich voorbereiden op de paring. Baltsgedrag is specifiek voor elke soort: door de balts herkennen dieren elkaar als soortgenoot. Twee verschillende soorten albatrossen broeden dicht bij elkaar op dezelfde eilanden (zie afbeelding 21). In het verleden behoorden deze albatrossen waarschijnlijk tot dezelfde soort. Door het verschil in gedrag paren ze niet meer met elkaar en hebben zich twee soorten gevormd. De laysanalbatros-partners haken bijvoorbeeld hun snavels zachtjes in elkaar, terwijl zwartvoetalbatrossen hun snavels krachtig tegen elkaar slaan.
Het ontstaan van een nieuwe soort komt dus tot stand door:

1 reproductieve isolatie die kan worden veroorzaakt door geografische isolatie
2 genetische variatie die is ontstaan door mutatie en recombinatie
3 natuurlijke selectie, waarbij de best aangepaste organismen overleven
4 voortplanting, waarbij de gunstige eigenschappen aan nakomelingen worden doorgeven

■ **Afb. 21** De laysanalbatros (*Phoebastria immutabilis*) en de zwartvoetalbatros (*Phoebastria nigripes*).

1 laysanalbatros (*Phoebastria immutabilis*) **2** zwartvoetalbatros (*Phoebastria nigripes*)

Opdrachten KENNIS

35 **a** Wat is een populatie?
b Kun je de bevolking van Nederland beschouwen als een populatie? Leg je antwoord uit.

36 Wanneer spreek je van een soort?

37 De mens heeft eeuwenlang gebruikgemaakt van de verwantschap tussen hond en wolf. Door honden te fokken met wolven, ontstonden wolfshonden. Door wolfshonden onderling verder te kruisen, kwamen er weer nieuwe hondenrassen.
a Behoren de hond en de wolf tot dezelfde soort? Leg je antwoord uit.
b Een shetlandpony en een paard (zie afbeelding 22) zijn niet in staat zich op een natuurlijke wijze samen voort te planten. Toch worden ze tot dezelfde soort gerekend. Leg dit uit.

■ **Afb. 22** Dezelfde soort?

1 shetlandpony **2** paard

38 In de loop van honderdduizenden jaren zijn de ijsbeer (*Ursus maritimus*) en bruine beer (*Ursus arctos*) ontstaan uit een gemeenschappelijke voorouder.
Welke vier processen hebben een rol gespeeld bij het ontstaan van beide soorten?

Opdrachten INZICHT

39 Ongeveer 1% van het aardoppervlak bestaat uit zoetwater en meer dan 70% uit zoutwater, zoals oceanen en zeeën. Toch komt 36% van de bijna twintigduizend bekende vissoorten in zoetwater voor.
Leg uit waardoor het aantal vissoorten in zoetwater relatief groot is ten opzichte van het aantal vissoorten in zoutwater.

40 Leg uit welk probleem een systematicus heeft bij het ordenen van fossiele organismen.

41 In Nederland krijgen patiënten die een bacteriële infectie hebben opgelopen een antibioticakuur. Antibiotica doden bacteriën, maar door veelvuldig gebruik kunnen er ook resistente bacteriestammen ontstaan. Deze bacteriën zijn bestand tegen antibiotica en gaan dus niet meer dood.
Leg in drie stappen uit dat een resistente bacteriestam kan ontstaan door veranderingen in het DNA.

42 De Amerikaanse haas (*Lepus americanus*) heeft in de zomer een bruine vacht, maar vervangt zijn vacht voor een witte als het winter wordt (zie afbeelding 23). Daardoor valt de haas minder op voor roofdieren. Door de opwarming van de aarde valt de eerste sneeuw steeds later in het jaar. Bij sommige populaties is de datum van verandering van de vachtkleur hetzelfde gebleven, waardoor ze in het begin van de winter veel beter opvallen en een makkelijke prooi voor roofdieren vormen.
Omdat er in de populatie geen allelen voorkomen die een later tijdstip van vachtwisseling mogelijk maken, zijn deze populaties niet in staat om zich aan te passen aan de veranderende omstandigheden.
Door mutatie ontstaat bij een Amerikaanse haas een allel dat wel voor een latere vachtwisseling zorgt.
Leg aan de hand van de evolutietheorie in drie stappen uit dat na verloop van tijd de hele populatie hazen op een later moment van vachtkleur wisselt.

■ **Afb. 23** Een te vroege verandering van vachtkleur van bruin naar wit is nadelig voor de Amerikaanse haas.

1 bruine vacht in de zomer

2 witte vacht in de winter

43 In 1883 vernietigde een uitbarsting op het Indonesische vulkaaneiland Krakatau al het plantaardige en dierlijke leven. In de jaren daarna was het eiland onbewoond. De immigratie van soorten organismen is toen door biologen bestudeerd.
In 1886 groeiden er 27 soorten planten op Krakatau, in 1897 62 soorten en in 1906 114 soorten.
In 1898 waren er 40 soorten geleedpotigen (vooral insecten), 2 soorten reptielen en 16 soorten vogels.
In 1923 waren er ongeveer 500 soorten geleedpotigen, 7 soorten landslakken, 3 soorten reptielen, 2 soorten vleermuizen en 1 rattensoort.

a Waardoor vestigden juist geleedpotigen en vogels zich als eersten weer op het eiland?

b Hoe zouden dieren als reptielen, landslakken en ratten op het eiland terecht zijn gekomen?

44 Meteorietinslag

Naar: Voorronde Biologie Olympiade Junior vwo 2016, vraag 25.

Wetenschappers hebben aanwijzingen dat er miljoenen jaren geleden een reusachtige meteoriet (diameter 10 tot 20 kilometer) op aarde is ingeslagen. Als gevolg hiervan zou 70% van de organismen zijn gedood. In de Golf van Mexico bijvoorbeeld waren vrijwel alle organismen gedood. In de jongere kleilaag van deze Golf worden veel verschillende fossielen aangetroffen. Hieruit werd geconcludeerd dat er na enige tijd in dit gebied weer veel leven was. Na de inslag van de meteoriet zijn er na verloop van tijd ook soorten ontstaan die voor de inslag op aarde niet voorkwamen. Hierover worden de volgende beweringen gedaan:

1 De nieuwe soorten zijn ontstaan doordat de overlevende individuen zich fenotypisch aanpasten aan de nieuwe omstandigheden.
2 Door mutaties konden uit de soorten die de inslag hadden overleefd, nieuwe soorten ontstaan.
3 Doordat groepen zich geïsoleerd van elkaar gingen voortplanten, zijn er nieuwe soorten ontstaan uit soorten die de inslag hadden overleefd.

Welke van deze beweringen kunnen volgens de (darwinistische) evolutietheorie juist zijn?

Ga naar de *Flitskaarten* en *Test jezelf*.

Context Leefwereld

PEPER-EN-ZOUTVLINDER

Ze worden wel het schoolvoorbeeld van evolutie genoemd: de peper-en-zoutvlinders (zie afbeelding 24). Deze vlindersoort veranderde van kleur tijdens de industriële revolutie.

De peper-en-zoutvlinder is een nachtvlinder die overdag rust op de stammen van bomen. Voor de industriële revolutie vielen ze met hun lichte kleur op de bast van een boom niet op. Tijdens de industriële revolutie werkte deze camouflage niet meer. Door de uitstoot van roet kleurden de stammen van bomen donker. Hierdoor vielen lichtgekleurde vlinders meer op en werden ze vaker door vogels gegeten.

In 1848 verscheen er een donker gekleurde variant van de vlinder. In lijn met Darwins evolutietheorie was deze variant beter aangepast aan de heersende omstandigheden: de donkere kleur viel minder op. De donkere vlinder werd minder vaak gegeten dan de lichte variant en kreeg daardoor meer nakomelingen. 98% van de populatie was hierdoor in 1895 donker.

Tegenstanders van evolutie vonden het verhaal een verzinsel. Ze beweerden dat de vlinders helemaal niet zo vaak op boomstammen rusten. Ze zouden vooral 's nachts worden gegeten door vleermuizen die geluid en oren gebruiken om te jagen op insecten.

Om de oorzaak van de kleurverandering te vinden deed evolutiebioloog Michael Majerus zes jaar lang een onderzoek in zijn tuin. Hij toonde aan dat boomstammen het favoriete rustplekje zijn van peper-en-zoutvlinders. Met zijn verrekijker zag hij hoe vogels overdag de vlinders op de boomstammen opaten. Met de overgebleven vlinders, kweekte hij nieuwe. Na verloop van tijd waren de opvallende vlinders verdwenen omdat ze overdag werden opgegeten door vogels.

■ **Afb. 24** Op de afbeelding zie je vier peper-en-zoutvlinders.

Opdrachten

45 Hoe is de donkergekleurde variant peper-en-zoutvlinder ontstaan?

46 Welke organismen voeren de natuurlijke selectie uit van de peper-en-zoutvlinder? Leg je antwoord uit.

47 Welk organisme uit de tekst voert geen natuurlijke selectie uit op het uiterlijk van de peper-en-zoutvlinder? Leg je antwoord uit.

48 Tegenwoordig zijn de bossen door milieumaatregelen veel schoner geworden. De door roet donkergekleurde boomstammen zijn verdwenen.
Hoe ziet de populatie peper-en-zoutvlinders er tegenwoordig uit? Leg je antwoord uit.

4 EVOLUTIE IN POPULATIES

LEERDOEL

4.4.1 Je kunt beschrijven hoe de genetische eigenschappen van een populatie kunnen veranderen.

TAXONOMIE	LEERDOEL EN OPDRACHTEN
	4.4.1
Onthouden	49, 50, 54, 55
Begrijpen	51, 52, 53, 56, 57, 66
Toepassen	59, 60, 61, 62a, 65
Analyseren	58, 62b, 63, 64

Volgens de evolutietheorie kunnen de erfelijke eigenschappen van soorten en populaties veranderen onder invloed van het milieu. Die verandering in een populatie zie je ook terug in de genen.

CONSTANTE ALLELFREQUENTIES

In een populatie komen veel verschillende genotypen voor. De verzameling verschillende allelen van alle individuen in een populatie wordt de **genenpool** genoemd. De **allelfrequentie** (of genfrequentie) geeft aan hoe vaak een bepaald allel in een populatie voorkomt.
Als er geen selectiedruk optreedt, worden de allelen op een willekeurige manier doorgegeven aan de nakomelingen. Hoe vaker een allel voorkomt in een populatie, hoe groter de kans is dat dit allel wordt doorgegeven aan de volgende generatie. Binnen een populatie blijven de allelfrequenties constant door de generaties heen.

In tabel 1 zie je bijvoorbeeld de verdeling van bloedgroepen over de Nederlandse bevolking. De overlevingskans van mensen met verschillende bloedgroepen is gelijk en de bloedgroep speelt geen rol bij de partnerkeuze. Daardoor is er geen selectiedruk bij het doorgeven van allelen voor de bloedgroep aan de volgende generatie. Het allel voor bloedgroep A komt vaker voor dan het allel voor bloedgroep B. Daarom wordt het allel voor bloedgroep A vaker doorgegeven en hierdoor zal in de volgende generatie bloedgroep A vaker voorkomen dan bloedgroep B.

Tabel 1 Verdeling van bloedgroepen onder de bevolking in Nederland.

Bloedgroep	Percentage
0 (nul)	47
A	42
B	8
AB	3

Opdrachten KENNIS

49 Wat is een genenpool?

50 Wat is een allelfrequentie?

51 Wat is het verschil tussen genenpool en allelfrequentie?

52 Leg uit dat een genenpool met veel verschillende allelen de overlevingskans van een populatie vergroot.

53 Lees onderstaande tekst en beantwoord de vraag.
In een bepaalde, geïsoleerde groep mensen komen individuen voor met meer dan tien vingers of tenen. Deze afwijking heet polydactylie (zie afbeelding 25). De afwijking wordt veroorzaakt door een dominant allel. Een student onderzoekt 896 mensen uit deze groep. 220 mensen daarvan hebben een normaal aantal vingers en tenen.
Kun je uit bovenstaande tekst de allelfrequentie of de genenpool bepalen? Leg je antwoord uit.

■ **Afb. 25** Polydactylie.

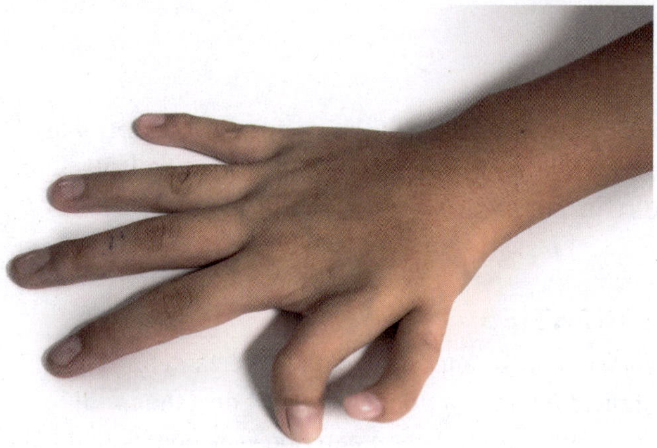

VERANDERENDE ALLELFREQUENTIES

Door mutaties kunnen nieuwe allelen van een gen ontstaan. Een gemuteerd allel dat dominant is, komt direct in het fenotype tot uiting. Wanneer een gemuteerd allel dominant is en de overlevingskans vergroot, zal de allelfrequentie toenemen. Als de mutatie nadelig is voor het individu (de overlevingskans verkleint), zal het allel snel weer uit de populatie verdwijnen. Allelfrequenties binnen de populatie kunnen daardoor veranderen.

Bij de bloedziekte sikkelcelanemie treedt onder bepaalde omstandigheden verandering in de allelfrequenties op. Bij mensen die homozygoot zijn, veroorzaakt het allel voor sikkelcelanemie (Hb^S) sikkelvormige rode bloedcellen en bloedarmoede (anemie). Bij bloedarmoede wordt er minder zuurstof door rode bloedcellen vervoert. Dit kan dodelijk zijn. Toch komt het allel in sommige delen van Afrika veel vaker voor dan in Europa. Dit komt doordat mensen die heterozygoot zijn voor het gen (Hb^NHb^S) wel een lichte vorm van bloedarmoede krijgen, maar een hogere weerstand hebben tegen malaria. Malaria is een van de belangrijkste doodsoorzaken in delen van Afrika. Mensen die heterozygoot zijn, hebben een grotere kans om malaria te overleven dan mensen met Hb^NHb^N. Hierdoor blijft in gebieden waar malaria voorkomt het allel bestaan dat sikkelcelanemie veroorzaakt.

Ook door seksuele selectie ontstaat verandering in allelfrequenties. Bij seksuele selectie beïnvloeden bepaalde eigenschappen, zoals de kleur van het verendek of de lichaamslengte, de voortplantingskans. Bij veel diersoorten zijn het vooral de vrouwtjes die mannetjes selecteren op uiterlijk of gedrag. Vaak vergroten de eigenschappen niet de overlevingskans van het mannetje, maar wel de kans om zich voort te planten.

Een duidelijk voorbeeld hiervan is de staart van de mannetjespauw (zie afbeelding 26). De pauwenvrouwtjes kiezen het mannetje met de mooiste staart. Hoewel deze staart geen overlevingsvoordeel oplevert, kan het mannetje wel zijn genen aan de volgende generatie doorgeven.

Bij zeeleeuwen of herten hebben de vrouwtjes geen keuze. Mannetjes wedijveren met elkaar om te kunnen paren. De winnaar paart met de vrouwtjes en de verliezer heeft minder kans op voortplanting. Bij deze soorten zijn de mannetjes vaak groter dan de vrouwtjes.

■ **Afb. 26** Mannetjespauw.

Opdrachten KENNIS

54 Welke eigenschappen zorgen ervoor dat de allelfrequentie van een gemuteerd allel in een populatie toeneemt? Kies twee van de volgende eigenschappen: *dominant – recessief – gunstig – nadelig*.

55 Naast mutatie kan ook een ander proces voor een verandering in allelfrequenties zorgen. Om welk proces gaat het?

56 Bij mensen vindt er seksuele selectie plaats.
Geef twee voorbeelden.

57 Bij veel diersoorten zijn het vooral de vrouwtjes die mannetjes selecteren op uiterlijk of gedrag. Bij welke vorm van selectie gebeurt dat niet?

Opdrachten INZICHT

58 De waboom (zie afbeelding 27) komt voor in Zuid-Afrika. Door mutatie van een allel dat de schorsdikte bepaalt is in de loop van de evolutie de schors steeds dikker geworden. Deze dikkere schorslaag beschermt de boom tegen branden.
Wat is er gebeurd met de allelfrequentie van dit gemuteerde allel in de loop van de evolutie? Licht je antwoord toe.

■ **Afb. 27** Waboom.

59 De staart van een mannetjespauw geeft een grotere voortplantingskans, maar geen grotere overlevingskans.
Leg dat uit.

60 Bij zeeleeuwen paart het sterkste mannetje met de vrouwtjes.
Wat is hiervan een evolutionair voordeel?

61 Is de uitwisseling van genen tussen populaties van *Homo sapiens* in de laatste honderd jaar toegenomen of afgenomen? Leg je antwoord uit.

62 Een bosuil heeft bruine of grijze veren, niet alle twee. Grijze veren erven dominant over. Welke kleur veren bij bosuilen het meeste voorkomt wordt al dertig jaar bijgehouden door het Fins natuurhistorisch museum. Vooral in strenge winters met veel sneeuw gaan er meer bruine uilen dood. Maar nu de winters warmer worden, is de populatie bruine bosuilen flink toegenomen.
Omdat bosuilen vrijwel zeker geen seksuele voorkeur hebben voor een partner met lichte of donkere veren, moet er sprake zijn van natuurlijke selectie.

a Bedenk wat het verband zou kunnen zijn tussen de opwarming van de aarde en de stijging van het aantal bruine bosuilen.

b Geef voor beide allelen (voor bruine en voor grijze veren) aan hoe de selectiedruk is veranderd.

Ga naar de *Flitskaarten* en *Test jezelf.*

Context Leefwereld

AFRIKAANSE OLIFANTEN EVOLUEREN RAZENDSNEL

Met een populatie olifanten in Afrika is iets bijzonders aan de hand. In nationaal park Gorongosa in Mozambique zijn er in een populatie olifanten opmerkelijk veel vrouwtjes zonder slagtanden (zie afbeelding 28). Wetenschappers denken dat dit komt door stroperij.

Olifanten worden al tientallen jaren gedood door stropers voor hun ivoren slagtanden, die veel geld opbrengen. Eind vorige eeuw was daardoor 90% van de olifanten in nationaal park Gorongosa gestorven. Van de vrouwtjesolifanten die nog leefden, had een groot deel geen slagtanden. Vrouwtjesolifanten zonder slagtanden hadden dus een groot voordeel. Voor het stropen had 18,5% van de vrouwtjesolifanten geen slagtanden, twintig jaar later ging het om 50,8%. Bij mannetjes was er geen verschil.

Waarom er wel slagtandloze vrouwtjesolifanten worden geboren en geen slagtandloze mannetjes heeft te maken met een mutatie op het X-chromosoom. Het gemuteerde allel is dominant en bij mannetjes en homozygote vrouwtjes letaal. Het gevolg hiervan is dat er meer vrouwtjes dan mannetjes worden geboren.

Dat er minder mannetjes worden geboren is niet per se nadelig voor het aantal nakomelingen. Mannetjes kunnen meerdere vrouwtjes bevruchten.

Olifanten gebruiken hun slagtanden bij het zoeken naar voedsel. Toch krijgen vrouwtjes zonder slagtanden genoeg voedsel. Waarschijnlijk passen ze hun gedrag aan door andere planten te eten of werken ze meer samen met mannetjes die nog steeds slagtanden hebben.

Als er minder op de olifanten wordt gejaagd, zullen de slagtanden bij de vrouwtjesolifanten weer terugkomen. Zolang het slagtand-DNA nog in de population is, kan de situatie zich herstellen. Als het stropen niet stopt, zal de evolutie van slagtandenloosheid doorgaan.

■ Afb. 28 Moederolifant zonder slagtanden met jong.

Opdrachten

63 Leg uit dat een allel dat letaal is toch succesvol in de populatie kan zijn.

64 Stel je voor dat het allel voor slagtandloze olifanten niet letaal was, zou de evolutie van slagtandloze olifantvrouwen dan nog sneller verlopen? Leg je antwoord uit.

65 **a** Wat gebeurt er met het gemuteerde allel als de stroperij door blijft gaan? Leg je antwoord uit.

b Wat gebeurt er met het gemuteerde allel als de stroperij stopt? Leg je antwoord uit.

66 Waardoor wordt de selectiedruk verhoogd?

5 ONDERZOEK NAAR EVOLUTIE

LEERDOELEN

4.5.1 Je kunt enkele onderzoeksmethoden naar verwantschap noemen.
4.5.2 Je kunt verschillen en overeenkomsten herkennen tussen organen en orgaanstelsels van de mens en van verschillende diersoorten.
4.5.3 Je kunt een stamboom aflezen en construeren.

▶ Vaardigheid 5
▶ Practicum 5

TAXONOMIE	LEERDOELEN EN OPDRACHTEN			
	4.5.1	4.5.2	4.5.3	4.3.1*
Onthouden		67	70, 71	
Begrijpen	73	68, 69, 80	72	
Toepassen		74, 75, 77, 78a, 79	78b, 82	81
Analyseren			76	

* Dit leerdoel vind je in een andere basisstof.

Er zijn veel wetenschappelijke argumenten die de evolutietheorie ondersteunen. Bijvoorbeeld de vergelijkende anatomie, DNA-analyse en fossielen.

VERGELIJKENDE ANATOMIE

De vergelijkende anatomie bestudeert gelijkenissen en verschillen tussen organismen. Door de overeenkomsten en verschillen tussen verschillende soorten organismen te onderzoeken kan verwantschap worden aangetoond. Homologie speelt hierbij een belangrijke rol. **Homologie** betekent gelijkenis. De voorpoot van een paard, de voorvin van een dolfijn, de vleugel van een vleermuis en de arm van een mens lijken bijvoorbeeld erg verschillend, maar hebben dezelfde bouw. Deze ledematen zijn homoloog (zie afbeelding 29). Naast ledematen kunnen ook organen, orgaanstelsels en genen homoloog zijn. Organen of ledematen die homoloog zijn, zijn ontstaan uit dezelfde grondvorm en zijn daarom een teken van verwantschap tussen organismen. Door aanpassing aan verschillende milieus hebben organen of ledematen een verschillende functie gekregen. Zo verandert bijvoorbeeld de functie van ledematen van landzoogdieren die gaan leven in het water, net als de ledematen van landzoogdieren die gaan vliegen. Het gemeenschappelijk bouwplan verandert niet (zie afbeelding 1).

■ Afb. 29 Homologe ledematen bij zoogdieren.

1 de voorpoot van een paard

2 de voorvin van een dolfijn

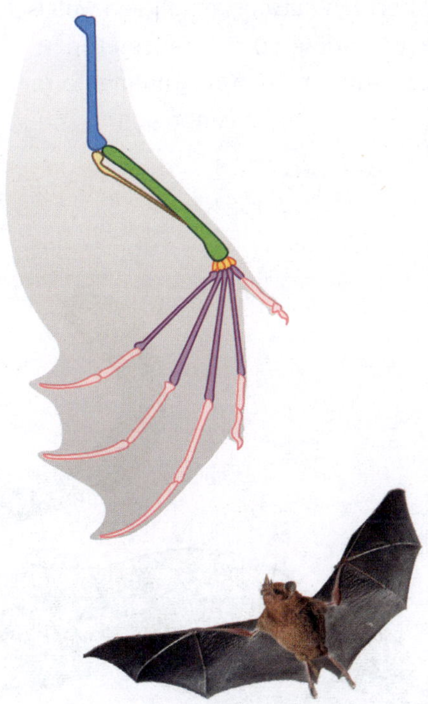

3 de vleugel van een vleermuis

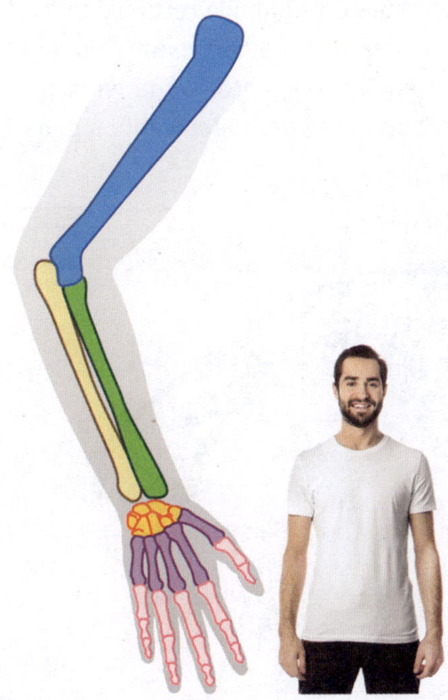

4 de arm van een mens

Naast homologie is analogie een belangrijk argument voor de evolutietheorie. Ledematen, organen en orgaanstelsels kunnen **analoog** zijn. Dit betekent dat ze een vergelijkbare functie hebben, maar een ander bouwplan. In afbeelding 30 zijn enkele analoge ledematen getekend. Door aanpassing aan hetzelfde milieu zijn bij niet-verwante organismen organen met een vergelijkbare functie ontstaan.

■ Afb. 30 Analoge ledematen binnen de groep gewervelden.

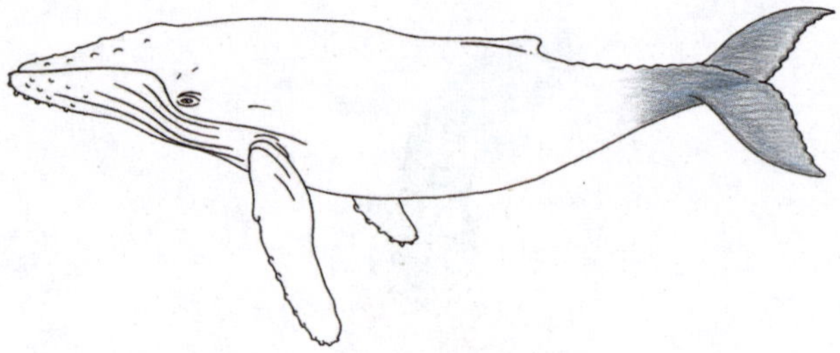

1 de staart van een walvis

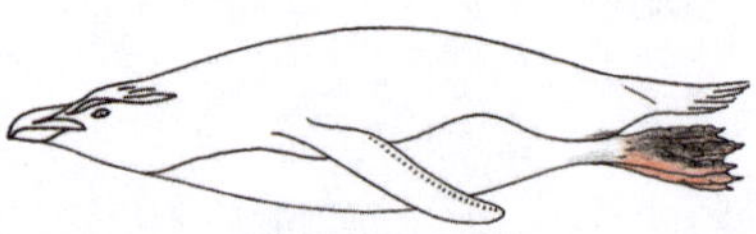

2 de poten met zwemvliezen van een pinguïn

3 de staartvin van een vis

Ten slotte zijn rudimentaire ledematen, organen en orgaanstelsels ook een argument voor de evolutie. Door aanpassing aan het milieu kunnen lichaamsdelen hun functie verliezen. Je noemt ze dan rudimentaire ledematen, organen, orgaanstelsels of rudimenten. Vaak zijn het organen die in de loop van de evolutie verdwijnen. Voorbeelden van rudimenten bij dieren zijn de resten van het bekken bij een walvis en de pootresten bij sommige reuzenslangen (zie afbeelding 31). Bij mensen zijn de verstandskiezen, het staartbeentje en de blindedarm rudimentair. Rudimentaire lichaamsdelen kunnen aantonen dat verschillende soorten organismen een gemeenschappelijke voorouder hebben gehad.

■ Afb. 31 Rudimenten bij dieren.

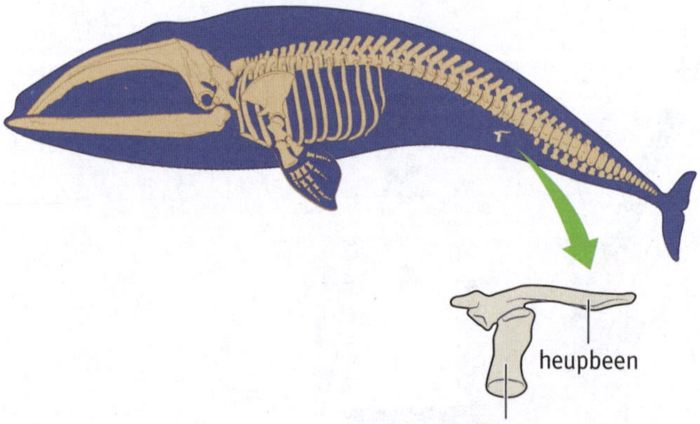

1 walvis met rudimentair bekken

2 python met rudimentaire poten

Opdrachten KENNIS

67 Wat is het verschil tussen homologe structuren en analoge structuren?

68 **a** Zijn de voorpoot van een krokodil (zie afbeelding 32.1) en de voorvin van een dolfijn (zie afbeelding 29.2) homologe of analoge structuren? Leg je antwoord uit.
b Zijn de vleugel van een vleermuis (zie afbeelding 29.3) en de vleugel van een vlieg (zie afbeelding 32.2) homologe of analoge structuren? Leg je antwoord uit.

■ **Afb. 32** Lichaamsdelen van een krokodil en een vlieg.

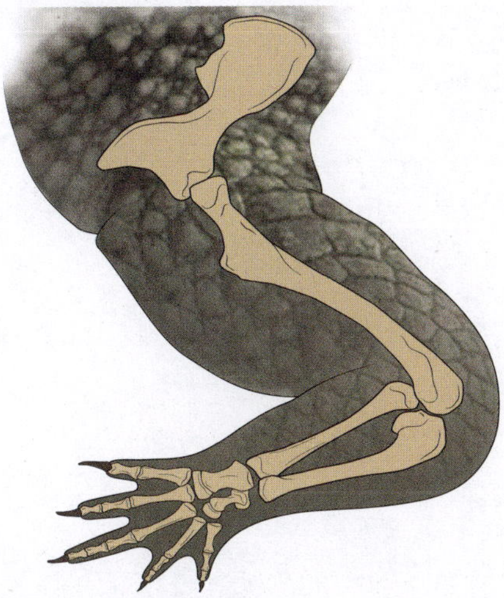

1 de voorpoot van een krokodil

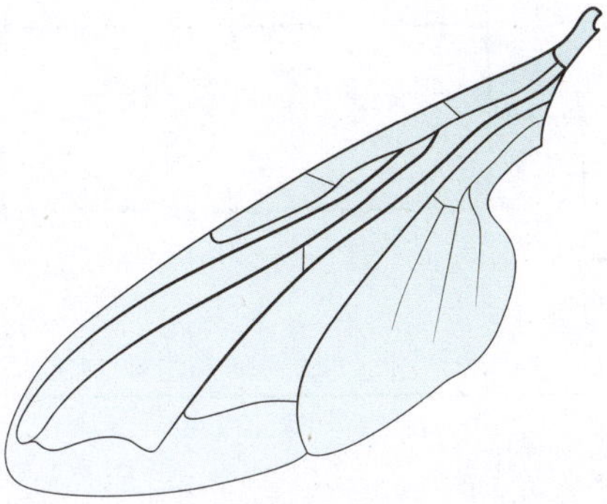

2 de vleugel van een vlieg

69 Bekijk afbeelding 31.
Hadden voorouders van de python wel of geen poten? Leg je antwoord uit.

DNA-ANALYSE

Tijdens de ontwikkeling van het leven op aarde zijn allerlei soorten organismen ontstaan. Soorten die een gemeenschappelijke voorouder hebben, vertonen **verwantschap**. **DNA-analyse** van de organismen speelt een belangrijke rol bij het bepalen van de mate van de verwantschap. Bij DNA-analyse wordt de specifieke nucleotidenvolgorde van DNA (de DNA-sequentie) bepaald. Door DNA van twee of meer verschillende soorten organismen met elkaar te vergelijken, kun je de **afstamming** van een soort bepalen. Hoe meer de DNA-sequenties overeenkomen, hoe groter de verwantschap.

De verwantschap kan in een **evolutionaire stamboom** worden weergegeven met behulp van verbindingslijnen tussen de verschillende soorten (zie afbeelding 33). Bij elke splitsing zijn uit een gemeenschappelijke voorouder nieuwe soorten ontstaan. Hoe verder naar links, hoe langer geleden. En hoe langer geleden de gemeenschappelijke voorouder leefde, hoe kleiner de verwantschap.

De volgorde van de organismen van boven naar beneden vertegenwoordigt niet de volgorde van ontstaan.

■ **Afb. 33** De evolutionaire stamboom van beren.

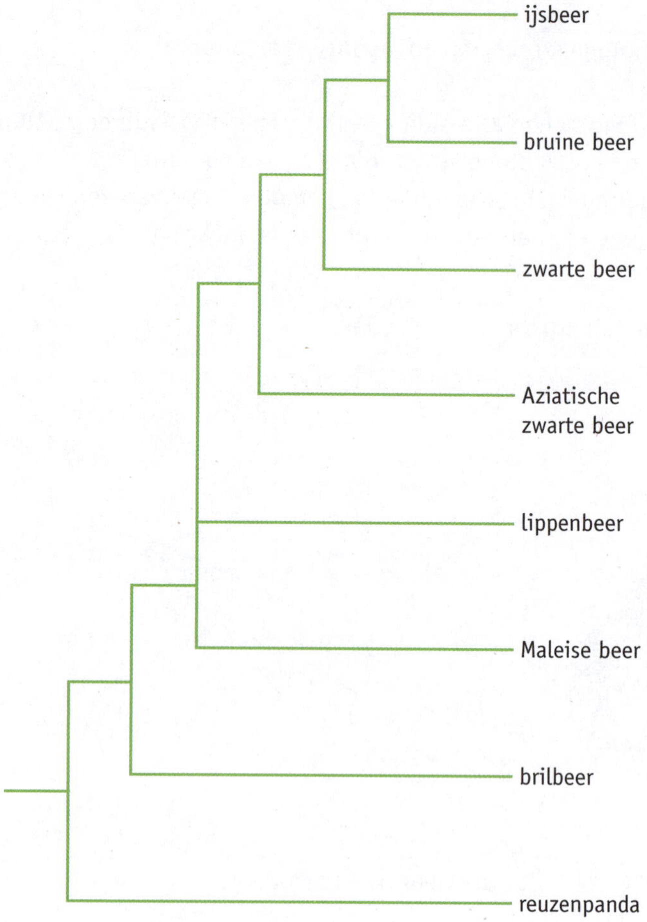

FOSSIELEN

Fossielen zijn overblijfselen van organismen uit het verleden. Ze zijn versteend of zichtbaar als afdruk in gesteenten (zie afbeelding 34). Veel fossielen worden gevonden in gesteentelagen. Meestal liggen de jongste gesteentelagen het dichtst aan de oppervlakte. Oudere gesteentelagen liggen dieper in de aardkorst.

Fossielen van sommige soorten komen in één type gesteentelaag voor. Ze zijn niet aanwezig in oudere en jongere gesteentelagen. Blijkbaar hebben deze soorten organismen alleen in een bepaalde periode geleefd en zijn daarna uitgestorven. Hieruit blijkt dat er tijdens de geschiedenis van de aarde soorten zijn ontstaan en weer zijn verdwenen. Fossielen laten soms ook zien dat soorten veranderen.

■ **Afb. 34** Fossiel van een dinosaurus (*velociraptor*).

Opdrachten KENNIS

70 Wat is DNA-analyse?

71 Hoe kun je in een evolutionaire stamboom zien dat soorten een gemeenschappelijke voorouder hebben gehad?

72 Bekijk afbeelding 33.
a Is de bruine beer meer verwant aan de ijsbeer of aan de zwarte beer?
b Welke beer is later ontstaan, de brilbeer of de Maleise beer?

73 **a** Welke drie argumenten ondersteunen de evolutietheorie?
b Welke drie vormen van vergelijkende anatomie ondersteunen de evolutietheorie?

Opdrachten INZICHT

74 Noteer de functie van de organen van afbeelding 29. Gebruik hierbij: *grijporgaan – looporgaan – stuurorgaan – vliegorgaan.*

75 De mens heeft kleine staartwervels.
Leg uit dat deze staartwervels rudimenten zijn.

76 **Evolutie**
Voorronde Biologie Olympiade Junior vwo 2017, vraag 23.
Om de evolutionaire verwantschap tussen primaten (mens, apen en halfapen) te bepalen is al vanaf de negentiende eeuw veel onderzoek verricht bij mens, chimpansee, gorilla en andere mensapen (zoals gibbons en orang-oetans). Resultaten hiervan zijn in onderstaande tabel te vinden.

Kenmerken	Chimpansee	Gorilla	Mens	Andere primaten
Relatieve lengte duimen	kort	kort	lang	lang
Formaat hoektanden	groot	groot	klein	groot
Lengteverschil armen – benen	benen korter dan armen	benen korter dan armen	armen korter dan benen	geen verschil
Lengte hoofdhaar	kort	kort	lang	kort
Aantal chromosomen	48	48	46	42 of meer
Fluorescentie Y-chromosoom	gelijk aan andere primaten	gelijk aan mens	gelijk aan gorilla	gelijk aan chimpansee
α-keten hemoglobine	gelijk aan mens	een aminozuur verschil met mens	gelijk aan chimpansee	verscheidene verschillen met mens
Aminozuurvolgorde myoglobuline	gelijk aan gorilla	gelijk aan chimpansee	gelijk aan andere primaten	gelijk aan mens

Gegeven is dat een eiwitmolecuul uit aminozuren bestaat en dat een eiwitmolecuul uit meerdere ketens kan zijn opgebouwd. Drie opvattingen over de genetische verwantschap van mens, chimpansee, gorilla en andere primaten zijn weergegeven in de drie stambomen in afbeelding 35.

Welke stamboom in de afbeelding geeft de mate van verwantschap op basis van gegevens van het onderzoek die in de tabel staan, het best weer?

■ **Afb. 35** Drie stambomen.

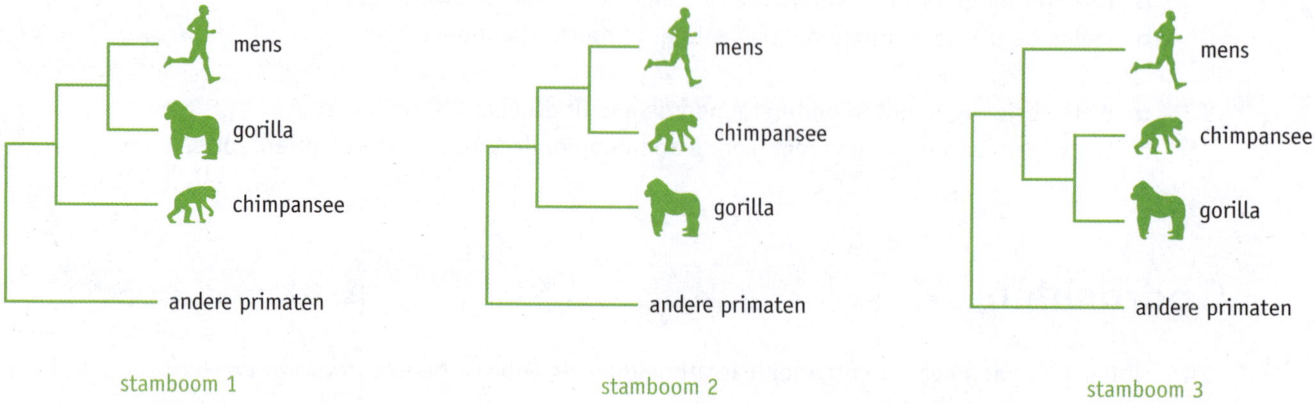

77 De mens heeft resten van een gen dat de informatie bevat voor de synthese van een enzym dat vitamine C kan aanmaken. Bij veel zoogdieren werkt dit gen nog.
Waarom is dit gen bij mensen een voorbeeld van een rudimentair gen (pseudogen)?

78 Bekijk afbeelding 36. De familie van de hondachtigen bestaat uit verschillende soorten honden, wolven en vossen.

a Welk hondachtige is het meest verwant met de hond: de grijze wolf of de prairiewolf? Leg je antwoord uit.

b In de evolutionaire stamboom van afbeelding 36 staan de woestijnvos, grootoorkitvos en poolvos.
Van welke hondachtige komt het DNA volgens deze evolutionaire stamboom het meest overeen met die van de grootoorkitvos? Leg je antwoord uit.

■ **Afb. 36** Stamboom van de familie van de hondachtigen.

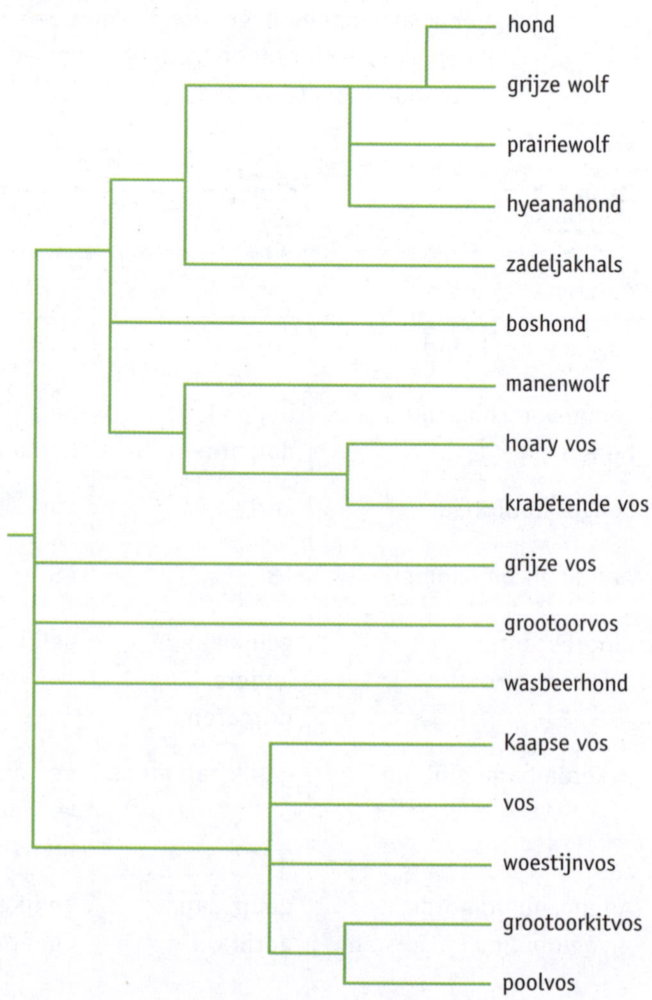

Ga naar de *Flitskaarten* en *Test jezelf.*

Context Leefwereld

TWEELINGEN?

In Amerika leven vliegende eekhoorns, in Australië suikereekhoorns (zie afbeelding 37). Ze lijken als twee druppels water op elkaar, maar toch is er maar één een echte eekhoorn.

■ **Afb. 37** Eekhoorns uit Amerika en Australië.

1 Noord-Amerikaanse vliegende eekhoorn

2 Australische suikereekhoorn

Veel zoogdieren in Australië worden geboren als embryo en voltooien hun ontwikkeling in een buidel. Ze worden daarom ook wel buideldieren genoemd. De kangoeroe is het bekendste voorbeeld. In de rest van de wereld leven voornamelijk placentadieren. Zij kennen een relatief lange zwangerschap, waarbij het embryo zich ontwikkelt in een baarmoeder.

Lang geleden ontstonden de buideldieren en de placentadieren uit een gemeenschappelijke voorouder (zie afbeelding 38).

Vliegende eekhoorns en de suikereekhoorns leven grotendeels op dezelfde manier: hoog in de bomen en ze worden opgejaagd door roofdieren. Deze omstandigheden zorgden er uiteindelijk voor dat ze zich met bepaalde eigenschappen die zich toevallig ontwikkelden beter konden handhaven in hun omgeving. Een van deze mutaties was de ontwikkeling van een huidplooi tussen voor- en achterpoten. Hiermee kunnen ze van de ene naar de andere boom zweven en daarmee roofdieren ontvluchten. De ontwikkeling van grote ogen en de dikke lange staart zorgden ervoor dat ze sneller hun vijand zien en behendiger kunnen zweven.

Opdrachten

79 De vliegende eekhoorn en de suikereekhoorn gebruiken beide een huidplooi tussen de voor- en achterpoten om te zweven. Is de ontwikkeling van de huidplooi een analoge of homologe ontwikkeling? Leg je antwoord uit.

80 Welke omgevingsfactoren hebben selecterend gewerkt op beide eekhoorns?

81 Leg in drie stappen uit hoe een vliegende eekhoorn kon ontstaan uit een gewone eekhoorn.

82 Gebruik bij deze opdracht afbeelding 38.

a Zijn de buideldieren nauwer verwant aan de placentadieren of aan de vogelbekdieren? Leg je antwoord uit.

b De nummers 1, 2 en 3 zijn homologe kenmerken die worden gedeeld door alle groepen rechts van het getal. Vogelbekdieren zijn zoogdieren die eieren leggen.

Noteer bij 1, 2 en 3 de volgende kenmerken: *levend geboren – melkvoeding – verlengde zwangerschap.*

■ **Afb. 38** Evolutionaire stamboom van de zoogdieren.

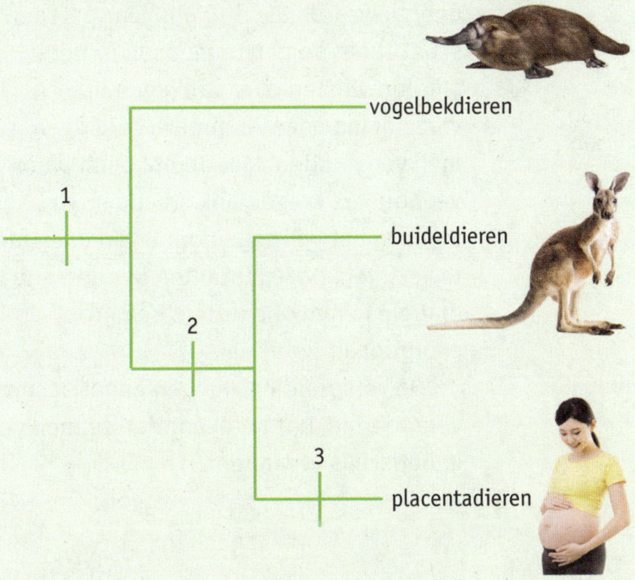

ALLEEN MUTANTEN SMULLEN VAN SOFTIJS

LEERDOEL

4.S.1 Je kunt de biologische vakvaardigheid evolutionair denken toepassen op de verspreiding van een gemuteerd gen in een populatie.

Dat Nederlanders ook als volwassene kunnen smullen van softijs hebben we te danken aan een mutatie. Maar liefst 65% van alle mensen op aarde kan alleen als baby melk verteren. Als ze ouder worden, verliezen zij het vermogen om melksuikers (lactose) af te breken in de dunne darm. Drinken ze toch een beker melk, dan krijgen ze buikkrampen of diarree.

Voor de meeste Nederlanders is het drinken van melk echter geen enkel probleem. Ze zijn lactosetolerant ofwel lactasepersistent (LP). Deze eigenschap hebben ze te danken aan een mutatie in het LP-gen. Het gewone LP-gen schakelt na de zuigelingenperiode het lactasegen uit. Mensen met het gemuteerde LP-gen blijven hun hele leven het enzym lactase aanmaken in de dunne darmcellen. Daardoor kunnen ze blijvend melkproducten verteren.

GROOT VOORDEEL

Al in de vroege oertijd gebruikten mensen zuivel. Daaruit moesten ze dan wel de melksuiker verwijderen door de melk te fermenteren tot yoghurt of kaas. Daarmee verdween ook 20-50% van de energiewaarde. Zo'n 10 000 jaar geleden schakelden de eerste mensen in het Midden-Oosten over van jagen en verzamelen naar landbouw. Ze gingen melkvee houden. Met de opkomst van veehouders kregen ook steeds meer mensen het vermogen om levenslang melk te verteren. Deze mutanten konden alle energie in melk benutten, een groot evolutionair voordeel.

■ **Afb. 1** Softijs bevat lactose.

De verspreiding van een genetische verandering gaat hier samen met een culturele verandering. Dat betekent dat de melkveehouderij ervoor heeft gezorgd dat de mens genetisch is veranderd.

OPMARS

De veeteelt en de LP-mutatie verspreidden zich 7500 jaar geleden naar West-Europa. Dit kun je zien aan de genen in botresten van vee en de eerste veetelers. Met de opmars van gemeenschappen van melkveehouders in de richting van Noordwest-Europa nam de frequentie van het mutante allel snel toe. De dragers ervan hadden een groot selectievoordeel door hun adaptatie aan de nieuwe levensomstandigheden. Zij konden maar liefst 19% meer nakomelingen voortbrengen dan hun lactose-intolerante tijdgenoten. Dat zijn heel wat kinderen die weer meer kinderen krijgen, die weer meer kinderen krijgen ...

Ondertussen stonden hun jagende tijdgenoten niet hulpeloos langs de zijlijn. Door genuitwisseling met melkveehouders kwamen ook hun nakomelingen in het bezit van het gemuteerde allel. Zo kunnen nu bijna alle Nederlanders genieten van softijs.

Naar: Joseph Caputo, 'Lactose tolerance and human evolution', Smithsonian.com, april 2009; Andrew Curry, 'The milk revolution', Nature augustus 2013.

Opdrachten

1 Zet in de tabel de volgende begrippen bij het juiste organisatieniveau: *baby – dunne darm – dunne darmcellen – lactase – landbouw – melksuiker – melkvee – mutant – nakomelingen – voortplanting – wereldbevolking.*

Organisatieniveau	Begrip
Systeem aarde	
Ecosysteem	
Populatie	
Organisme	
Orgaan	
Cel	
Molecuul	

2 Welke stof in de botresten van mensen en melkvee onderzoek je om de verwantschap vast te stellen tussen West-Europese populaties en populaties in het Midden-Oosten?

3 Bij de fermentatie van melk voor de productie van yoghurt en kaas wordt lactose omgezet in melkzuur.
- **a** Welke organismen worden hiervoor gebruikt?
- **b** Geef een verklaring voor de lagere energiewaarde van gefermenteerde melk.

4
- **a** Leg uit hoe door een mutatie van het LP-gen lactosetolerantie kan ontstaan.
- **b** Verklaar de snelle toename van dit LP-gen in populaties melkveehouders.

5
- **a** Was er bij de jagers-verzamelaars en de melkveehouders misschien sprake van reproductieve isolatie? Licht je antwoord toe.
- **b** Stel dat jagers-verzamelaars en melkveehouders reproductief waren gescheiden. Hoe kan in dat geval de frequentie van het gemuteerde LP-gen zijn toegenomen in de West-Europese bevolking?

PRACTICA

Practicumopdracht 1

ONDERZOEKSDOEL

4.O.1 Je kunt de zichtbare delen van boomalg herkennen en benoemen.

▶ Basisstof 1
▶ Vaardigheden 1, 2, 3 en 4

Boomalg (*protococcus viridis*)

30 minuten

INLEIDING

Anders dan de meeste algen leven boomalgen niet in het water, maar op de schors van bomen. In dit practicum onderzoek je hoe boomalgen er onder een microscoop uitzien.

ONDERZOEKSVRAAG

Hoe ziet een boomalg eruit onder een microscoop?

MATERIAAL

- een stukje boomschors met groene aanslag (boomalg)
- een microscoop
- prepareermateriaal

METHODE

- Schrap wat groene aanslag van het stukje boomschors af en maak hiervan een preparaat. Druk met je wijsvinger licht op het dekglaasje en maak een draaiende beweging.
- Bekijk het preparaat bij een vergroting van 400×. Je ziet losse boomalgcellen met celwanden. Je ziet ook groepjes boomalgcellen die aan elkaar vastzitten. Dat komt doordat de cellen na deling niet meteen loslaten van elkaar. Soms zie je ook delende boomalgcellen.
- Maak tekeningen van losse boomalgcellen en van groepjes boomalgcellen.

RESULTAAT

Tekeningen van losse boomalgcellen en van groepjes boomalgcellen bij een vergroting van 400×.

Practicumopdracht 2

ONDERZOEKSDOEL

4.O.2 Je kunt de zichtbare delen van een pantoffeldiertje herkennen en benoemen.

▶ Basisstof 1
▶ Vaardigheden 1, 2, 3 en 4

Pantoffeldiertje (*paramecium* spec.)

30 minuten

INLEIDING

Pantoffeldiertjes zijn eencelligen die in zoetwater leven. In dit practicum onderzoek je hoe pantoffeldiertjes er onder een microscoop uitzien.

ONDERZOEKSVRAAG

Hoe ziet een pantoffeldiertje eruit onder een microscoop?

MATERIAAL

- een kweek van pantoffeldiertjes
- een microscoop
- prepareermateriaal
- methylcellulose-oplossing (behangersplak) of een glycerine-oplossing (eventueel)

METHODE

- Op de kweek van pantoffeldiertjes zit een vlies. Zuig met het druppelpipet een druppel water vlak onder het vlies vandaan. Probeer het vlies zo weinig mogelijk te beschadigen. Maak een preparaat van de druppel.
- Bekijk het preparaat bij een vergroting van 100×. Je ziet vrijwel zeker pantoffeldiertjes. Ze bewegen snel door het beeld. Als de pantoffeldiertjes te snel bewegen, kun je een druppel methylcellulose- of glycerine-oplossing toevoegen.
- Maak een tekening van een pantoffeldiertje.

RESULTAAT

Tekening van een pantoffeldiertje bij een vergroting van 100×.

Practicumopdracht 3

ONDERZOEKSDOEL

4.O.3 Je kunt met een experiment de invloed van snijbloemenvoedsel op de bacteriegroei in bloemenwater bepalen.

▸ Basisstof 2

Bacteriegroei in bloemenwater

3 × 20 minuten

INLEIDING

Als je bij de bloemist een bos bloemen koopt, krijg je daar meestal een zakje snijbloemenvoedsel bij. Het zakje bevat niet alleen voedsel voor de snijbloemen, maar ook middelen die de groei van bacteriën remmen. Bacteriën kunnen namelijk goed groeien in een vaas met leidingwater en bloemstelen.
Op het zakje snijbloemenvoedsel staat dat je de inhoud van het zakje moet oplossen in een halve liter water. Veel boeketten komen echter terecht in een vaas met meer dan een halve liter water. De concentratie snijbloemenvoedsel is dan te laag. De fabrikant van snijbloemenvoedsel wijst de bloemisten er voortdurend op dat zij hun klanten voldoende zakjes snijbloemenvoedsel meegeven, omdat er anders te veel bacteriën in het bloemenwater groeien. De boeketten zullen daardoor veel minder lang houdbaar blijven bij de consument, stelt de fabrikant.

ONDERZOEKSVRAAG

Een bloemist wil weten of het waar is wat de fabrikant van het snijbloemenvoedsel beweert. Bovendien wil hij weten of er sowieso wel meer bacteriën in het bloemenwater groeien als er helemaal geen snijbloemenvoedsel wordt gebruikt.
De onderzoeksvraag luidt:
Wat is de invloed van snijbloemenvoedsel op de ontwikkeling van het aantal bacteriën in bloemenwater?

HYPOTHESE

1 Formuleer de hypothese van de bloemist. Formuleer ook de bijbehorende verwachting.

MATERIAAL

- 3 bossen bloemen
- 3 vazen of bakken met water (0,5 tot 1 liter)
- 2 zakjes snijbloemenvoedsel
- 3 steriele petrischalen met voedingsbodem
- entnaald of ijzerdraad
- brander
- 70% alcohol
- broedstoof

METHODE

- Zet de bloemen in de drie bakken met ieder 0,5 liter water.
- Voeg aan bak 1 geen snijbloemenvoedsel toe, aan bak 2 een half zakje en aan bak 3 een compleet zakje snijbloemenvoedsel.
- Laat de bloemen een week in het water staan.
- Houd het oog van de entnaald of het uiteinde van een metaaldraad in de vlam van een brander en daarna in 70% alcohol. Steek nu de entnaald in bak 1 en strijk voorzichtig over de gehele voedingsbodem van een petrischaal. Sluit de schaal snel en zet erop: bak 1. Herhaal de procedure voor de bakken 2 en 3.
- Zet de drie petrischalen gedurende twee dagen in een broedstoof bij 37 tot 40 °C. Tel daarna het aantal kolonies of bepaal het gedeelte van de schaal dat is bedekt met kolonies van de bacteriën.

RESULTAAT

2 Geef in een tabel de aantallen kolonies of de bedekkingsgraad per bak weer.

CONCLUSIE

3 Is de hypothese bevestigd?

4 Wat zou de oorzaak kunnen zijn als er in alle drie petrischalen veel bacteriegroei is opgetreden?

Practicumopdracht 4

ONDERZOEKSDOEL

4.O.4 Je kunt met een experiment onderzoeken of de kleurvariatie bij een populatie prooidieren verandert onder invloed van roofdieren.

▸ Basisstof 3

Natuurlijke selectie gesimuleerd

30 minuten

INLEIDING

Natuurlijke selectie speelt een belangrijke rol in de evolutietheorie. Binnen een populatie met diverse eigenschappen hebben de best aangepasten meer kans om bedreigingen uit hun omgeving te overleven. Bedreigingen zijn bijvoorbeeld honger, kou, ziekten of roofdieren. In dit practicum onderzoek je de invloed van roofdieren op het kleurpatroon van een prooidier.

ONDERZOEKSVRAAG

Verandert de verdeling in kleurvariatie bij een prooidier onder invloed van roofdieren?

HYPOTHESE

Afhankelijk van de kleur van de omgeving zullen prooidieren met bepaalde kleuren meer worden gevangen dan anders gekleurde prooidieren.

MATERIAAL

- papieren rondjes in verschillende kleuren
- een gebloemde lap of stuk behangpapier met kleurig bloemenmotief
- een zonnebril

METHODE

- Je voert dit practicum in duo's uit. Ieder duo krijgt een gebloemde lap of een stuk behangpapier.
- Strooi daarop twintig rondjes van elk van de volgende tien kleuren: rood, geel, oranje, blauw, groen, roze, paars, wit, zwart en bruin.
- Schud de rondjes over het gehele vlak uit.
- Nu gaat een van de twee als roofdier spelen. Hij/zij pakt steeds zo snel mogelijk een duidelijk zichtbaar rondje en legt dat op tafel. De ander telt en geeft een stopteken als er veertig rondjes zijn 'gevangen' of als er twee minuten voorbij zijn.
- Noteer hoeveel rondjes van elke kleur zijn gevangen.

Voeg nu ongeveer veertig nieuwe rondjes toe. Is een bepaalde kleur niet gevangen, dan doe je daarvan zeven rondjes erbij. Bij een, twee of drie keer gevangen doe je er vier rondjes bij. Bij meer keren gevangen geen rondjes. Schud uit over het gehele vlak.

- Herhaal deze werkwijze twee keer.
- Tel nu het eindresultaat dat op het vlak ligt.

Wissel van rol. Deze keer zet degene die roofdier is een zonnebril op (een roofdier dat alles in zwart-wit ziet). Het roofdier pakt weer zo snel mogelijk een voor een de duidelijk zichtbare rondjes en legt deze op tafel. De ander telt en geeft een stopteken als er veertig rondjes zijn 'gevangen' of als er twee minuten voorbij zijn.

RESULTAAT

1 Vul de tabel in.

Kleur	Aantal zonder zonnebril	Aantal met zonnebril
Rood		
Geel		
Oranje		
Blauw		
Groen		
Roze		
Paars		
Wit		
Zwart		
Bruin		

CONCLUSIE

2 Verklaar het resultaat dat na een paar generaties is bereikt.

3 Leg uit hoe het verschil tussen experiment 1 (zonder zonnebril) en experiment 2 (met zonnebril) is ontstaan.

Practicumopdracht 5

ONDERZOEKSDOEL

4.O.5 Je kunt met een onderzoek de lichaamslengte bepalen van twee volwassen exemplaren van *Australopithecus afarensis* aan de hand van hun voetstappen.

▶ Basisstof 5

Lichaamslengte schatten aan de hand van gevonden voetafdrukken

⏱ 50 minuten

INLEIDING

In 1978 vond Mary Leaky in Laetoli (Tanzania) afdrukken van voetsporen van drie hominiden (aapmensen) van de soort *Autralopithecus afarensis*. Onderzoek aan de voetsporen gaf informatie over de lichaamsbouw en de manier van lopen. In dit practicum onderzoek je wat de lichaamslengte van deze hominiden was.

ONDERZOEKSVRAAG

Wat was de lichaamslengte van de twee volwassen exemplaren van *Australopithecus afarensis* waarvan in Laetoli alleen de voetstappen zijn gevonden?

HYPOTHESE

Tabel 1

	Volwassene 1	Volwassene 2
Lengte van de voet	21,5 cm	18,5 cm
Breedte van de voet	10 cm	8,8 cm
Paslengte (afstand tussen de afdrukken)	47,2 cm	28,7 cm
Geschatte lichaamslengte	134-156 cm	115-134 cm

MATERIAAL

- een lege ruimte die groot genoeg is om een stukje te wandelen
- een rolmaat of meetlint
- water
- een handdoek

METHODE

Onderzoek eerst bij mensen van verschillende lengtes het verband tussen hun beenlengte en hun paslengte. Dat doe je door de proefpersonen op natte, blote voeten in wandeltempo door een ruimte te laten lopen.
Meet van elke proefpersoon de beenlengte en de paslengte.

RESULTATEN

1 Maak een tabel van de beenlengte en de paslengte van je proefpersonen.
2 Maak daarna aan de hand van deze tabel een grafiek van het verband tussen beenlengte en paslengte.

CONCLUSIE

3 Vergelijk de paslengte van de twee Laetoli-volwassenen (zie tabel 1) met jouw grafiek.
Hoe lang waren de benen van deze twee exemplaren van *A. afarensis*?
Noteer de beenlengte in de volgende tabel.

	Beenlengte	**Lichaamslengte**
Volwassene 1	cm	cm
Volwassene 2	cm	cm

4 In de tabel staat een schatting van de lichaamslengte van deze twee *Australopitheci*.
Hoe zou Mary Leaky tot deze schatting zijn gekomen?
5 Bereken met behulp van tabel 1 hoe lang de twee volwassenen waarschijnlijk waren.

■ **Afb. 1** Reconstructie van twee volwassen exemplaren van *Australopithecus afarensis*.

DISCUSSIE

6 Vergelijk je uitkomst bij vraag 12 met de lichaamslengte in de tabel.
Geef een verklaring voor eventuele verschillen.

SAMENVATTING

4.1.1 BASISSTOF 1

Je kunt het ordeningssysteem van organismen beschrijven en toepassen.

- Indeling van organismen gebeurt op basis van moleculaire eigenschappen en op grond van uiterlijke kenmerken, zoals:
  - het aantal cellen
  - het celtype
  - de aanwezigheid van een celwand
  - de voedingswijze
- Organismen kunnen organische en anorganische stoffen uit het milieu opnemen.
- Organische stoffen:
  - meestal afkomstig van organismen
  - relatief grote, ingewikkeld gebouwde moleculen
  - De moleculen bevatten een of meer atomen koolstof (C), waterstof (H) en meestal zuurstof (O).
  - bijv. glucose, zetmeel, eiwitten, vetten
- Anorganische stoffen:
  - komen voor in organismen en in de levenloze natuur
  - kleine, eenvoudig gebouwde moleculen
  - bijv. koolstofdioxide (CO_2), water (H_2O), keukenzout (NaCl), zuurstof (O_2)
- Autotrofe organismen:
  - kunnen organische stoffen maken uit alleen anorganische stoffen
  - hebben geen andere organismen nodig als voedsel
  - nemen anorganische stoffen op uit hun milieu
- Heterotrofe organismen:
  - hebben andere organismen nodig als voedsel
  - nemen organische en anorganische stoffen op uit hun milieu
- Prokaryoten hebben wel ribosomen, maar geen celkern of andere organellen. Het DNA ligt los in het cytoplasma.
- Bij eukaryoten ligt het DNA in de celkern.
- Drie domeinen: bacteriën, archaea en eukaryoten.
- Indeling in steeds kleinere groepen:
  - Achtereenvolgens: rijken, stammen, klassen, orden, families, geslachten en soorten.
- Binaire naamgeving:
  - een geslachtsnaam (voorop en met hoofdletter)
  - een soortaanduiding (met kleine letter)
  - vaak nog de naam (afgekort) van de naamgever
  - bijv. *Bellis perennis* L. (madeliefje)

4.2.1 BASISSTOF 2

Je kunt kenmerken van bacteriën noemen.

- Bacteriën:
  - De chromosomen liggen los in het cytoplasma.
  - Veel soorten hebben slechts één groot, cirkelvormig chromosoom. Bij sommige soorten komen ook kleine, cirkelvormige plasmiden voor.
  - De chromosomen bestaan alleen uit DNA; ze bevatten geen eiwitmoleculen.
- Bacteriën planten zich vooral voort door deling.
  - Hierbij zijn de chromosomen vastgehecht aan het celmembraan.
- Bacteriën worden door de mens gebruikt bij:
  - de productie van voedingsmiddelen (o.a. yoghurt, kaas, zuurkool)
  - de productie van geneesmiddelen en hormonen
  - de afvalwaterzuivering en de productie van wasmiddelenzymen
- Bacteriën kunnen ziekten veroorzaken en voedsel bederven.

4.2.2

Je kunt kenmerken van virussen noemen.

- Virussen zijn geen organismen.
  - Bestaan uit DNA of RNA omgeven door een eiwitmantel.
  - Virussoorten die bacteriën als gastheer gebruiken heten bacteriofagen.

4.2.3

Je kunt kenmerken van schimmels noemen.

- Schimmels:
  - hebben een celkern en een celwand, maar geen bladgroen.
  - zijn heterotroof: ze voeden zich met dode resten van organismen.
- Gisten zijn eencellige schimmels en planten zich voort door knopvorming en deling.
- Meercellige schimmels planten zich voort door sporen.
- Schimmels worden door de mens gebruikt bij:
  - de bereiding van voedingsmiddelen (o.a. kaas, brood, alcohol)

- de productie van penicilline (een antibioticum)
- Schimmels kunnen ziekten veroorzaken (o.a. zwemmerseczeem).

4.3.1 BASISSTOF 3

Je kunt uitleggen wat de neodarwinistische evolutietheorie inhoudt.

- Evolutie is de ontwikkeling van het leven op aarde, waarbij soorten ontstaan, veranderen en verdwijnen.
  - De neodarwinistische evolutietheorie gaat uit van genetische variatie (verscheidenheid in genotypen), natuurlijke selectie (survival of the fittest) en soortvorming door reproductieve isolatie.
- Genetische variatie:
  - Door mutaties en recombinatie verschillen individuen van één soort in genotype en fenotype.
- Natuurlijke selectie:
  - Individuen met een betere adaptatie (aanpassing) aan het milieu hebben een grotere overlevingskans.
  - Selectiedruk: de invloed van milieufactoren op de genetische variatie in een populatie.
  - Fitness: van individuen met een gunstig genotype zullen meer nakomelingen in leven blijven en zich voortplanten.
  - Soorten evolueren als door natuurlijke selectie de mutanten blijven voortbestaan en individuen van de oorspronkelijke vorm niet.
  - Door een grote genetische variatie heeft een soort een grotere overlevingskans.

4.3.2

Je kunt manieren van reproductieve isolatie beschrijven.

- Soort: organismen die onderling kunnen voortplanten en daarbij vruchtbare nakomelingen voortbrengen.
  - Een soort kan bestaan uit verschillende rassen.
- Populatie: groep individuen van dezelfde soort die in een bepaald gebied leeft en zich onderling voortplant.
- Voor het ontstaan van een nieuwe soort is reproductieve isolatie nodig. Hierbij vindt gedurende lange tijd geen voortplanting plaats tussen individuen van verschillende populaties:
  - door geografische oorzaken
  - door verschil in gedrag

4.4.1 BASISSTOF 4

Je kunt beschrijven hoe de genetische eigenschappen van een populatie kunnen veranderen.

- Genenpool: de verzameling van alle verschillende allelen van alle individuen in een populatie.
  - De omvang van de genenpool is een maat voor de genetische variatie.
- Allelfrequentie: hoe vaak een allel in de populatie voorkomt.
- Verandering in allelfrequenties kunnen ontstaan door:
  - mutaties, selectiedruk en migratie
  - seksuele selectie: als eigenschappen van seksuele partners de voortplantingskans beïnvloeden

4.5.1 BASISSTOF 5

Je kunt enkele onderzoeksmethoden naar verwantschap noemen.

- Vergelijking van de anatomie.
- DNA-analyse: bepalen van de nucleotidenvolgorde (DNA-sequentie) van het DNA.

4.5.2

Je kunt verschillen en overeenkomsten herkennen tussen organen en orgaanstelsels van de mens en van verschillende diersoorten.

- Homologe lichaamsdelen: hebben hetzelfde bouwplan door verwantschap; de functie kan verschillen.
- Analoge lichaamsdelen: hebben dezelfde functie, maar een ander bouwplan.
- Rudimentaire lichaamsdelen hebben hun oorspronkelijke functie verloren.

4.5.3

Je kunt een stamboom aflezen en construeren.

- Een evolutionaire stamboom geeft verwantschap en afstamming van soorten weer.
  - Verwante soorten hebben een gemeenschappelijke voorouder.
  - De mate van verwantschap is bepaald door het aantal generaties sinds de gemeenschappelijke voorouder.

SAMENHANG

4.S.1 **Je kunt de biologische vakvaardigheid evolutionair denken toepassen op de verspreiding van een gemuteerd gen in een populatie.**

ONDERZOEK - PRACTICA

4.O.1 **Je kunt de zichtbare delen van boomalg herkennen en benoemen.**

4.O.2 **Je kunt de zichtbare delen van een pantoffeldiertje herkennen en benoemen.**

4.O.3 **Je kunt met een experiment de invloed van snijbloemenvoedsel op de bacteriegroei in bloemenwater bepalen.**

4.O.4 **Je kunt met een experiment onderzoeken of de kleurvariatie bij een populatie prooidieren verandert onder invloed van roofdieren.**

4.O.5 **Je kunt met een onderzoek de lichaamslengte bepalen van twee volwassen exemplaren van *Australopithecus afarensis* aan de hand van hun voetstappen.**

Ga naar de *Flitskaarten* en de *Oefentoets.*

EXAMENOPGAVEN

HUIDCELLEN ALS VISVOER

Naar: examen havo 2021-3, vraag 3 en 4.

In Kangal, Turkije, zijn warmwaterbronnen waar kleine visjes (*Garra rufa*) voorkomen die aan je huid knabbelen (afbeelding 1). Dode huidcellen vormen namelijk een noodzakelijke voedselbron voor de vissen. Hun oorspronkelijke voedsel - algen en kreeftjes - overleeft minder goed in de warmwaterbronnen.
De soort komt van oorsprong voor in kreekjes en meren die in verbinding stonden met de warmwaterbronnen. In de loop van de tijd zijn deze kreekjes en meren gescheiden geraakt van de warmwaterbronnen.
De populatie *Garra rufa* in de kreekjes en meren voedt zich met algen en kreeftenlarven. Als het voedselaanbod beperkt is, eten deze vissen soortgenoten.
De vissenpopulatie die nu in de warmwaterbronnen leeft, heeft zich aangepast aan het eten van menselijke huidcellen. Er wordt door wetenschappers gesuggereerd dat de vissen in de warmwaterbronnen als gevolg van hun voedselspecialisatie tot een nieuwe soort zullen evolueren.

■ **Afb. 1** *Garra rufa.*

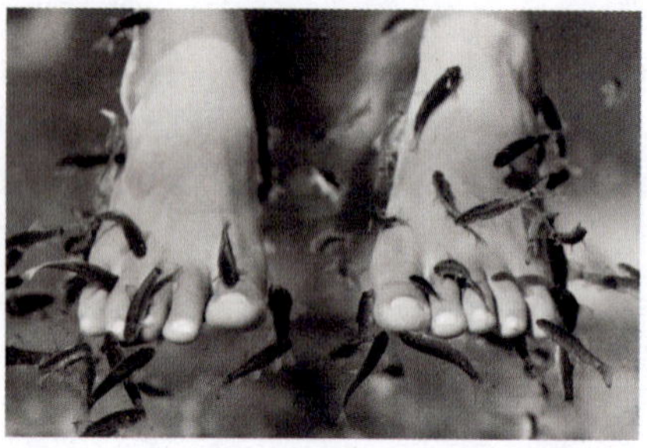

1p **1** Wanneer kunnen de vissen in deze populatie tot een nieuwe soort worden gerekend?

3p **2** Als deze evolutie plaatsvindt, zullen variatie, isolatie en natuurlijke selectie een rol spelen.
Beschrijf:
- de variatie
- de isolatie
- de natuurlijke selectie die zullen bijdragen aan deze evolutie van *Garra rufa*

KORAALRIFFEN

Naar: examen havo 2021-3, vraag 26.

Koraalriffen hebben al jaren te lijden van opwarming van het zeewater door het versterkte broeikaseffect. Koraal (afbeelding 2) bestaat uit poliepen, die in kolonies samenleven en een gezamenlijk skelet opbouwen van kalk ($CaCO_3$). Veel koralen hebben een symbiotische relatie met algen ontwikkeld. Deze algen, zoöxanthellen geheten, leven in de cellen van de poliepen en geven de koralen hun prachtige kleuren. Zoöxanthellen produceren organische stoffen waarvan ze het grootste deel aan de poliep afstaan. De zoöxanthellen gebruiken een groot deel van de afvalproducten van de poliepen voor hun stofwisselingsactiviteit.

■ **Afb. 2** Koraal.

In het kader van klimaatverandering wordt onderzoek gedaan naar de temperatuurtolerantie van koralen. Bekend is dat jonge poliepen verschillende soorten zoöxanthellen kunnen opnemen.

2p **3** Beredeneer dat het opnemen van verschillende soorten zoöxanthellen de overlevingskans van een poliep vergroot bij temperatuurstijging als gevolg van klimaatverandering.

METHAAN UIT KOEIENWINDEN: BROEIKASEFFECT OF DUURZAME ENERGIE?

Naar: examen havo 2021-3, vraag 36.

Koeien produceren in hun spijsverteringskanaal grote hoeveelheden brandbaar methaangas (CH_4). Het opvangen (afbeelding 3) en gebruiken van koeienwinden als duurzame energiebron lijkt dan ook een voor de hand liggende gedachte.

■ **Afb. 3** Opvangen van methaangas.

Wetenschappers proberen echter de methaanproductie bij koeien te verkleinen, omdat methaan een zeer sterk broeikasgas is. Hiervoor doen zij onderzoek naar het verband tussen de voerefficiëntie en de methaanproductie van een koe. De voerefficiëntie is de hoeveelheid melk die een koe per kilogram voer produceert.
In de pens, de eerste grote maag van een koe, wordt gras afgebroken door micro-organismen. De tussenproducten komen beschikbaar voor de koe. Methaanbacteriën, die zich ook in de pens bevinden, vergisten enkele van die tussenproducten tot methaan. Het methaangas komt vrij via winden en oprispend gas. Per dag produceert een koe honderden liters methaangas.

2p **4** Om inzicht te krijgen in de manier waarop bacteriën gras afbreken, bekijkt een wetenschapper een monster van de maaginhoud van een koe met een microscoop. Hij ziet diverse volledige cellen, waaronder cellen van gras, bacteriën en dekweefselcellen van de maagwand van de koe.
Welk kenmerk is bruikbaar om met zekerheid te kunnen vaststellen dat een bepaalde cel een bacterie is?

A de aanwezigheid van een celmembraan
B de aanwezigheid van een celwand
C de afwezigheid van een kernmembraan
D de afwezigheid van plastiden

BANANEN BEDREIGD!

Naar: examen havo 2018-1, vraag 22.

Bij bananenplanten kan de schimmel *Mycosphaerella fijiensis*, de zwarte sigatokaziekte veroorzaken. De zwarte sigatokaziekte kan worden bestreden met fungiciden, bestrijdingsmiddelen tegen schimmels. Door grote bananenproducenten worden deze veelvuldig ingezet.

3p **5** Een fungicide zoals propiconazool doodt de schimmel, maar werkt vaak niet op de langere termijn. Dit komt doordat de schimmels resistent worden tegen het fungicide. Leg uit hoe na langdurig gebruik van propiconazool op de plantages, een populatie van *Mycosphaerella fijiensis* ontstaat die resistent is tegen dit fungicide.

ZETMEELDIEET MAAKTE VAN DE WOLF EEN HOND

Naar: examen havo 2018-1, vraag 29, 30 en 34.

Meer dan 10 000 jaar geleden is het voedingspatroon van de voorouders van onze huidige hond veranderd. Dit is een belangrijke stap geweest in de ontwikkeling van de wolf tot huisdier (domesticatie).

■ **Afb. 4** Hond.

Volgens de Zweedse onderzoeker Axelsson is de domesticatie versneld doordat de voorouder van de huidige hond zetmeel beter kon verteren dan de wolf. De onderzoeker koppelt die aanpassing aan de opkomst van de landbouw, zo'n 11 000 jaar geleden. Mensen vestigden zich op vaste plaatsen waar ze granen en peulvruchten gingen verbouwen. Bij die nederzettingen was afval met voedselresten te vinden. Zo ontstond een nieuwe voedingsbron voor de wolf die mogelijk bijdroeg aan de ontwikkeling van de wolf tot hond.

2p **6** In de loop van 11 000 jaar zijn hond en wolf sterk van elkaar gaan verschillen. Naast mutatie en selectie is er nog een factor die hierin een belangrijke rol heeft gespeeld. Welke factor is dit?

A concurrentie
B isolatie
C predatie
D tolerantie

2p **7** Axelsson analyseerde het DNA van twaalf wolven en zestig honden. De wolven kwamen van verschillende continenten en de honden behoorden tot veertien rassen.
Drie uitspraken over deze onderzoeksgroep zijn:

1 Een hond en een wolf die samen vruchtbare nakomelingen kunnen voortbrengen behoren tot dezelfde soort.
2 De veertien hondenrassen onderscheiden zich van elkaar doordat zij elk een kenmerkend fenotype hebben.
3 Bij de honden van één ras is het DNA volledig identiek.

Noteer de nummers 1, 2 en 3 onder elkaar en geef achter elk nummer aan of de bijbehorende uitspraak juist of onjuist is.

2p **8** Uit het onderzoek van Axelsson bleek ook dat er verschillen waren tussen de verdere vertering van zetmeel tot glucose en de opname daarvan in de cellen van de dunne darm en in andere lichaamscellen. Insuline bevordert de opname van glucose uit het bloed door de lichaamscellen.
Bij mensen heeft het zetmeelrijke dieet geleid tot vergelijkbare aanpassingen. Axelsson vindt zijn resultaten daarom een treffend voorbeeld van evolutie waarbij twee verschillende soorten, onafhankelijk van elkaar, dezelfde aanpassingen ontwikkelen. Hoe wordt zo'n onafhankelijk ontwikkelde aanpassing genoemd?

A analogie
B rudimentair orgaan
C homologie
D variatie

Ga naar de *Examentrainer.*

NOTITIES

REGISTER

A
actief transport 46
adaptatie 252
adolescentie 131
afstemming 267
aids 141
allel 171
allelfrequentie 259
analoog 265
anorganische stof 236
anticonceptie 142
ATP 31
autotroof 236
autosoom 169

B
bacterie 242
bevruchting 101
biodiversiteit 234
biologisch argument 94
biseksueel 133
bladgroen 24, 236
bladgroenkorrel 24

C
chromosoom 29, 95, 169
cel 13
celdifferentiatie 128
celkern 24
celmembraan 24
celwand 25
cirkelvormig chromosoom 242
codominant 177
cytoplasma (celplasma) 24

D
diffusie 39
diploïde cel 101
DNA 12
DNA-analyse 267
DNA-virus 244
drager 176
dominant allel 176

E
ecosysteem 13
eencellige 92
eicel 107
eierstok 107
eiwitmantel 244
endocytose 34
endoplasmatisch reticulum 30
endosoom 34
embryo 123
embryonale ontwikkeling 123
enzym 31
erfelijke eigenschap 29
ethisch argument 94
eukaryoot 237
evolutie 249
evolutionaire stamboom 267
exocytose 31

F
fenotype 168
fitness 251
foetus 124
follikel 107
follikelstimulerend hormoon (FSH) 115
fosfolipide 33

G
gekoppelde genen 204
gele lichaam 119
gen 170
gender 133
genenpool 259
genetische informatie (genetische code) 168
genetische variatie 180
genexpressie 250
genoom 171
genotype 168
geslacht (genus) 238
geslachtelijke voortplanting 101
geslachtschromosoom 196
geslachtscel 101
geslachtshormoon 114
glucose 31
golgisysteem 30

H
haploïde cel 101
HCG 122
heteroseksueel 133
heterotroof 236
heterozygoot 176
homoloog chromosoom 169
homologie 264
homoseksueel 133
homozygoot 176
hormonale regulatie 142
hormoon 114
hormoonconcentratie 114
hormoonklier 114
hypofyse 115
hypertoon 43
hypotoon 43
hypothalamus 115

I
intermediair 177
in-vitrofertilisatie (ivf) 144
isotoon 43

K
klievingsdeling 122
kruisingsschema 186

L
letale factor 202
levenscyclus 12
levensfase 131
levensgemeenschap 13
lichaamscel 101
luteïniserend hormoon (LH) 115
lysosoom 31

M
meeldraad 104
meercellige 92
meiose 102
meiose I 102
meiose II 102
membraaneiwit 33
menstruatiecyclus 118
milieufactor 171
mitochondrium 31
mitose 95
monohybride kruising 184
multipele allelen 201
mutatie 250

N
natuurlijke selectie 250
navelstreng 123

O
oestrogeen 118

ongeslachtelijke
voortplanting 92
onvolledig dominant allel 176
orgaan 13
orgaanstelsel 13
organel 13
organische stof 236
organisme 11
orgasme 132
osmose 40
osmotische waarde 41
overlevingskans 251

P
passief transport 45
placenta 123
plantenveredeling 105
plasmolyse 44
plasmide 242
plastide 24
progesteron 119
prokaryoot 237
populatie 13

R
recombinatie 178
reductiedeling (meiose) 102
recessief allel 176
reproductieve isolatie 254
ribosoom 30
RNA 244
RNA-virus 244
ruw endoplasmatisch
reticulum 30

S
seksualiteit 132
seksueel overdraagbare
aandoening 138
selectiedruk 251
semipermeabel (selectief
permeabel) 40
soort 12
spermacel 108
stamboom 190
stamcel 127
stamper 104
stofwisseling 11

T
teelbal 107
testosteron 115
transporteiwit 46
trilhaar 33
turgor 44
tussencelstof 18

V
vacuole 24
verwantschap 267
virus 244
voorbehoedsmiddel 142
voortplantingsorgaan 104

W
weefsel 13

X
x-chromosomaal 196
x-chromosoom 169

Y
y-chromosoom 169

Z
zygote 101

COLOFON

ONTWERP BINNENWERK
Bianca Enthoven

ONTWERP OMSLAG
Michael Brugmans (Kimmic concept & design)
Bianca Enthoven

UITVOERING BINNENWERK
Crius Group

EINDREDACTIE
Claud Biemans
Marianne Gommers

AUTEURS
Carin van Haren
Arthur Jansen
Sjon van de Sant
Elke de Schrevel

BUREAUREDACTIE
Renske Berckmoes
Maurice Breugelmans

BEELDRESEARCH
BenU International Picture Service, Amsterdam

FOTO'S EN ILLUSTRATIES
123RF, burdun: blz. 143; 123RF, Edwin Butter: blz. 53 (52); 123RF, kobyakov blz. 169 (1); 123RF, lightfieldstudios: blz. 131 (47.2); 123RF, lopolo: blz. 176 (9.2); 123RF, marctran: blz. 147; 123RF, Mohammed Anwarul Kabir Choudhury: blz. 100 (13); 123RF, nejron: blz. 130 (45); 123RF, place4design: blz. 139; 123RF, seannel: blz. 249; 123RF, sekarb: blz. 50; 123RF, Sergei Levashov: blz. 100 (12); ANP Foto / Science Photo Library, Dr. Kari Lounatmaa: blz. 32 (24.1); ANP Foto / Science Photo Library, Eye of Science: blz. 22 (13.1); ANP Foto / Science Photo Library, ISM: blz. 124 (37.1); ANP Foto / Science Photo Library, P. Saada / Eurelios: blz. 130 (46.1); ANP Foto / Science Photo Library, Steve Gschmeissner: blz. 82 (1, 2); ANP Foto / Science Photo Library, Willatt / East Anglian Regional Geneticsservice: blz. 173; ANP Foto, AFP: blz. 209; ANP Foto, Sabine Joosten: blz. 131 (47.1); ANP Foto, Science Photo Library: blz. 130 (46.2); Bas Teunis Zoological Illustrations, Sinderen: blz. 12, 251 (17), 266 (30.1-30.3); Copyright (2008) National Academy of Sciences, U.S.A, https://doi.org/10.1073/pnas.0804968105: blz. 240; Dr Lesley A. Robertson, TU Delft: blz. 23; Dreamstime, Info633933: blz. 134; Dreamstime, Wrangel: blz. 149 (1.1); Erik Eshuis Infographics, Groningen: blz. 24 (15.2), 29, 40 (34.1, 34.2), 93 (3), 103, 108 (23.2), 108 (23.1), 170 (3.1, 3.2), 171, 175, 176 (8.1-8.3), 178, 179 (13, 14), 181 (16, 17), 183 (19), 191 (26.1), 192, 193 (29), 195 (31), 196, 199, 200, 204 (38), 206, 207, 224, 227; FreeImages.com, elingil: blz. 286; Getty Images, Dean Hindmarch: blz. 133; helpwanted.nl: blz. 135; Henk van der Vrande: blz. 17 (6.1, 6.2), 24 (15.1), 32 (24.2), 33, 36, 43 (39.1-39.3), 57 (57), 64 (3.1, 3.2), 66, 95 (5, 6), 96 (7), 97, 109 (24), 118, 123 (35), 186; Imageselect / AGE Fotostock, Mc Donald Wildlife Ph: blz. 271 (37.2); Imageselect / Science Source, Lowell Georgia: blz. 94; Imageselect, Colport: blz. 250; Imageselect, Fotoagentur WESTEND61: blz. 11 (1.3); Imageselect, Martin Acosta / DPA: blz. 285 (3); Imageselect, Michael Abbey / Science Source: blz. 44 (41); iStockphoto, Bart Coenders: blz. 11 (1.2); iStockphoto, PonyWang: blz. 11 (1.1); iStockphoto, Rawpixel: blz. 6; Jan Daanen / Medilan, Maastricht: blz. 13, 21 (12), 266 (31.1, 31.2), 267 (32.1, 32.2); Jeannette Steenmeijer, Zwolle: blz. 37, 39 (33), 42 (36, 37), 44 (40), 45 (42), 47, 49 (48), 53 (53), 56, 57 (56), 61 (1), 93 (2), 102 (14), 106 (21), 111, 115, 116, 119, 120, 123 (36), 125 (39), 126 (41), 160, 169 (1), 187, 188, 189 (24.2, 24.3), 195 (30), 204 (39), 226 (2, 3), 236 (2.1, 2.2), 268 (33), 270 (35, 36), KNMP, SGH. Standaarden voor Zelfzorg. Noodanticonceptie. KNMP 2021 (bewerking Jeannette Steenmeijer, Zwolle): blz. 145; Maternal nutrient supplementation counteracts bisphenol A-induced DNA hypomethylation in early development~Dana C. Dolinoy, Dale Huang, Randy L. Jirtle~Proceedings of the National Academy of Sciences Aug 2007, 104 (32) 13056-13061; DOI: 10.1073 / pnas.0703739104~Copyright (2007) National Academy of Sciences, U.S.A: blz. 210; Medical Visuals / Maartje Kunen, Arnhem: blz. 30 (20.2), 31, 32 (23), 34 (27.1, 27.2), 34 (26), 35 (28, 29), 43 (38), 45 (43), 46 (44, 45), 48, 83, 96 (8), 98 (10), 102 (15), 104 (17, 18), 105, 107 (22), 110, 117, 121, 127, 128, 238 (4), 243 (8, 9), 245 (11), 248; Merlijn Michon Fotografie, Amsterdam: blz. 75, 142; Nature in Stock / Naturepl, Georgette Douwma: blz. 285 (2); Nature in Stock / Naturepl, Kim Taylor: blz. 271 (37.1); Photo by Meis Belle Wahr & Jip Merkies - Hair by Mandy Nijland: blz. 137; publiek domein, Nami-ja: blz. 173; Science Photo Library, Dr. Philippe Vago / ISM: blz. 173; Science Photo Library, Lennart Nilsson, TT: blz. 124 (37.2, 37.3); Shutterstock, 3d_man: blz. 49 (49); Shutterstock, 4 PM production: blz. 91; Shutterstock, aekikuis: blz. 15; Shutterstock, AEPhotographic: blz. 8; Shutterstock, aerophoto: blz. 61 (2); Shutterstock, Africa Studio: blz. 265 (29.4); Shutterstock, Aldona Griskeviciene: blz. 197; Shutterstock, Aleksandr Rybalko: blz. 93 (1.1); Shutterstock, Aleksandra Gigowska: blz. 149 (1.2); Shutterstock, Alexandr Medvedkov: blz. 85; Shutterstock, Aliaksander Karankevich: blz. 233; Shutterstock, Ana Vasileva: blz. 238 (5); Shutterstock, Anastasiia Malinich: blz. 8; Shutterstock, Anel Alijagic: blz. 88; Shutterstock, ArchMan: blz. 265 (29.2); Shutterstock, aslysun: blz. 271 (38); Shutterstock, Axel_Kock: blz. 247; Shutterstock, bancha_photo: blz. 177 (10.1); Shutterstock, BearFotos: blz. 193 (28); Shutterstock, BearPhotos: blz. 183 (18); Shutterstock, Ben Gingell: blz. 191 (26.2); Shutterstock, BioMedical: blz. 19 (9.1); Shutterstock, Bjoern Wylezich: blz. 21 (11); Shutterstock, Bphoto-art: blz. 216 (2); Shutterstock, Bradley